Honra

Thrity Umrigar

Honra

Tradução de Carolina Caires Coelho

GLOBOLIVROS

Copyright © 2022 by Thrity Umrigar
Copyright da tradução © 2022 by Editora Globo s. a.

Direitos exclusivos de edição em língua portuguesa para o Brasil adquiridos por Editora Globo s. a.

Publicado conforme acordo com Algonquin Books of Chapel Hill, uma divisão de Workman Publishing Co., Inc., Nova York, por meio de Yañez, parte de International Editors' Co. S.L. Literary Agency.

Título original: Honor
Editor responsável: Lucas de Sena
Assistente editorial: Jaciara Lima
Preparação: Ana Tereza Clemente
Revisão: Erika Nakahata e Maria da Anunciação Rodrigues
Arte de capa: Paula Hentges
Diagramação: Ilustrarte Design e Produção Editorial

CIP-BRASIL. CATALOGAÇÃO NA PUBLICAÇÃO
SINDICATO NACIONAL DOS EDITORES DE LIVROS, RJ

U43h
2. ed.

   Umrigar, Thrity, 1961-
      Honra / Thrity Umrigar ; tradução Carolina Caires Coelho.
- 2. ed. - Rio de Janeiro : Globo Livros, 2022.
      368; 21 cm.

      Tradução de: Honor.
      ISBN 978-65-5987-067-7.

      1. Ficção indiana. I. Coelho, Carolina Caires. II. Título.

22-79086   CDD: 828.9935
                                                              CDU: 82-3(540)

Gabriela Faray Ferreira Lopes - Bibliotecária - CRB-7/6643

2ª edição | 2022
Direitos de edição em língua portuguesa para o Brasil adquiridos por Editora Globo s.a.
Rua Marquês de Pombal, 25 – 20230-240 – Rio de Janeiro – rj
www.globolivros.com.br

*Para Feroza Freeland,
cuja luz ilumina o nosso caminho*

*O que não dizemos
carregamos em nossas malas,
nos bolsos dos casacos, em nossas narinas.*

— "Town Watches Them Take Alfonso", Ilya Kaminsky

*Este lugar poderia ser lindo,
não é?
Você poderia deixar este lugar lindo.*

— "Good Bones", Maggie Smith

MULHER HINDU PROCESSA IRMÃOS QUE MATARAM SEU MARIDO MUÇULMANO

POR SHANNON CARPENTER
Correspondente no Sul da Ásia

Birwad, Índia — O rosto dela é uma constelação de cicatrizes.

O olho esquerdo está permanentemente fechado, e uma rede de pontos recobre a face e os lábios derretidos. O fogo deixou a mão esquerda sem serventia, mas, depois da cirurgia de reconstrução, Meena Mustafa voltou a segurar uma colher com a mão direita para poder se alimentar.

O incêndio que tirou a vida de seu marido, Abdul, há muito foi apagado. Supostamente, os dois irmãos hindus da sra. Mustafa atearam fogo em Abdul, furiosos pelo envolvimento dela com um muçulmano. A polícia alega que os irmãos tentaram matar o casal para se vingar da desonra causada por um casamento de pessoas com fés distintas.

"Meu corpo não morreu na noite do incêndio", disse a sra. Mustafa. "Mas minha vida terminou ali."

Agora, um novo fogo corrói seu coração — um desejo ardente por justiça.

Esse trauma fez com que ela desafiasse os desejos de sua sogra amargurada e de seus vizinhos muçulmanos, e exigisse que a polícia reabrisse o caso. Com a ajuda *pro bono* de um grupo chamado Advogados pela Mudança, a sra. Mustafa está processando os irmãos. Quer justiça pela morte do marido.

Em um país onde mortes por dote, agressões com fogo a noivas e casos de abuso sexual são comuns, tal ato de resistência torna a sra. Mustafa uma figura singular em sua comunidade. Mas sua atitude fez dela uma pária social naquele pequeno e conservador vilarejo muçulmano, onde muitos temem vingança por parte da maioria hindu. Ainda assim, ela não se deixa desanimar. "Estou enfrentando esse caso pelo bem de minha filha. Para assegurar a minha menina que lutei em nome do pai dela", disse.

A sra. Mustafa é uma mulher pequena, discreta, de modos delicados que escondem uma determinação de aço. Foi esse comportamento que mais cedo permitiu que enfrentasse o irmão mais velho e conseguisse um emprego na fábrica têxtil da região, onde conheceu seu futuro marido.

Incentivada por sua advogada, ela concordou em ser entrevistada na esperança de que a coragem inspirasse outras mulheres indianas que confrontam seus perpetradores.

"Mostrem ao mundo o que eles fizeram com meu Abdul", disse. "As pessoas precisam saber a verdade."

Livro Um

Capítulo Um

Havia um cheiro de borracha queimada no ar.
Foi a primeira sensação que Smita Agarwal teve ao sair do frio ar condicionado do aeroporto e encontrar a noite quente e silenciosa de Mumbai. No instante seguinte, sobressaltou-se ao ouvir o som — o murmúrio de mil vozes humanas, marcado por algumas risadas e apitos estridentes da polícia. E se surpreendeu ao ver dezenas de pessoas em pé, atrás das barreiras de metal, esperando que os parentes surgissem na área de desembarque. Ela se perguntou se o antigo hábito indiano de famílias inteiras reunidas para se despedir de viajantes ainda era comum em 2018, mas, antes de concluir o pensamento, sentiu a garganta ardendo com o cheiro da fumaça dos escapamentos e os ouvidos zunindo por causa das buzinas dos carros perto das pessoas em espera.
Smita parou por um momento, sentiu um pouco de medo. Viajava na maior parte do ano, pois o trabalho como correspondente estrangeira a levava a várias partes do mundo, mas, mesmo tendo chegado à Índia poucos minutos antes, o país já a sobrecarregava emocionalmente, como se tivesse sido tomada por uma força da natureza, um tornado talvez, ou um tsunami que arrasta tudo pelo caminho.
Fechou os olhos por um instante, e mais uma vez ouviu o bater das ondas nas Maldivas, o paraíso do qual havia saído horas

antes. Naquele momento, detestou toda a confluência esquisita dos acontecimentos que a haviam levado ao único lugar que tinha evitado durante toda a vida adulta — o fato de estar em férias tão perto da Índia enquanto Shannon havia precisado de sua ajuda tão desesperadamente. O contato de Shannon havia conseguido que ela obtivesse um visto de turista de seis meses em questão de horas. Agora, ela desejava que todo esse esforço tivesse dado errado.

Controle-se, Smita pensou, repetindo a repreensão que havia feito a si mesma durante o voo. *Lembre-se de que Shannon é uma amiga querida*. Uma lembrança de Shannon fazendo seu pai sorrir durante os dias sombrios depois do enterro de sua mãe lhe ocorreu. Forçou-se a deixar a imagem de lado enquanto espiava em meio à multidão, esperando encontrar o motorista que Shannon havia mandado. Um homem olhava para ela com despudor e mantinha os lábios comprimidos num gesto que lembrava um beicinho sugestivo. Ela desviou o olhar, observando a multidão à procura de alguém segurando um cartaz no qual seu nome estivesse escrito enquanto pegava o celular para telefonar para Shannon. Antes mesmo de achar o celular, ela o viu — um homem alto de camisa azul segurando um cartaz de papelão com seu nome estampado. Aliviada, caminhou em direção a ele.

— Oi — disse, do outro lado da barreira de metal. — Sou Smita.

Ele olhou hesitante, e a expressão de seu rosto mostrou certa confusão.

— Você fala inglês? — ela perguntou sem rodeios, percebendo que havia feito a pergunta naquele idioma. Mas seu hindi estava enferrujado, e ela se sentia insegura quando o usava.

O homem finalmente falou em inglês perfeito:

— Você é Smita Agarwal? — perguntou, olhando para o cartaz. — Mas você só chegaria aqui às... O voo adiantou?

— O quê? Sim, acho que sim. Um pouco. — Olhou para ele desejando perguntar onde o carro estava, querendo sair do aeroporto e chegar ao hotel Taj Mahal Palace, em Apollo Bunder, onde esperava tomar um banho longo e quente e deitar-se em uma cama confortável. Mas ele continuou olhando para ela fixamente, fazendo com que sua irritação aumentasse.

— E então? Vamos? — perguntou ela.

Ele voltou a prestar atenção em Smita.

— Sim, sim, desculpe. Claro. Vamos por aqui. — Fez um gesto para que ela caminhasse em direção a um espaço livre entre as barreiras de metal. Ela passou por grupos ruidosos e alegres que se reuniam ali, viu beijos em rostos e cabeças de adolescentes dados por mulheres de meia-idade, grandes abraços trocados por homens. Desviou o olhar, sem querer perder de vista o motorista enquanto ele passava pela multidão em direção a uma abertura.

Do outro lado, ele pegou a mala de mão que ela trazia, e então olhou ao redor, um tanto confuso.

— Onde está o restante da bagagem?

Ela deu de ombros.

— Isto é tudo.

— Só uma mala?

— Sim. E minha mochila.

Ele balançou a cabeça.

— Por que a surpresa?

— Não é nada, imagine — ele disse quando voltaram a caminhar. — É que... Shannon disse que a senhora era indiana.

— Sou indiano-americana. Mas o que isso tem...?

— Não pensei que existisse indiana no mundo que pudesse viajar com apenas uma mala.

Ela assentiu, lembrando-se das histórias que seus pais costumavam contar sobre parentes que viajavam com malas do tamanho de barcos pequenos.

— Verdade. — Ela olhou para ele, confusa. — E o senhor é... motorista de Shannon?

Sob a luz de um poste, viu o brilho nos olhos dele.

— A senhora acha que sou chofer dela?

Smita observou a calça jeans, a camisa de corte moderno, os sapatos caros de couro — e notou que tinha cometido uma gafe.
— Shannon disse que mandaria alguém vir me receber — murmurou. — Não disse quem. Só supus... — E notou a maneira divertida com que ele olhava para ela.
— Me desculpe.
Ele balançou a cabeça.
— Tudo bem. Por que pede desculpa? Não há nada de errado em ser motorista. Mas, neste caso, sou amigo de Shannon. Apenas me ofereci para buscar você, já que seu voo chegaria tão tarde. — E lançou a ela um meio sorriso. — Meu nome é Mohan.
Ela apontou para si mesma.
— Sou Smita.
Ele balançou o cartaz de papelão.
— Eu sei. O nome "Smita" do cartaz.
Riram sem jeito.
— Obrigada por ter vindo me buscar.
— Sem problema. Vamos andar um pouco para chegar ao carro.
— Então, me conte — Smita disse enquanto caminhavam. — Como está Shannon?
— Está sentindo muita dor. Como você já deve saber, o quadril está quebrado. E como o incidente aconteceu no fim de semana, não puderam operá-la. Agora, querem esperar mais alguns dias até o dr. Shahani voltar à cidade. É o melhor cirurgião daqui. E o caso dela é complicado.
Ela olhou para ele com curiosidade. — E você... é próximo de Shannon?
— Não somos namorados, se é o que pretende saber. Mas ela é uma amiga querida.
— Entendo. — Ela invejava Shannon por causa disso, pois, como correspondente do jornal no Sul da Ásia, podia fincar raízes, formar amizades com pessoas da região. Smita, que trabalhava com questões de gênero, mal passava uma ou duas

semanas no mesmo lugar. Não tinha como permanecer em um local por tempo suficiente para plantar as sementes da amizade. Olhou para a mala que Mohan carregava para ela. Será que ele se surpreenderia se soubesse que ela mantinha outras duas malas feitas idênticas àquela no apartamento de Nova York, prontas para que pudesse viajar?

Mohan estava dizendo algo sobre Shannon, e Smita se forçou a escutar. Ele comentou que Shannon parecia muito assustada quando telefonou do hospital, e por isso ele havia corrido para estar ao lado dela. Smita assentiu. Lembrou-se de quando tinha sido internada com gripe em um hospital do Rio, e de como se sentiu isolada por estar doente em um país estrangeiro. E aquele hospital provavelmente era o paraíso comparado a esse onde Shannon estava internada. Embora a amiga estivesse cobrindo a Índia havia... — quanto tempo fazia mesmo? Três anos, talvez? —, Smita não conseguia imaginar a amiga tendo que se submeter a uma cirurgia sozinha em outro país.

— E as condições do hospital? — perguntou a Mohan. — São boas? Ela vai ficar bem?

Ele parou de andar e virou-se para olhar para ela com as sobrancelhas erguidas.

— Sim, claro. Shannon está no Breach Candy. Um dos melhores hospitais. E na Índia estão alguns dos melhores médicos do mundo. É um destino para quem precisa de intervenções médicas, sabia?

Smita se divertiu com o ego ferido dele, com a rapidez com que se ofendeu, uma qualidade que já notara em muitos amigos indianos de seu pai, mesmo aqueles — *principalmente* aqueles — que viviam nos Estados Unidos há muito tempo.

— Não quis ser grosseira — disse.

— Não, tudo bem. Muitas pessoas ainda acham que a Índia é um país retrógrado.

Ela mordeu o lábio, contendo o que passava em sua mente para que não escapasse por seus lábios. *Era muito retrógrado quando vivi aqui.* — O novo aeroporto é lindo — disse como

forma de apaziguar a situação. — Muitíssimo à frente da maioria dos aeroportos dos Estados Unidos.
— Sim, parece um hotel cinco estrelas.
Caminharam até um carro vermelho e pequeno, e Mohan o destrancou. Ele ergueu a mala dela e a colocou no porta-malas, e então perguntou: — Quer se sentar na frente ou atrás?
Ela olhou para ele, assustada.
— Vou na frente, se não houver problema.
— Claro que não há problema. — Apesar de ele estar muito sério, Smita ouviu o riso contido em sua voz. — Só achei que... como você pensou que eu fosse o motorista de Shannon, talvez quisesse ir atrás.
— Me desculpe — ela disse, vagamente.
Ele saiu do estacionamento, ganhou a rua e disse um palavrão em voz baixa ao ver o trânsito pesado na saída do aeroporto.
— Muitos carros, mesmo a essa hora — Smita disse.
Ele emitiu um som exasperado.
— Nem me fale, *yaar*. O trânsito nesta cidade tem ido de mau a pior. — Ele olhou para ela. — Mas não se preocupe. Quando chegarmos à estrada, vai melhorar. Estaremos no hotel em pouco tempo.
— Você mora perto do Taj?
— Eu? Não. Vivo em Dadar. Mais perto do aeroporto do que do seu hotel.
— Ah, que ridículo, eu... eu poderia simplesmente ter pegado um táxi! — exclamou.
— Não, não. Não é seguro para uma mulher pegar um táxi a essa hora. Além disso, estamos na Índia. Nunca permitiríamos que um hóspede saísse do aeroporto de táxi.
Smita se lembrou de seus pais dirigindo até o aeroporto de Columbus em meio à neve e às tempestades do inverno de Ohio para buscar hóspedes. A hospitalidade indiana era real. — Obrigada — disse.
— Não por isso. — E mexeu nos botões do ar-condicionado. — Está confortável? Está muito quente ou muito frio?

18   Thrity Umrigar

— Pode aumentar o ar-condicionado um pouco mais? Não consigo acreditar nesse calor todo, mesmo em janeiro.

Mohan olhou para ela brevemente.

— As alegrias do aquecimento global. Importado a países pobres, como a Índia, de países ricos, como o seu.

Será que ele era um nacionalista, como o amigo de seu pai, Rakesh, um homem que se rebelava contra o Ocidente e passara os últimos quarenta anos planejando seu iminente retorno à Índia? Mas Mohan não estava errado, não é mesmo? Ela já havia dito algo semelhante.

— Pois é — disse, cansada demais para começar uma conversa política, com as pálpebras começando a pesar por causa do sono.

Mohan deve ter notado a fadiga que ela sentia.

— Tire um cochilo se quiser — disse. — Temos pelo menos mais trinta minutos até chegarmos lá.

— Estou bem — ela disse, balançando a cabeça, distraindo-se ao olhar para a grande fileira de barracos construídos na calçada. Mesmo tão tarde, alguns homens de camisetas de mangas curtas e *lungis* estavam perto de suas cabanas abertas, com lamparinas a querosene acesas dentro delas. Smita mordeu o lábio inferior. Estava familiarizada com a pobreza do terceiro mundo, mas a imagem que via ali na sua frente era muito parecida com aquela de que se lembrava da infância. Era como se tivesse passado pelos mesmos barracos e pelos mesmos homens quando ela e sua família tinham ido ao aeroporto vinte anos antes, em 1998. Não havia nada ali da nova e globalizada Índia sobre a qual sempre lia.

— Essas pessoas receberam dinheiro para que desocupassem os barracos e entrassem para o plano de habitação do governo — Mohan contou. — Mas elas se recusaram.

— É mesmo?

— Foi o que eu fiquei sabendo. Mas, em um país democrático, como forçar as pessoas a se mudar?

Fez-se um breve silêncio, e Smita teve a sensação de que apenas por olhar tão abertamente para os barracos tinha feito com que Mohan se sentisse na defensiva em relação à sua cidade. Muitas vezes já tinha visto esse fenômeno em seu trabalho, pessoas de classe média de países pobres se incomodavam com críticas de pessoas do Ocidente. Certa vez, no Haiti, um oficial local quase cuspiu em seu rosto e amaldiçoou o imperialismo americano quando ela tentou perguntar sobre a corrupção em sua região.

— Acho que não se pode julgá-las — disse. — Aqui é a casa delas.

— Exatamente. É o que eu tento dizer aos meus amigos e colegas de trabalho. Mas eles não compreendem o que você demorou menos de dez minutos para entender.

Smita sentiu-se inesperadamente acalentada pelas palavras de Mohan, como se ele tivesse entregado a ela um pequeno troféu. — Obrigada. Mas eu já morei aqui, por isso compreendo.

— Você morou aqui? Quando?

— Quando eu era jovem. Deixamos a Índia quando eu tinha catorze anos.

— *Wah*. Eu não fazia ideia. Apesar de Shannon ter me dito que você era indiana, pensei que você tivesse nascido em outro país. Você fala como uma americana *pucca*.

Ela deu de ombros.

— Obrigada. Eu acho.

— E tem familiares aqui?

— Na verdade, não. — E antes que ele pudesse fazer mais uma pergunta, ela disse: — E você? O que faz? Também é jornalista?

— Haha, que piada. Nunca conseguiria fazer o que você e Shannon fazem. Não escrevo bem. Não, sou de TI. Trabalho com computadores. Para a Tata Consultoria. Já ouviu falar dos Tatas?

— Sim, claro. Não compraram a Jaguar e a Land Rover muitos anos atrás?

— Isso mesmo. A Tata faz tudo, desde carros até sabão, passando por hidrelétricas. — Ele desceu o vidro um pouco. — Estamos passando por cima do novo Sea Link, que liga Bandra a Worli. Não existia quando você morava aqui, obviamente. Mas vai diminuir bastante nosso tempo de viagem.

Smita observou as luzes da cidade enquanto o carro subia a ponte, que atravessava as águas escuras do mar Arábico abaixo deles.

— Uau! Mumbai é como qualquer outra cidade do mundo. É como se estivéssemos em Nova York ou Singapura. — Exceto, pensou, pelo cheiro ácido do ar quente soprando no carro. Estava prestes a perguntar a Mohan a respeito do cheiro, mas mudou de ideia. Era uma hóspede na cidade dele, e a verdade era que o nó na garganta crescia conforme se aproximavam do destino. Ela não queria estar em Mumbai. Por mais pontes lindas que a cidade tivesse, por mais sedutor que fosse o horizonte brilhante e novo, não queria estar ali. Passaria alguns dias com Shannon no hospital, e então, assim que pudesse, partiria. Seria tarde demais para se juntar aos outros nas Maldivas, claro, mas tudo bem. Seria bom poder voltar para seu apartamento no Brooklyn pelo restante de sua licença. Talvez assistir a um ou dois filmes. Mas ali estava ela, em um carro dirigindo-se ao seu quarto de hotel no Taj. Um carro em direção a seu antigo bairro.

Smita Agarwal olhou pela janela do carro para as ruas de uma cidade que já tinha amado, uma cidade que havia passado os últimos anos tentando esquecer.

Capítulo Dois

Smita acordou cedo na manhã seguinte e, por um momento, enquanto permanecia em uma cama desconhecida, pensou que ainda estava no Sun Aqua Resort, nas Maldivas. Escutou o som das ondas quebrando na praia e sentiu o corpo se afundando na areia da cor de açúcar. Mas então se lembrou de onde estava, e seu corpo ficou tenso.

Rolou para fora da cama e foi para o banheiro. Quando voltou, caminhou até a janela e abriu as cortinas pesadas para deixar a claridade do dia entrar, o sol forte batia nas águas paradas e marrons do mar. Lembrou-se da primeira vez em que viu o oceano Atlântico, como seu azul tão puro a havia surpreendido, uma vez que estava acostumada com as águas escuras do mar Arábico. Lembrou-se de como o pai costumava gritar com os empregados dos moradores dos prédios na costa quando jogavam sacos de lixo na água e com os jovens que urinavam no mar na praia de Juhu ou Chowpatty. Pobre pai. Havia amado muito aquela cidade que, no fim das contas, não retribuiu.

Ela olhou na direção do Portal da Índia, o belo monumento de basalto amarelo, com quatro torres e arco, que ficava na frente do hotel e podia ser visto da janela. Era sólido e enraizado, muito parecido com o modo com que sua infância na Índia já parecera ser. Ao brincar sob o arco, imaginou que um dia estaria hospedada naquele hotel enorme e icônico, um dos mais opulentos do mundo? Caramba, pessoas como George Harrison e o presidente Obama já tinham se hospedado ali. Claro que ela e os pais já haviam comemorado aniversários e outras ocasiões felizes nos muitos restaurantes do Taj. Mas hospedar-se no Taj era uma história totalmente diferente.

Ela olhou para o relógio e viu que eram oito da manhã. Deveria telefonar para Shannon? Será que estaria dormindo ainda? Naquele momento, seu estômago roncou, e ela percebeu que não tinha comido nada desde a tarde do dia anterior, porque seu nervosismo era maior do que seu apetite. Decidiu tomar café da manhã.

Meia hora depois, estava no Sea Lounge. O restaurante estava razoavelmente cheio, mesmo àquela hora. A jovem recepcionista, vestindo um sari azul, aproximou-se dela e perguntou:

— Mesa para quantos, senhora?

Quando Smita levantou o dedo indicador, a moça a levou até uma pequena mesa perto de uma janela. Smita olhou ao redor do salão, lembrando-se de sua elegância discreta nas visitas feitas ali com os pais na infância, o serviço rápido, impecável, as janelas grandes dando vista para o mar. Ficou feliz por ver que a beleza do restaurante permanecia inalterada. Chamou atenção do homem na mesa ao lado, com o rosto muito vermelho por causa do sol de Mumbai. Ele lançou um sorriso torto que ela fingiu não notar. Olhou pela janela, controlando as lágrimas que enchiam os olhos. Era difícil estar no Sea Lounge e não se lembrar de sua mãe de voz suave e gentil. Smita estava em Portugal, cobrindo uma conferência de mulheres, no dia em que sua mãe morreu, e quando Rohit, seu irmão mais velho, telefonou para lhe dar a notícia, ela gritou com ele e o xingou, descontando nele a dor ensandecida. Mas, no restaurante preferido de sua mãe, Smita se sentiu acalentada pelas lembranças das idas ao Sea Lounge em tardes de sábado, com a mãe pedindo o sanduíche preferido, *chicken club*, enquanto o pai bebericava cerveja Kingfisher.

Teve vontade de pedir um *chicken club* àquela hora, em memória de sua mãe. Mas pediu café e uma omelete de espinafre. O garçom colocou o prato na frente dela com o cuidado e a precisão de um mecânico lidando com uma peça de motor.

— Quer pedir mais alguma coisa, senhora? — perguntou com uma voz respeitosa. Ele provavelmente era apenas um ou dois anos mais velho que ela, mas sua atitude de servidão, tão típica de como os indianos da classe operária se dirigiam aos ricos, fez com que ela rangesse os dentes. Em seguida, ao olhar depressa o belo salão, notou que ninguém mais se incomodava — nem os muitos alemães e britânicos ali, nem os empresários indianos barrigudos com seus clientes — com os modos bajuladores dos funcionários; pareciam esperar e exigir aquilo. Ela já havia notado o estalar de dedos e o tom de superioridade com o qual os outros comensais falavam com os atendentes.

— Não, obrigada — ela disse. — O prato parece delicioso.

A recompensa foi um sorriso sincero e animado.

— Bom apetite, senhora — disse antes de se afastar, discreto como um fantasma.

Ela tomou um gole de café e lambeu a espuma do lábio superior. Já tinha tomado cafés de todas as partes do mundo, mas aquela xícara de Nescafé estava deliciosa. Ela sabia que, se estivesse em casa, seria objeto de zombaria — "É café *instantâneo*, Smita, pelo amor de Deus", como se pudesse ouvir Jenna dizer enquanto comiam um brunch no café Rose Water, em Park Slope —, mas o que poderia dizer? Somente em seu último ano vivendo na Índia seus pais permitiram que ela bebesse café e, ainda assim, apenas alguns goles da xícara do pai enquanto ele corrigia trabalhos. Ao sentir o sabor, ela foi transportada para o apartamento grande e iluminado pelo sol em Colaba, a uma curta caminhada a pé do Taj, e para as manhãs de domingo, quando os pais discutiam descontraidamente para decidir se ouviriam os CDs de Bach e Beethoven do pai ou os *ghazals* da mãe no aparelho de som da sala de estar. Rohit permanecia no quarto, ainda na cama enquanto escutava Green Day ou U2 no walkman. A cozinheira deles, Reshma, preparava os *medhu vadas* e *upma*, típicos do sul da Índia, que eram a alegria dos cafés das manhãs de domingo.

Onde estaria Reshma agora? Ainda deveria estar naquela cidade de vinte milhões, trabalhando para outra família? Smita gostaria de encontrá-la durante a viagem, mas não tinha nenhuma pista de como fazer isso. Será que sua mãe havia mantido contato com Reshma depois de eles partirem? Ela não sabia. Todos tinham se esforçado muito para esquecer o que haviam deixado para trás e para construir uma vida nova na América. Talvez fosse esperado que ela não soubesse do paradeiro da antiga cozinheira.

Reshma sempre os acompanhava ao Portal, observando Smita brincar sob o arco. Toda noite, era como se metade da metrópole fosse ao passeio perto da costa, com o cheiro de espiga de milho assada envolvendo a todos. Smita se lembrava de quando puxava a camisa de seu pai, pedindo que lhe comprasse o mix de amendoim e *chana* torrados na areia. Ela observava o vendedor ambulante encher um cone de papel com o petisco, torcendo a ponta inferior do cone antes de entregá-lo com um floreio. E aqueles entardeceres na época de chuva, quando o sol intenso iluminava o céu e pintava a cidade com um laranja fluorescente? Em todas as viagens que havia feito, já tinha visto um crepúsculo como os de sua infância?

O garçom pigarreou, tentando chamar sua atenção.

— Posso retirar o prato, senhora? — perguntou. — Tudo estava de seu agrado?

Ela se virou para olhar para ele.

— Sim, obrigada. — Sorriu. — Poderia pedir outro café?

— Claro, senhora. Gostou?

Ela notou o orgulho — não, era mais do que isso, era *propriedade*, na voz dele — e se sentiu tocada. Queria perguntar sobre sua vida, quanto ganhava, quais eram suas condições financeiras, mas percebeu que o restaurante estava ficando ainda mais cheio.

— Sim, gostei muito — respondeu. — Não tem café igual em nenhum lugar.

Ele assentiu.

— Onde a senhora mora? — perguntou com timidez.

— Na América.
— Pensei mesmo nessa possibilidade — disse. — Apesar de a maioria de nossos turistas ser da Europa.
— É mesmo? — perguntou, sem interesse em falar sobre sua vida. Aquela era a melhor parte de ser jornalista: conseguia fazer perguntas em vez de respondê-las. Ela queria que ele buscasse logo a segunda xícara de café. Olhou para o relógio, mas o garçom não entendeu a mensagem.
— É o maior sonho da minha vida — disse —, estudar gestão hoteleira na América.
Smita ouvia uma versão disso aonde quer que fosse em viagens. Os detalhes variavam, mas a essência do sonho era a mesma — conseguir um visto de turista e dar um jeito de entrar na América. E, então, fazer o que fosse preciso — dirigir um táxi por dezesseis horas por dia ou trabalhar muito em uma cozinha abafada de restaurante, conseguir um empregador que viabilizasse sua permanência no país ou se casar com alguém de lá. O objetivo era um dia conseguir o tão sonhado *green card*, o Santo Graal na versão século XXI.
Smita olhou para o garçom, magro, com peito protuberante, e o entusiasmo no rosto dele fez com que ela desviasse o olhar.
— Preciso partir em breve — disse com educação. — Mas te desejo sorte.
Ele corou.
— Sim, claro, senhora. Sinto muito. — Ele se apressou e voltou quase imediatamente com outra xícara de café.
Ela mandou a conta para o quarto, deixando 30% de gorjeta. Estava se levantando para sair quando o garçom voltou apressado. Segurava uma rosa branca.
— Para a senhora. Bem-vinda ao Taj.
Ela pegou a flor da mão dele, sem saber se era um costume ali ou não.
— Obrigada — disse. — Qual é seu nome mesmo?
Ele riu.
— Não disse meu nome ainda, senhora. É Joseph.

— Foi um prazer te conhecer, Joseph. — Afastou-se dele, e então parou. — Pode me ajudar? Sabe se o hospital Breach Candy fica longe daqui?

— Claro, claro, senhora — disse. — Não é muito longe de táxi. Depende muito do trânsito, sabe? A recepção pode chamar um táxi com ar-condicionado para a senhora. Vai custar um pouco mais, mas o que fazer? Vale a pena.

Capítulo Três

A PRIMEIRA COISA QUE Smita notou ao entrar no hospital foram as manchas de *paan* nas paredes da recepção. Ficou sem palavras. Breach Candy era o melhor hospital quando ela era criança, o lugar em que os astros do cinema iam fazer cirurgia, e por isso ficou surpresa ao ver as manchas de bétel mascado. Engoliu o desgosto e caminhou até a mesa da recepção, onde encontrou uma mulher de aparência cansada.

— Pois não? — perguntou a mulher.

— Oi. Preciso do número do quarto de uma paciente. Shannon Carpenter?

A mulher falou mirando um ponto além do ombro de Smita.

— O horário de visita começa às onze. Ninguém pode subir até lá.

Smita engoliu em seco.

— Compreendo. Cheguei a Mumbai tarde ontem à noite e...

— Onze horas. Sem exceção.

A irritação de Smita ficou estampada em seu rosto.

— Tudo bem. Mas pode me dar o número do quarto para que...

— Onze horas.

— Senhora, eu entendo. Só estou pedindo o número para não ter que perturbá-la de novo.

A mulher olhou para Smita com os olhos arregalados.

— Quarto 209. Agora, por favor, sente-se.

E como uma menina repreendida pelo professor, Smita não teve escolha a não ser esperar na recepção, sob o olhar atento da mulher. Ela ficou de olho no relógio, agradecida por não ter que esperar muito. Quando o relógio marcou onze horas, levantou-se e caminhou em direção aos elevadores, onde uma fila já havia se formado. Olhou para a escada sabendo que o quarto de Shannon ficava apenas dois andares acima — ela subiria por ali.

Uma gentil enfermeira a direcionou para o quarto de Shannon quando ela chegou ao segundo andar. Enquanto atravessava o corredor, conseguiu ver ao fundo um pequeno grupo de pessoas e ouviu a voz alterada de um homem. Desviou o olhar, concentrando-se na numeração dos quartos. Espiou dentro de um quarto vazio, viu o mar pela janela, e de repente foi tomada por uma lembrança de quando acompanhou o pai a Breach Candy em visita a um colega dele que estava doente. O mar parecia estar tão perto que ela pensou que o hospital fosse construído em um navio. O pai riu disso, apertando o ombro dela enquanto caminhavam.

Smita se aproximou do grupo no corredor e estava prestes a desviar o olhar, sem querer ouvir o que obviamente era uma discussão acalorada, quando notou que uma das pessoas era Mohan. Mas, apesar de, no dia anterior, ele ter sido lânguido, agora parecia tenso e irado encarando a enfermeira e um jovem de jaleco branco. — Estou avisando, chamem o dr. Pal imediatamente. A paciente precisa de uma analgesia melhor do que está recebendo.

— Mas, senhor, eu já disse... — o jovem residente replicou.

— *Arre, yaar*, quantas vezes vamos repetir? Eu já disse, não estamos satisfeitos com o tratamento dela. Agora mande seu supervisor vir conversar conosco.

— Como queira. — O jovem se afastou depressa, e a enfermeira foi atrás dele.

— Oi — Smita disse, e Mohan olhou para ela, surpreso.

— Oi! — ele disse. — Não esperava que você viesse aqui sozinha. Estava me preparando para ir buscar você.

— Que bom que poupei você desse trabalho. — Smita olhou para a mulher ao lado de Mohan. — Oi, sou Smita.

A mulher, que parecia ter vinte e poucos anos, abriu um amplo sorriso.

— Oi, senhora. Conversamos ao telefone ontem. Sou Nandini, a tradutora de Shannon.

— É um prazer te conhecer — Smita disse. Mas uma parte dela se ressentia. Shannon tinha todas essas pessoas para ajudá-la. Será que ela precisava ter interrompido as férias? — Onde é o quarto dela? Posso vê-la?

— Sim, senhora. Só um minuto, por favor. — Nandini lançou um olhar nervoso a Mohan e se afastou.

— Vão dar uma comadre a ela — Mohan explicou, seguindo o olhar confuso de Smita.

— Ah. — Smita estremeceu. — Como podem...

— Com muito, muito cuidado. Mesmo que Shannon não concorde. Acho que essas enfermeiras nunca escutaram ninguém xingar como ela xinga.

Smita percebeu que Mohan tentava manter a expressão séria.

— Entendo o que quer dizer. Ela é uma lenda na redação também. — E inclinou a cabeça. — Não trabalha hoje?

— Não. Eu deveria estar de férias em Singapura esta semana — disse. — Mas o amigo com quem eu viajaria teve dengue. Por isso, cancelei. Agora, estou de folga por duas semanas.

— Você não foi sozinho?

— Qual a graça? — Olhou para ela e fez uma careta. — Não sou como você e Shannon. Independentes. *Detesto* viajar sozinho. Detesto *ficar* sozinho, para ser sincero. Acho que, nesse aspecto, sou um garoto normal de Mumbai.

O tom de Mohan era irônico, como se estivesse fazendo piada de si mesmo. Ainda assim, nenhum homem norte-americano que se desse ao respeito teria admitido algo parecido. Se um dos indo-americanos com os quais sua mãe havia tentado juntá-la quando era mais jovem tivesse feito tal confissão, ela teria sentido desprezo. Mas ali, no corredor do hospital, a confissão de Mohan pareceu normal. Humana. Ela conseguia entender o ponto de vista dele.

Smita suspirou.

— Bom — disse —, parece que nós dois vimos os planos de férias serem frustrados.

Um enfermeiro saiu do quarto, e um momento depois Nandini correu até eles. — Entre, senhora — disse. — Shannon está ansiosa para vê-la.

Shannon estava deitada com a cabeceira da cama levemente erguida, com os cabelos espalhados no travesseiro. Apesar de tentar abrir um sorriso, Smita viu o suor em sua testa, os olhos acinzentados tomados pela dor.

— Oi, querida — disse Smita, inclinando-se para beijar seu rosto.

— Oi. Você veio.

Nandini puxou uma cadeira.

— Sente-se, senhora — disse.

Smita segurou a mão de Shannon quando se sentou.

— Sinto muito — disse. — Qual lado foi?

— O lado direito do quadril. Foi minha culpa, por ficar olhando o celular enquanto andava. Tropecei na calçada.

— Sinto muito. — Smita desviou o olhar de Shannon e viu Mohan e Nandini conversando do outro lado do quarto. — Quando disseram que vão operar? Mohan comentou que estão esperando por um determinado cirurgião. Mas tenho certeza de que há outros médicos igualmente capacitados aqui.

Shannon fez uma careta.

— É uma cirurgia complicada. Fraturei o mesmo lado do quadril quando tinha vinte e poucos anos. Nem queira saber. Por isso, primeiro precisam remover a prótese antiga e colocar a nova. O osso cresceu ao redor da peça antiga. É uma confusão. E o tal do dr. Shahani aparentemente tem muita experiência.

— Minha nossa, Shannon. Eu não fazia ideia de que era tão grave.

— Pois é. — Shannon virou a cabeça. — Mohan. Você mandou que chamassem o maldito médico?

— Sim. O residente disse que faria isso... — Ele desviou o olhar. — Aliás, aqui está o médico.

O dr. Pal era um homem alto, mas curvado. Os óculos estavam manchados, e os olhos atrás das lentes, cansados. — Sim, senhora — disse. — Como posso ajudar?

Shannon imediatamente passou a ser respeitosa.

— Sinto muito por incomodá-lo, doutor — disse. — Eu... só queria fazer umas perguntas... Primeiro, quando exatamente o dr. Shahani volta? E segundo, a dor está insuportável. Não pode me dar algo mais forte?

O rosto do médico idoso estava impassível.

— Tem uma fratura no quadril, senhorita Carpenter. Precisa de cirurgia para se ver livre da dor. Infelizmente, o dr. Shahani só chega depois de amanhã.

Shannon fez uma careta. — Meu Deus.

— Sinto muito. — A feição do dr. Pal se suavizou um pouco. — Talvez possamos fazer um coquetel diferente de drogas para a dor. Ou, se quiser, podemos marcar a cirurgia com outro médico para amanhã.

Shannon olhou para Mohan sem saber o que fazer.

— Qual é a sua opinião?

Mohan contraiu um músculo da mandíbula.

— Esse outro cirurgião é competente?

O dr. Pal ficou em silêncio por um momento.

— Shahani é o nosso melhor cirurgião. E este é um caso complicado por causa da prótese antiga.

— Pode checar com a equipe de analgesia *imediatamente*? — disse Mohan. — Para ver se eles conseguem deixá-la mais confortável. Só então poderemos tomar uma decisão adequada, certo?

Smita olhou para Shannon pelo canto dos olhos, tentando determinar se, pelo que Mohan dissera, havia algo acontecendo entre os dois. Nunca soubera que Shannon podia contar com um homem como ele. Mas também nunca tinha visto Shannon com tanta dor como estava agora.

O dr. Pal assentiu.

— Volto logo — disse e saiu do quarto.

— Obrigada, Mohan — Shannon disse. E se virou para Smita.

— Smita — disse —, foi por isso que pedi que você viesse.

— Ficarei durante a cirurgia e no pós-operatório — Smita disse imediatamente. — Tenho toneladas de férias acumuladas, por isso me instalo aqui pelo tempo que for preciso.

Shannon balançou a cabeça.

— Não, não se preocupe com isso. Mohan está aqui comigo. — Ela fechou os olhos brevemente para abri-los em seguida. — Você leu minhas matérias sobre Meena, a mulher que está processando os irmãos por terem ateado fogo ao marido dela ainda vivo?

— O quê? Sim, claro — Smita disse, lembrando-se de alguns detalhes. Não tinha prestado muita atenção, pois a história havia servido de gatilho para seu desgosto em relação à Índia.

— Ótimo — Shannon disse. — O veredicto virá em breve, e precisamos de alguém que cubra esse acontecimento. Você precisa ir a Birwad — é o nome do vilarejo de Meena.

Smita olhou para Shannon. — Não entendi — disse por fim.

— O veredicto será dado — Shannon repetiu. — Precisamos da matéria.

Houve uma repentina e pesada tensão no quarto, alimentada pela raiva que tomava conta de Smita. Ela sabia que Mohan e Nandini a encaravam. Mordendo o lábio inferior, tentou se lembrar de detalhes da conversa por telefone no dia anterior. Shannon tinha mencionado o motivo para chamá-la a Mumbai? Pensando bem, não tinha. *Por que Shannon não deixou mais clara a real intenção de seu pedido?* Smita ficou pensando, incapaz de afastar a sensação de que estava sendo manipulada a voltar para a única cidade na qual jurara nunca mais pisar.

— Por que um *freelancer* não pode cobrir a história? — Smita perguntou. — Pensei que você tivesse me chamado aqui para te ajudar. — Viu Mohan levantando a cabeça e a cara de quem estava entendendo tudo agora.

— Chamei para isso — Shannon disse, confusa. E, então, Smita notou que a dor estava bloqueando as percepções da amiga.

— Então, é o seguinte — Shannon prosseguiu, alheia à raiva de Smita. — Não sei quanto da história você se lembra. Meena, a mulher desse caso, foi incendiada pelos irmãos por ter se casado com um muçulmano. Eles mataram o marido dela. Ela quase morreu. Por causa da advogada que decidiu representá-la sem cobrar nada, a polícia foi forçada a reabrir a investigação.

— Os olhos de Shannon se abriam e se fechavam, como se ela lutasse contra o sono e a dor. — De qualquer modo, o julgamento deve ocorrer em breve. E se você conhece a morosidade da justiça na Índia... — lançou um breve olhar a Mohan —, sabe que isso é um milagre. Precisamos estar lá quando o julgamento começar, Smita.

— Claro — Smita disse. — Mas por que não chamou alguém da sucursal de Délhi para acompanhar esse caso?

Shannon estendeu o braço e apertou o botão para chamar a enfermeira.

— Desculpa, meu quadril está me matando de dor. Preciso de mais remédio.

— Vou atrás de uma enfermeira — Mohan disse imediatamente, mas Shannon balançou a cabeça. — Não, já perturbamos demais. Alguém vai chegar logo. Elas são muito atenciosas.

Shannon se virou para Smita.

— James normalmente cobriria o veredicto, mas ele está na Noruega. A mulher dele está prestes a dar à luz. E Rakesh... vai assumir a reportagem que estou cobrindo no momento. De qualquer maneira, não tenho certeza de que Meena conversaria com um jornalista homem, Smita. Ela está morando em um vilarejo totalmente muçulmano. É uma região muito conservadora.

— Ela tem razão — Mohan disse. — Eu... meus pais são de Surat, que não é muito longe de Birwad. Logo depois da fronteira entre Maharashtra e Gujarat. Conheço aquelas pessoas. De maneira nenhuma uma mulher receberia permissão para falar com um homem.

Uma enfermeira entrou no quarto, e Shannon pediu remédios.

— *Shukriya* — Shannon disse, e Smita viu o sorriso surpreso da enfermeira por sua paciente norte-americana ter agradecido em hindi.

— De nada, senhora — a enfermeira disse.

Shannon gemeu baixinho e apertou a mão de Smita enquanto esperava o espasmo passar.

— Por que não aplicam morfina na veia? — Smita perguntou.

Shannon olhou para ela com seriedade.

— Não administram morfina com a frequência com que conhecemos. Vou escrever sobre isso assim que melhorar.

— Que loucura.

Fez-se um silêncio repentino no quarto, como se todos não tivessem mais o que falar. Smita voltou-se para Nandini. — Você esteve lá em Birwad? Quanto tempo de viagem até lá?

— Sim. São cerca de cinco horas de carro saindo daqui.

— O tom de voz de Nandini foi tão taciturno que Smita ficou surpresa.

— Entendi. — Smita roeu uma unha, para ganhar tempo, com a cabeça fervendo. Depois do telefonema de Shannon que pôs fim às suas férias de modo repentino, conformou-se em visitar Mumbai de novo. Dentro do quarto do hotel nas Maldivas, Smita relembrou a história das duas — ela e Shannon haviam trabalhado juntas no *Philadelphia Inquirer*; mais tarde, ela conseguiu o emprego em Nova York graças à ajuda de Shannon. Oito meses antes, quando sua mãe morreu, Shannon, que por acaso estava nos Estados Unidos na época, tirou três dias de licença para voar para Ohio e estar presente no velório. Acima de qualquer coisa, tinha sido este último ato de amizade, essa dívida de gratidão que precisava pagar, que fizera Smita dizer sim quando Shannon lhe pediu que fosse a Mumbai. Pensou em passar alguns dias ali para ajudar Shannon a se recuperar. Mas viu-se tendo que lidar com tudo o que detestava naquele país — o modo com que as mulheres eram tratadas, o conflito religioso, o conservadorismo. *Mas você é uma jornalista que cobre casos de questões de gênero*, Smita lembrou a si mesma. *Shannon não precisaria pensar muito para te chamar. Ainda mais porque você estava a um voo de três horas daqui.*

— Então, sobre o que estamos falando? — perguntou Smita. — Só uma matéria com a repercussão, certo?

— Deixo a seu critério — Shannon respondeu. — Talvez você possa se encontrar com Meena primeiro e preparar um perfil curto sobre ela, sobre o que está pensando, seus medos e suas esperanças. E então um texto mostrando a sua reação depois que o juiz se pronunciar. O que acha? — Ela olhou para Nandini. — Nan é maravilhosa, por falar nisso. Uma profissional incrível. Vai te ajudar da melhor maneira que puder.

Smita decidiu dizer o óbvio.

— Não preciso de uma tradutora. Sei que meu hindi não é perfeito, mas acho que me viro. Eles falam hindi, certo?

— Sim, e um dialeto peculiar de marati.

— Se me permitem dizer — Mohan interrompeu —, o mais importante é que chegar lá será um problema. É uma região muito rural. Por isso, ter alguém como Nandini, que conhece o caminho, será de grande ajuda.

Atrás dele, Nandini fechou a cara. Mas só Smita notou.

— Há uma estação de trem, mas não é lá muito perto de Birwad — Shannon disse.

— A pousada onde normalmente nos hospedamos fica a uma boa distância do vilarejo. Você precisa de um carro.

Smita assentiu. Não tinha a menor intenção de atravessar a Índia de trem.

A enfermeira voltou com os comprimidos que Shannon pedira e água mineral, mas Shannon fez um sinal para que colocasse tudo sobre a mesa de cabeceira. Quando a enfermeira saiu, ela fez uma cara triste. — Depois que tomar esses remédios, vou passar horas apagada. Preciso te dar todas as informações agora.

— Certo — Smita disse. As coisas estavam saindo de seu controle. Não havia a menor possibilidade de recusar a tarefa.

Honra 37

Qual motivo poderia dar a seu editor, Cliff, para recusar a cobertura da história, depois de ter viajado com tanta pressa à Índia? Cliff devia ter dado permissão a Shannon para que ela a chamasse. *Caramba*, Smita pensou, *ele provavelmente achou que estava me fazendo um favor, que estava me passando um grande caso*. Mas por que, afinal de contas, não tinha conversado com ela antes? Qualquer coisa poderia poupar o susto desse mal-entendido.

Shannon tensionou a mandíbula quando foi tomada pela dor e começou a falar mais depressa, enquanto estendia o braço para pegar o copo de água e os dois comprimidos brancos. Smita sentiu o estômago revirar. Nunca tinha quebrado um osso e de repente se sentiu profundamente agradecida por isso.

— Se pegar meu telefone, te passo o número de Anjali — Shannon disse. — É a advogada que está ajudando Meena. Até onde sei, Meena ainda está morando com a sogra. Vivem perto de Birwad. A propósito, os irmãos foram soltos provisoriamente e estão por aí livres, acredite ou não. Converse com eles também. E entreviste o líder do vilarejo. Ele é um caso sério, pois aterrorizou Meena antes mesmo de seu casamento. — Ela engoliu os comprimidos. — Se der uma olhada em outros de meus textos, vai achar o nome do vilarejo dos irmãos. Ou talvez Nandini se lembre qual é. Também tem uma irmã em algum lugar...

Shannon pousou o copo na mesinha.

— Obrigada por fazer isso, Smita. Fico te devendo uma.

Smita deixou a hesitação de lado. A verdade era que teria pedido o mesmo favor se os papéis fossem trocados. E Shannon a teria ajudado sem ressentimento nem reclamação alguma.

— Não seja tola — disse. — Vou ligar para Anjali hoje para saber quando devo partir. Gostaria de estar aqui no momento da cirurgia, se possível.

— Não precisa. Mohan vai me ajudar...

— É uma boa ideia — Nandini assentiu vigorosamente. — Devemos estar aqui para o dia da cirurgia.

— Não tem necessidade — Shannon repetiu. — Você precisa ajudar Smita.

Conversaram por mais quinze minutos, e então Shannon fechou os olhos. Depois de alguns minutos, roncou alto, e um ronco constante e mais baixo veio na sequência.

Smita se virou para Mohan. — Por quanto tempo ela vai ficar apagada?

Ele olhou para ela sem entender. — Apagada?

— Eu... desculpe. Quero saber quanto tempo ela vai dormir depois de ter tomado esses remédios.

— Ah, entendi. Espero que três ou quatro horas. Mas com frequência a dor a desperta antes disso.

— O.k. — Olhou ao redor do quarto, desejando falar com ele a sós.

— Acha que... tem algum lugar onde eu possa tomar um café?

— Sim, claro — ele disse imediatamente. — Posso ir e...?

— Vou com você — ela disse, levantando-se antes que ele pudesse reagir. E se virou para Nandini. — O que quer de lá?

— Nada, obrigada.

— Tem certeza? Você deve estar muito cansada.

— Estou bem.

— O.k., então.

— Você não deve ficar brava com Nandini — Mohan disse assim que saíram do quarto. — Ela está muito preocupada com Shannon, só isso. Sente-se responsável.

— Por que se sentiria assim? Foi um acidente.

Ele deu de ombros.

— Ela vem de uma família de classe média-baixa. A primeira em sua família a entrar na faculdade. E trabalha com uma mulher americana que é boa com ela e faz com que se sinta valorizada. Ganha um bom dinheiro trabalhando para um jornal ocidental. Dá para entender por que é tão leal.

— Há quanto tempo você conhece Shannon?

— Há cerca de dois anos.

— Você é um bom amigo — Smita disse enquanto esperavam o elevador. — Por ajudá-la dessa maneira.

— Você também. Interromper as férias para voltar à sua terra e ajudá-la.

— *Minha terra?*

— Sim, claro. Você disse que nasceu aqui, não é?

— É, mas... eu era adolescente quando fomos embora.

— E balançou a cabeça. — Não sei. Não penso na Índia dessa maneira.

— Como você pensa na Índia?

Qual era o problema desse cara, por que era tão intrometido?

— Eu... não penso — disse por fim. — Não penso muito. Não quero ser grosseira.

Mohan assentiu. Depois de um momento, disse:

— Olha, eu tive um amigo na faculdade. Ele foi para Londres por um mês durante as férias de verão. Um mês. E quando voltou, de repente, estava falando com um sotaque britânico, como um homem branco, um *gora*.

As portas do elevador se abriram, e eles entraram. Smita esperou que Mohan dissesse mais alguma coisa, mas ele ficou em silêncio.

— O que isso tem a ver comigo? — ela perguntou por fim.

— Detesto esse complexo de inferioridade que tantos da nossa... da *minha*... gente têm. Tudo do Ocidente é melhor.

Ela esperou até saírem do elevador, pois percebeu que um jovem estava escutando a conversa. Na recepção, disse:

— Olha, eu entendo. Mas vivo nos Estados Unidos há vinte anos. Sou uma cidadã norte-americana.

Mohan parou de caminhar e olhou para ela. Depois de um instante, ele deu de ombros.

— Desculpe, *yaar* — disse. — Não sei como entramos nesse assunto tolo. *Chalo*, vamos pegar o café. A cafeteria fica logo ali.

Smita teve a sensação de que de alguma forma tinha caído um pouco no conceito dele. *Ele que se foda*, pensou. *É só uma espécie de nacionalista.*

— Saí sem o café da manhã hoje — Mohan disse. — Quer alguma coisa além de café?

— Fiz uma refeição farta no hotel. Mas vá em frente.

Mohan pediu *masala dosa*. Smita resistiu à vontade de pedir um suco natural, e decidiu-se por um café. — Eu adorava suco de lima doce — disse.

— Então peça um, *yaar* — disse imediatamente.

— Estou com receio de irritar o estômago.

— Estômago americano. — Mas ele disse isso com descontração na voz.

O *dosa* chegou, e Mohan pegou um pedaço do crepe e ofereceu a ela. — Pegue. Vamos, pegue, *yaar*. Não vai acontecer nada. E se sentir desconforto estomacal, olhe ao redor. Você está num hospital.

Smita revirou os olhos. Mastigou o crepe. Mesmo sem o recheio de batata, o *dosa* era dos deuses, melhor que qualquer outro que já havia comido nos Estados Unidos. — Tãããooo bom — disse.

O rosto de Mohan se iluminou, e imediatamente ele fez um sinal para o garçom e pediu mais um.

— Vá em frente e coma este. Vou comer o meu logo.

— De jeito nenhum. Você é quem está com fome.

— E é você quem está de olho nesse *dosa* como se estivesse passando fome. Está claro que você se esqueceu do gosto de casa.

As lágrimas que encheram os olhos dela pegaram os dois de surpresa.

Envergonhada, ela desviou o olhar. Não havia como explicar que as palavras dele repetiam o que sua mãe dizia sobre sentir saudade das paisagens, dos cheiros e dos sabores da Índia.

Mohan se recostou e a observou com satisfação.

— Viu? — disse depois de alguns minutos. — Você ainda tem a alma *desi*.

Ela parou de mastigar.

— Por que é tão importante para você? Que eu retome minha... — e fez o gesto de aspas com os dedos — *terra*?

O garçom colocou o *dosa* de Mohan na frente dele.

— *Shukriya* — Mohan disse antes de voltar a prestar atenção nela. — Não é uma questão importante ou não importante, *yaar*. É só que... quem pode sair de Mumbai e não sentir saudade?

— Do que eu sentiria saudade? Do fato de que sempre que pegava um ônibus um desconhecido achava que tinha o direito de me tocar? Ou de que todas as vezes que queria sair de casa usando um vestido curto, meu pai não deixava por causa dos tarados na rua? Responda.

— Mas isso não é justo — Mohan disse. — Essas coisas acontecem em todos os lugares do mundo.

— Claro. Verdade. Mas estou tentando fazer com que você entenda algo. Que a sua Mumbai não é a mesma que a minha Mumbai.

Mohan fez uma careta.

— Certo, eu entendo. Minha irmã sempre diz a mesma coisa.

— Ótimo. — Assentiu, e terminou de beber o café. — Quantos anos tem sua irmã?

— Vinte e quatro.

— E ela frequenta a faculdade em Mumbai?

— Shoba? Não, ela é casada. Mora em Bangalore. Estou sozinho aqui em Mumbai.

— Você está aqui na cidade sozinho? — perguntou.

— Sim. Apesar de detestar ser sozinho.

Ele pareceu tão triste que Smita começou a rir. Algo nele fazia com que se lembrasse de seu irmão Rohit.

— Se você não se importar, quero pedir um sanduíche para Nandini — Mohan disse. — Sabe, ela pega dois ônibus para chegar aqui. Tenho certeza de que ainda não comeu nada hoje.

Sim, ele era muito parecido com Rohit.

— Ótimo — disse. E ela nem sequer se ofereceu para pedir a conta. Ele era um cara de Mumbai, e caras de Mumbai não permitiam que convidados pagassem a conta. Isso ela ainda sabia.

Capítulo Quatro

Eles ouviram vozes altas quando se aproximaram do quarto de Shannon.
— Ai, meu Deus, ela está acordada — Mohan disse. — Os analgésicos não fizeram efeito.
— Onde diabos vocês dois estavam? — Shannon disse assim que eles entraram no quarto, e Smita ficou paralisada, assustada com o descontrole de Shannon.
— Sinto muito — Smita sussurrou. — Fomos comer alguma coisa. — Viu o rosto sério e choroso de Nandini e sentiu pena da moça.
— Bom, estou de saco cheio — Shannon disse com o mesmo tom ríspido. E se virou para Mohan. — O dr. Pal passou enquanto vocês estavam fora. E disse que não podem dar nenhum remédio mais forte do que essa merda que estou tomando.
— Vou falar com ele...
— Não, tudo bem. Ele me convenceu. Vou fazer a cirurgia amanhã. O dr. Pal disse que esse outro médico é muito competente. Não posso esperar mais um dia.
— Shannon, tem certeza? — A voz de Mohan saiu baixa, e ele manteve o cenho franzido de preocupação.
— Tenho certeza — Shannon disse, caindo no choro. — Não aguento mais nem um segundo de dor.

Mohan respirou fundo.

— Certo — disse. — Parece ser uma boa ideia, então.

Shannon ergueu a mão que mantinha sob o lençol e a estendeu a Mohan. — Você vai ficar comigo depois que Smita e Nan forem embora?

— Claro.

Ouviu-se um ruído no canto do quarto e todos se sobressaltaram quando Nandini saiu apressadamente. Shannon olhou para Mohan. — Não aguento o fingimento dela — disse. — Vá conversar com ela para que tenha um pouco mais de bom senso.

— O que está acontecendo? — Smita perguntou. Mas Mohan balançou a cabeça e saiu do quarto.

Smita puxou uma cadeira para perto da cama. Conseguia ouvir Mohan e Nandini conversando no corredor, a voz da mulher alta e estridente.

— Você tem o número de Anjali, não tem? — Shannon perguntou com os olhos fechados. — Pode ligar para ela e descobrir se já sabe a data do veredicto?

— Vou fazer isso, pode deixar. Agora pare de se preocupar com trabalho.

Shannon sorriu. — Você é a melhor. É por isso que eu só podia confiar essa matéria a você. Você vai entender Meena como nenhum dos outros jornalistas iria entender.

Esperando que Mohan voltasse, Smita ficou sentada observando Shannon cochilar. Depois de alguns minutos, levantou-se e caminhou até a janela. Lá fora, o mar quebrava em enormes rochas, espirrando água por todos os lados. Levou um susto ao perceber que Nandini estava ao lado dela. Não tinha ouvido a moça entrar no quarto.

— Oi — Smita disse, sem se preocupar em esconder a irritação, detestando a ideia de ficar sozinha no carro com aquela mulher estranha.

— Estou com muito medo, senhora — Nandini disse. — A mãe de minha amiga passou por essa mesma cirurgia. E morreu.

Seria medo o que fazia Nandini agir de modo tão estranho?

— Ela vai ficar bem — Smita disse. — Este hospital é de primeira linha.

Nandini assentiu. — Mohan *bhai* estava me dizendo isso. — Secou o nariz com as costas da mão. — Senhora, Shannon tem sido muito boa comigo. Ela me trata melhor do que minhas irmãs.

Smita tinha visto esse fenômeno em todo o mundo — mulheres jovens de famílias de baixa renda, magérrimas, trabalhando muitas horas em condições muito ruins para melhorar de vida. E a gratidão que sentiam em relação a chefes ou benfeitores — qualquer pessoa que oferecesse um pouco de gentileza a elas — era tão profunda, tão sincera, que sempre a deixava de coração apertado. Imaginou o bairro superpopuloso onde Nandini vivia, a longa viagem de transporte público, os esforços hercúleos para aprender inglês, e por fim, a chance de trabalhar para uma agência ou jornal ocidental — a libertação que vinha de tal oportunidade, e a lealdade que isso inspirava.

— Nandini — disse —, Shannon é saudável. Vai se recuperar depressa. Enquanto isso — respirou fundo —, vamos trabalhar juntas, está bem?

— Gostaria de te alertar sobre algo muito chato, Smita. — Os olhos da mulher mais jovem percorreram seu corpo. — Você vai precisar de roupas mais discretas, como *shalwar kameez*. Vamos visitar uma área conservadora.

Smita corou. Será que Nandini achava que ela era uma espécie de novata no assunto?

— Sim, eu sei — disse. — Vou comprar roupas mais tarde. Como você sabe, eu estava em férias até ontem.

— Parece uma boa ideia ir às compras.

Elas permaneceram olhando para o mar até uma enfermeira entrar no quarto.

A enfermeira disse algo a Nandini em um marati bem rápido enquanto Smita olhava para uma e para a outra. Ouviu a palavra "americana" algumas vezes, e a enfermeira parecia incomodada. Por fim, virou-se para Smita e disse: — Acabou o horário de visitas, senhora. É preciso que saia.

— *Ela* está aqui — Smita disse meneando a cabeça em direção a Nandini.

— Minha supervisora abriu exceções para a cuidadora da sra. Shannon e para o moço alto. Mas, por favor, os convidados só podem permanecer aqui nos horários de visita.

Smita suspirou.

— Certo. — Quando se deu conta de que a enfermeira não arredaria pé dali, disse: — Por favor, me dê alguns minutos para que eu possa refazer meus planos.

— Cinco minutos.

Smita acompanhou a enfermeira até o corredor. Mohan estava à frente da mesa das enfermeiras, conversando com o mesmo residente jovem de antes.

Mohan a viu, disse algo ao rapaz e se aproximou dela.

— Você vai embora? — perguntou.

— Estão me mandando embora.

— Eles são muito restritos em relação ao horário de visita. Eu poderia tentar...

— Tudo bem. Parece que já abriram exceção para você e Nandini. — Ela percebeu a amargura na própria voz e sabia que Mohan também notara.

— Sinto muito — ele disse.

Ela balançou a cabeça. — Sem problema. A questão é que ainda preciso me preparar para Birwad. Tenho que falar com aquela advogada. E Nandini me disse que devo comprar roupas mais adequadas para a viagem.

Mohan parecia constrangido.

— Estamos todos sob pressão — murmurou. Em seguida, falou com mais entusiasmo. — A propósito, acabei de receber boas notícias. Eles vão colocar Shannon em prioridade na fila. A cirurgia dela será a primeira amanhã.

— Ótimo. A que horas devo estar no hospital?

— Vamos ver. Eles vão levá-la às sete. Mas não vai acontecer nada até as oito. E é uma cirurgia longa. Mesmo que você chegue às nove ou dez...

— Estarei aqui às sete.

— Não precisa vir tão cedo. Você vai ter um dia exaustivo de viagem se partir depois da cirurgia. — E sorriu. — Nandini deixou claro que não vai sair enquanto não tiver certeza de que Shannon ficará bem.

Smita voltou a entrar no quarto. Shannon estava adormecida. Smita deu um beijinho em sua testa e depois ficou observando a amiga. A dor havia entalhado novas rugas no rosto de Shannon. Enquanto acompanhava o cochilo, Shannon gemeu baixinho. Smita sentiu-se tomada pela piedade. Shannon costumava ser tão sociável e extrovertida que era fácil esquecer que não tinha família. Certa vez, apenas uma vez, quando as duas estavam embriagadas depois de uma festa de trabalho, Shannon contou sobre a infância passada em lares adotivos. Smita admirava Shannon — ali estava ela, em um país que não era o seu, sendo papariada por uma tradutora que a adorava e um amigo do sexo masculino que fazia de tudo para que recebesse os melhores cuidados.

E Shannon ainda pode contar comigo, Smita pensou. *Larguei tudo para vir correndo e ficar ao lado dela. Por quê? Pelo bem de Shannon, claro, mas também para provar que sei ser uma amiga de verdade. Quer dizer, isso é uma piada. Porque Shannon não precisa da minha amizade, muito menos da minha companhia — só precisa do meu compromisso profissional.*

— Até amanhã — Smita sussurrou para Nandini, e antes que a tradutora pudesse responder, ela saiu do quarto.

Sᴍɪᴛᴀ ʟɪɢᴏᴜ ᴘᴀʀᴀ o número de Anjali assim que o táxi saiu da frente do hospital. O celular chamou algumas vezes até ela ouvir uma voz: — Diga.

— Oi — Smita disse, surpresa com a resposta abrupta. — É Anjali?

— Isso. Quem é?

Apesar de Smita saber que ficaria muito quente dentro do táxi, fez um gesto para que o motorista subisse o vidro. — Eu me chamo Smita. Sou colega de Shannon. E vou assumir a matéria de Meena Mustafa para ela.

— Ah, sim. — Anjali tinha o sotaque contido de indianos de classe alta de que Smita se lembrava na infância. — A assistente dela me contou que você estava voltando dos Estados Unidos.

Smita não se importou em corrigi-la.

— Sim, cheguei ontem à noite.

— Como está Shannon? Já passou pela cirurgia?

— Está marcada para amanhã de manhã.

— Bom, bom. — Havia um toque de impaciência na voz de Anjali, o modo de falar de uma mulher que trabalhava demais e tinha cem coisas diferentes para fazer sempre. Smita conhecia aquele tom muito bem.

— Liguei para falar do veredicto. Shannon acha que eu devo partir amanhã...

— Não se preocupe — Anjali disse, interrompendo-a. — Ficamos sabendo hoje, há alguns minutos, que houve um atraso. Não haverá julgamento amanhã.

— Ah, por que não?

Anjali deu uma risada amarga.

— *Por que não?* Porque estamos na Índia. Aparentemente, o juiz não terminou de escrever a decisão.

— Entendi.

— Então, você ainda poderá vir mais tarde? — Anjali perguntou. — Ou o jornal não vai acompanhar?

Talvez usem informações de alguma agência de notícias?, Smita pensou.

— Será que a imprensa indiana está cobrindo o caso? — Smita perguntou. — Talvez possamos apenas...

— Por favor. — O tom de Anjali foi irônico. — Você acha que eles se importariam com essa história? Afinal, foram hindus que mataram um muçulmano. Por isso, quem se importa? É, como dizem, só mais do mesmo. Normal. Não, eles estão ocupados demais cobrindo celebridades e... *críquete*.

Smita achou graça na maneira irônica com que Anjali disse a última palavra.

— Escute, onde ficam seus escritórios? — perguntou. — Adoraria conversar sobre o motivo de você ter pegado esse caso e também discutir outras questões.

— O motivo? O motivo é que nenhum outro advogado se importaria com esse caso. E precisamos de mais mulheres como Meena para defender os direitos dela. É a única maneira de fazer com que as coisas mudem neste bendito país.

— Sim, claro. E você está perto de Birwad?

— Não exatamente. Nossos escritórios ficam a cerca de uma hora de carro do vilarejo de Meena e um pouco mais distantes de Vithalgaon, o vilarejo onde os irmãos dela vivem. De Mumbai, você vai precisar dirigir. Você terá um motorista, certo?

— Sim.

— Ótimo — Anjali disse de modo distraído. — Quer que eu entre em contato com você quando soubermos a data do veredicto?

Um motoqueiro se aproximou tanto do táxi de Smita antes de desviar no último instante, que ela precisou morder o lábio para não gritar. O motorista ergueu o punho em direção ao motoqueiro antes de acelerar.

— Alô? — Anjali disse.

— Ah, me desculpe — Smita respondeu. — Quando você acha que vai saber?

Anjali riu, e então acrescentou:

— Difícil saber. Pelo menos um dia antes, espero. — E fez uma pausa. — Você está em Mumbai?

Smita pensou por um momento, e então decidiu:

— Acho que podemos começar as conversas depois de amanhã — disse. — Assim, fico no hospital o dia todo amanhã se precisar.

— Mas o veredicto só deve vir um dia depois...

— Tudo bem. Vou encontrar Meena. E também entrevistar os irmãos.

— Boa ideia. Mas tome cuidado. O irmão mais velho, principalmente, sabe ser bem violento. Você precisa ver como se comporta no tribunal. O pior de todos é Rupal Bhosle. É o líder do conselho do vilarejo. Os irmãos o idolatram como se ele fosse uma espécie de deus. Que pena que eu não pude processá-lo.

— É difícil acreditar que alguém pode endossar tanta barbárie...

— Direito masculino, minha cara. Ideias imbecis sobre honra de família.

Smita notou raiva na voz de Anjali.

O taxista buzinou, incomodando Smita. Ela olhou ao redor, assustada. Eles estavam em um enorme congestionamento.

— Meu Deus — Anjali disse. — O que está acontecendo?

Smita se inclinou para a frente e tocou o motorista no ombro.

— *Oi, bhai* — disse em um hindi empolado. — Para que buzinar tanto? Ninguém está andando, *na*?

O homem olhou para trás e deu um sorrisinho envergonhado.

— Tem razão, senhorita — disse. — Fazer o quê? É só um hábito ruim.

Ela sorriu, desarmada pela timidez do motorista.

— Desculpe — ela disse a Anjali. — Estamos presos no trânsito.

— Quero dizer uma coisa — Anjali disse rapidamente. — Vamos manter contato nos próximos dias. Suponho que você vá ficar na mesma pousada em que Shannon se hospeda quando vai a Birwad, certo?

— Sim, acho que sim.

— E vai viajar com a assistente dela? Como se chama? *Nandita*?

— Nandini.

— Ah, sim, Nandini. Você está em boas mãos com ela.

Smita olhou com desânimo pela janela do táxi depois que encerraram a ligação.

Ela observou o topo dos prédios novos, horríveis por sinal, que haviam surgido por toda a cidade. Observou que os mais antigos, todos eles, precisavam de uma mão de tinta. E, por todo canto, havia uma pressão assustadora de gente — pessoas tomavam as ruas ao deixar as calçadas lotadas, enfiavam-se no meio do trânsito, espremiam-se para passar entre carros, ônibus e caminhões.

Incapaz de aguentar o calor dentro do táxi fechado, ela abriu a janela e imediatamente foi tomada por buzinas ensurdecedoras ao redor. Era como ouvir uma orquestra desarranjada e cacofônica; ela teve a estranha sensação de que os carros estavam se comunicando uns com os outros, como em um filme de ficção científica, pós-apocalíptico. Lutou contra a vontade de tapar os ouvidos com as mãos. Não que fosse nova no terceiro mundo. Mas a Índia não era bem um país, mas uma força incontida da natureza. Tudo ali a assoberbava — as paredes com manchas de *paan* de um hospital renomado, o trânsito insano, as hordas por toda parte, a insistência imbecil de Mohan para que ela considerasse a Índia sua terra natal. Naquele momento, a Índia parecia inexplicavelmente grande — além de pequena e provinciana o suficiente para estrangulá-la. Mas ela teria que aguentar. Ninguém cobria histórias como as que ela cobria nem ia a partes remotas do mundo como ela, porque as pessoas buscavam conforto. O que seu pai lhe dissera durante aqueles primeiros meses difíceis em Ohio? "Sentir-se desconfortável é bom, *beta*. É no desconforto que o crescimento acontece."

Papai. Ela não tinha contado que estava de volta à cidade que nenhum membro da família havia visitado desde a partida deles. Até onde seu pai sabia, ela ainda estava em férias nas Maldivas. Teria que telefonar para ele à noite, mas não via motivo para informá-lo sobre a mudança de planos. Isso só o faria preocupar-se até que ela voltasse para casa.

Smita virou a cabeça e viu o motorista olhando pelo espelho retrovisor. Ele desviou o olhar assim que seus olhos se encontraram, mas ela sentiu o calor tomar o rosto. Olhou para baixo, para a camiseta, e notou que um pouco de seu decote estava à mostra. Em Manhattan, a camiseta seria tão comum que nem mesmo seria notada — mas em Mumbai era suficiente para atrair a atenção de homens como o motorista do táxi. Não havia dúvida de que ela precisaria comprar roupas mais discretas antes de partir para o vilarejo de Meena. Ela se inclinou para a frente no banco, puxando o decote da camiseta para cima enquanto falava com o motorista.

— Ah, *bhai* — ela disse —, preciso comprar algumas roupas. Ainda vendem roupas na Colaba Causeway?

— Sim, claro, *memsahib* — disse. — Dizem que podemos comprar de tudo lá, de uma agulha a um elefante.

Capítulo Cinco

O CORAÇÃO DE SMITA começou a acelerar e suas mãos ficaram suadas poucos instantes depois de descer na Causeway. A ansiedade não era provocada por vendedores de barracas na beira da rua que imploravam para que ela conferisse bolsas de couro, bijuterias e estátuas de madeira. Não foi por ter ouvido seu riso distante na gargalhada que davam alunas de escolas logo à sua frente, por ter visto a si mesma ainda menina no modo com que elas desciam a rua meio saltitando, meio andando.

Não foi por ter passado na frente da Metro Shoes e ter se lembrado de que visitava a loja com a mãe no início de todo ano letivo. Não foi por ter passado na frente de lojas que vendiam mochilas e de ter recordado que seu pai comprava mochilas novas para ela e para Rohit antes do início das aulas. Não foi por ter passado na frente da Olympia Coffee House e se lembrado do café da manhã com ovos *bhurji*, que o pai a levava para desfrutar aos sábados.

As mãos ficaram suadas porque estava perto de uma rua que pretendera evitar para sempre.

Spencer Road. Como é hoje em dia?, perguntou a si mesma. Será que mantinha sinais da vida da família ali, ou o tempo a havia mudado durante a ausência deles? Será que algum dos velhos vizinhos ainda vivia por lá? Vizinhos que se lembrassem daquele dia de 1996? Tia Beatrice, a gentil cristã que morava na frente da casa deles, provavelmente estava morta fazia muito tempo. Mas havia outros que se lembravam com carinho de sua família — que recordavam, por exemplo, que seu pai comprava fogos de artifício para todas as crianças do bairro para comemorar o Diwali, a festa das luzes hindu? Que sentiam pelo menos um pouquinho de culpa mesmo depois de todo aquele tempo? Ou será que as águas turvas de todos aqueles anos tinham encoberto o incidente?

Smita parou de caminhar tão abruptamente que o jovem atrás dela quase se chocou contra seu corpo. Ela encontrou um lugar sob um toldo, fora do fluxo de pessoas. O coração estava tão acelerado que se sentiu zonza. Era como se o corpo protestasse contra o pensamento incompreensível que se formava em sua mente — ela queria ir até lá para ver a antiga rua.

Não seja ridícula, ela repreendeu a si mesma. *Não há nada para ver ali. Deixe o passado no passado. Você não tem mais nada a dizer àquelas pessoas, não mais.* Mas uma nova ideia se formou: ela queria visitar o antigo bairro não tanto por sua causa, mas por seu pai. Em algum momento, ela teria que contar sobre a visita a Mumbai. Não tinha que temer que o pai descobrisse sobre ela lendo uma de suas matérias no jornal; desde novembro de 2016, ele havia parado de assistir aos noticiários e deixado caducar a assinatura do jornal. "Viemos a este país acreditando que fosse a maior democracia do mundo", ele dizia quando discutiam. "E agora, veja o dano que esse homem está causando. Banir muçulmanos de entrar no país? Tirando filhos das mãos dos pais? Foi este o país para o qual viemos? Ainda assim vou votar, *beta*. Mas não suporto ler o que essas pessoas estão fazendo. Meu coração não aguenta isso."

Mas seu pai ficaria arrasado quando soubesse que ela tinha estado a dez minutos do antigo bairro sem visitá-lo. Sabia que ele estaria curioso sobre como a região havia mudado e a encheria de perguntas. Incentivada por esse pensamento, Smita começou a caminhar de novo, ignorando as batidas no peito. Refez os passos e atravessou uma das ruas paralelas. Para seu desgosto, ficou desorientada em minutos, incapaz de reconhecer uma única construção. Parou e perguntou como chegar à Spencer Road. No fim das contas, ela estava a duas ruas dali.

Quando chegou a seu destino, ficou parada, esperando que o coração acelerado se acalmasse, os olhos se movendo nervosamente enquanto ela olhava para cima e para baixo na rua. Seria possível que alguém a reconhecesse como a menina desengonçada de catorze anos que havia morado ali antes da partida para os Estados Unidos? Ela olhou para cima à procura do residencial Harbor Breeze, o prédio de sete andares de cor creme do outro lado da rua. Andaimes cobriam a fachada, e ela notou que o prédio estava sendo pintado. Parecia muito velho e deteriorado, bem diferente do prédio moderno do qual se lembrava. *Será que tudo parece novo e impecável quando somos jovens?*, ela se perguntou. Apenas as buganvílias que cobriam a parede caiada de branco e o único coqueiro que cresceu no pátio da frente fizeram com que ela reconhecesse o lugar.

Smita não se deu o trabalho de se virar para olhar o prédio atrás dela, onde tia Beatrice vivia. Ela já estava nervosa; olhar para a casa de Beatrice faria com que perdesse o controle.

Ao ouvir um som forte, ela se sobressaltou. Era só o barulho de um taco acertando uma bola, vindo de meninos que jogavam críquete na rua — mas bastou para que ela notasse como estava agitada e nervosa.

Porque teve essa percepção, sentiu raiva, uma raiva aguda e forte como o som daquele taco em contato com a bola. O que estava fazendo ali, escondida, amedrontada? Como se *ela* tivesse feito algo de errado, como se *ela* tivesse algo a esconder. Tremendo só de pensar na possibilidade de encontrar um dos antigos vizinhos.

Smita se lembrou com amargura de como os primeiros anos em Ohio haviam sido traumáticos para a mãe. Quanto tempo ela levara para fazer novos amigos, para confiar em alguém de fora de sua família. O modo com que ela rejeitou a amizade de outras mães quando tentavam incluí-la em passeios e almoços. Como ela ficava sozinha em casa durante o dia enquanto Smita e Rohit estavam na escola e o marido no trabalho, quase não lembrando em nada a mulher afetuosa e sociável que antes dava vida às atividades sociais daquele prédio.

Em meio à confusão de lembranças, Smita pensou em Pushpa Patel. A melhor amiga da mãe. A mãe de Chiku. *Talvez ela ainda viva aqui?*

Sem pensar em mais nada, Smita desceu da calçada para atravessar a rua. Um motociclista na rua de mão única por pouco não a atropelou, mas ela mal registrou as palavras que ele gritou.

Na recepção, ela olhou para cima, para a grande placa de madeira com os números dos apartamentos dos moradores do prédio. Ali estava o nome de Pushpa Patel e o número do apartamento, 3B, como sempre havia sido. Ela tinha passado muito tempo de sua infância naquele prédio. E então, como se lambesse uma ferida que não conseguia ignorar, procurou no quadro até encontrar o apartamento 5C. O antigo apartamento de sua família.

Para evitar a saraivada de perguntas do ascensorista, Smita foi pela escada. No terceiro andar, reconheceu o piso marrom com pintinhas no qual ela e Chiku costumavam brincar de amarelinha. O cheiro de fritura pairava no ar como um guarda-chuva aberto sobre a porta do apartamento. A raiva que a tirara da rua para levá-la ali havia desaparecido, e em seu lugar estava um nervosismo de acelerar o coração. Com a mão diante da campainha, ela esperou a ansiedade diminuir. *Ainda dá tempo de você ir embora*, ela disse a si mesma, apesar de saber que não faria isso. Ela tocou a campainha e ouviu o *ding-dong*.

Um instante se passou. *Merda*, Smita pensou. *Isso é um baita erro.* Mas logo em seguida a porta se abriu, e ali estava o rosto redondo de tia Pushpa, mais velho mas familiar, olhando para ela.

— Sim? — a mulher perguntou. — Em que posso ajudá-la?

A boca de Smita ficou seca. Ela esperou um lampejo de reconhecimento no rosto de Pushpa, mas em vez disso a mulher mais velha franziu o cenho, confusa. — Pois não? — repetiu.

Muitos anos haviam se passado, Smita se deu conta. O tempo era um filho da puta, corroendo tudo por onde passava.

A porta estava se fechando, com a sra. Patel voltando para dentro do apartamento.

— Tia Pushpa, sou eu — Smita disse depressa. — Smita Agarwal.

Mas Pushpa Patel pareceu tão confusa quanto antes. *Quantos anos ela tem agora?*, Smita se perguntou. *É um pouco mais velha que meu pai?*

— Sinto muito, mas você errou o número — a sra. Patel começou a dizer, como se aquele encontro fosse um telefonema, não uma visita cara a cara.

— Tia Pushpa, sou eu — Smita disse de novo. — Sua antiga vizinha do 5C.

Capítulo Seis

Smita reconheceu o baú de mogno da sala de estar de Pushpa. Ela e Chiku costumavam se esconder dentro dele quando brincavam de esconde-esconde, enquanto Rohit, dois anos mais velho, batia os pés no chão de mármore e fingia não saber onde eles estavam escondidos.

— Eu me lembro daquele baú — ela disse. — Chiku e eu...

— Obrigada — Pushpa disse. Ela se sentou em uma poltrona e fez um gesto para que Smita se sentasse na frente dela. — O que quer beber? — perguntou com educação. — Algo quente? Algo frio?

— Nada, obrigada — Smita disse, sem querer transformar o momento em uma visita social. Ela olhou aquela sala onde tinha passado muito tempo.

— Você ainda está morando nos Estados Unidos? — Pushpa perguntou. A voz era simpática, mas os olhos não demonstravam interesse na resposta. No passado, tia Pushpa era uma das adultas preferidas de Smita. Agora, Smita se perguntava por quê.

— Sim, moro em Nova York.

— Ah, sim, já fomos lá. Muitas vezes.

Smita assentiu.

— Que ótimo — disse vagamente. — Gostaram?

Ela se perguntou se o marido de Pushpa estava em casa. Qual era o nome dele mesmo? Por mais que tentasse, não conseguia se lembrar.

Pushpa fez uma careta.

— Algumas coisas eram boas. Mas havia muitos daqueles escuros, sempre se comportando mal nas ruas.

— Desculpe?

— Aqueles... como são chamados? Aqueles pretos.

— O termo correto é *afro-americano*. — Claro que a mulher era racista. Por que Smita estava surpresa?

Pushpa ficou tensa. E se recostou na poltrona.

— E você? É casada?

— Não — Smita disse. — Não sou. E...?

— Então não vai ter enroscos?

Smita olhou para a mulher com espanto até perceber o que Pushpa estava perguntando. Ela havia se esquecido de que os amigos indianos do pai se referiam com frequência a filhos como enroscos.

— Não — ela disse.

— Sinto muito — Pushpa disse, como se a condição de Smita sem filhos fosse algo digno de condolência.

Smita se remexeu na poltrona.

— Como está Chiku? — perguntou, querendo mudar de assunto.

O rosto de Pushpa se iluminou.

— Está bem. É um advogado conceituado. Atende por Chetan agora. Ninguém mais o chama de Chiku. Afinal, ele defende casos na corte. Ele e a esposa vivem em Cuffe Parade. Têm três filhos. Todos meninos, com a graça de Deus. Eu o casei assim que ele terminou a faculdade.

Então ela não só era racista, mas também sexista.

— Rohit se casou e também tem um filho — Smita disse.

— A senhora se lembra de meu irmão Rohit, não é?

Pushpa emitiu um som vago enquanto olhava em direção à varanda. As duas mulheres escutaram os gritos dos meninos jogando críquete na rua.

— Bola! Bola! Bola! — um deles gritou.

— Que comunidade... com que tipo de moça ele se casou? — Pushpa perguntou.

Ela sabe, Smita pensou. *Ela se lembra*. Forçando a voz para que permanecesse neutra, ela disse: — Uma moça norte-americana, claro. Muito bonita.

— Ela é... como dizem, uma africana?

Smita controlou a repulsa antes de responder.

— Não. Allison é branca. — Sua cunhada era filha de irlandeses de primeira geração, com cabelos escuros como os dela. Mas Smita sentiu um ímpeto irracional e infantil de impressionar a mulher passando a imagem de Ali como sendo a de uma mulher branca, anglo-saxã e protestante. — Ela é loira. De olhos azuis. Vem de uma família muito rica.

Pushpa pareceu impressionada.

— Uau! — disse.

Smita sorriu de modo contido. — Já ouviu falar dos computadores da Apple?

— Claro — Pushpa disse com uma risada. — Não somos tão atrasados. Todo mundo conhece a Apple. Meu Chetan tem três telefones da Apple.

Smita assentiu.

— O pai de minha cunhada é um executivo da Apple. Devia ter visto o dote que nos deu, tia. — Enquanto a série de mentiras escapava de seus lábios, ela se perguntou por que estava tentando impressionar aquela mulher horrorosa.

— Isso é muito bom — Pushpa disse, acenando com a cabeça como uma vaca faria.

Ela encarou Smita por um momento antes de desviar o olhar.

— E seus pais? Estão bem?

Smita se odiou por sentir os olhos marejados.

— Mamãe morreu há oito meses — ela disse.

— Meus pêsames — Pushpa disse, como se estivessem falando da morte do carteiro e não de alguém que tinha sido sua melhor amiga.

Smita sentiu a raiva aumentar.

— Mamãe teve uma boa vida. Mas nunca deixou de sentir saudade desta cidade, sabe? — disse delicadamente. — Durante toda a vida.

Pushpa olhou para as mãos.

— Ninguém que se muda para os Estados Unidos sente saudade da Índia — ela disse.

Sua cadela, Smita pensou. *Sua cadela desgraçada.* — Isso provavelmente é verdade no caso de pessoas que vão embora por vontade própria — ela disse. — Não no caso de quem é arrancado de casa.

Pushpa levantou a cabeça.

— Melhor deixar o passado no passado. Não há motivo para chorar sobre o leite derramado.

Foi a palavra "chorar" que despertou algo em Smita. Trouxe à tona a lembrança dos primeiros dias em Ohio, em que ela e Rohit chegavam em casa e encontravam a mãe de olhos vermelhos, sem força. De quando os dois escutavam conversas nas quais a mãe repreendia o pai por ter arrastado a família àquele *desh* frio, de inverno rigoroso. A voz do pai baixa e pedindo desculpas no começo das discussões, até se tornar mais alta e incisiva.

— É o seu privilégio falando, tia Pushpa — Smita disse de uma vez. — Não foi a sua vida que foi virada de cabeça para baixo, certo? Até o dia em que ela morreu, minha mãe se perguntou por que você nos traiu como traiu.

— Não fale bobagem — Pushpa disse. — Você é como seu pai. Sempre culpando os outros por seus problemas.

Uma veia latejou na testa de Smita. Ninguém nunca havia falado de seu pai de modo tão desdenhoso.

— Isso é mentira — ela disse. — Meu pai... é mil vezes melhor que qualquer um de vocês conseguirá ser! — Enquanto dizia essas palavras, sabia por que tinha ido à casa daquela mulher abominável: para dizer na cara dela aquilo que seu pai era muito educado para dizer.

A expressão de Pushpa ficou séria.

— Você voltou depois de todo esse tempo para criar problemas? — sibilou. — Qual é o sentido de todo esse drama, desse *tamasha*? Você aparece na porta da minha casa depois de todos esses anos para me insultar? É assim que vocês, americanos, tratam os idosos?

Smita se inclinou para a frente.

— Não — ela disse lentamente, com os olhos fixos no rosto da mulher mais velha. — Mas é assim que vocês, indianos, tratam seus filhos?

Ela ouviu Pushpa arfar ao se levantar.

— Saia. Vá embora. Suma da minha casa *agora*.

Smita encarou Pushpa, assustada com a rapidez com que a conversa havia degringolado.

— Tia, começamos a conversa com o pé esquerdo — ela disse. — Olha, eu vim para tentar esclarecer algumas coisas. Gostaria que conseguíssemos conversar... Por favor.

— Jaiprakash! — Pushpa gritou. — Onde você está? — E quando um senhor de pele escura entrou correndo na sala de estar, ela se virou para o cozinheiro e disse: — Mostre a essa *memsahib* a porta da rua.

O homem olhou de modo confuso para a patroa e depois para a jovem bem-vestida. Smita ergueu as mãos e ficou em pé.

— Está tudo bem — ela disse. — Vou sair.

SMITA FOI ARRASTANDO OS pés enquanto caminhava de volta à Causeway, irada com ela mesma pela visita impulsiva, assustada com a rapidez com que Pushpa havia se irritado. O que ela esperava ganhar confrontando aquela tola? Esperara conseguir envergonhar a mulher, arrancar dela um pedido de desculpas que pudesse repassar ao pai, para lembrar à sra. Patel que o passado nunca morria. Mas, em vez disso, tinha sido expulsa da vida de Pushpa mais uma vez.

Por que diabos estou surpresa?, Smita perguntou a si mesma enquanto atravessava a rua. Ela já era jornalista há muitos anos para não saber a facilidade com que as pessoas inventavam desculpas para os erros do passado. Ninguém era vilão em sua própria história. Era vergonhoso que tivesse esperança de que tia Pushpa tivesse perdido o sono por causa daquela história antiga. Por que se preocuparia com o passado se todos os dias uma nova Mumbai era construída por cima dos destroços da cidade antiga? "Olhe para o futuro, filha", seu pai costumava dizer. "É por isso que nossos pés apontam para a frente, não para trás."

Assim que chegou ao centro comercial, Smita parou em uma loja para comprar roupas adequadas para sua viagem a Birwad, mas o vendedor que a recebeu na primeira loja estava tão suado e efusivo que ela saiu na hora. Estava exaurida; teria que fazer compras no dia seguinte, nos intervalos em que não estivesse cuidando de Shannon. *Deve haver lojas perto do hospital, não é mesmo?*, apostou. Enquanto isso, só pensava em comer alguma coisa e cair na cama. Mas comer sozinha no esplendor opulento do Taj gerava uma terrível sensação de solidão, por isso seguiu caminhando, procurando um restaurante que atendesse os muitos turistas ocidentais. Ela parou no Leopold Café e sentou-se a uma das mesas que davam vista para a Causeway.

Enquanto bebericava uma cerveja, depois de pedir um sanduíche para um garçom idoso, Smita viu o que pareciam buracos nas paredes do Leopold. Ela piscou, se lembrando. *É claro!* O restaurante tinha sido um dos alvos de ataques terroristas que fizeram aquela metrópole cair de joelhos por três dias em novembro de 2008. O que o Leopold havia feito — recusando-se a encobrir sua história e manter as marcas de bala como um lembrete permanente daqueles dias de terror — era incomum. Na maior parte do tempo, o mundo escolhia seguir em frente sem olhar para trás. Ela via como esse tipo de atitude era tomada nos Estados Unidos após cada tiroteio em escolas: uma enxurrada de matérias, *tweets* hipócritas falando de pensamentos comovidos e preces, previsíveis pedidos por reformas no que dizia respeito ao controle de armas e então... silêncio. Os pais e outros sobreviventes sentiam um pesar eterno, sempre em descompasso em relação a um mundo que havia seguido em frente. As manchas de sangue eram limpas das paredes das escolas antes do retorno dos alunos.

Smita estava visitando os pais e o irmão em Ohio naquele mês de novembro, e os quatro ficaram grudados na frente da televisão assistindo à CNN com as notícias sobre os jovens do Paquistão abrindo fogo na cidade e incendiando o Taj. Rohit desviou o olhar da tela e disse com tanto ódio na voz que chamou atenção de Smita e dos pais:

— Bem feito. Espero que acabem com aquela maldita cidade.

— *Beta* — o pai disse de modo reflexivo —, desejar o mal de milhões de inocentes é pecado.

Rohit balançou a cabeça e saiu da sala.

Ela tentou falar mais sobre o assunto com Rohit naquela noite, com os dois em frente à televisão depois de os pais terem ido dormir. Mas ele fez um gesto em direção ao *The Daily Show*.

— Estou assistindo — disse de modo curto e grosso, e Smita se calou.

O garçom idoso voltou à mesa com o sanduíche.

— Primeira vez aqui? — perguntou, meneando a cabeça em direção à parede com marcas de tiros.

— Sim. O senhor estava aqui quando tudo aconteceu?

— Sim, senhora. Deus estava comigo naquele dia. Eu tinha acabado de subir ao mezanino. Dois colegas não tiveram a mesma sorte. Assim como muitos de nossos clientes.

Ela já havia escutado variações dessa história muitas vezes, pessoas comuns tentando elucidar um mistério sem resposta: por que haviam sobrevivido se tantas outras tinham morrido na tragédia? Independentemente da calamidade — acidentes de avião, terremotos ou tiroteios em massa —, os sobreviventes se sentiam levados a procurar um motivo, a discernir algum padrão que explicasse por que tinham sido poupados. Smita não via padrão para tais eventos: acreditava que a vida era composta de uma série de acontecimentos aleatórios, um zigue-zague de coincidências que levava à sobrevivência ou à morte.

O garçom jogou um pano de prato sobre o ombro direito.
— Os desgraçados nem sequer entraram — disse. — Postaram-se na entrada atirando tão casualmente como se eu e você estivéssemos entregando doces no Diwali. — As pálpebras tremeram por um instante enquanto ele se lembrava. — Havia sangue por todos os lados, pessoas gritando, enfiando-se embaixo das mesas. E então, eles jogaram uma granada. Imagine, senhora. Uma granada dentro de um restaurante. Que tipo de pessoa faz uma coisa assim?

Todo tipo de pessoa, Smita pensou em dizer. *Aparentemente pessoas comuns que acordam todos os dias, tomam café da manhã, sorriem para os vizinhos e beijam os filhos antes de sair de casa. Até serem tomados por uma convicção ideológica, ou até uma mudança ocorrer na vida a ponto de fazer com que queiram reorganizar o mundo ou destruir tudo.*

O garçom deve ter notado algo em seu rosto, uma mistura de repulsa e fatalismo, porque disse baixinho: — O mesmo mal aconteceu em seu país, não é? No Onze de Setembro?

— Como o senhor sabe que sou dos Estados Unidos? — Smita perguntou.

Ele abriu um largo sorriso, mostrando os dentes manchados de cigarro.

— Trabalho aqui há trinta anos, senhora. Muitos de nossos clientes são estrangeiros. *Bas*, assim que a senhora abriu a boca, soube que é América.

"Você é América", o garçom disse. Não *Você é americana*. Smita sentiu que ele tinha razão. Naquele momento, ela se sentiu como se fosse toda a América, como se a terra vermelha da Geórgia tivesse endurecido seus ossos, e as águas azuis do Pacífico corressem por suas veias. Ela era a América, ela toda — Walt Whitman e Woody Guthrie, as montanhas Rochosas cobertas de neve e o delta do Mississippi, o gêiser Old Faithful em Yellowstone. Sentiu-se tão afastada da cidade em que nascera que teria pagado um milhão de dólares para ser levada de volta a seu apartamento silencioso e monástico no Brooklyn.

— E então, o que a trouxe à nossa Mumbai? — o garçom perguntou, e o falatório deixou Smita um pouco incomodada. — Férias ou negócios?

— Negócios — disse brevemente.

Ele deve ter sentido a relutância com que ela deu a resposta e começou a se afastar, retomando a formalidade de antes.

— Aproveite a estada — ele disse.

Smita permaneceu no Leopold mesmo depois de ter pagado a conta, repassando mentalmente a conversa com tia Pushpa. Ela era jornalista e, ainda assim, foi Pushpa quem havia dominado a narrativa.

Ela se lembrou do que Molly, que trabalhava para a NBC, havia dito certa vez: a regra mais básica do jornalismo era nunca, de modo algum, desprezar o microfone, nunca entregá-lo ao entrevistado. A velha Pushpa Patel — que, até onde ela sabia, nunca havia tido um emprego, muito menos entrevistado déspotas e líderes do mundo todo —, havia conseguido tomar o microfone dela. No dia seguinte, a mulher recontaria com contentamento a história a todos os ex-vizinhos — sobre como Smita, esse mero deslize de garota, tinha ousado entrar em sua casa e insultá-la. E como ela a havia colocado em seu lugar.

Era verdade o que diziam. Não era possível voltar para casa. Mumbai a tinha rejeitado uma vez, e tinha voltado a fazer isso. Como era possível que Shannon, que estava na Índia havia três anos, tivesse conseguido encontrar Mohan e Nandini, pessoas que claramente se importavam com ela? No caso de Smita, não existia uma alma naquela cidade de vinte milhões de pessoas a quem ela poderia recorrer. Depois de escapar da Índia, Smita tinha perdido toda a conexão com os amigos de escola. Nos últimos anos, como muitos de seus ex-colegas de classe haviam encontrado uns aos outros por intermédio das mídias sociais, vários deles tentaram contato com Smita, mas ela sequer respondeu às mensagens. Como aguentaria a curiosidade e as perguntas que fariam? Seus pais também não tinham mantido contato com os poucos parentes que restavam em Mumbai. Não, ela poderia estar em Nairóbi ou Jacarta, não faria diferença alguma.

Ela saiu do restaurante e caminhou de volta ao hotel, incomodada com os gritos frenéticos dos vendedores, fazendo com que ela se lembrasse dos grasnidos de pássaros ao pôr do sol. Sarongues e *kurtas*. Bolsas de couro e perfumes. Eles queriam que ela comprasse tudo. Ela ignorou os apelos, tomando cuidado de não olhar nos olhos de nenhum deles.

Estava escuro quando ela chegou ao Taj. Apesar do cansaço, pensou por um instante em atravessar a rua e passar por baixo do arco do Portal até o mar de Apollo Bunder, o mar que tinha sido o pano de fundo de sua infância. Mas, em vez disso, passou pelos detectores de metal do hotel — um legado dos ataques de 2008 que a jovem recepcionista, como quem se desculpa, informou no momento do check-in — e então pegou o elevador até o quarto.

Capítulo Sete

De manhã, Smita chegou ao hospital com tempo de sobra. A enfermeira e o assistente estavam no quarto de Shannon, prestes a transferi-la para uma maca para, então, levá-la à sala de cirurgia. Mohan e Nandini, com expressão séria, mal olharam para ela no momento de sua chegada.

— Smita — Shannon disse. — Estou muito feliz por você estar aqui.

As palavras eram como uma vassoura varrendo o restante de seu ressentimento por ter sido chamada a Mumbai.

— Eu também — ela disse. — E tenho uma boa notícia: não teremos veredicto hoje. Então poderei ficar com você o dia todo.

Smita teve uma leve percepção de que Nandini havia se virado para olhar para ela. Mas, no segundo seguinte, continuou discutindo com a enfermeira em marati, e Smita só entendeu uma ou duas palavras. Ela ouviu as palavras "cama" e "transferir", e então escutou a enfermeira dizer: — *Accha*, tudo bem. Podemos levá-la daqui. Está bem?

— Ótimo — Nandini disse, com um sorriso satisfeito. Ela se virou para Shannon.

— Você será levada à sala de cirurgia nessa cama, Shannon. Não colocarão você na maca.

Shannon lançou a Smita um olhar sério. *Acredita nisso?*, ela parecia indicar.

— Onde esperamos? Podemos ir com ela? — Smita perguntou a Mohan.

— O quê? — Ele a olhou de modo distraído, como se tivesse se esquecido de quem ela era. — Sim, claro. — E se virou para a enfermeira. — *Chalo*, vamos.

Shannon estendeu a mão para Mohan enquanto o maqueiro destravava a cama.

— Muito obrigada, querido — ela disse. — Não sei o que eu...

— Não precisa agradecer — Mohan disse, balançando a cabeça de modo enfático. — Até breve.

— *Inshallah* — Shannon respondeu, e Smita sorriu por causa do jeito com que ela usou a palavra. Sem esforço algum.

Nandini caminhou ao lado da cama enquanto levavam Shannon para a sala de cirurgia, com Smita e Mohan logo atrás. Diante da grande porta de metal, a pequena caravana parou.

— Daqui para a frente, só entram pacientes — a enfermeira disse, olhando diretamente para Nandini, como se estivesse se preparando para uma discussão. Mas Nandini assentiu sem nada dizer antes de pegar a mão de Shannon. — Boa sorte — ela disse.

— Obrigada, Nan. Não se esqueça de começar cedo amanhã, está bem? Você deve buscar Smita e...

— Shannon — Mohan e Nandini disseram ao mesmo tempo, e Shannon sorriu.

— Até mais tarde — ela disse. — Procurem comer alguma coisa, todos vocês.

ELES VOLTARAM PARA o quarto de Shannon para esperar, conversando amenidades pelo caminho. Nandini foi imediatamente até a janela e permaneceu ali, de costas para Smita e Mohan. Smita lançou um olhar questionador, mas ele pareceu indiferente. A conversa perdeu força e, depois de dez minutos, Mohan se levantou.

— Preciso ir um pouco lá fora, *yaar* — anunciou. — Só para ficar longe dessa atmosfera.

Smita sentiu o estômago revirar ao pensar em ficar sozinha com Nandini, sem a presença intermediadora de Mohan. A jovem se virou, e Smita viu que seus olhos estavam vermelhos e inchados. Ela respirou fundo. — Nandini — Smita disse —, Shannon vai ficar bem.

— Ela precisa de mim aqui — Nandini disse de modo firme. — O médico alertou para o fato de que a recuperação será longa. Shannon disse que você nasceu e cresceu na Índia. Por que não pode ir a Birwad sozinha?

Apesar de entender o motivo do desdém de Nandini, Smita se surpreendeu com a hostilidade.

— Eu... eu não moro mais na Índia há vinte anos — ela disse. — Era adolescente quando parti. Por isso não sei se meu hindi é bom o suficiente. E nunca dirigi neste país.

— Smita — Mohan disse —, Nandini não está falando sério. Só está preocupada com sua amiga. *Hai na, Nandini bhen?* Você não ia querer que Smita viajasse sozinha, certo?

Segundos se passaram até Nandini finalmente assentir.

— Certo — Mohan disse depressa, como se não tivesse notado a relutância na resposta de Nandini. — Shannon sempre me conta que você é uma excelente profissional. Foi só um momento de fraqueza. — Ele esfregou as mãos. — *Chalo*, que bom que já resolvemos essa questão. Agora posso sair para andar um pouco. Coma alguma coisa.

Ele olhou para Smita. — E você? Devo comprar algo para o seu café da manhã?

Smita ficou em pé. — Se você não se importar, gostaria de sair por alguns minutos. Tomar um pouco de ar fresco.

Mohan olhou para Nandini.

— *Theek hai?* — perguntou baixinho. — Pode ligar para nós se precisar de alguma coisa.

Nandini parecia tão disposta a se livrar de Smita como Smita parecia querer partir.

— Sim, sim, tudo bem — ela disse, assentindo vigorosamente. — Se houver alguma novidade, ligo para avisar.

— *Arre, yaar*, eles ainda nem aplicaram a anestesia em Shannon. Permaneceremos aqui por muitas horas.

A BRISA DO MAR atingiu os dois assim que saíram do hospital, e Smita inspirou profundamente.

— É um lugar muito bonito para ter um hospital aqui — ela disse.

Mohan olhou para ela com curiosidade. Depois de um momento, disse: — Gostaria de ver o mar por alguns minutos?

— Podemos? Seria ótimo. Amanhã preciso deixar a cidade para cobrir a história. — Ela notou o lamento de sua voz e mordeu a parte interna da bochecha, envergonhada.

— Claro — ele disse. — Me acompanhe.

Mohan se posicionou do lado de fora da calçada, mais perto do trânsito, e o gesto natural fez com que Smita sorrisse. O pai dela costumava fazer isso quando viviam em Mumbai.

— Percebi que você não quer ir a Birwad — Mohan comentou enquanto caminhavam. Seu tom de voz era tranquilo, casual. Ela hesitou.

— Não estou muito animada para passar todo esse tempo em um carro com Nandini — ela disse por fim. — Parece que ela não gosta nem um pouco de mim.

— Bobagem — Mohan logo disse. — Não é nada disso. Você não entendeu direito. Ela só está relutando em deixar Shannon, nada mais. Veja, ela obviamente não acha que sou capaz de cuidar da "chefe" dela. — E sorriu. — Mas posso perguntar uma coisa?

— Claro.

— Você pareceu contrariada quando Shannon pediu que cobrisse a história para ela. Por que concordou em vir aqui se não quer escrever sobre isso?

Smita suspirou.

— Pensei que Shannon quisesse a minha ajuda para cuidar dela no hospital. Se soubesse que você e Nandini já faziam companhia, eu então...

— Então o quê? — Mohan perguntou. — Não teria vindo?

Remoendo a pergunta de Mohan, ela precisou se desviar do vendedor de frutas, e evitar assim bater no braço esticado dele, que oferecia uma fatia de laranja para ela provar.

— Não, eu acho que teria vindo de qualquer modo se não tivesse mais ninguém para assumir o meu lugar — disse finalmente. — Mas não teria sido pega desprevenida.

Ele assentiu.

— Você devia ter visto sua cara quando Shannon pediu o favor para você, *yaar*. — Ele fez uma cara tão grotesca que Smita riu.

— Eu parecia tão chocada assim?

— Pior. — E de novo fez uma cara muito estranha.

— Ei — Smita disse —, mudando de assunto, preciso comprar roupas para amanhã. Há alguma loja por aqui onde eu possa comprar uns pares de *shalwar kameez* ou algo assim?

— Minha amiga, você está em Breach Candy. Pode comprar o que bem entender, acredite. — Enquanto ele falava, fez um gesto com a mão para que entrassem em um parque.

Smita inspirou profundamente ao ver os arbustos de buganvília cor-de-rosa. E a fina borda cinza do mar Arábico. Coqueiros altos pontuavam a ampla calçada que levava aos bancos de pedra de frente para a água.

— Uau! — ela exclamou. — Isso é incrível.

Mohan pareceu satisfeito.

— Obrigado — disse baixinho, como se ela o estivesse elogiando pelo seu apartamento. — Você devia vir aqui na hora do pôr do sol. É lindo como o paraíso.

Ela pensou em todos os lugares lindos e mágicos que já havia visitado — Capri, Saint-Tropez, Paros. Por mais lindo que o parque fosse, não dava para compará-lo com a beleza incrível dos lugares onde já estivera. Ainda assim, no meio de uma metrópole suja e abarrotada de pessoas, era como um paraíso.

Ela observou os casais idosos sentados em silêncio nos bancos de pedra, observou os residentes do bairro caminhando depressa, o velho jardineiro regando vasos de flores que embelezavam a calçada. Mas o que tocou seu coração de verdade foi ver mulheres de meia-idade, rechonchudas, correndo com tênis e saris, com a barriga balançando. Algo naquela imagem era Mumbai em sua essência. Ou *Bombaim*, como seus pais insistiam em chamar a antiga cidade. Sim, aquela era a Bombaim de seu pai — cosmopolita, sofisticada, mas também totalmente fora de compasso com o restante do mundo.

— É mesmo — ela disse, concordando com Mohan que a vista era de fato muito bonita.

Mohan se virou na direção dela, surpreso, e ela notou que ele havia se preparado para uma discussão. Será que havia sido tão prepotente na véspera para que ele se sentisse na defensiva perto dela? Os sentimentos de Smita pela cidade eram complicados. Sentia muito por ele ter registrado somente sua reprovação.

Mohan apontou para um banco com sombra.

— Vamos nos sentar por uns minutos? O sol está bem quente.

Uma ave piou acima deles, mas, quando Smita olhou para cima, não conseguiu vê-la. — Que som mais lindo — murmurou.

— É raro — Mohan disse. — A cidade é, em sua maioria, tomada por corvos. Eles caçam as outras espécies. Somente nessa parte bonita da cidade é possível ver outros pássaros, de vez em quando. E felizmente em Dadar ainda temos papagaios.

— Você tem um apartamento em Dadar?

Ele negou balançando a cabeça.

— Alugo um quarto na casa de uma família pársi. Frequentei a faculdade com o filho deles, mas ele agora vive em Bangalore. Tenho meu quarto, e tia Zarine manda uma refeição quente para o meu escritório todos os dias.

— Faz isso porque odeia morar sozinho? — Smita perguntou, lembrando-se da conversa deles no dia anterior.

Mohan assentiu sem nenhum constrangimento.

— Sim. Além disso, o aluguel nesta cidade é absurdamente caro. Se fosse Londres ou Nova York, eu compreenderia os preços altos. Mas nesta maldita cidade, com buracos e ar poluído? Absurdo.
— Ah, então agora você está criticando Mumbai? — Smita o provocou. — Pensei que você amasse esta cidade!
— Amo — disse depressa. — Mas ninguém ama algo por não ver seus defeitos, certo? Ama *apesar* dos defeitos.
Ela assentiu. Permaneceram em silêncio, olhando para o mar. Smita se lembrava de como era ir à praia durante a temporada de cheia, o modo com que o mar subia e espirrava água, emocionando-a com sua força e fúria.
— E você? Mora com seus pais? — Mohan perguntou.
— Está de brincadeira? — As palavras escaparam de seus lábios antes que ela pudesse controlá-las. Ela notou o olhar ofendido de Mohan. Pensou que o fato de não morar com os pais era tão estranho para ele quanto ela acharia intrigante se ele morasse com os pais dele. — Não — ela disse. — E, de qualquer modo, minha mãe morreu. Faleceu há oito meses.
— Sinto muito — ele disse baixinho. — Meus sentimentos.
Smita piscou com força e olhou para a frente como se tentasse controlar as emoções.
— Sinto muito mesmo — Mohan disse depois de mais alguns minutos. — Não consigo imaginar o que eu faria se algo acontecesse com minha mãe.
Ela assentiu, incapaz de dizer o que estava pensando: o que havia feito com que o câncer e a morte rápida fossem ainda mais insuportáveis era saber que sua mãe morreria sem voltar à Índia. Que, de algum modo, a dor final tivesse sido a repetição da primeira, a do diagnóstico, como se a mãe tivesse morrido duas vezes, não uma. O fato de a família ter chegado à América não diminuía a dificuldade e a solidão do exílio: a primeira promessa da carreira acadêmica de seu pai frustrada; o período de dois anos em que Rohit se recusou a chamar os colegas de escola para ir ao modesto apartamento da família após um garoto ter torcido

o nariz e dito: "Credo! Aqui tem fedor de curry". A própria Smita havia crescido calada e distante, muito diferente da menina divertida e animada que havia sido.

— Onde seus pais moram? — ela perguntou.

— Em uma cidade chamada Surat. Fica a cerca de cinco horas de carro daqui.

— Então você os vê com frequência?

Ele deu de ombros. — Não muito. Eles compraram outra casa em Kerala depois que meu pai se aposentou e passam muito tempo lá. E quando estou trabalhando, trabalho por muitas horas.

— Não pode ir vê-los agora já que estará de folga por duas semanas?

Mohan entrelaçou os dedos das mãos atrás da cabeça e se recostou no apoio delas. — Eles estão fora no momento. Normalmente, eu teria ido à casa deles para passar uns dias e ver como as coisas estão. Mas agora, com Shannon doente, não sei.

— Shannon. Precisamos ligar, não?

— Em um minuto — Mohan parou. — Admiro Nandini — disse. — Pelo que Shannon conta, ela é muito boa no que faz. Mas para ser sincero, *yaar*, ela ficou meio *pagal* desde o acidente de Shannon.

— *Pagal*?

— Um pouco louca, sabe? — Apontou para a têmpora e fez um movimento circular com o dedo indicador, o gesto universal.

— Ela age como se me odiasse — Smita disse. Era bom poder verbalizar isso.

— Não, não seja tola. Eu já disse. Ela anda maluca de preocupação. — E suspirou. — Vai ser melhor quando ela deixar a cidade com você. Vai ser mais fácil lidar com as coisas do hospital sem todo o drama que ela tem feito.

— Também odeio drama. É por isso que não quero viajar com ela.

— Compreendo. Mas Shannon a respeita muito. — Mohan projetou o lábio inferior para a frente. — Por quantos dias você acha que ficará fora?

— Não sei bem. Conversei com meu editor enquanto vinha para cá hoje cedo. Ele quer pelo menos algumas matérias. — Smita soltou o ar. — Trouxe meu laptop hoje. Vou precisar trabalhar do hospital à tarde. Ainda preciso ler as matérias anteriores de Shannon, e tenho que conversar mais com Anjali.

Mohan ergueu as sobrancelhas.

— Nandini sempre terá essa informação, *yaar*. Não se preocupe. — Ele se levantou do banco onde estava. — Talvez seja melhor voltarmos. Mas podemos passar por umas lojas de roupas antes.

— Ah, não, não precisa — Smita se apressou em dizer. — Posso fazer isso mais tarde. Não pensei em te pedir para me ajudar com as compras.

— *Oi*, Smita — Mohan disse —, tenha piedade do rapaz. Não me faça voltar para o hospital ainda. Estou dizendo, essa cirurgia vai demorar horas.

Enquanto caminhavam em direção à saída do parque, Mohan ligou para Nandini.

— *Sab theek hai?* — perguntou para ela em hindi. — Certo, certo, ótimo. Voltaremos daqui a algumas horas. Mas telefone se precisar de alguma coisa antes disso, *accha*?

No FINAL DAS CONTAS, Smita ficou feliz com a companhia de Mohan. O vendedor da loja a abordou imediatamente e começou a mostrar a ela as roupas mais caras e requintadas. Smita protestou, mas o homem a ignorou.

— Ah, *bhai* — Mohan interveio depois de alguns minutos. — *Memsahib* não vai a um casamento. Ela vai visitar algumas pessoas pobres em um vilarejo. Por isso mostre a ela as roupas de algodão mais simples que tiver.

O vendedor parecia tão contrariado que Smita lutou para manter a seriedade.

— Talvez a senhora deva ir a Khadi Bhandar — murmurou, alto o suficiente para que eles escutassem. Mas ele fez um gesto para Smita. — Por favor, venha por aqui, senhora.

No fim, eles saíram da loja com quatro combinações idênticas de *shalwar kameez*, cada uma de uma cor diferente. — Quis fazer compra em Colaba ontem, mas tive o mesmo problema — Smita disse.

Mohan balançou a cabeça desdenhosamente. — Todas essas pessoas são *chors* — disse. — Colaba tem tantos estrangeiros que é pior. Só roubam as pessoas.

Smita sorriu.

— Cresci em Colaba — ela disse. — Já era assim há vinte anos.

— É mesmo? Qual rua?

Ela detestou ter a língua solta. Do outro lado da rua, viu uma mulher atrás de uma carroça de madeira.

— Uau — disse. — Milho recém-assado com lima. Não como isso há anos. — E olhou para ele. — Podemos comer um?

Smita sabia que Mohan havia entendido seus motivos. Mas, depois de um instante, ele deu de ombros e disse: — Claro.

A senhora deu um grande sorriso quando Smita mordeu o milho. Smita notou o olhar de Mohan.

— Desculpa, posso comer poucas coisas na rua. E sempre adorei as pimentas que passam no milho.

Mohan pegou a carteira e Smita o impediu.

— Eu pago — ela disse. — Troquei dinheiro no...

— Smita — Mohan disse. — Por favor, você é minha convidada.

— Sim, mas... — Smita disse. Ela se sobressaltou quando a senhora os interrompeu. — O homem deve pagar, querida. É nosso costume.

— Viu? — Mohan disse, sorrindo. — Obedeça os mais velhos.

Enquanto passavam pela recepção do hospital, Mohan meneou a cabeça para a recepcionista e entregou-lhe um pedaço de papel. — Autorização do médico — disse.

— E para a senhora, senhor? — a recepcionista perguntou. Era a mesma funcionária que a havia feito esperar no lobby um dia antes.

A mudança em Mohan foi imperceptível, apenas endireitou os ombros.

— Tudo bem — disse. — Ela está comigo.

— Sim, mas, senhor... o horário de visita...

Dessa vez, ele parou e olhou com atenção para a mulher, que estava sentada.

— Está tudo bem — repetiu, e a mulher assentiu. — Venha — disse ao tocar o cotovelo de Smita e guiá-la em direção aos elevadores. Ela sabia o que tinha acabado de ver. Olhou depressa para Mohan. Seu comportamento estava totalmente diferente.

— Sabe — Smita disse enquanto esperavam pelo elevador —, você se importaria se eu me sentasse na cafeteria e trabalhasse em meu computador por algumas horas?

— Claro que não, fique à vontade — Mohan disse imediatamente. — Se houver alguma notícia, telefono ou venho falar com você. Mas ainda vai demorar horas.

Ele a levou à cafeteria.

— Me chame, *hah*, se precisar de alguma coisa?

— Mohan, pare de agir como uma mãe, *yaar*.

Ele ergueu as sobrancelhas ao ouvi-la usar a palavra que ele usava, e então se despediu e se afastou.

Smita se virou para o computador e olhou para o relógio. Era tarde nos Estados Unidos, mas o pai não dormia cedo. Ela teclou o número dele.

— Oi, *beta* — o pai atendeu. — Como estão as férias?

— Estão ótimas, pai — ela disse. A mentira saiu com facilidade de seus lábios. — Estamos pensando seriamente em estendê-las por mais uma semana.

— É mesmo? — Apesar da conexão ruim, ela notou o tom de surpresa em sua voz. — É mesmo lindo como dizem? Sempre ouvi que é. Sua mãe sempre quis visitar as Maldivas.

— Verdade? — Por que não tinha dito isso antes?

— Sim. Não quis te contar antes de sua partida. Porque isso poderia te deixar... triste. Mas você deve se divertir muito, *beta*. Eu me preocupo com você e com o tanto que trabalha.

Ela esperou até o nó na garganta se desfazer.

— Não trabalho tanto quanto o senhor — ela disse.

— Eu? Estou com um pé na casca de banana e outro na cova, *beta*. Não, o futuro pertence a você e a Rohit.

Apesar de viver há vinte anos na América, o pai usava algumas expressões britânico-indianas peculiares. Ela e o irmão já chegaram a pedir para ele não exagerar nas analogias, mas não tinha adiantado.

— Como está Rohit? — ela perguntou. — E o pequeno Alex?

— Ah, aquele gordinho safado? Você precisa saber o que ele me disse ontem.

E o pai se empolgou, contando as mais novas travessuras do neto. Como sempre, Smita sentiu-se agradecida a Rohit por ter procriado e dado um neto aos pais. Ela nunca teve muita vontade de ser mãe e não se angustiava como as amigas solteiras com o tique-taque do relógio biológico. Alex era um presente não apenas para seus pais, mas também para ela.

Depois que desligou, Smita lidou com os e-mails, e deixou uma mensagem para que Anjali telefonasse para ela. Estava lendo as matérias de Shannon sobre Meena quando a advogada chamou de volta, pedindo que partisse para Birwad no dia seguinte.

— Pelo que temos ouvido, o veredicto pode sair a qualquer momento. E, pelo que você disse, queria entrevistar Meena e os irmãos dela com antecedência?

— Sim, esse é o plano.

— Não deixe de falar com Rupal, está bem? Ele é o líder do vilarejo.

— Eu estava lendo sobre ele — Smita disse.

— Já te digo que é um *pucca* imbecil. É o cabeça por trás de tudo isso.

— Então os irmãos...?

— *Pah* — Anjali disse. — Os irmãos não passam de pobres ignorantes. Mas... esse cara? É um monstro.

Um monstro. Um demônio. Satanás. Na linha de trabalho de Smita, as pessoas costumavam usar termos assim para explicar comportamentos aterradores. Sempre que ocorria um tiroteio em massa nos Estados Unidos, as pessoas se apressavam a chamar o atirador de monstro ensandecido em vez de colocá-lo dentro do contexto de uma cultura que tem fetiches por armas. Sempre que um policial matava um homem negro, havia a tentativa de rotulá-lo como um policial desonesto. Mas o que dizer dos milhões de pessoas normais que eram recrutados para matar desconhecidos durante uma guerra? Todos eles eram do mal? Tinha sido assustadoramente fácil fazer com que milhões participassem do genocídio durante o Holocausto. Os seres humanos aparentemente podiam se transformar em assassinos com muita facilidade. Só era preciso usar algumas palavras-chave: "Deus", "país", "religião", "honra". Não, homens como Rupal não eram o problema. O problema era a cultura da qual eles vinham.

— Alô? — Anjali parecia impaciente. — Você ainda está aí?

— Sim, estou.

— Certo. Manteremos contato, então.

— Anjali, espere.

— Sim, pode dizer.

— Como Meena é?

Fez-se um longo silêncio.

— Ela é a cliente mais corajosa que já tive — Anjali disse por fim. — Mas é preciso observar para além de seu comportamento para perceber sua coragem.

— Ela é corajosa em que sentido?

Smita ouviu a respiração pesada de Anjali.

— Você faz ideia do risco que ela correu processando os irmãos? Tivemos que forçar a polícia a reabrir o caso. Ela estava quase morrendo quando a conheci. Ela se feriu tentando salvar o marido. Atearam fogo nele primeiro, e depois tentaram impedir que o irmão mais novo dele salvasse a vida *dela*.

— A foto dela no jornal...
— Sim, ela ainda está bem desfigurada.
— E mais nada pode ser feito para ajudar?
— Você quer dizer para fazer com que ela fique mais apresentável? Para quê? — Não havia como ignorar a amargura na voz de Anjali. — Você acha que mais alguém vai se casar com essa pobre mulher? Acha que os vizinhos voltarão a falar com ela? Que um dia ela será mais do que é agora, uma pária da sociedade?
— Então por que fazer com que ela passe pelo sofrimento de um processo?

Fez-se um silêncio pesado. Quando Anjali por fim respondeu, disse cada palavra lenta e cuidadosamente: — Para abrir um precedente. Para mandar um aviso para o próximo bastardo que pensar em queimar uma mulher viva. E espero que para trancafiar esses monstros para sempre. É isso. Não é para melhorar a vida de Meena. Ela sabia disso quando concordou com o processo. E é por isso que é a mulher mais corajosa que conheço. Entendeu?

— Entendi — Smita disse.

Depois que desligaram, Smita fechou os olhos, assimilando tudo que Anjali havia dito. Quando abriu novamente, viu Mohan na frente dela, franzindo o cenho enquanto observava seu rosto.

— Oi — disse baixinho.

O medo fez com que Smita se inclinasse para a frente na cadeira. — O que aconteceu? — ela sussurrou. — Shannon...?

— ... saiu da cirurgia — ele disse. — Ela está na sala de recuperação. A cirurgia demorou menos tempo do que imaginaram que duraria. Foi tudo muito bem.

— Graças a Deus.

Mohan assentiu brevemente.

— Eu só queria te dar essa notícia — disse. — Continue com seu trabalho. Conversamos mais tarde. — E se virou para sair, mas parou, olhando para a foto de Meena no laptop aberto de Smita. — É ela? Meena?

Smita assentiu.

Ele assobiou baixo.

— Pobre mulher — disse. — Que cicatrizes... O rosto dela mais parece um mapa ou algo parecido.

É exatamente isso, Smita pensou. O rosto de Meena era um mapa feito por um cartógrafo brutal e misógino.

Mohan se sentou à mesa à frente dela.

— É possível se acostumar com tanto sofrimento? Em seu trabalho, é preciso ver essas coisas com frequência, não?

Ela balançou a cabeça, incapaz de responder. Aonde quer que fosse, aparentemente, era temporada de caça às mulheres. Estupro, mutilação de genitais femininos, noivas incendiadas, violência doméstica — em todos os lugares, em todos os países, as mulheres eram abusadas, isoladas, silenciadas, presas, controladas, punidas e mortas. Às vezes, Smita tinha a impressão de que a história do mundo era escrita com sangue de mulheres. E, claro, ir aos rincões do mundo para contar essas histórias exigia uma certa dose de distanciamento emocional. Mas acostumar-se com isso? Era algo totalmente implausível. Não, ela não valeria nada como jornalista se conseguisse se acostumar com a injustiça contra mulheres como Meena.

— Eu... acho que não — ela disse. — Mas nunca permaneço por muito tempo em um lugar só para me envolver de fato, entende?

Ele franziu a testa. — Isso é bom?

— Não se trata de ser bom ou ruim. É só como as coisas são.

— Entendo. — E assentiu. — Vou deixar você trabalhar. Até mais tarde.

Smita observou enquanto Mohan se afastava, notando os passos calmos, as palmas das mãos voltadas para trás. Então olhou de novo para o laptop e começou a ler sobre a vida triste e destruída de Meena.

Capítulo Oito

Três funcionários do hotel já haviam se aproximado de Smita, enquanto ela estava parada na recepção do Taj com a mala, para perguntar se precisava de ajuda.

Ela procurou o telefone para falar com Nandini.

— Oi. — A voz masculina soou atrás dela, fazendo Smita se sobressaltar. Virou-se tão depressa que Mohan deu um passo para trás, erguendo as mãos de modo a tentar acalmá-la. — Desculpe, desculpe — disse. — Não queria te assustar.

— O que está fazendo aqui? — Smita olhou ao redor na recepção do Taj.

— Onde está Nandini? A Shannon...

— Shannon está bem — Mohan disse depressa. — Está com febre baixa, mas o médico disse que não é incomum. — Ele hesitou, olhando para Smita com atenção. — Mas Nandini... fez um escândalo no hospital hoje cedo. Me telefonou chorando. Ela se recusa a sair de perto de Shannon.

— O que está acontecendo? Ela é apaixonada por Shannon ou o quê? — As palavras escaparam dos lábios de Smita antes que pudesse detê-las.

Mohan olhou para ela, erguendo uma sobrancelha.

— Não. Só... se importa com Shannon, só isso.

Smita notou a repreensão na voz dele e corou. Mas a raiva voltou a aumentar.

— Me desculpe, só estou frustrada, acho. Nandini deveria ter me ajudado ontem. Vai ser difícil encontrar outra tradutora em tão pouco tempo. E se o veredicto for dado...

— Você não precisa desse tipo de ajuda.

— Preciso. Sei falar hindi, mas não sou fluente e não quero ir a Birwad sozinha — Smita disse, aumentando o tom de voz.

Outra hóspede, uma mulher que falava ao telefone, esbarrou nela, sem prestar atenção, e Smita arregalou os olhos.

— Olhe por onde anda — sibilou, e a mulher olhou para ela, assustada.

— Smita — Mohan disse —, *eu* sou seu novo motorista. E tradutor.

— O quê? De jeito nenhum. Desculpe, mas não quero.

Ela notou o olhar magoado de Mohan. Começou a tentar explicar, mas ele ergueu a mão esquerda para impedi-la, pegando o telefone de dentro do bolso com a direita. Teclou um número.

— Pronto — ele disse. Ela notou o tom de impaciência na voz dele. — Converse com Shannon. — E se afastou antes que ela pudesse reagir.

— Alô? Mohan? — A voz de Shannon estava fraca, grogue.

— Sou eu — Smita disse baixinho. — Me desculpe por perturbar você.

— Peço desculpas por tudo isso. — Shannon falou mais baixo. — Nandini acabou de sair para buscar um pouco de água gelada para mim, por isso vou falar rápido, está bem? Consegue me ouvir?

— Consigo — Smita disse. Começava a parecer que a viagem com Mohan a Birwad era outra coisa sobre a qual ela não tinha nenhum controle.

Shannon suspirou. — Ótimo. Olha, aqui entre nós, eu preferiria que Mohan ficasse comigo e Nandini viajasse com você. Mas o que posso fazer? Nan está histérica desde que você partiu ontem, e eu não tenho energia para lidar com o drama que ela faz. Além disso, ela passou a maior parte da noite acordada. Para ser sincera, eu tenho receio de deixar que ela dirija no estado em que está.

— Mohan disse que você está com febre.

— Estou bem — Shannon disse. — A questão é que acho melhor você viajar com um homem para essa tarefa. Aquela região é muito tradicional e você será mais respeitada se estiver acompanhada por um homem.

Smita bufou. — Mas *você* viaja com Nandini.

— É diferente. Eu sou forte, uma norte-americana branca e grande. Homens como os irmãos de Meena nem sequer me consideram uma mulher. Eles sentem até um pouco de medo de mim, entende?

— Não muito.

— Espere. — Smita ouviu a voz de Nandini ao fundo, ouviu Shannon murmurar um "Obrigada", e em seguida soltar um "Porra".

— Estou de volta — Shannon disse. A voz estava rouca, e Smita percebeu que seu nível de dor havia aumentado de novo. — Posso saber qual é o problema de ir com Mohan? Ele conhece a região melhor do que...

Apesar de Mohan ter se afastado bastante, Smita sussurrou ao telefone:

— Eu mal o conheço.

— Ah, pare com isso, Smita — Shannon respondeu no ato. — Como se você conhecesse a maioria dos homens com quem viaja quando chega a um novo país.

— Verdade, mas...

— Então — Shannon disse. — Estamos conversadas? — Ela disse aquilo como se o assunto estivesse encerrado.

— Estamos conversadas. — Enquanto dizia isso, Smita se surpreendeu pensando que Shannon a havia enrolado com maestria. — Até mais, então. Espero que você continue melhorando.

— Obrigada, amor. Mande notícias. E lembre-se que te devo uma.

Smita viu pelo espelho retrovisor quando Mohan pegou a carteira e entregou algumas notas ao porteiro idoso que tinha insistido em colocar a mala dela no porta-malas. Ela havia dispensado a ajuda quando ele se aproximou correndo, mas Mohan lançou-lhe um olhar de desaprovação e pediu que ela entrasse no carro. Quando por fim ele se acomodou no banco do motorista e começou a dar marcha a ré, ela disse:

— Era só uma mala. Poderíamos ter cuidado disso.

Mohan respondeu:

— O que eu podia fazer? Ele tem quase a idade do meu pai e precisa das gorjetas. Não quis ofendê-lo.

Ela assentiu, arrependida e agradecida pela generosidade dele.

— E você? — ela perguntou. — Já fez a mala ou precisamos...

— Já. Está no porta-malas também. — Ele mexeu nos botões do ar-condicionado. — Fico feliz por aquela menina ter tido o bom senso de me ligar antes de eu sair de casa hoje cedo.

— Eu também. — De repente, Smita se sentiu grata pela presença despreocupada de Mohan, bem diferente do comportamento antipático de Nandini.

Mohan fez um gesto em direção ao banco de trás quando saíram do hotel. — A propósito, temos sanduíches de omelete na caixa de isopor, se por acaso você sentir fome — disse. — Tia Zarine é uma cozinheira fabulosa.

— Sua senhoria preparou sanduíches para você hoje cedo? — Smita perguntou.

— *Senhoria?* Ela é como uma segunda mãe para mim, *yaar*. Mas é verdade. Ela me estraga com muitos mimos.

— Todos os homens indianos são mimados, não são? — Smita disse, com descontração na voz. Ela pensou em seu pai, que nunca havia preparado uma refeição até a mãe dela morrer. *Papai*. A alegria dele ao saber que ela prolongaria as férias por uma semana, sem suspeitar de nada.

— Talvez — Mohan respondeu. E diminuiu o volume do rádio. — Na maior parte do tempo, somos mimados por nossas mães. Não como aquelas pobres crianças norte-americanas, forçadas a sair de casa aos dezoito anos para que os pais possam curtir o... qual é o termo usado pelos americanos? "Ninho vazio." Como se humanos fossem pássaros.

— Do que você está falando?

— Eu li a respeito. As pessoas saem de casa assim que completam dezoito anos. Enquanto aqui na Índia, meu Deus. Os pais seriam capazes de cometer suicídio, mas nunca forçariam os filhos a sair.

— Em primeiro lugar, ninguém é *forçado* a sair. A maioria dos adolescentes estão loucos de vontade de partir para viver sozinhos. Em segundo lugar, *você* não deixou a casa de seus pais?

Mohan olhou para ela de relance.

— Verdade, verdade, mas foi para estudar.

— E agora?

— *Agora?* — Ele suspirou. — O que fazer, *yaar?* Agora eu amo esta cidade maluca. Quando você prova o gostinho de Mumbai, é impossível viver em qualquer outro lugar.

Por um instante, Smita detestou Mohan por sua arrogância.

— Mas milhões de pessoas fazem isso.

— Você está certa. — Mohan desviou de um buraco. — Por que sua família partiu?

Na mesma hora ela ficou na defensiva.

— Meu pai conseguiu um emprego nos Estados Unidos — disse brevemente.

— O que ele faz?

Ela virou a cabeça para ver qual filme estava em cartaz no Regal, cinema que tinham acabado de deixar para trás.

— É professor. Leciona na Universidade de Ohio.

— Uau. — Ele se preparou para fazer outra pergunta, mas Smita foi mais rápida.

— Você nunca pensou em se mudar para outro país? — perguntou.

— Eu? — Pensou por um momento. — Talvez, quando era mais jovem. Mas a vida é muito difícil no exterior. Aqui temos todas as conveniências.

Smita observou o trânsito caótico, as buzinas, a fumaça preta saindo do caminhão à frente. — A vida é muito difícil *no exterior?* — repetiu em tom de incredulidade.

— Claro. Aqui, o *dhobi* vai à minha casa aos domingos para buscar as roupas sujas. O faxineiro lava meu carro todas as manhãs. No almoço, tia Zarine manda uma marmita com comida fresca para o meu local de trabalho. Os assistentes de meu escritório vão ao correio ou ao banco, ou se incumbem de qualquer tarefa que eu possa precisar. Pode me dizer quem faz tudo isso para você na América?

— Eu faço, mas gosto de fazer. Eu me sinto independente. Competente. Entende o que quero dizer?

Mohan assentiu. Desceu o vidro da janela por um instante, deixando uma rajada de vento quente do meio da manhã entrar, e então voltou a subi-lo. — Você deve estar doida, *yaar*. O que tem de tão bom em ser "independente"?

Com seus óculos Ray-Ban, calça jeans e tênis, Mohan parecia um cara moderno. Mas, Smita pensou, era como todos os outros homens indianos mimados que havia conhecido na América.

— *Bolo?* — disse, e ela notou que Mohan esperava por uma resposta.

— Eu... eu nem sei como responder. Ser autossuficiente é gratificante por si só. Acho que é uma das qualidades mais valiosas que uma pessoa pode...

— Valiosa para quem, *yaar*? Ajudo meu *dhobi* se eu mesmo lavar as minhas roupas? Como ele vai alimentar os filhos? E Shilpi, que limpa minha sala todos os dias? Como sobreviverá? Você também é dependente, só que depende de máquinas. Eu dependo de pessoas que dependem de mim para pagar a elas. É melhor assim, não? Já pensou no tamanho do desemprego que teríamos se os indianos se tornassem... *independentes?*

— Esse argumento faria mais sentido se essas pessoas recebessem um pagamento justo — Smita disse, lembrando-se de como os ex-vizinhos se sentiam incomodados sempre que sua mãe dava um aumento aos empregados, porque a acusavam de aumentar as expectativas dos outros.

— Faço o melhor que posso para pagar bem — Mohan disse. — As mesmas pessoas trabalham para mim há anos. E parecem felizes.

Mohan ficou em silêncio e Smita olhou para ele, com medo de ferir seus sentimentos. *Todos temos pontos cegos culturais*, lembrou a si mesma.

— Acredito que a independência está nos olhos de quem vê, não é? — disse. — Você nem pode imaginar a liberdade que sinto na América como mulher...

— Concordo — Mohan disse sem pensar. — Nós, indianos, estamos atrasadíssimos no que diz respeito ao modo de tratar as mulheres.

— Pense nessa pobre mulher que vamos encontrar. O que fizeram com ela é bárbaro. — Smita estremeceu.

— É verdade, e espero que aqueles malditos recebam a pena de morte.

— Você acredita na pena de morte?

— Claro. O que mais se pode fazer com animais como eles?

— Podem prendê-los para sempre, por exemplo. Mas...

— É melhor prendê-los para sempre? — Mohan perguntou.

— Não se está tirando a vida de ninguém — Smita disse.

— Mas está tirando a liberdade de um ser humano.

— Obviamente. Mas o que você propõe...?

— Você já foi presa, Smita?

— Não — disse com cuidado.

— Foi o que pensei.

— O que isso quer dizer?

— Quer dizer... — Mohan diminuiu a velocidade quando uma mulher atravessou a rua na frente do carro, arrastando os três filhos atrás dela. — Quer dizer que, quando eu tinha sete anos, fiquei muito doente. Por um bom tempo, o médico não sabia dizer o que estava acontecendo comigo. Mas todas as noites eu tinha febre altíssima. Fiquei preso em casa por quatro meses. Sem escola, sem jogar críquete, sem ir ao cinema, nada. Naquela época, o médico de família costumava ir à casa dos pacientes, por isso eu não precisava sair de casa para ir ao consultório. — A voz dele estava baixa, distante. — Tenho uma pequena experiência de como é ficar preso.

— Está mesmo comparando ficar doente por alguns meses com ser preso numa cela para sempre?

Mohan suspirou.

— Acho que não. Não exatamente. Existe uma grande diferença, claro.

Ficaram em silêncio por alguns instantes.

— Sinceramente, nem sequer consigo me lembrar como chegamos a este assunto — Smita disse por fim.

— Estava dizendo que espero que esses irmãos recebam pena de morte. E você os estava defendendo.

— Eu não fiz isso — Smita protestou. — Só não acredito em pena de morte.

— Mas foi isso o que esses *chutiyas* deram ao marido de Meena, não foi? Deram a pena de morte. — Ele disse isso baixinho, mas ela notou raiva em sua voz.

Smita estava cansada demais para responder. As conversas sobre aborto, pena de morte, controle de armas — ela sabia, do tempo em que vivera em Ohio, que as pessoas se apegavam a suas opiniões. Era disso que gostava no jornalismo — não tinha que escolher lados. Só precisava apresentar cada lado do argumento da forma mais clara e justa possível. Supunha que Mohan e ela tinham a mesma idade e históricos sociais parecidos. Mas as semelhanças terminavam ali — ele tinha crenças que chocariam os amigos liberais dela nos Estados Unidos. Mas por que isso importava? Em uma semana, com sorte, ela estaria num voo de volta para casa — e já teria se esquecido dessa viagem, desse motorista, dessa conversa.

A MODESTA POUSADA ERA tão fora de mão que eles tiveram que parar duas vezes para pedir informações. Quando entraram no prédio, Smita calculou que não havia mais do que nove quartos ali. Não encontraram uma recepção, mas uma pequena mesa. Tocaram um sino antigo, e, depois de um momento, um homem de meia-idade apareceu vindo da sala dos fundos.

— Em que posso ajudar? — perguntou.

— Gostaríamos de ocupar dois quartos, por favor — Smita disse.

O homem olhou para ela e depois para Mohan.

— Dois quartos? — repetiu. — Quantas pessoas há no grupo de vocês?

— Só nós dois — Smita respondeu.

— Então por que precisam de dois? Talvez eu só possa oferecer um. Alguém ligou hoje mais cedo e disse que um grupo grande de convidados de um casamento talvez chegue amanhã.

— Estamos aqui hoje. E precisamos de dois quartos — Smita disse.

Os olhos do homem se estreitaram.

— Vocês são marido e mulher, não é?

Smita sentiu o rosto corar de raiva.

— Não entendo por que isso...

— Porque este é um estabelecimento familiar de respeito — o homem continuou. — Não precisamos de problemas aqui. Se vocês forem casados, podem ocupar um quarto. Se não forem, não podemos aceitar a hospedagem. Ponto final.

Smita estava prestes a responder com agressividade, mas Mohan apertou seu braço e deu um passo à frente dela. — *Arre, bhai sahib* — disse, tranquilamente. — Ela é minha noiva. Eu disse a ela que poderíamos ocupar um quarto e economizar dinheiro. Mas o que posso fazer? Ela é de boa família. E insiste em ficar em um quarto sozinha. Até o casamento.

Smita revirou os olhos, mas o rosto do atendente começou a suavizar.

— Para o senhor, abrirei uma exceção. Admiro sua decência, senhora. Podem ocupar dois quartos. Por quantos dias ficarão aqui?

Smita hesitou, mas Mohan já estava com a carteira nas mãos e puxou algumas notas de centenas de rupias.

— Isto é por ser tão compreensivo — disse. — Pagaremos separadamente pelos quartos, claro. Mas isso é apenas pelo trabalho extra. Porque ainda não sabemos até quando pretendemos ficar.

— Sem problema — o atendente disse, enfiando as notas no bolso da camisa. — Estão aqui por questões familiares?

— Sim e não — Mohan disse de maneira evasiva, com o sorriso filtrando qualquer insulto.

— Compreendo — o atendente disse. Pegou uma caneta e empurrou uma folha de papel amarelado em direção a ele. — Por favor, preencha este formulário.

Smita pegou a caneta que ele ofereceu. O atendente ficou paralisado olhando para Mohan.

— Senhor — disse —, apenas a sua assinatura é válida.

Fez-se um silêncio breve e penoso. Então, Mohan soltou uma risada, sem jeito. — Ah, sim, claro — disse. — Perdoe a minha noiva. É uma moça da cidade e...

O atendente observou Smita com seriedade.

— A senhora é estrangeira — disse delicadamente. Não está familiarizada com os nossos costumes.

Smita corou, afastando-se enquanto Mohan preenchia a ficha. *Uma estrangeira*. Exatamente o que ela era. Naquele momento, não queria nem saber daquele país provinciano no qual se via presa.

Apesar de irritada com a misoginia casual do atendente, seus pensamentos buscaram Meena. O dano causado a Meena era comparativamente muito mais grave, claro, mas vinha de uma mentalidade parecida, na qual as mulheres eram vistas como propriedades dos homens. Ela sairia da Índia em alguns dias, mas alguém como Meena nunca faria isso.

Um sentimento pesado tomou conta de Smita. Aquela era a Índia de verdade, revelando-se em pequenas e sérias tragédias. Ela virou a cabeça para olhar Mohan de esguelha, grata pela presença dele, mas também sentindo inveja de seu privilégio de homem. Olhou pela janela para o estacionamento. Estava ficando tarde. Teriam que esperar até a manhã seguinte para encontrar Meena.

— Vamos — Mohan disse baixinho. Estava ao lado dela, segurando uma mala em cada mão. Sem pensar, ela quis pegar sua mala. Mas ele lançou um olhar de alerta, e ela puxou a mão de volta e olhou para baixo, para passar a impressão certa ao atendente. Ela se retraiu enquanto seguia Mohan pelo corredor comprido até os quartos que ficavam um ao lado do outro. Ele destrancou a porta e fez um gesto para que ela entrasse. Observaram o quarto simples com paredes brancas.

— Serve? — Mohan perguntou, e ela notou ansiedade em sua voz.

— Claro — ela respondeu. — Está ótimo. — Espiou dentro do banheiro e ficou aliviada ao ver que era no estilo ocidental. À direita, havia um chuveiro, com um balde plástico e uma caneca no piso frio. O azulejo da parede parecia razoavelmente limpo. — O banheiro é bom — acrescentou.

— Ótimo — Mohan disse. Cobriu a boca com a mão e bocejou. — Me desculpe. Quer encontrar Meena hoje? Vai ser...

— Não. Não há motivo para isso. Vamos amanhã cedo.

Smita percebeu alívio no rosto dele.

— O gerente disse que eles têm uma cozinha e uma sala de refeições aqui — Mohan disse. — Avisou que pode preparar qualquer prato que quisermos. Você sabe o que...?

— Não me importo — Smita disse. — Peça o que preferir. Não estou com muita fome. Só quero mesmo uma cerveja bem gelada.

Mohan pareceu incomodado, e ela notou a gafe. Claro. Em um lugar como aquele, eles reprovariam que uma mulher bebesse álcool em público. — Tudo bem — ela disse depressa. — Não preciso beber.

— Não, não — ele disse, franzindo o cenho. — Vamos fazer assim: eu peço o jantar. E duas garrafas de cerveja no meu quarto. Você pode ir beber lá ou... posso deixar uma garrafa para você aqui.

Foi a hesitação de Mohan, o cuidado em não impor sua presença, que ajudou na decisão.

— Não seja tolo — Smita respondeu. — Venho aqui para beber com você, tudo bem?

Ele assentiu.

— Ei, Mohan, se não permitem que mulheres assinem a ficha, o que Shannon e Nandini fizeram quando se hospedaram aqui?

Ele deu de ombros.

— Shannon é americana. Regras diferentes, tenho certeza. E mesmo assim... se tivesse vindo na companhia de um homem, teriam pedido a assinatura *dele*.

Ela balançou a cabeça.

— Aqui não é Mumbai, Smita. É um lugar pequeno, isolado. Você viu. Não tem muita coisa no entorno.

— Parece que vivem cinquenta anos atrasados.

Ela notou a mudança no olhar de Mohan.

— *Cinquenta?* Espere até irmos a Birwad. Mais parecem duzentos anos.

Livro Dois

Capítulo Nove

À NOITE, VEJO MEU *marido em chamas.*
Em meus sonhos, sinto o cheiro da gasolina e vejo o fogo subir como uma trepadeira por seu corpo. Muitas e muitas vezes, observo enquanto ele vira fumaça diante de meus olhos infelizes, chamas tomando seus cabelos como a cabeça do deus Agni.
Meu marido se chamava Abdul. É um nome muçulmano que significa "servo". E, durante toda a vida, foi o que ele fez, serviu a alguém. Por que Ammi não deu ao filho o nome de um rei? Assim, talvez Abdul pudesse ter sido rico e poderoso, como Rupal, o líder de meu antigo vilarejo. Rupal é um homem mágico, forte como um touro, com poderes sombrios. As pessoas de meu vilarejo ainda se lembram de como Rupal, certa vez, tirou uma cobra viva de dentro da boca de uma mulher e a transformou em pássaro. Com meus próprios olhos, eu o vi caminhar sobre brasas sem queimar os pés. Não, as queimaduras são reservadas a pessoas pobres como nós.
No primeiro relatório de informações, feito enquanto Ammi estava enterrando o filho mais velho e eu estava lutando pela vida no hospital, a polícia escreveu Pessoas desconhecidas, *apesar de todo mundo saber quem matou Abdul. Mas exigi que a polícia fizesse um novo relatório e informasse que meus irmãos eram os suspeitos. Naqueles dias sombrios, Anjali foi a única pessoa a insistir que a justiça fosse feita.*

Anjali foi ao hospital para me dar a notícia da morte de Abdul. Foi ela quem correu para chamar o médico quando gritei e tentei arrancar o soro do braço. Foi ela quem arrecadou o dinheiro para pagar as três cirurgias que fiz para que consiga falar e segurar uma colher com a mão derretida. Foi ela quem me disse que trabalharia em meu caso sem nada cobrar para mostrar ao mundo que eu pertencia a mim mesma e não a meus irmãos. Anjali foi a primeira e única pessoa que disse que amar Abdul não era um pecado pelo qual eu deveria ser punida.

Mas vou dizer a verdade: estava com medo. Nunca havia entrado na chowki da polícia. Nunca tinha me sentado à frente do delegado-sahib, muito menos olhado em seu rosto. O costume em meu vilarejo estabelece que os inferiores devem sempre se sentar em um nível abaixo em relação a seus superiores — pessoas de casta baixa devem se sentar abaixo das pessoas de casta alta, o jovem deve sempre se sentar abaixo do velho, as mulheres devem se sentar abaixo dos homens. Em casa, se meus irmãos se deitavam na cama, minha irmã mais nova, Radha, e eu nos sentávamos no chão. Sempre foi assim. Mas, na chowki da polícia, Anjali insistiu que eu me sentasse em uma cadeira de frente para o delegado.

Todos eram contra a reabertura do caso. Minha sogra perguntou se eu já não tinha causado tristeza suficiente para ela ao me casar com seu filho. Meus vizinhos muçulmanos reclamaram dizendo que eu estava chamando mais perigo ao nosso pequeno vilarejo. Todos concordaram que meus irmãos hindus tinham feito a coisa certa ao se vingar da desonra que eu havia causado à minha família ao me casar com Abdul. Até mesmo os antigos vizinhos e amigos de Abdul, aqueles que o amavam, acreditavam que ele havia cometido um ato antinatural ao levar uma noiva hindu para casa. Em Birwad, há um ditado que diz: "Um mangusto não pode se deitar ao lado de uma cobra". Assim é entre os hindus e os muçulmanos. Além disso, perguntaram meus vizinhos, como eu poderia vencer meus irmãos quando a natureza havia feito que uma mulher nunca fosse superior ao poder de um homem?

O próprio Rupal mandou avisar que Deus o havia visitado e alertado que eu reencarnaria mil e uma vezes em formas inferiores se eu seguisse em frente com o processo contra meus irmãos. Que, *na minha próxima vida, eu voltaria como um verme para ser pisado pelos homens. Segundo ele, essa é a lei hindu da reencarnação e do carma. Se eu permanecesse nesse caminho do mal, para sempre repetiria os ciclos de vida, renascendo em formas cada vez mais inferiores. Era meu dever cármico perdoar meus irmãos e me arrepender de meus pecados. Ele me alertou para não dar ouvidos a Anjali. Ela era criação do diabo, enviada para me corromper.*

Quando o mensageiro de Rupal me contou isso, eu soube o que deveria fazer: ouvir o conselho de Anjali. Por que, afinal, eu já não tinha passado a vida sendo pisada pelos homens? Já não tinha sido tratada como um verme? Mesmo que Deus pusesse Seu pé sobre minha cabeça, como Ele poderia me colocar mais para baixo do que eu já tinha estado?

Além disso, havia uma sementinha crescendo em meu ventre. O que eu diria à minha filha quando ela me perguntasse o que fiz para honrar seu pai e vingar sua morte? Foi por minha anjinha Abru que segui com Anjali até a chowki *da polícia para pedir que indiciassem meus irmãos como assassinos. Anjali foi muito perspicaz. Levou minha história a Shannon, a mulher de cabelo vermelho, parecido com fogo. Quando a polícia soube que uma mulher branca e estrangeira estava fazendo perguntas sobre as investigações fictícias deles, bas, começaram a ficar nervosos.*

Meus irmãos pegaram meu casamento e o reduziram a cinzas. Rupal tentou me assustar me transformando em verme. Talvez sempre tenha sido assim: milhares de anos antes, até mesmo nosso senhor Rama testou o valor de sua amada esposa, Sita, com agni pariksha, *forçando-a a entrar em uma pira acesa. Diferentemente de mim, Sita saiu do fogo sem nenhum ferimento. Mas eu não era a esposa de um Deus, apenas a esposa de um homem bom.*

Quando contei isso a Anjali, ela me disse para esquecer essas histórias antigas.

— Ouça o que digo, Meena — disse. — Quando olha para si mesma, o que vê?

Comecei a chorar. — Vejo um rosto que faz os bebês chorarem — falei. — Vejo as mãos de uma aleijada.

— Exatamente — Anjali disse. — É por isso que você tem que aprender a olhar para dentro de si mesma. É uma nova maneira de olhar, ver quem você é de verdade. O fogo levou muita coisa, mas também deixou muita coisa. Entendeu?

Não entendi.

Então, Anjali me disse algo que eu não sabia. Explicou como o aço é feito.

O aço, disse, é forjado pelo fogo.

Capítulo Dez

O olho bom de Meena era triste e vulnerável, e Smita precisou se esforçar ao máximo para manter os olhos fixos no rosto desfigurado de Meena sem desviar a atenção. Era como se a lava tivesse descido pelo lado esquerdo do rosto, destruindo tudo pelo caminho. A lava descia da metade da testa de Meena, fechando o olho esquerdo e derretendo a maior parte da face até parar um pouco abaixo do lábio inferior. Os cirurgiões haviam feito o melhor possível com o que restara, mas o trabalho parecia bastante desajeitado, como se em algum momento tivessem desistido de recompor o rosto.

Enquanto permanecia sentada na casinha modesta de Meena, Smita pôde sentir o desprazer da sogra de Meena em ter a ela e Mohan ali e por terem aparecido sem avisar. O único ponto positivo dentro da tapera escura e sem espaço era a filha de Meena, Abru, que permanecia quietinha no canto da sala e às vezes se aproximava para subir no colo da mãe. Smita notou o olho bom de Meena suavizando cada vez que Abru pegava uma mecha dos cabelos dela e enfiava na boca.

— Como Shannon está? — Meena perguntou. A voz era delicada e baixa, e era até um pouco difícil entender o que dizia.

— Está bem. Está sentindo menos dor agora. Mandou lembranças.

— Vou rezar por ela. — Meena mordeu o lábio inferior. — Ela me prometeu que estaria aqui — murmurou. — Quando o juiz for dar o resultado.

— Sinto muito — Smita discretamente pegou o bloco de anotações. — Como você se sente? Em relação ao veredicto?

A sogra falou antes que Meena pudesse começar.

— Ah, aquela jornalista estrangeira nos prometeu cinco mil rupias. Para que contássemos a nossa história. Mas onde está o dinheiro?

Smita manteve-se concentrada em Meena, que olhou bem em seus olhos e fez um meneio de cabeça rápido, quase imperceptível. Smita se virou para a sogra. — Não pagamos pelas histórias, *ji* — disse, feliz por seu hindi ser útil o suficiente. — A senhora deve ter entendido mal o que minha colega disse.

— *Arre, wah* — a mulher mais velha disse de modo desafiador. — Você vem à minha casa para me chamar de mentirosa?

— *Ammi* — Meena ergueu a voz. — Pare com essa conversa sobre dinheiro, *na*. Não nos leva a lugar algum.

Smita não foi capaz de compreender totalmente a sequência de palavrões que a senhora soltou, mas o tom de sua voz a deixou arrepiada.

— *Besharam*, puta sem-vergonha — Ammi disse. — Primeiro, ela mata meu pobre filho e agora me desrespeita? Fica sentada o dia todo como uma *maarani* gorda, comendo à minha custa, e me desrespeita? Eu deveria ter deixado você morrer naquele hospital em vez de lutar para salvar sua vida.

O lado direito da boca de Meena se ergueu em um sorriso amargurado.

— A senhora nem sequer foi me ver no hospital, Ammi. Por que está contando mentiras?

A mulher mais velha pegou a vassoura no canto da sala e bateu em Meena.

— Ei! — Smita gritou, levantando-se.

— *Bai* — Mohan disse. — O que está fazendo? Pare com isso agora mesmo.

A mulher se virou para Mohan. Sua voz ganhou um tom de choramingo.

— O que posso fazer, *seth*? — disse. — Vi, com meus próprios olhos, meu filho morrer queimado. Todos os dias pergunto a Deus por que Ele não arrancou meus olhos antes de me permitir testemunhar algo tão terrível. Depois, meu filho mais novo fugiu do vilarejo após salvar a vida dessa bruxa ingrata. Então, não temos mais renda. Somos pessoas pobres, *seth*. Juro pelo meu marido morto, eu tinha um acordo financeiro com aquela mulher americana.

Smita fez uma análise rápida. Ela queria conversar com Meena do lado de fora do casebre, longe da sogra. Até aquele momento, seu hindi estava dando conta da tarefa. Se Meena dissesse algo que ela não compreendesse, poderia escrever a palavra foneticamente e perguntar para Mohan mais tarde. Seria melhor deixá-lo dentro da casa para segurar Ammi. Ela se levantou. — Vamos tomar um pouco de ar — disse a Meena. — Podemos conversar lá fora?

Meena hesitou, virando-se instintivamente a Mohan para pedir permissão. Ele olhou para Smita.

— Acha que consegue? — perguntou, e quando Smita assentiu, ele sorriu para Meena. — Vá, irmã. Ammi e eu vamos conversar.

A claridade do dia afastou a tristeza pesada da tapera de palha. Meena, carregando a filha, levou Smita até um assento feito com cordas. Ela permaneceu em pé enquanto Smita se sentava, e então agachou na frente dela.

— O que está fazendo? — Smita perguntou. Deu um tapinha no assento. — Sente-se ao meu lado.

— No meu antigo vilarejo sempre nos sentamos em um nível inferior em relação a nossos superiores, *memsahib*. É o costume.

— Mas você não está no antigo vilarejo, Meena. Os muçulmanos não têm essas divisões de castas, certo? — Smita deu mais um tapinha no assento. — Então sente-se aqui.

Esperou enquanto Meena erguia a filha, olhando ao redor furtivamente, e sentava Abru ao lado de Smita para, em seguida, sentar-se também. A criança chupava o dedo, alheia à hesitação da mãe.

— Qual é a idade de sua filha? — Smita perguntou.

— Quinze meses.

— Ela é linda — Smita disse, acariciando os cabelos da criança.

Meena abriu um sorriso.

— *Ai*. Ela é *khubsurat* como o pai. Sempre que olho para o rosto dela, me lembro do meu Abdul.

— Não foi nada bom o que aconteceu com você — Smita murmurou, repreendendo-se pela obviedade do que disse, mas querendo deixar as coisas mais fáceis para a entrevista.

Meena não pareceu notar.

— Eu disse para Abdul me esquecer, *memsahib*. Disse que meus irmãos nunca permitiriam a nossa união. Mas Abdul achava que o mundo era tão puro quanto o coração dele. Jurou que beberia veneno e se mataria se eu não me casasse com ele. — Riu sem forças. — No fim, acabei por matá-lo.

— Você não o matou. Foi vítima, assim como ele.

Meena assentiu. — Foi o que Anjali disse. Usou exatamente as mesmas palavras quando me visitou no hospital pela primeira vez. Eu estava sentindo muita dor, era como se não tivesse corpo. Como se fosse só fogo. Não conseguia nem me lembrar do meu nome por causa da dor. Quando trocavam o curativo, a pele saía junto com a gaze. E quando fechava os olhos, via o corpo de Abdul. Parecia uma árvore com galhos em flor, mas eram brotos de fogo.

— Então você conheceu Anjali logo depois do acidente?

— Sim, Anjali é como meu Deus. Foi ela quem me transferiu para um hospital grande. Arrecadou dinheiro para pagar as cirurgias. E mais importante, foi por causa dela que os médicos não arrancaram a pequena Abru do meu corpo. Eu estava grávida havia pouco tempo, *memsahib*. Os médicos decidiram que tinham que se livrar do meu bebê para salvar a minha vida. Anjali foi a única pessoa a perguntar o que eu queria. E, apesar de não conseguir falar, eu disse que não. Esse foi o maior presente que ela me deu. Sem Abru, meu Abdul teria me deixado para sempre.

Talvez por estar sentada ao sol, Smita se sentiu zonza. Fechou os olhos por um instante, e Meena notou na mesma hora.

— Quer um copo de água, senhora? — Ela quase se ergueu antes que Smita pudesse responder e voltou a se sentar. — Ou não pode beber de nossos copos?

Smita demorou um pouco a entender o que Meena estava perguntando — se Smita, como hindu, poderia ou *aceitaria* beber ou comer em uma casa muçulmana. Meena adivinhou a casta e a religião pelo nome de Smita. Santo Deus. Era como se nada tivesse mudado desde que Smita deixara a Índia. Que país mais engessado, com suas intolerâncias de casta, classe e religião. Smita observou o rosto desfigurado de Meena e soube que sua aversão por aqueles costumes era um sinal de privilégio. Será que achava, de fato, que a Índia havia mudado só por ter conseguido escapar dali?

— Não tenho nenhum problema com isso, Meena — disse. — Mas estou bem agora. Não volte para dentro para não perturbar sua sogra.

Trocaram um olhar cúmplice.

Depois de alguns minutos, Meena perguntou:

— Você vai escrever para o *seu* jornal como Shannon escreveu?

— Claro. Shannon e eu escrevemos para o mesmo jornal.

Meena franziu a testa.

— Mas o jornal da Shannon fica na América.

— Eu também moro lá. Só vim para a Índia porque...

— Eles permitem que hindus escrevam em jornais na América?

— Claro. Pessoas de todos os tipos trabalham lá.

— E os líderes de seu vilarejo nunca impedem que você faça seu trabalho? — Meena perguntou.

Honra 107

— Moro em uma cidade grande, como Mumbai. Não há líderes de vilarejo lá — Smita disse, percebendo que Meena entendia muito pouco do mundo.

— Accha? — Meena disse, com surpresa na voz. — Então rezo a Deus para que Ele ajude você a subir mais e mais, memsahib.

Smita tocou o punho ossudo de Meena com o dedo indicador.

— Já chega de falar de mim — disse. — E você? Como está se sentindo? Anjali disse que o veredicto deve sair a qualquer momento. Está nervosa?

A jovem olhou para o ponto onde Smita a havia tocado.

— Muito, muito nervosa. Mesmo que o juiz decida que meus irmãos são culpados...

— Culpados e... — Smita a incentivou a prosseguir.

Meena levantou a cabeça e encarou Smita.

— Se forem considerados culpados, ainda haverá muitas pessoas que vão querer meu mal. As pessoas do meu antigo vilarejo acham que as envergonhei. Todos aqui em Birwad me culpam pela morte de Abdul. Meu marido e o irmão dele, Kabir, eram a vida desta comunidade. Sempre fazendo brincadeiras e rindo com amigos e desconhecidos. E, claro, as famílias hindus nos vilarejos adjacentes estão iradas comigo por ter entrado com um processo contra meus irmãos. Não posso sequer ir às lojas deles, porque cospem na minha cara, memsahib.

Meena dissera aquela última frase em sentido figurado, Smita imaginava.

— Meena — disse com delicadeza. — Acha que pode me chamar pelo meu nome em vez de memsahib? Afinal, você chama Shannon pelo nome dela, não é?

— Mas é diferente — Meena disse com um sorriso tímido. — Shannon é estrangeira.

— Bom, se insistir em me chamar de memsahib, terei que fazer a mesma coisa.

A mão de Meena cobriu a boca no mesmo instante, e ela controlou um sorriso escandalizado.

— *Memsahib*... desculpe, Smita. Ammi vai cair para trás se ouvir você me chamando de *memsahib*.

Apesar de somente metade do rosto se movimentar, Meena parecia muito mais jovem quando ria.

— Como você passa seus dias? — Smita perguntou. — O que faz o dia todo?

O rosto de Meena se tornou sério.

— Nada. Só cozinho e limpo para a minha sogra e minha pequena.

— Você não trabalha?

Meena apontou o próprio rosto.

— Nesta situação, Didi? — Smita notou que Meena agora a chamava de Didi, que quer dizer "irmã mais velha". — Quem vai me contratar, pode me dizer? Ninguém sabe o que pensar sobre mim. Depois de meu casamento, os hindus me tratam como se fosse muçulmana. Mas os muçulmanos deste vilarejo ainda me consideram hindu. — Hesitou, e então disse algo em um dialeto que Smita não entendia.

— O que disse por último? — Smita perguntou. — Não consegui entender.

Meena afastou uma lágrima com as costas da mão.

— Disse: *"Sou a cadela que não é nem da rua nem de nenhuma casa"* — repetiu, em hindi. — Entendeu?

— Entendi.

— Vê aquela tapera ali, Didi? — Meena perguntou. — Aquela à sua esquerda? É o único lugar neste mundo triste onde me sinto em casa.

Smita olhou na direção apontada pelo dedo indicador de Meena, apertando os olhos sob o sol para enxergar melhor. Só conseguiu ver as ruínas enegrecidas de uma cabana de palha em uma posição diagonal de onde estavam sentadas, a uma boa distância do casebre de Ammi. Havia montes de lixo espalhados ao redor. Smita demorou um pouco para perceber do que se tratava.

— Aquela é sua... é onde aquilo... aconteceu? — perguntou.

Meena assentiu.

— Aquela era a nossa casa. Ainda mais modesta do que a casa da minha sogra, Didi, mas para dizer a verdade nunca fui mais feliz do que nos quatro meses em que vivi ali com Abdul. Todas as manhãs, ele se levantava antes de mim e me preparava uma xícara de chá. Cozinhar ao lado de meu marido, caminhar com ele até a fábrica, fazia com que eu me sentisse a mulher mais rica da Índia.

Smita olhou ao redor.

— Posso fazer uma pergunta? Por que você e Ammi vivem às margens, tão distantes do vilarejo principal?

Meena mordeu o lábio, enquanto o nariz ficava vermelho.

— Abdul comprou esta terra quando estava à venda, Didi — disse por fim. — O plano dele era construir uma casa *pucca* para a mãe dele aqui com o dinheiro que recebesse da fábrica. Quanto à nossa casinha, ele e Kabir a construíram em alguns dias depois que fugi da casa de meus irmãos. Com os dois rapazes e eu trabalhando, planejávamos dar à pobre Ammi uma velhice tranquila.

"O homem planeja e Deus ri." Seu pai costumava dizer isso o tempo todo. Smita queria traduzir isso para Meena, mas não tinha certeza de que seria capaz. Até aquele momento, estava se dando bem sem a ajuda de Mohan; não queria dar sorte ao azar.

— Parece que seu marido era um homem muito bom — disse baixinho.

Meena não respondeu. Após alguns minutos, disse:

— Posso fazer uma pergunta? Qual é a lembrança mais antiga que você tem, Didi?

Smita soube o que responder na mesma hora — ir com o pai a uma de suas aulas na Universidade de Bombaim. A mãe tivera que levar Rohit ao médico naquele dia, por isso seu pai a levara ao trabalho. Ela havia se sentado em silêncio na fileira da frente na sala, e quando deixaram a faculdade, ele comprou uma barra de chocolate com frutas por ela ter se comportado bem.

Mas ela não queria perder o foco.

— Não sei bem — disse. — Qual é a sua?

— Não é uma lembrança muito clara — Meena respondeu. — É mais um sentimento. O que mais me lembro de minha infância é da sensação de solidão. Mesmo depois do nascimento de minha irmã, Radha, me sentia sozinha, apesar de ela ser minha melhor amiga. À noite, quando se aproximava a hora de meu pai voltar da roça, eu esperava do lado de fora de casa para recebê-lo. Enquanto esperava, observava o céu da noite. Escutava os pássaros grasnando enquanto voltavam para casa. E me parecia que tudo — cada haste de trigo, cada pedra no chão, cada ave no céu — tinha um lugar no mundo. Menos eu. Minha verdadeira casa era dentro daquela solidão. Consegue me entender?

— Consigo.

Meena sorriu.

— Sei que entende, Didi — disse. — Assim que você entrou na nossa casa, vi em seus olhos que você também conhece a maldição da solidão.

Smita corou e desviou o olhar.

— Estou te contando isso porque você me perguntou sobre meu Abdul — Meena continuou, com a voz baixa e num tom firme. — Ele foi como um mágico. Assim que o conheci, a solidão desapareceu.

— Ele... teria apoiado sua decisão de entrar com esse processo? — Smita perguntou.

O rosto de Meena se contorceu.

— Teria sentido muita vergonha de mim, Didi — disse. — Ele queria muito que houvesse paz entre nossas famílias. Depois que descobrimos sobre nossa bebê, ele insistiu para que fôssemos à casa de meus irmãos com uma caixa grande de *mithai*. Acreditava que meus irmãos passariam a aceitar a nossa união quando entendessem que ele era um bom marido. — De repente, Meena deu um tapa na própria testa. — Mas eu deveria ter imaginado.

— O quê?

— Que meu irmão mais velho, Govind, sequer permitiria que entrássemos na casa dele. Disse que eu já havia causado decepção suficiente ao fugir para me casar com um muçulmano.

Mas ter um filho de um muçulmano significava espalhar a mancha da desonra por gerações. Pegou a caixa de doces e a jogou no chão, fora da casa dele. Disse que não permitiria nem que os cachorros da rua comessem aquilo.

— Foi por isso...?

— Foi. Aquela caixa de *mithai* carregou a sentença de morte de Abdul, Didi. Só não sabíamos na época. Consegue imaginar tamanha escuridão? Durante toda a vida, dei meu coração e minha alma a meus irmãos. Por mais doente que estivesse, me levantava e cozinhava para eles. Foi assim que vi minha mãe servir meu pai até o dia em que morreu. Você pode dizer que era minha obrigação. Mas vou dizer a verdade, não fazia isso como obrigação. Fazia com amor. Cada grão extra de arroz ou açúcar, cada pedaço extra de carne, ia para eles. Cheguei ao ponto de pegar comida de minha amada irmã e dar a Arvind e Govind. Quando Radha reclamava, eu explicava que eles eram homens e precisavam se fortalecer. Então, me diga, como podia imaginar que eles me odiavam?

— Talvez fosse por isso que não queriam que você se casasse com Abdul. Não queriam perder a empregada.

Meena passou a falar mais baixo e olhou furtivamente para a casa de Ammi.

— Não era só isso. Em nosso vilarejo, os muçulmanos são odiados. São considerados a escória da escória. Porque comem carne de vaca, Didi.

— Compreendo — Smita disse, sentindo a raiva correr por suas veias.

Meena pareceu assustada.

— Você também odeia os muçulmanos? — perguntou.

— Eu? De jeito nenhum. Alguns de meus melhores amigos são muçulmanos. — Smita sorriu com ironia, sabendo que Meena não entenderia a piada. — Você se converteu ao islamismo depois de casar?

— Eu queria, por respeito ao meu marido. Ammi também queria que eu me convertesse. Mas Abdul não deixou. Disse que queria que nossa família parecesse indiana. Hindus e muçulmanos vivendo lado a lado.

Smita olhou para o chão. As palavras de Meena deixavam claros sua desolação e pesar, e Smita finalmente conseguiu entender o dano que a morte de Abdul havia causado. Um jovem, talvez analfabeto, pobre, havia considerado o casamento entre duas pessoas de fés diferentes como motivo de orgulho, não de vergonha. Vira a si mesmo e a sua esposa como representantes de uma nova Índia, pensara na filha deles como embaixadora dessa nova nação. O motivo da morte de Abdul era simples: tinha sido falha de imaginação, de como a realidade é na Índia. Por não ter malícia nem preconceito, não tinha noção do desprezo e do ódio que seus cunhados sentiam por pessoas como ele, não conseguira prever como fervilhavam de ódio por causa do escândalo e da desonra que Meena causara.

Ela poderia ter contado a eles, Smita pensou. Poderia tê-los alertado. No fim, a antiga Índia — separada pelas revoltas políticas e geográficas da Partição e também pelos atemporais rios de ódios que dividiam os cidadãos — triunfaria. Sempre triunfava.

— Você acha que vai ganhar o processo? — perguntou, precisando ter a confirmação de que não estava sendo indevidamente cínica. Afinal, havia vivido longe por muito tempo. Talvez, no mínimo, o judiciário tivesse progredido?

Meena olhou para ela, sem piscar o olho bom.

— Espero que sim, Didi — disse. — Mas, no fim das contas, depende da vontade de Deus. O que me importa é que, conforme crescer, minha filhinha saberá que sua mãe lutou pela honra do pai. *Bas*, é para isso que vivo agora, por ela. Por esse motivo, aguento os insultos de minha sogra, as ofensas de meus novos vizinhos. Digo a verdade, Didi. Além da minha pequena Abru, não tenho ninguém no mundo. Quando Abdul estava vivo, a casa de Ammi mais parecia uma festa. Os amigos dele, os vizinhos dela, todos costumavam passar por lá. Agora, ninguém vem. Temem que nosso azar recaia sobre a casa deles. Até mesmo Anjali, até mesmo ela partirá quando o processo for finalizado.

Smita sentiu a boca seca, como se pudesse sentir o desespero de Meena.

— O que você faz o dia todo? — perguntou. — Aonde vai?

Meena apontou as ruínas chamuscadas da tapera.

— Vou lá para dormir à noite. Para estar perto do meu Abdul. Atravesso daqui até minha antiga casa. É a distância que percorro.

— Não sente medo de revisitar aquele lugar?

— Por que sentiria medo? Meu Abdul ainda está comigo, *na*? — Pela primeira vez desde que a conhecera, Smita sentiu a atitude desafiadora de Meena.

Lembrou-se de ter passado semanas escondida em seu apartamento em Mumbai, recusando-se a ir à escola até seu pai obrigá-la. Ao se lembrar, sentiu vergonha. Vergonha do medo lento que se apossara de suas veias, vergonha de ter tido o privilégio de escapar. Acima de tudo, vergonha por ter, em algum momento, considerado os primeiros dias de adaptação nos Estados Unidos outra coisa que não o que foram: uma sorte enorme. A riqueza da família e os títulos acadêmicos do pai foram responsáveis por tê-los resgatado da Índia e permitido uma vida boa na América. Enquanto Meena permanecera lutando por sua vida e, mais tarde, lutando contra o ostracismo social paralisante, Smita tinha passado o tempo em cafés no Brooklyn com amigos, bebericando cappuccinos, todos eles se sentindo descontentes enquanto falavam de atos de microagressão e exemplos de apropriação cultural, de terem sofrido *ghosting* por parte de um namorado ou por não terem recebido uma promoção no trabalho. Tais preocupações pareciam muito triviais agora. Como havia sido tola por se unir àquele coro de erros e insultos presumíveis. Tinha se tornado muito americana para não ver como a América havia se transformado para a sua família: um porto, um abrigo, um refúgio.

— *Kya hai*, Didi? — Meena olhava para ela, preocupada. — Eu disse algo errado?

Smita saiu dos devaneios, voltando a se concentrar na tapera chamuscada e, atrás dela, no campo de mato crescido. Ficou em pé, secando a testa com a manga da camisa.

— *Nahi* — disse. — Eu... só preciso entrar um pouco. — Viu a aversão no rosto de Meena ao pensar em ter que encarar a sogra, e acrescentou: — Mas já volto.

Meena sorriu, e Smita mais uma vez ficou encantada com a transformação.

— *Hah* — Meena disse. — Você precisa ver seu marido.

Smita abriu a boca para corrigi-la, mas achou melhor não fazer isso.

— Já volto — repetiu. — Só preciso sair do sol.

Qual é o seu problema?, Smita repreendeu a si mesma enquanto caminhava em direção ao casebre. Tinha entrevistado refugiados, pessoas sem casa e vítimas de guerra ao longo dos anos, e, apesar dos ferimentos e do trauma que testemunhava, sempre conseguia manter a compostura. Mas era impossível manter a mesma distância emocional ali.

Havia um motivo para não cobrir matérias na Índia, um motivo pelo qual pedira tal exceção a seus editores. Seus sentimentos eram muito enviesados, muito complexos, para que mantivesse a objetividade. Ainda assim, apesar das reservas iniciais, estava feliz por estar ali em Birwad e por ter conhecido Meena. Já estava compondo o início da história mentalmente.

As reportagens de Shannon sobre Meena tinham sido bem escritas. Sua forma de relatar os fatos era impessoal e direta, e havia situado, com sua experiência, o drama de Meena dentro da história mais ampla que as mulheres viviam na Índia, do tratamento que recebiam por parte dos homens. O relato de Shannon era como Shannon se via — sério, duro, sem disparates. Mas não tinha conseguido dar destaque a Meena, não tinha expressado aquela mistura de vulnerabilidade e coragem. Smita sabia que poderia, *seria capaz* de fazer justiça a Meena. Entendia o sofrimento em sua alma, sentia aquele vínculo como se fosse sua pele. Seus dedos coçaram de vontade de voltar para a pousada e começar a trabalhar no laptop.

Ela se inclinou e entrou pela porta baixa, e então esperou os olhos se ajustarem ao escuro. Assim que isso aconteceu, ela se assustou — Mohan estava sentado de pernas cruzadas em um tapete no chão na frente da sogra antes contrariada de Meena, que agora ria do que ele estava contando. Os dois olharam com cara de culpa quando ela entrou.

— Você também quer uma xícara de chá? — a mulher perguntou, e Smita notou as xícaras de chá na frente deles.

Estava prestes a dizer não quando mudou de ideia.

— Agradeço muito — disse. — Adoraria. — Fez uma pausa e acrescentou: — Meena também.

A velha franziu o cenho.

— Não posso desperdiçar açúcar e leite tão preciosos com aquela vaca — disse. — Trabalho como um cachorro sete dias por semana na casa da minha patroa para alimentar esta família. Só estou em casa hoje porque minha patroa está viajando. Ela não me paga quando não está presente.

— Tudo bem, então, *ji* — Smita disse da maneira mais educada que conseguiu. — Não preciso de *chai pani*. Estou bem assim.

Ammi pareceu estar em conflito, dividida entre o impulso antigo de ser hospitaleira e a animosidade em relação à nora. Por fim, levantou-se e foi acender o fogão de novo, resmungando baixinho. Enquanto observava a mulher colocar a chaleira no fogão, Smita se lembrou que era costume de muitas mulheres de zonas rurais e tribais amamentar os filhos bem além da primeira infância.

— Meena ainda amamenta sua neta? — perguntou.

— Às vezes — Ammi respondeu enquanto acrescentava chá à água. — Aquela égua só servia para isso, mas agora diz que o leite está secando. Então, mais uma boca para eu alimentar.

A ética de jornalista a impediu, mas Smita desejou entregar algumas notas de cem rupias nas mãos daquela mulher petulante. Tentou imaginar quem Ammi seria se uma pessoa pudesse remover da vida dela as preocupações financeiras. Será que o lado bom de sua natureza prevaleceria, conseguiria entender que a dolorosa perda do filho era a perda do marido de

Meena, e notaria a dor em comum? Ou ainda assim se ressentiria da nora pelo acontecimento trágico que havia recaído sobre sua família?

Como se tivesse lido sua mente, Mohan abriu a carteira. Smita fingiu não ver quando ele pegou várias notas de cem rupias e colocou o dinheiro no chão.

— Isto é para você, Ammi — disse. — Para ajudar com o sustento da pequena.

Ammi enrolou o dinheiro e o enfiou dentro da blusa.

— Mil vezes obrigada, *beta* — disse, pousando a mão na cabeça de Mohan. — Milhares de bênçãos a você. Quando me chama de Ammi, é como se ouvisse meu Abdul ou Kabir me chamando.

Cliff ou Shannon teriam ficado abismados com a quebra de ética profissional. *Mas Mohan não está aqui trabalhando*, Smita imaginou-se discutindo com eles, como se todos estivessem naquele cômodo minúsculo. *O que devo fazer, repreendê-lo na frente da senhora? Ela me expulsaria da casa e cortaria meu acesso a Meena, que não tem poder de ir contra as ordens da sogra.*

Mohan olhou para ela, erguendo uma sobrancelha de forma questionadora. Smita olhou para ele de modo impassível, nem endossando nem repreendendo-o por sua generosidade.

— Ainda preciso de meia hora — sussurrou enquanto Ammi despejava chá nos copos de vidro grosso.

— Demore quanto precisar — ele disse. — Estamos tendo uma boa conversa aqui.

— Obrigada. Agradeço muito mesmo.

Smita levou os dois copos de chá para fora.

— Para mim? — Meena disse. — Ela permitiu?

— Para você.

— Obrigada, Didi. Viu? Você já trouxe sorte à minha vida.

Smita olhou de novo para a tapera chamuscada ao longe, sentindo a incongruência da gratidão de Meena pelo copo de *chai*. Pensou nos livros de autoajuda pregando a importância da gratidão que milhões de americanos compravam todos os anos.

Quantos deles sentiriam gratidão por um copo de chá? Pensou nos evangélicos que pregavam que Deus queria que Seu rebanho fosse absolutamente próspero. O que aquele Deus teria a dizer a respeito de mulheres como Meena, que permitiam que um copo de chá fosse visto como sorte?

Observou Meena soprar dentro do copo para esfriar o chá, e então ofereceu um pouco a Abru. De repente, Smita notou que não tinha escutado a voz da menininha.

— Ela fala? — perguntou, passando a mão nas costas de Abru.

Meena pareceu desanimada.

— Ainda não. A médica disse que não devo me preocupar. Algumas crianças demoram a falar. Ela não é muda, Didi. Graças a Deus. — Franziu o cenho. — Mas me preocupo. Minha Abru tem quinze meses. Já tem idade para falar, não é? Acho que é porque ouviu meus gritos de socorro durante o incêndio, quando ainda estava em meu ventre. Ou ouviu meus gritos no hospital quando soube que Abdul estava morto. E talvez pense: *O que eu quero dizer a um mundo onde meus próprios tios podem matar meu pai e destruir o coração de minha mãe? De que servem minhas palavras num mundo assim?*

Smita assentiu, pensando que gostaria que um bom pediatra em Mumbai examinasse aquela menininha.

— Quais são seus planos para quando o veredicto sair? — perguntou, para mudar o assunto.

— Para que fazer planos? Esta é minha vida agora. Abdul e eu tínhamos planejado uma mudança para Mumbai depois do nascimento de Abru. Ele costumava dizer que Mumbai era feita para pessoas como nós, que não têm medo de trabalhar muito. Nós dois éramos *angutha chhap*, Didi. Mas sonhávamos com nossa Abru se tornando médica ou advogada. Abdul dizia que conseguiríamos ganhar tanto dinheiro em Mumbai que poderíamos construir uma casa de alvenaria para Ammi e Kabir aqui, e ainda mandar Abru para uma boa escola lá. Mas o fogo destruiu os sonhos.

Smita desviou o olhar do bloco de anotações, com os olhos úmidos.

— Sinto muito — disse. Desviou o olhar. — O que quer dizer *angutha chhap*?

— É assim que chamam as pessoas como nós, que não sabem ler nem escrever. Quando abrimos nossa conta bancária, tivemos que deixar as impressões digitais porque não sabemos assinar nossos nomes. É isso o que as palavras significam: impressão digital.

— Você tem uma conta no banco? — Smita perguntou.

Algo brilhou nos olhos de Meena.

— *Tinha*. Ammi me fez fechá-la depois que voltei do hospital. Caso contrário, venderia Abru para as enfermeiras cristãs quando nascesse. Disse que mulheres ricas de lugares fora daqui pagam muito dinheiro por bebês indianos.

— Disse... *o quê*? — Smita quase cuspiu o chá que bebia.

Meena assentiu com seriedade. Em seguida, seu rosto se suavizou.

— Fazer o quê, Didi? Aquela pobre mulher sofreu uma perda terrível, não? Imagine perder os dois filhos. Tudo por minha causa. De qualquer modo, é a única avó que Abru tem. Por isso, deixei o passado passar.

— Ela ainda ameaça...?

— Não desde que dei o dinheiro a ela. Além disso, minha Abru se parece com o pai. Às vezes, quando vejo os olhos fixos de Ammi no rosto de minha filha, sei que está sentindo a falta do filho. Todos os dias fica meio maluca, tentando decidir se ama ou odeia Abru por se parecer tanto com Abdul.

Seria possível que um terapeuta de Upper West Side demonstrasse mais insight psicológico do que Meena? Algum padre, rabino ou imã poderia ter mais generosidade de espírito do que ela expressava? Smita sentiu vontade de soltar a caneta para segurar a mão de Meena. Mas só perguntou:

— O que aconteceu com o irmão mais novo de Abdul? Ammi disse...?

Os olhos de Meena ficaram nublados.

— Fugiu depois de salvar a minha vida ao me levar para o hospital. Kabir é o responsável por eu ainda estar viva. — Fez uma pausa comprida, e então disse baixinho: — Estou cansada, Didi. Não posso evitar, porque estou desacostumada a usar a língua ultimamente. Preciso entrar e começar a cozinhar. Conto o resto da minha história na próxima vez?

— Claro — Smita disse, fechando o bloco de anotações.

Mas a verdade é que ficou decepcionada com aquele fim abrupto da entrevista. Tinha conquistado a confiança da mulher mais jovem, mas queria saber muito mais. Seria melhor mandar uma matéria preliminar imediatamente e uma segunda com a repercussão, depois do veredicto, como Shannon sugerira? Ou seria melhor publicar uma reportagem completa depois do desfecho?

Meena se levantou, inclinando o corpo e apoiando Abru em seu quadril.

— Mais uma coisa — Smita disse. — Você sabe que entrarei em contato com seus irmãos, não é?

A jovem empalideceu, parecendo visivelmente abalada. Smita franziu o cenho. Shannon havia citado os irmãos nas reportagens. E, então, ela se lembrou. Meena era analfabeta. Nunca havia lido nenhum texto escrito por Shannon.

Como se tivesse sentido a tensão na mãe, Abru virou a cabeça para olhar para ela. Meena beijou o topo da cabeça da filha distraidamente.

— Faça o que quiser — disse, tensa. — Não é da minha conta.

Smita também ficou em pé.

Meena começou a caminhar em direção à tapera de Ammi, e então olhou para trás.

— Pergunte a eles por que fizeram tanto mal. Por que roubaram o único sol em meu céu.. Meu irmão Govind e eu éramos próximos na infância. Ele costumava me chamar de sua *tara*, sua estrelinha.

— Então essa animosidade é recente? Ele ficou contra você por causa de seu casamento?

— Antes mesmo disso. Chegou a dizer que Radha e eu causamos um transtorno danado a ele quando começamos a trabalhar na fábrica. Como ganhávamos mais dinheiro do que ele, todos os outros homens do vilarejo o ridicularizavam. Govind ficava com todo o nosso salário, e até por isso passou a nos detestar ainda mais.

— Não entendo... — Smita começou a dizer, mas Meena balançou a cabeça e entrou na tapera com Abru, restando a Smita segui-las.

Mohan e Ammi estavam rindo juntos, com as cabeças quase se tocando. Por algum motivo, a cena irritou Smita.

— Está pronto? — disse, e, pela expressão de Mohan, notou que ele se assustou com o tom áspero da pergunta.

— O.k., Ammi — Mohan disse quando se levantou. — Vou embora. Mas nos encontraremos de novo, *inshallah*.

— *Inshallah, inshallah*. É sempre bem-vindo, *beta* — a mulher mais velha disse com uma voz afetada que deixou Smita fervendo de raiva.

— Tchau, Meena — Smita disse baixinho. — Fique bem.

— Tchau, Didi. Que Deus te acompanhe.

Capítulo Onze

Minha pele arde de *novo, como aconteceu no hospital. Desde o incêndio, sinto tudo na superfície do corpo.* Smita deixou a casa de Ammi há dez minutos, mas ainda sinto sua simpatia em minha pele. A doçura com que acariciou Abru, como se não se importasse por Abru também ser amaldiçoada. Ninguém nesta pequena comunidade muçulmana de sapateiros manda os filhos brincarem com a minha pequena. É como se tivéssemos nos tornado leprosas, e como se eles temessem que os filhos pegassem a doença.

Se Abdul tivesse sobrevivido e eu tivesse morrido, Abru teria uma vida melhor. Teria crescido sem o amor da mãe, mas os olhos de Ammi permaneceriam delicados quando observassem o rosto de minha filha. Abdul a teria amado duas vezes mais, primeiro por ela mesma e depois pelo amor que sentia por mim. E Abru ainda teria seu tio Kabir para carregá-la nas costas e cantar músicas de filmes em hindi à noite.

Então, me lembro que Abru ainda tem dois tios. Aqueles que mataram o pai dela.

Meus irmãos ainda *estão soltos.*

Mesmo depois de Birwad ter visto os dois riscarem o fósforo e testemunhado meu Abdul envolto em chamas. Apesar de terem visto

Govind gritar com meu cunhado por ter corrido em minha direção com baldes de água para apagar as chamas de meu corpo. Mesmo depois de ouvirem Arvind e Govind ameaçarem a vida de Kabir se ele continuasse me ajudando.

A polícia não apareceu naquela noite. Será que Rupal pagou para que não fossem até lá? Em Birwad, há um dito popular: "Os ladrões vêm quando não se espera; a polícia não vem quando se espera". Ainda que a polícia tivesse aparecido, eles teriam observado, rindo e fazendo piada, enquanto a minha família gritava por socorro. Ou talvez tivessem incendiado outras casas muçulmanas no vilarejo principal. Por quê? Porque a maioria da polícia é hindu. Por quê? Porque eles são da polícia e ninguém pode detê-los?

Kabir havia pegado um caminhão emprestado para me levar ao hospital. Deixou a própria mãe com o corpo sem vida do filho mais velho para me salvar. Depois de me deixar no hospital, partiu para Mumbai. Ammi recebeu uma carta antes de ele se perder na neblina daquela cidade grande. Meses depois, quando saí do hospital e voltei para casa, com a barriga grande à espera de minha filha, Ammi cuspiu na minha cara. Deixei o cuspe escorrer pela metade derretida do meu rosto, incapaz de senti-lo, sem querer limpá-lo na presença dela.

Anjali me contou que a polícia não foi capaz de encontrar os assassinos de Abdul, e eles não estavam mentindo. Quando escreveram Pessoas desconhecidas no primeiro relatório, eles não estavam mentindo. Quem eram as pessoas que eles interrogaram sobre o assassinato de Abdul? Estavam dormindo calmamente em Gorpur, um vilarejo a três quilômetros de Birwad. Quando a polícia perguntou àqueles gorpurwallas o que sabiam a respeito do incêndio, eles disseram a verdade — não sabiam nada. Essa é a honestidade da polícia nesta terra.

Mesmo depois de a polícia reabrir o caso e conversar com as testemunhas de Birwad, Ammi se recusou a falar com elas. Nunca condenarão dois homens hindus pelo assassinato de um rapaz muçulmano, ela disse. Mas ela estava enganada. Shannon colocou a história no jornal e, alguns dias depois, meus dois irmãos foram presos.

Passaram quinze dias na cadeia. E, então, algo estranho começou a acontecer. Um a um, todos os nossos vizinhos mudaram seus relatos. Um se lembrou de ter ficado em casa na noite do incêndio porque a esposa estava doente. Outro disse ter levado os filhos ao cinema em um vilarejo próximo naquela noite. Uma pessoa disse que a televisão estava com o volume muito alto e não escutou a movimentação de homens correndo pelo vilarejo principal a caminho de nossa casa. Um pouco antes de a polícia preencher a ficha de acusação no tribunal, Govind e Arvind pediram liberdade. Anjali protestou; a acusação era assassinato, disse. Como assassinos podem andar livremente enquanto um homem está enterrado e uma mulher está tão desfigurada que bebês choram quando veem seu rosto deplorável? Mas o juiz permitiu que meus irmãos ganhassem liberdade. Essa é a nossa Índia, onde assassinos andam à solta e suas vítimas são prisioneiras em suas casas.

HÁ OUTRA PESSOA NA prisão. Minha irmã, Radha. O carcereiro dela é o marido. Vinte e quatro anos mais velho do que ela, com um rosto que mais parece uma jaca, e uma perna mais curta do que a outra. Um inválido.

Radha me ajudou a fugir com Abdul. Govind ficou tão furioso que a casou assim que eu saí de casa. Nenhum homem da mesma idade se casaria com ela por causa da vergonha que eu havia causado à família. Só um inválido de um vilarejo distante, que precisava de uma esposa para cuidar dele como uma serva, concordaria com tal união.

Meu crime; punição contra Radha.

Capítulo Doze

Mohan encheu Smita de perguntas assim que voltaram ao carro, mas ela respondeu de forma monossilábica enquanto fazia anotações no bloco. Estava esgotada emocionalmente, sem vontade de conversar. Pela primeira vez, desejou que Nandini a tivesse acompanhado no lugar de Mohan porque, como ajudante profissional, ela saberia quando ficar calada. Mohan, no entanto, parecia não perceber que ela estava relutante em conversar. Depois de alguns minutos sem receber respostas satisfatórias, ele finalmente pareceu entender:

— Tem alguma coisa errada? — perguntou. — Ofendi você de alguma maneira?

— Não — ela disse, olhando pela janela do carro para a paisagem ao redor. *Odeio esta terra*, pensou. *Tudo aqui é cruel e violento.*

— Smita — Mohan disse. — O que houve, *yaar*?

A verdade é que não conseguia explicar aquele sentimento pesado e desprezível que havia tomado conta dela. *O único sol em meu céu.* Foi assim que Meena descreveu o que o marido significava para ela. Como uma pessoa sobrevivia a tamanha perda?

— Smita?

— O que foi? — respondeu com rispidez. — Não está vendo que quero ficar quieta?

Mohan ficou boquiaberto.

— Eu só estava...

— Você estava só o quê? — perguntou, e então continuou antes que ele pudesse responder. — E por que você e aquela senhora estavam rindo tanto?

— É por isso que você está brava? — Mohan parecia incrédulo. — Por eu estar entretendo uma idosa que...

— Isso mesmo. Saio para falar com aquela pobre moça a respeito do brutal assassinato do marido e, quando voltamos, encontramos vocês dois rindo e contando piada.

— Estava tentando distraí-la — Mohan disse com a voz alterada. — Para que você pudesse conversar com Meena e conseguisse escrever seu texto. Pensei que estivesse te ajudando, mas parece que você... nem sei o que está dizendo.

A raiva de Mohan foi tão inesperada que Smita se sentiu penalizada e imediatamente se arrependeu de seu comportamento.

— Mohan — disse. — Sinto muito.

— Honestamente não sei como ajudar — Mohan disse. — Parece que tenho que pedir desculpas por tudo neste país. Tudo o que vejo agora é filtrado pelos seus olhos. E tudo é feio e retrógrado e...

— Mohan, não. Por favor. Estou só frustrada, sabe? Mas estou errada em descontar em você.

Ele tirou os olhos da estrada para olhar para ela.

— Por que você odeia tanto a Índia?

Smita suspirou.

— Não odeio — disse por fim. — Há muitas coisas que amo neste país. E sei que o que aconteceu com Meena acontece no mundo todo. Até mesmo nos Estados Unidos. Sei disso. Pode acreditar, cubro histórias iguais à de Meena o tempo todo.

Ele assentiu, e com a mesma rapidez com que havia se irritado, a raiva deixou seu corpo. A mudança foi tão drástica que Smita imaginou ter ouvido um suspiro baixo.

— O.k. — ele disse. — Vamos deixar isso para trás.

Ela viu pela janela do carro, enquanto percorriam o vilarejo principal, como tudo parecia pobre ali. Estava chocada. Casas pequenas com telhados de metal corrugado ao lado de outras cobertas apenas com uma lona azul. Moscas sobrevoavam o esgoto a céu aberto, que passava em meio a algumas das casas. Um fosso enorme estava cheio de lixo. Dois meninos brincavam perto dali sem se preocupar, apesar de um cheiro estranho e forte entrar no carro. Smita pensou que aqueles casebres pareciam ainda piores que os barracos pelos quais tinha passado ao sair do aeroporto algumas noites antes. Então, se lembrou: aquele era um vilarejo muçulmano, o que significava que era ainda mais pobre que um típico do país. Alguns homens velhos, com o rosto escuro e barba e cabelos brancos, olharam sem nenhuma expressão quando eles passaram. Não havia mulheres ali.

— Você quer parar? — Mohan perguntou. — Conversar com alguém?

Smita pensou por um momento, e então balançou a cabeça, negando.

— Queria te perguntar — Smita disse quando voltaram para a estrada —, você entende o dialeto que Ammi fala?

Ele deu de ombros.

— Mais ou menos. Algumas das pessoas que trabalhavam para a minha família vinham de vilarejos próximos a Birwad. Acho que o antigo guarda da minha escola era de lá.

— É mesmo? Que escola era essa?

— A Escola Anand para Meninos.

— Onde fica?

— *O quê?* — Mohan disse, com ironia clara na voz. — Você não ouviu falar da mundialmente conhecida Escola Anand para Meninos?

— Não, me desculpe. — Fez uma pausa. — Mas tenho certeza de que era ótima, já que produziu um prodígio como você.

— Engraçadinha. — Mohan sorriu. — E você? Onde estudou?

Smita ficou tensa, sem querer compartilhar detalhes. Mas a última coisa que queria era ofender Mohan de novo.

— Estudei na Cathedral — disse.

— Ah, uma ótima escola. Deveria ter imaginado.

— Como assim?

— Muitos dos moradores ricos de Mumbai estudaram na Cathedral.

— Não éramos ricos.

— Não?

— Não. Eu te disse... meu pai é professor. — A verdade é que nunca poderiam ter pagado pelo apartamento em Colaba ou por nenhum dos outros luxos dos quais desfrutavam não fosse pela herança do pai. Por mais que seu pai valorizasse a educação, não poderia mandar Smita e Rohit para estudar na Cathedral com o salário que recebia. — O que *seus* pais faziam? — ela perguntou.

— Minha mãe é dona de casa.

— E seu pai?

— Meu pai? — Mohan pigarreou. Pela primeira vez desde que Smita o conhecera, ele pareceu evasivo. — Meu pai era vendedor de diamantes. Você sabe, Surat é conhecida por...

— Está brincando?

— Não. Por que brincaria?

— Seu pai é *vendedor de diamantes*?

— Ah, Smita. Relaxe, *yaar*. Ele era um peixe pequeno.

— Sei — Smita disse. — Sabe como chamam um vendedor de diamantes peixe pequeno, não sabe? — Esperou até que ele perguntasse e, como não aconteceu, respondeu: — Um vendedor de diamantes.

— Muito engraçado.

— Você sabe o que é engraçado *de verdade*?

— O quê?

— Você ter me feito tantas perguntas sobre a minha vida e não ter mencionado que seu pai é um vendedor de diamantes.

— É, você tem razão. Deveria ter contado o que meu pai fazia lá no aeroporto na noite em que fui te buscar. Antes de você pensar que eu era o motorista de Shannon.

— *Touché* — ela disse, rindo. Mas, depois disso, algo deu errado, porque continuou rindo, sem conseguir parar. Sabia que estava sendo ridícula, que Mohan olhava para ela com preocupação. Mas algo alimentava aquela histeria... uma mistura de fadiga, tristeza, raiva e... os olhares inexpressivos no rosto daqueles muçulmanos idosos alguns momentos antes. A voz áspera de Ammi ao ofender Meena. A imagem de Meena acariciando a filha com a mão derretida. A terra fora do carro cheia de sofrimento. *Esta terra é sua terra*... A letra da música de Woody Guthrie que sempre amou surgiu em sua mente, mas, de alguma forma, as palavras pareceram irônicas, maliciosas até. Gostando ou não, aquela também era sua terra, e ela se sentia envolvida e ludibriada por sua moralidade distorcida e suas contradições.

Smita contraiu os lábios, querendo se desculpar pela risada histérica. Mas, antes que pudesse se explicar, seu celular tocou:

— Com licença — disse, procurando dentro da bolsa, torcendo para não ser uma chamada de seu pai. — É a advogada — sussurrou a Mohan.

— Alô? Smita? Aqui é Anjali. — A voz estava rápida como sempre.

— Oi. Anunciaram a data?

— O veredicto deve sair depois de amanhã — Anjali disse. — Foi o que a atendente disse à minha equipe hoje. E nos avisarão com antecedência suficiente para irmos ao tribunal. Você está hospedada em uma pousada?

— Sim, desde ontem, mas...

— Ótimo. Perfeito. Demora um pouco mais de uma hora de lá até o tribunal. Ligaremos para você assim que soubermos a que horas você deve estar lá. — Anjali pigarreou. — Já conheceu Meena?

— Saímos da casa dela há pouco.

— Caso triste, não?

— Muito. — Smita fez um cálculo rápido. — Como temos dois dias até o veredicto, vou conversar com os irmãos amanhã. E então...

— Excelente ideia. Vejo você depois de amanhã.

— Espere...

Mas Anjali já tinha desligado.
Smita balançou a cabeça ao guardar o celular.
— Qual é o problema dessa mulher? — murmurou.
— Não dá nem para imaginar como deve ser ocupada, *yaar* — Mohan disse.
— Você sempre faz isso?
— O quê?
— Sai em defesa de todos os desconhecidos?
Ele deu de ombros.
— Então vamos encontrar os irmãos amanhã? — Mohan perguntou depois de um instante.
— Vamos. E o líder do vilarejo. Anjali acha que foi ele quem instigou os irmãos. — Smita sentiu que o peso havia voltado. Sentia a pressão. — Mohan, você tem uma irmã. Tem alguma coisa que ela poderia fazer que justificasse você se afastar dela? Ou machucá-la?
— Que pergunta tola, Smita — disse. — Você tem um irmão, não tem? Ele faria algo assim?
Um flash de lembrança lhe ocorreu. O rosto desesperado de Rohit. Rohit protegendo-a com seu próprio corpo.
— Meu irmão preferiria morrer a fazer o que os irmãos de Meena fizeram — disse.
Mohan assentiu.
— Exatamente.
— Você é muito parecido com Rohit, sabe? Decente.
Ele tirou os olhos da estrada por um segundo, uma expressão zombeteira que ela começava a reconhecer.
— Mas você não se parece em nada com minha irmã — disse. Pisou no freio quando um pequeno animal passou na frente do carro, e então retomou a velocidade. — Minha irmã é doce. Simples. Descomplicada.
Ela riu, compreendendo por que Shannon havia se tornado tão próxima de Mohan. Ele era uma boa companhia, e tinha uma leveza que Smita valorizava. Qualquer outro cara já teria dado em cima dela, e ela estava muito feliz por Mohan não ter feito

isso. Desde que saíra de casa, aos dezoito anos, Smita havia sido muito sexual e não se envergonhava disso, uma reação à sua tradicional educação. Mas não dormia com ninguém desde a morte de sua mãe. Smita observou Mohan de perfil e sentiu alívio por não sentir o mínimo interesse por ele.

A vida é mais fácil assim, pensou. *Meena sabe bem disso.*

Capítulo Treze

O BARULHO DAS MÁQUINAS *de costura na fábrica onde Radha e eu trabalhávamos era tão alto que eu sentia dor de cabeça depois do turno. Enquanto caminhávamos de volta para casa no final de cada dia de trabalho de dez horas, Radha levava nossa marmita. Mas, se eu fizesse qualquer reclamação que fosse a Govind, ele me atacava: "É isso o que acontece quando mulheres fazem o trabalho de homens", dizia. "Você decaiu tanto que nenhum homem de respeito vai querer se casar com você. E como encontraremos um par para Arvind depois de toda a vergonha que você e Radha nos causaram quando começaram a trabalhar? O vilarejo todo está nos desprezando porque nossas irmãs transformaram os irmãos em eunucos."*

No começo, eu acreditava que Govind tinha razão. Nosso vilarejo tinha centenas de anos. Em todo aquele tempo, Radha e eu éramos as únicas mulheres que haviam desafiado a tradição e passado a trabalhar fora de casa. Govind reclamava dizendo que até crianças riam pelas suas costas. Imagine os homens velhos que passavam o dia sentados, bebendo chai *e fofocando? Eles o aconselhavam a pegar os açoites que usavam nos animais do campo e nos bater até obedecermos suas ordens. "Uma mulher e um boi precisam apanhar com frequência", diziam.*

Rupal foi à nossa casa para nos alertar de que costurar calças jeans de homens o dia todo faria com que Radha e eu nos tornássemos homens. Eu acreditava nele, mas Radha balançava a cabeça. "Didi, não escute esse bevakoof", dizia. "Só está com inveja porque estamos ganhando mais dinheiro do que ele com toda a bruxaria que faz."

Mas eu não estava tão certa disso. Todo mundo no vilarejo dizia que Rupal tinha poderes mágicos e um celular especial que permitia a ele conversar diretamente com Deus. O que Deus dizia, ele nos contava: "E se ele estiver certo?", eu perguntava à minha irmã.

Radha pegava minha mão e a segurava contra meus seios. "Sinta essas duas mangas", dizia. "Elas crescem no corpo de um homem?"

No dia em que Abdul começou a trabalhar na fábrica, tive certeza de que eu era uma mulher. Quando ele sorriu e disse: "Namastê. Meu nome é Abdul", e olhou para mim com os olhos da cor de chá suave, senti algo tremer em meu corpo. Ele olhou para mim como se conhecesse o coração dentro do meu coração, aquele que nem Radha conseguia ver. Eu me senti tremer de alegria, mas, no minuto seguinte, amaldiçoei meu destino porque Deus estava armando um truque cruel. Por causa do nome dele e da touca branca que usava, adivinhei a religião de Abdul. Uma hindu e um muçulmano nunca poderiam ficar juntos — todo mundo conhecia essa verdade atemporal.

Em seu primeiro dia, tive que mostrar a Abdul como fazer a bainha das camisas. Antes que eu pudesse terminar de explicar, ele disse: "Eu sei. Sem problema. Sou um alfaiate especializado". Ele pegou a pilha de camisas da minha mão, e notei seus dedos, compridos e finos, como se fossem feitos para tocar o shennai. Ou para tocar o corpo de uma mulher. Meu rosto corou, e me belisquei para tirar pensamentos tão maldosos de minha mente. Talvez meus irmãos tivessem razão — ao trabalhar lado a lado com homens desconhecidos, eu havia me tornado uma mulher perversa.

Voltei depressa para a minha máquina de costura. Mas depois de alguns minutos olhei para a esquerda, onde Abdul estava sentado uma fileira à minha frente. Quando ele virou a cabeça para falar com o homem ao lado dele, observei seus traços com atenção.

Os cabelos dele eram pretos e lustrosos como as penas de um corvo. Sua pele era lisa e escura como uma pedra. E, enquanto ele trabalhava, dobrava o pescoço, de modo que as costas permaneciam retas como uma parede. Depois de meio dia de trabalho, Abdul já estava fazendo *amizade a torto e a direito. Trabalhava com rapidez — mesmo estando uma fileira para trás, conseguia ver como ele fazia bem as barras —, mas, enquanto trabalhava, ele dizia coisas muito engraçadas que faziam todo mundo se chacoalhar de tanto rir. Ninguém conseguia acreditar que era o primeiro dia dele. Com a chegada de Abdul, parecia que Deus tinha derrubado um arco-íris dentro daquela fábrica escura. Certa vez, ele ouviu minha risada e se virou para me dar uma piscadinha rápida. Ninguém mais viu. Um pouco depois, notei o supervisor caminhando em nossa direção, e eu tossi alto para alertar Abdul. No meu coração, eu sentia a mesma coisa que sentia por Radha — vontade de protegê-lo. Queria proteger aquele homem que eu havia acabado de conhecer da mesma maneira com que queria proteger minha irmã. Pela primeira vez desde que começamos a trabalhar, eu agradeci a Radha por me forçar a aceitar aquele emprego. Era como se uma rajada de vento tivesse aberto uma janela em meu coração e um pássaro doce tivesse voado para dentro dele e feito um ninho. Eu sabia que precisava afastá-lo, mas o que fazer? Pela primeira vez na vida, eu queria algo que permanecesse.*

RADHA TRABALHAVA NA SEÇÃO *feminina, fazendo roupas para as moças da América. Foi Radha quem ouviu falar da fábrica. Um dia, ela voltou correndo para casa, com o rosto brilhando de animação. "Didi, Didi, ouça!", disse. "Uma nova fábrica de roupas abriu em Navnagar. Estão pagando salários muito bons. Vou me candidatar."*

Olhei para ela, desviando o olhar do chão que eu varria. "Vai se candidatar a quê?", perguntei.

Ela olhou para mim sem paciência. "A um emprego."

"Irmãzinha", eu disse, "você enlouqueceu? Você sabe que isso não é trabalho para mulheres. Em nosso vilarejo, alguma mulher já teve um trabalho fora de casa?"

Radha fez uma careta.

"Então devemos continuar a passar fome? Govind e eu trabalhamos o dia todo nos campos, mas sem chuva de que adianta? E o que Arvind, que não serve para nada, faz? É um preguiçoso que fica bebendo e atrapalhando enquanto você varre e limpa."

"Radha", eu disse, "Govind precisa de você no kheti, na? Quem vai ajudar se você ficar fora?"

Ela nem me deixou terminar. "Aquele kheti não é grande o bastante para prover todos nós. Govind pode se virar sozinho. Ou Arvind deve largar a garrafa e ir ajudar. Estou cansada de sentir fome o tempo todo. Trabalho tanto quanto nossos irmãos, mas eles comem primeiro. Se compramos ovo ou carne de bode, eles comem. Por quê?"

"Chokri, chup! Foi assim que mamãe nos criou. Em respeito a ela..."

"Ela morreu. E viveu em uma época diferente. Em Mumbai e Délhi, todas as mulheres trabalham. Somos jovens. Por que precisamos ficar em casa o dia todo como mulheres velhas? A fábrica está pagando bem. E o trabalho é fácil."

"Nossos irmãos nunca permitirão..."

"Quem vai pedir a eles?", Radha fez aquela cara brava, que eu conhecia desde quando ela era bebê. "Quero comer um ovo todo dia. Será que Govind pode desenterrar um ovo para mim do kheti? Se não pode, quem é ele para me impedir?"

O medo formou um nó no meu estômago. Govind era muito irritável. Desde a morte de nosso pai, ele era o provedor da família.

"Deixe-me falar com ele", intervim. "Mas se ele disser não..."

Radha balançou a cabeça sem paciência, como se minhas palavras fossem mosquitos que ela tinha que afastar. "Se ele disser não, ainda assim vou me candidatar. Não me importo."

"Irmãzinha", eu disse, falando mais alto, "ele é nosso irmão mais velho. O que ele diz é lei."

"Não. Mesmo que o primeiro-ministro Narendra Modi me proíba, ainda assim vou me candidatar."

S͟e͟ R͟a͟d͟h͟a͟ p͟u͟d͟e͟s͟s͟e͟ a͟d͟i͟v͟i͟n͟h͟a͟r͟ para onde sua teimosia nos levaria, talvez tivesse deixado a vontade de lado, e nunca teríamos dado um passo para fora do vilarejo. Porque os costumes são como ovos — depois de quebrados, é impossível colocá-los dentro da casca de novo.

Capítulo Catorze

— Vou dizer uma coisa sobre a pousada — Smita disse com a boca cheia. — Eles têm uma ótima cozinha.

Mohan olhou com uma expressão que ela não conseguiu decifrar.

— O que foi? — perguntou.

— É que... eu gosto de te observar comendo. Tantas mulheres... não sei, *yaar*. Comem como pássaros ou ratinhos na frente dos homens. Você não tem esse tipo de atitude.

— Na minha profissão, quando há comida, você come. — Smita olhou para o relógio e pousou o garfo no prato. — Por falar em profissão, é melhor irmos logo embora, não é?

— É.

Eles haviam saído da pousada e desviado de um bando de galinhas que, de repente, atravessou a rua — a velha piada fez Smita sorrir —, quando algo lhe ocorreu.

— Você não acha que o atendente está desconfiado das garrafas de cerveja que você tem levado para o seu quarto nas últimas noites? — ela perguntou.

Mohan contraiu os lábios de modo a formar quase uma linha reta.

— Uma coisa que você precisa entender sobre a Índia — disse — é que metade desses costumes existem só da boca para fora. Desde que você não faça nada escancaradamente, ninguém se importa.

— Então, é um país de hipócritas.

Ele sorriu como se já esperasse por aquilo que ela iria dizer.

— Não, é um país que faz de tudo para salvar as aparências.

— Assim como os irmãos de Meena. — O tom de sua voz foi ácido. — Era o que eles estavam fazendo, não? Protegendo a honra da família.

Mohan assentiu, mas não respondeu. Havia ido ao quarto dela antes do jantar na noite anterior com duas garrafas de cerveja e um punhado de nozes. Fez com que ela chorasse de tanto rir ao contar, com sua maneira engraçada e bem-humorada, todas as histórias sobre os trotes que ele e os amigos armavam para os professores.

Naquele momento, Mohan olhou para ela com atenção.

— Está tudo bem com você?

— Claro, por quê?

— Porque você não brigou comigo nos últimos três minutos.

— Acho que estou deixando a desejar.

— É, você deve estar com saudade daquele *baniya* gordo que se sentou à mesa ao lado da nossa na hora do jantar ontem. Talvez tenha gostado do modo com que ele lambia os dedos? — Fez uma imitação exagerada do homem, e Smita caiu na risada.

— Você sabia que tem uma risada ótima? — Mohan disse.

— Todo mundo diz que é muito masculina.

— Quem? — ele perguntou franzindo o cenho.

Para dizer a verdade, apenas Bryan havia dito isso a ela, certa vez, quando estavam tendo problemas. Mas o comentário não foi esquecido, assim como sempre acontece com os insultos.

— Todo mundo — ela disse vagamente.

Mohan mexeu no rádio do carro, tentando escolher uma estação.

— Você tem alguma música favorita de um filme em hindi? De sua infância?

— Na verdade, não — disse. — Rohit e eu gostávamos mais de rock and roll. Mas minha mãe escutava *ghazals*.

— Seu pai não?

— Não. Ele gostava mais de clássicos ocidentais.

— O quê? Quase todo mundo de sua família ouvia algo diferente?

— É mais ou menos isso. — Smita olhou para ele. — Como era na sua família?

— Meu pai adora filmes indianos. Por isso, na maior parte do tempo, eu ouvia esse tipo de música quando era criança. Eles são pessoas bem tradicionais, sabe? Nunca bebem. Vegetarianos. Orgulhosos de ser de Gujarate.

— Eles tiveram um casamento arranjado?

— Claro. Na época deles, não havia outra opção.

Ela assentiu, controlando a vontade de dizer que a mãe dela havia fugido com seu pai.

— Então eles vão encontrar uma noiva para você?

Ele balançou a mão para afastar a ideia.

— Tentaram. Mas eu disse que não estava interessado.

— Não estava interessado em quê? Em se casar? Ou em um casamento arranjado?

— Não sei bem. Provavelmente nas duas coisas neste momento. Na minha idade.

— Quantos anos você tem? Sessenta e quatro?

— Haha. — Mohan buzinou para um carro que se aproximou demais. — Tenho trinta e dois — disse. — Estou ficando velho demais para me casar.

— Que bobagem — ela disse. — Tenho trinta e quatro. Você é novinho. — E olhou para ele com curiosidade. — Nunca nem chegou perto de se casar?

Mohan ficou calado por tanto tempo que o silêncio começou a se tornar desconfortável.

— Ei, me desculpe — Smita disse. — Não é da minha conta.

— Não, está tudo bem. — Ele fez uma pausa. — Certa vez, cheguei perto. Mas foi há muitos anos.

— O que aconteceu?

— Nada. Ela estudava comigo na faculdade. Queria se casar enquanto ainda estudávamos. Mas eu... queria fazer algo da vida antes disso. Naquela época, eu tinha uma ideia antiquada de que o homem precisava sustentar a mulher. Minha educação, sabe? Por isso, hesitei. Ela cansou de esperar. E se casou com outro colega de turma.

— Sinto muito.

— Esqueça, *yaar*. Foi há muito tempo. — Mohan balançou a cabeça. — Ela não era de Gujarate. Então meus pais provavelmente teriam tido um ataque cardíaco. Foi melhor assim.

— Você não os teria enfrentado? — Smita notou o tom de julgamento na própria voz e sabia que ele também havia percebido.

— Provavelmente sim — ele disse. — Se tivesse chegado a esse ponto.

Eles se calaram de novo. Depois de alguns instantes, Mohan disse:

— E você? Nunca se casou?

Ela deu de ombros. — Não. Nunca cheguei perto disso.

Ele fez um movimento curto e enigmático com a cabeça, e ela não compreendeu. — Você já namorou um *desi*? — perguntou depois de um segundo.

— Não — ela disse, subitamente envergonhada. — Fui a alguns encontros que meus pais arranjaram. Mas na minha profissão não encontro muitos indianos.

— Hum. E você não encontra rapazes de fora de sua área de atuação? Por exemplo, em festas?

Ela sorriu, reconhecendo a alfinetada. Mas como explicar sua vida nômade a Mohan, ao enraizado e estável Mohan? O que pensaria das malas prontas no sóbrio apartamento no Brooklyn? Desaprovaria as transas dela com correspondentes que conhecia em lugares distantes? O que pensaria dos caros brunches de domingo que ela compartilhava com as amigas solteiras em Nova York, durante os quais bebiam mimosas e reclamavam incessantemente do fato de todos os caras bacanas serem casados ou gays? Ele se divertiria ou se impressionaria com a conversa delas, com o fato de falarem quase exclusivamente sobre filmes indie e política, além da mais recente exposição no Met? Meu Deus, como a vida dela no Brooklyn era estereotipada. Era muito *americana*.

Smita percebeu que Mohan estava esperando que ela respondesse.

— Não vou a muitas festas — disse.

— E seus pais? Não forçaram você a se casar?

Smita prendeu uma mecha de cabelos atrás da orelha.

— Teriam gostado que eu me casasse, claro. Minha mãe, principalmente. Querer casar os filhos faz parte do DNA de pais indianos, não é?

— Por que só pais indianos? Não é verdade que todos os pais desejam que seus filhos se casem?

Não morda a isca, Smita disse a si mesma.

— Acho que sim.

Depois de um minuto, ela disse:

— Responda-me uma coisa. Você se arrependeu por ter deixado Nandini te convencer a me acompanhar em vez de ficar com Shannon?

— Nem um pouco. Shannon parecia estar muito bem quando falei com ela ontem. Já está até fazendo fisioterapia. E esta é uma experiência nova para mim, acompanhar uma jornalista na criação de uma reportagem. Mesmo sem ter certeza se devo ir com você quando for falar com os irmãos de Meena. Porque vou querer matá-los.

— É aí que está o segredo de ser jornalista — disse. — Não se pode deixar as emoções atrapalharem. Preciso conseguir falar com eles sem julgá-los.

— Sinceramente não sei como você consegue fazer isso.

Mas ela tinha tomado distanciamento dos entrevistados muitas vezes. Smita contou sobre a primeira reportagem difícil que fez, como jovem repórter na Filadélfia. Como havia entrevistado dois homens heterossexuais que tinham entrado em um bar gay, conhecido um homem muito mais jovem, e acabaram dando uma surra nele e o abandonado à beira da morte. O garoto, de uma cidadezinha a menos de cinquenta quilômetros da Filadélfia, tinha dezenove anos e havia conseguido vencer o medo de ir a um bar gay pela primeira vez em sua jovem vida não assumida.

— Ele morreu? — Mohan perguntou enquanto desviava de um buraco na estrada.

— Morreu, depois de uma semana no hospital. Seu pai, um pastor, recusou-se a vê-lo porque uma visita significaria que "concordava" com sua orientação sexual.

— Eu não tinha ideia de que a América era tão retrógrada, *yaar*. Porque vemos fotos daquelas paradas do orgulho gay na televisão.

—Ainda é mais fácil ser gay nas grandes cidades do que nas pequenas cidades dos Estados Unidos. Mas as coisas certamente mudaram. Isso aconteceu quando me tornei jornalista, antes de eu envelhecer.

— Qual foi a história mais difícil que você já cobriu?

Ela suspirou, com centenas de lembranças percorrendo sua mente como slides macabros em um velho projetor. Guerra. Genocídio. Estupro. Sem contar os absurdos diários, como violência doméstica, brigas por direitos trans ou conflitos por causa de aborto. Ou histórias como a de Meena, causada por ideias doentias e patriarcais de honra da família.

Smita hesitou, sem querer confessar mais uma coisa a Mohan: por mais terríveis que fossem os ferimentos de Meena, não eram os piores que já tinha visto. Nem perto disso. Ainda assim, o isolamento de Meena — a total dependência de uma sogra que a odiava e a culpava pela morte do filho — havia acionado uma solidão parecida em Smita. Talvez fosse simples assim: ela poderia cobrir acontecimentos tenebrosos no Líbano, na África do Sul e na Nigéria, e não se sentir cúmplice deles porque não tinham acontecido em seu país. Mas apesar do passaporte norte-americano, apesar dos muitos quilômetros que separavam a vida americana de sua infância indiana, não havia como negar — ela tinha se sentido cúmplice no que havia acontecido a Meena ao se sentar para ouvir sua história. A fala levemente arrastada de Meena fez Smita ter um misto de emoções, como americana *e* indiana, uma vítima ela mesma, mas alguém que havia escapado de modo que Meena jamais conseguiria. Não havia como explicar isso a Mohan sem abrir o envelope amarelado do passado.

— Smita... — Mohan disse. — Esqueça. Não precisamos falar sobre coisas tristes, *yaar*. Vamos mudar de assunto.

Ela olhou para ele com gratidão. Sempre que estava na presença de alguém de fora do meio jornalístico, via a curiosidade em seu rosto, a curiosidade de um voyeur enquanto perguntava sobre aspectos mais sensacionalistas do trabalho dela. Podia ver as pessoas arquivando os episódios que contava, adicionando ao seu esconderijo mental histórias nas quais ninguém mais acreditaria, assuntos que renderiam muitas conversas na próxima festa. Nenhuma delas, no entanto, tinha a decência de controlar seu interesse lascivo, apesar da óbvia relutância dela.

— Obrigada — disse a Mohan. — Mas me conte mais sobre *seu* trabalho. O que exatamente você faz?

Ele falou no tom calmo de sempre, fazendo imitações de colegas, despertando o interesse dela ao descrever o projeto de inteligência artificial no qual trabalhava naquele momento. Depois de um tempo, ela parou de prestar atenção no que ele contava. Mais do que tudo, queria estar em silêncio, e a Índia não era um lugar silencioso. Smita sentiu, de repente, muita saudade de Nova York. Queria estar de novo no anonimato de Manhattan, caminhar por suas ruas cheias de gente experimentando a diluição emocionante de ser ela mesma. Nova York em uma noite fria de outono. Ou, quem sabe, durante um dia de sol fraco que refletiria nas pedras, enquanto folhas num misto de laranja e dourado estariam caindo lenta e embriagadamente perto do lago no Central Park, e o rosto dela estaria corado e frio enquanto caminhava. Ela tinha visitado Nova York pela primeira vez no outono, quando começou a faculdade na Columbia, e talvez por isso aquela fosse a estação que mais associava à cidade. Naquela época, Smita passava tanto tempo em lugares onde a fome e a guerra civil haviam devastado o interior do país — onde inundações e furacões tinham arrancado árvores centenárias, onde madeireiros ou caçadores ilegais haviam destruído antigas florestas — que sentia imensa gratidão pelos parques na vizinhança do Brooklyn e pela vastidão do Central Park sempre que voltava para casa. Na comunidade do subúrbio de Ohio onde foram morar depois de seu pai conseguir um emprego em uma pequena faculdade de artes liberais, ela se sentiu como uma alienígena, uma convidada no país de outra pessoa. Só quando chegou a Nova York teve a sensação de estar em casa, sensação da qual não percebera sentir falta. Na primeira vez em que viu a cidade, foi como se algo explodisse em seu peito — foi uma impressão visceral que a fez se apaixonar imediatamente. Para ela, Nova York não parecia uma cidade, e, sim, um país. O estado-nação de Nova York, onde os incansáveis e ambiciosos do mundo se reuniam, onde os desajustados e os mal compreendidos chegavam — e a cidade não só os recebia como mudava um pouquinho para poder acomodá-los, para testá-los, para ver se tinham a coisa certa. E se você passasse no teste, então tudo estava lá para ser desfrutado — a alegre revolta das cores e os cheiros de Jackson Heights, as ruas ecléticas de Greenwich Village, a fugidia tranquilidade do Prospect Park, os bancos do Battery, onde era possível se sentar sem ser perturbado e observar a "dama do porto". Smita se lembrou do que Shannon havia dito: "Esta cidade mais parece um enorme experimento social realizado todos os dias. Este lugar deveria ser um maldito barril de pólvora — mas, de alguma forma, não é".

Conforme eles se aproximaram de Vithalgaon, Mohan ficou em silêncio. Smita olhou distraidamente as árvores quando Mohan diminuiu a velocidade para deixar um jovem em cima de uma bicicleta não muito firme atravessar a rua. Ela observou um fazendeiro caminhando atrás de dois bois esqueléticos puxando um arado de aspecto primitivo por um campo, e sentiu como se estivesse assistindo a uma cena de duzentos anos atrás. Notou o fio de calêndulas enrolado nos chifres dos animais e, por algum motivo, a gentileza do gesto tocou seu coração. Aquele também era seu país, sua herança, seu direito nato. Mas, na verdade, não era. Tinham arrancado aquele direito, assim como havia acontecido com Meena. Claro, era impossível comparar o que ela havia sofrido e o que foi feito a Meena — a mão de Smita cobriu o rosto sem marcas de modo involuntário. Mas, apesar de todo o privilégio, seu coração doía, e ela sentiu um tipo de saudade diferente daquela sentida por Nova York — a perda de algo que nunca tinha sido totalmente dela.

Ainda assim, nada daquilo — aquela sensação bifurcada de si mesma, aquela divisão — era extraordinário. Se o tempo como jornalista havia lhe ensinado algo, ela sabia duas coisas: o mundo era repleto de pessoas sem rumo, sem direção, sem raiz. E os inocentes sempre pagavam pelos pecados dos culpados. Uma lembrança tomou conta de seus pensamentos, distante mas bem afiada. Smita — com oito ou nove anos? — no colo da tia Pushpa, aconchegada no calor do corpo flácido da senhora. Os braços de Pushpa se entrelaçando enquanto abraçava Smita.

— Viu? — Pushpa dizia para o filho. — Viu como ela se senta no meu colo? Toda aconchegada. Não como você, seu metido.

— Ela é menina — Chiku respondia com desdém. — E é um ano mais nova do que eu.

Do que ela estava se lembrando? E por que Chiku estava franzindo o cenho e passando a mão na nuca?

Depois do almoço no apartamento de Chiku, os três — Rohit, Chiku e ela — se sentaram na sala. Smita e seu irmão liam, cada um, um romance de Enid Blyton da coleção de primeiras edições premiadas de seu pai, enquanto Chiku folheava a *Filmfare*. De onde eles estavam, conseguiam ouvir tia Pushpa gritando com a empregada na cozinha. Durante uma série de insultos proferidos por tia Pushpa, Rohit desviou os olhos do livro e piscou para a irmã. Smita piscou de volta. Os dois amavam tia Pushpa e sabiam que a mulher ladrava mas não mordia.

— Meu Deus — Chiku disse de repente. — Eu odeio ela.

— Quem? — perguntaram em uníssono.

— *Quem?* Minha mãe, quem mais? Ela me deixa maluco.

Rohit e Smita trocaram um olhar de espanto. Não conseguiam se imaginar falando da mãe dessa maneira. Como se lesse a mente dos dois, Chiku disse:

— Queria que seus pais me adotassem.

— Mas sua mãe é legal — Smita disse.

Chiku balançou a cabeça.

— Não suporto ela.

Pushpa entrou na sala de estar com o rosto corado. Smita sentiu uma onda de simpatia. Sempre vira a tia Pushpa como robusta e resiliente como um navio de batalha. Mas, ao vê-la pelos olhos de Chiku, sentiu uma estranha empatia pela melhor amiga da mãe. Tentou imaginar se tia Pushpa sabia como Chiku se sentia em relação à mãe, e percebeu que o coração apertou ao pensar nisso. Fechou o livro e se levantou.

— Quer que eu busque um copo de água, tia? —perguntou. — Está calor hoje.

Tia Pushpa sorriu ao se sentar em uma cadeira próxima dali.

— Obrigada, minha querida — disse quando Smita saiu da sala. De repente, inclinou-se para a frente e deu um tapa na nuca de Chiku. — Viu? Viu como seus amigos tratam os mais velhos? Diferentemente de você, seu *junglee*. Quando foi que você buscou um copo de água para a coitada da sua mãe? Veja como eles leem livros de verdade enquanto você fica lendo essa revista idiota de filmes.

Chiku esfregou a nuca e encarou a mãe. Ele ainda estava olhando para ela quando Smita voltou para a sala de estar, e Pushpa estendeu os braços e a puxou para o colo.

Mesmo depois de todos aqueles anos, Smita ainda conseguia sentir a pele úmida de tia Pushpa contra a sua e sentir o cheiro do perfume que sempre usava. Como conciliar aquela lembrança com a fria recepção que havia recebido recentemente? Como era possível que aquela mulher amorosa, em cujo colo Smita se sentira tão aquecida e segura, traísse todos eles como havia feito? As duas famílias eram tão próximas, entravam e saíam dos dois apartamentos ao longo da infância de Smita. Ela tentou imaginar seus pais não protegendo Chiku se os papéis tivessem sido invertidos, mas não conseguiu. Não que seus pais fossem perfeitos, porque não eram. Mas aquela era a regra número três que ela havia aprendido como correspondente estrangeira: em todos os países, em todas as crises, há muitas pessoas que nadam contra a maré. Seus pais faziam parte dessa pequena minoria. Smita sentiu o coração inflar de gratidão ao pensar nisso, mas no momento seguinte lembrou-se de que uma daquelas boas pessoas havia morrido. Mordeu o lábio inferior para não chorar.

— Estamos quase lá — Mohan disse, e Smita assentiu silenciosamente, não confiando que conseguiria falar naquele instante, esperando que a sensação de vazio se dissipasse antes de encarar os assassinos de Abdul. Estava fazendo um esforço para estar "presente no momento", como sua professora de ioga no Brooklyn costumava dizer.

Eles seguiram uma estrada de terra até onde havia uma pequena constelação de casebres, formando uma configuração dispersa. Ainda assim, ficou óbvio que Vithalgaon não era tão pobre quanto Birwad. Galinhas, cachorros de rua e crianças se reuniam na frente das taperas, cães latindo enquanto corriam até o carro. Dois homens vestindo *lungis* se aproximaram, olhando para Smita. Mohan desceu o vidro.

— Estamos procurando os irmãos Arvind e Govind — disse. — Onde podemos encontrá-los?

Um dos homens sorriu.

— O juiz-*sahib* deu a ordem? — perguntou.

Smita falou antes que Mohan pudesse responder.

— Por favor, pode nos direcionar até a casa deles? — disse em um tom frio.

O homem olhou para ela com malícia, e então deu a volta no carro até o lado onde Smita estava.

— Aqueles dois não vivem mais entre nós, pessoas simples. — Ele apontou a estrada principal. — Volte para lá e, no primeiro cruzamento, entre à esquerda. Vocês verão uma casa de alvenaria pequena. É onde moram. Graças ao dinheiro da irmã. Sim, a mesma irmã em que eles puseram fogo quando o dinheiro acabou.

— Você contou isso à polícia? — Smita perguntou.

O homem balançou a cabeça.

— *Arre*, senhora, esqueça essa bobagem de polícia. Govind é de nossa casta, não é? Por que criaríamos problema pra ele com a polícia? — Ele olhou para ela com desconfiança. — Não que eu aprove o que ele fez com aquela pobre moça. Matar aquele cachorro muçulmano? Tudo bem. Mas não deveriam ter tocado naquela moça. Não, ele deveria apenas tê-la arrastado de volta para casa e a trancado para que limpasse e cozinhasse.

Mohan lançou um olhar a Smita e disse antes que ela pudesse soltar qualquer palavra:

— Está bem, *bhai*, obrigado pela ajuda.

— Sem problema! — o homem disse. — Esse drama todo logo vai acabar. Vocês vão ver.

Capítulo Quinze

Os homens do meu vilarejo ficaram irados quando Radha e eu continuamos trabalhando na fábrica.

A voz de Rupal era a mais ruidosa. Ele nos alertou e, quando não demos ouvidos, nos ameaçou. Disse que realizaria uma cerimônia mágica e faria um mar de serpentes na frente da nossa casa para nos impedir de sair. Radha riu e disse que não sentia medo. Seguimos firmes em nossa rotina, saindo de casa ao amanhecer, caminhando quatro quilômetros para ir e quatro para voltar, seis dias por semana. Quando já estávamos trabalhando havia cerca de três meses, saímos certa manhã e quase pisamos no bode morto à frente da nossa porta. Rupal havia arrancado o couro do animal e o deixou ali para vermos. Radha gritou. Pela primeira vez, sua coragem foi abalada. Quando finalmente parou de gritar, olhou para mim.

— Vamos ficar em casa, Didi — disse. — Esses homens não desistirão enquanto não nos destruírem. As tradições deles significam mais do que sua humanidade.

Por que não concordei com ela naquele dia? Eu só tinha começado na fábrica para que Radha não caminhasse para casa sozinha nem fosse perturbada por homens desconhecidos no trabalho. Mas, naquela manhã, senti ira quando vi aquele animal inocente caído na terra, com a língua para fora, moscas atacando seu corpo.

— Espere aqui — disse a Radha. — Vamos trabalhar hoje, sim. Mas, primeiro, preciso cuidar de uma coisa.

Entrei em casa e encontrei Arvind na cama, dormindo depois de se embebedar na noite anterior. Govind já havia saído para a roça.

— Ae — disse, e o chacoalhei. — Levante, seu imprestável.

— Nunca havia falado com meu irmão daquele jeito. Mas aquele animal que havia sacrificado a vida pela honra falsa daqueles homens colocou brutalidade em minha voz. E também era verdade que, apesar de dizerem ao mundo que eram contra o trabalho que fazíamos, nossos irmãos estavam aproveitando os frutos dele. De poucos em poucos dias, Arvind me pedia dinheiro para comprar bebida. Na noite anterior, Govind havia falado sobre conseguir um empréstimo do governo para construir uma casa a uma curta distância do vilarejo principal. Com nossos salários, poderíamos pagar o empréstimo em alguns anos, ele disse.

Olhei para Govind com surpresa.

— Você diz a todo mundo que suas irmãs causaram vergonha por trabalharem fora de casa — disse. — Outro dia, quando Rupal veio nos visitar, você me chamou de vadia. Mas vai construir uma casa com o nosso dinheiro sujo?

Vi a vergonha no rosto dele.

— Se o solo desta maldita fazenda rendesse mais, não tocaria em seu dinheiro imundo — murmurou. — Acontece que não tenho outra opção. — A raiva tomou conta de seus olhos. — Você corrompeu a pequena Radha com sua ganância. Você é uma mulher que se esqueceu de seu lugar no mundo. Mas, como está desafiando a minha autoridade, decido como gastar o seu dinheiro.

Meu irmão tinha se tornado um desconhecido. Eu me lembrava de como ele costumava me carregar nos ombros quando era criança e dizia que eu era mais alta do que ele. De como costumava comprar sorvete quando me levava à festa todos os anos. Todo Diwali, ainda que só tivesse trapos para vestir, Govind comprava um novo sari para mim e outro para Radha. Mas o fato de trabalharmos na fábrica transformou o amor dele em ódio, e fez com que seu olhar se tornasse duro e desrespeitoso.

Lembrar de como Govind havia olhado para mim fez com que eu chacoalhasse Arvind com mais força.

— Ai, ai, ai — ele reclamou. — O que aconteceu?

— Levante — sibilei. — Venha ver o que seu amigo Rupal aprontou, seu bêbado preguiçoso.

Arvind olhou para mim.

— Você enlouqueceu, irmã? — perguntou.

— Enlouqueci? Você não se importa com nada além de beber e vem dizer que enlouqueci? Vamos, depressa. Algumas pessoas precisam trabalhar para sustentar a família.

Ele me seguiu até lá fora. Quando viu o bode morto, parecia prestes a chorar. Sempre tinha sido um pouco sensível, Arvind. Mas naquela manhã não me importei.

— Isto foi a maldade que Rupal fez — eu disse. — Agora limpe essa sujeira.

— O quê? Eu? Isso não é trabalho meu. É...

— Vamos trabalhar, Arvind. O chefe grita com a gente com um atraso de um minuto que seja. Pelo jeito, vamos ter que correr o caminho todo. É melhor que esse pobre animal não esteja mais aqui quando voltarmos para casa. E lave a frente da casa com água quente. Se eu encontrar uma gota de sangue...

— Isso é trabalho de mulher! — Arvind gritou. E cuspiu no chão. — É por isso que as mulheres são proibidas de trabalhar fora de casa. Rupal tem razão. Você está agindo como um homem. Agora entendo a verdade nas palavras dele.

Radha parou na frente de Arvind. Ainda estava tremendo, mas o rosto dela estava vermelho de ódio.

— Chup re, imbecil. Não exiba sua ignorância para o mundo todo. As pessoas já riem de você o suficiente. Agora faça o que Meena Didi disse. Caso contrário, não tem mais paisa para seu daru. Está me ouvindo?

A cara de Arvind me deixou sem fôlego. Era ódio puro.

Na infância, nos ensinaram *a temer tigres e leões. Ninguém nos ensinou o que sei hoje — o animal mais perigoso do mundo é um homem com orgulho ferido.*

Capítulo Dezesseis

Quando Smita bateu à porta da casa, ouviu o rádio tocando do lado de dentro. Esperou um pouco, então bateu de novo, com um pouco mais de força. Olhou para trás quando Mohan saiu do carro e chegou até onde ela estava parada.

— Ninguém atendeu? — perguntou, e ela balançou a cabeça negativamente.

Um bode baliu embaixo de uma figueira-de-bengala à qual estava amarrado. O sol brilhava como um medalhão no céu azul. Smita enxugou o suor da testa na manga da camisa. Meena havia mencionado que o irmão mais novo quase sempre estava em casa, deixando claro em sua expressão o asco que sentia da preguiça dele. Se o cara estava de ressaca, isso explicava por que não tinha ido até a porta.

Smita se aproximou para bater de novo, mas Mohan fez um gesto para que desse um passo para o lado. Cerrou o punho e bateu na porta resistente enquanto Smita olhava a casa, observando os tijolos na parte de fora e a cobertura formada por telhas. Então aquela era a casa que Meena havia construído para eles com seu salário. Apesar de o trabalho não ter sido muito bem-feito e de alguns tijolos estarem se soltando, o lugar era um palácio em comparação com a morada atual de Meena.

— *Saala, kon hai?* — A voz vinda de dentro, forte e beligerante, antes de ouvirem os passos. Depois do som de algo caindo, escutaram um homem resmungando e dizendo um palavrão baixinho. Um minuto depois, a porta se abriu com tudo. — O que foi? — o homem gritou, arregalando os olhos para Mohan. Era extremamente magro, com cabelos grossos e despenteados.

Mohan deu um passo para trás. Em seguida, com um tom agressivo e arrogante que assustou Smita, disse:

— Até quando teríamos que bater? E qual dos dois você é?

A agressividade sumiu do rosto do outro homem e foi substituída por rabugice.

— Meu nome é Arvind, *ji* — murmurou. — O senhor é o delegado?

Smita logo entendeu o que havia testemunhado — a atitude de poder de um homem educado e próspero em relação a alguém de status inferior; Mohan comunicando sua superioridade apenas ao assumir o tom de voz e a postura certos. Isso a deixava desanimada, mas não podia pensar nisso agora.

Em vez disso, deu um passo em direção ao homem.

— Oi, meu nome é Smita. Sou de um jornal dos Estados Unidos — disse, torcendo para seu hindi não sair muito pomposo. — Você já conversou com a minha amiga Shannon. Só queria falar um pouco sobre sua irmã, Meena, e sobre o caso do tribunal.

Arvind cuspiu ao ouvir a menção à sua irmã.

— Não conheço nenhuma Meena — disse. — Minha irmã Meena morreu.

Mohan falou antes que Smita pudesse soltar qualquer palavra.

— Ela não morreu no incêndio — disse baixinho, a voz tomada de ódio. — Você sabe disso.

— Não no incêndio — Arvind disse. E passou a língua pelos lábios com nervosismo, mas se manteve firme. — Antes disso. Quando se casou com aquele bastardo muçulmano. O fogo foi só um alerta para os outros. Para o caso de algum dos homens da laia dele pensar que pode vir e corromper nossas meninas.

— Ninguém estava...

— Mohan — Smita disse delicadamente, interrompendo-o com a mão em seu braço. Ela se virou para o outro homem. — Posso entrar, *ji*? Tenho algumas perguntas a fazer.

O rosto de Arvind estava impassível quando olhou para ela.

— Já conversamos com aquela mulher estrangeira — disse por fim. — Como ela se chama? Sharon alguma coisa? Aquela que se veste como homem.

— Ah, sim. Shannon. Mas ela está doente, sabe? Por isso me pediu para ajudá-la. E mandou seus *salaams*, por falar nisso — acrescentou. — Podemos entrar agora?

Os olhos de Arvind pareciam desafiar o pedido de Smita. Entortou o pescoço e olhou por cima do ombro dela.

— Espere aqui — disse por fim. — Volto em alguns minutos. — E antes que pudessem protestar, Arvind passou por eles, atravessando o quintal e correndo em direção aos campos mais à frente.

— Você acha que ele acabou de fugir? — Smita perguntou sem acreditar.

— Não sei ao certo — Mohan disse. — Mas vamos esperar no carro, o.k.? Está ainda mais quente aqui do que em Mumbai.

Voltaram para o carro, e ele ligou o ar-condicionado.

— Por quanto tempo acha que devemos esperar?

— Não temos escolha — Smita disse com desânimo. — Não posso escrever a reportagem sem conseguir os comentários deles. — Franziu o cenho. — Que esquisito. Nos textos que Shannon escreveu, parece que eles se gabam pelo que fizeram em uma frase e então dizem que não tiveram nada a ver com o assassinato na frase seguinte. Mas aqui estão eles, em liberdade. Como pode uma coisa dessas?

Mohan deu de ombros.

— Índia — disse, e Smita notou a resignação em sua voz.

Esperaram por cerca de dez minutos, com Smita cada vez mais irritada por ter deixado Arvind escapar. Mas o que poderia ter feito? Impedido a fuga? Ela se virou para Mohan para perguntar se ele se importava em esperar um pouco mais, quando ele se endireitou e apontou na direção do campo e para as duas pessoas que vinham correndo em direção à casa.

— É ele? — Mohan perguntou. — Talvez tenha ido buscar o irmão?

Govind era uma versão mais robusta de Arvind.

— *Kya hai?* — perguntou. — Já dissemos tudo o que pretendíamos dizer.

Smita lançou a Mohan um olhar para silenciá-lo antes de sair do carro.

— Boa tarde — disse, ignorando a clara hostilidade de Govind. — Estou muito contente por seu irmão ter ido buscar você. Temos algumas perguntas a fazer e então iremos embora. — Ao ver que ele estava prestes a recusar a conversa, Smita acrescentou: — Queremos ser justos. Dar a vocês uma chance de explicar a situação a partir de seu ponto de vista.

Os olhos de Govind se estreitaram enquanto observava a incongruência do hindi pomposo de Smita com suas roupas indianas. Abaixou a cabeça para espreitar Mohan, que havia seguido o pedido implícito de Smita para continuar no carro. — Você é hindu? — perguntou.

— O quê? — Smita disse, assustada. — Sou, mas o que...

— Ótimo — assentiu uma vez, como se ela tivesse passado em um teste. — Sendo assim, você entende a nossa cultura. Porque aquela outra mulher, aquela estrangeira, não nos entendia. Não entendia nossos valores.

Smita lutou contra a náusea que sentiu.

— Entendo — murmurou.

— Você também é de um lugar estrangeiro — Govind prosseguiu. — Mas sua vestimenta modesta me diz que você é uma mulher de valores bons. Aquela outra mulher, a tal da Shannon, vestia calças. Como um homem. — Fez um gesto em direção ao carro. — Por favor, peça ao seu marido para se unir a nós.

— Ele não é... — Smita achou melhor não corrigi-lo. — Obrigada — disse. — Vou pedir a ele. — Caminhou até Mohan e murmurou: — Ele acha que somos casados.

Mohan assentiu brevemente. Saiu do carro e caminhou em direção a Govind, com a mão estendida, com uma atitude simpática.

— *Kaise ho?* — disse. — Desculpe por interromper o dia de vocês.

Apesar da simpatia no tom de voz de Mohan, Smita sabia que Govind tinha consciência da diferença de classe entre eles. Em vez de apertar a mão estendida de Mohan, dobrou a própria mão para cumprimentá-lo. — Em seguida, virou-se para Arvind e deu um tapa em sua testa. — Vá preparar um pouco de chá para os nossos convidados. Anda. — Arvind entrou na casa, esfregando a cabeça e murmurando algo.

Govind sorriu como se estivesse se desculpando.

— Como nossas mulheres se foram, meu irmão e eu temos que cozinhar e limpar hoje em dia.

— Tudo bem — Mohan disse. — Eu também faço tudo sozinho.

— Vocês são pessoas da cidade grande, senhor — Govind disse. — A vida é diferente para nós. Aqui é uma desonra fazer trabalho de mulher.

Mohan parecia prestes a argumentar, por isso Smita se intrometeu para evitar qualquer comentário.

— Andam tendo notícias de Radha? — perguntou enquanto pegava o bloco de anotações de modo discreto.

Govind deu de ombros.

— O que posso dizer? Radha tem sorte por eu ter conseguido encontrar um marido para ela depois do escândalo.

— Você se refere ao casamento de Meena?

Os lábios de Govind se contraíram quando ele ouviu o nome de Meena.

— Claro. Mas mesmo antes disso. — Ele mascou o tabaco que estava em sua boca. — Até então, nenhuma mulher de nosso vilarejo havia deixado sua casa para trabalhar para desconhecidos. É um tabu enorme. Tenho muito azar por minhas duas irmãs terem desafiado não apenas minha autoridade, mas também a autoridade dos mais velhos de nosso vilarejo.

— Por que é tão errado que as mulheres trabalhem? — Smita perguntou.

Govind olhou para ela com incredulidade.

— Porque é a lei, feita por nossos antepassados. Deus criou essa divisão do trabalho. É o destino das mulheres dar à luz e criar os filhos, além de manter a casa. Os homens são provedores. Todo mundo sabe disso. — Govind olhou para Smita com desdém. — Pelo menos em Vithalgaon.

— Fiquei sabendo que você tentou impedi-las de trabalhar na fábrica, é verdade?

— *Memsahib*, fiz tudo o que podia. Eu implorei, pedi muito que levassem em consideração a honra de nossos antepassados. O chefe de nosso vilarejo impediu todo mundo até de falar com elas. Tentamos de tudo. Mas um demônio tinha tomado conta de minhas irmãs. Algumas pessoas do vilarejo juravam ver uma sombra escura ao redor delas quando partiam para o trabalho todas as manhãs.

Smita se esforçou para esconder como se sentia abismada com a performance de Govind. *Ele sabe se fazer de vítima*, pensou. Já estava com sua próxima pergunta pronta a ser feita, mas Arvind apareceu na entrada da casa.

— O que quer que eu faça? — perguntou. — Que leve o chá para fora?

Govind hesitou, e Smita viu uma oportunidade ali.

— Por favor, podemos entrar na sua casa? O sol está bem forte hoje.

— *Memsahib*, esse sol impiedoso é sempre forte. Trabalho no campo todos os dias... é por isso que minha pele é grossa como couro.

Smita sentiu um tom de repreensão naquela fala.

— É mesmo — disse simplesmente.

Fez-se uma breve pausa, e então Govind pareceu tomar uma decisão.

— Por favor, *memsahib* — disse. — Bem-vindos à nossa casa.

Entraram em uma longa sala retangular com três cadeiras dobráveis de madeira e uma televisão pequena. Não havia outra peça de mobília.

Smita viu um colchão no chão do quarto ao lado antes de Govind chamar sua atenção para uma das cadeiras de madeira.

— Por favor, sentem-se — disse para Mohan e Smita. E, quando se sentaram, ele se agachou na frente deles.

Mohan começou a se levantar.

— Por que não...? — disse, apontando a terceira cadeira.

Govind sorriu com timidez.

— É nosso costume, *seth*. O senhor é superior a nós.

Mohan riu.

— *Arre, bhai*. Que história é essa de superior/inferior?

Mas Govind permaneceu no chão. Depois de um instante, gritou para o irmão:

— *Ae*, onde está o *chai*, seu imprestável? — Arvind apareceu com dois copos de chá, entregou os dois silenciosamente aos visitantes e sentou-se no chão ao lado do irmão.

Smita tomou um gole.

— Que chá ótimo — disse educadamente, mas Arvind olhou para ela sem expressar reação. Ela notou que ele havia molhado e penteado os cabelos para trás enquanto estava na cozinha. Tomou mais um gole, colocou o copo no chão e pegou o bloco de notas do modo mais tranquilo que conseguiu, ciente de que os irmãos observavam cada um de seus movimentos. — E então — disse —, vocês acham que o juiz decidirá a favor de vocês?

Arvind lançou um olhar ao irmão mais velho, esperando que ele falasse. Os minutos se passaram. No silêncio, Smita ouviu o balido distante do bode.

— Tenho certeza de que decidirá a nosso favor — Govind disse de repente. — Deus é justo e está do nosso lado. Aquela vaca pode procurar qualquer tribunal do mundo, mas a verdade vai prevalecer.

Ao seu lado, Smita ouviu a respiração forte de Mohan.

— A verdade? — perguntou. — Vocês não... vocês não — e então hesitou, querendo escolher as palavras da maneira mais delicada possível — tentaram matar, ou melhor, atear fogo à tapera de Meena?

Os olhos de Govind percorreram o cômodo até chegarem ao rosto de Smita.

— Alguém fez isso — murmurou. — Quem, não podemos dizer.

O homem estava mesmo mentindo na cara dela? Mas por que isso a deixava surpresa?

— Meena diz que foram vocês dois. Que viu vocês com seus próprios olhos.

Govind cuspiu no chão.

— Claro que diz isso. Aquele muçulmano comedor de carne falou o que ela tinha que dizer.

— O marido dela? Como poderia? Ele está morto.

O rosto do homem se tornou desafiador.

— Talvez o *kutta* não tenha morrido logo de cara. Como sabemos o que ele disse ou fez?

Smita tinha a sensação de que Govind era um peixe enorme que ela tentava pescar. Um movimento em falso da parte dela e ele escorregaria. — Você está dizendo que não sabe quem matou Abdul? — disse por fim.

— *Memsahib*, está me fazendo a pergunta errada. — Govind balançou a cabeça impacientemente. — Quem se importa em saber *quem* queimou aquele cachorro vivo? *Por que* fizeram isso? Essa é a pergunta que ninguém quer saber. Fizeram isso para proteger a honra de todos os hindus. Para ensinar àqueles cachorros muçulmanos qual é o lugar deles na vida.

Smita abriu a boca para falar, mas Govind ergueu a mão para impedi-la.

— É assim. Meu irmão e eu estamos sentados no chão na frente de vocês porque é onde temos que ficar. Compreende? Todos nós temos um lugar na vida. Deus fez as coisas assim. Permitimos que aqueles cachorros muçulmanos vivam em nossa Índia como convidados. Mas um cachorro precisa saber quem manda, certo? Os muçulmanos devem permanecer em seus vilarejos e, acima de tudo, ficar longe de nossas mulheres. É fato. — Ele passou a falar mais baixo. — Esse é o *jihad* deles. Compreende? Eles forçam nossas mulheres a ter filhos com eles para poder se multiplicar e tomar a Índia.

— Mas Meena diz que ninguém a forçou a nada — Smita disse. — Diz que amava o marido.

Govind estava olhando para o chão. Quando olhou para cima, Smita viu que um músculo em sua mandíbula estava saltado.

— Como isso pôde acontecer, *memsahib*? — disse. — O que a senhora sugere é contra a ordem natural das coisas. Um peixe pode se apaixonar por uma vaca? Um corvo pode se apaixonar por um tigre?

Smita lançou um olhar rápido a Mohan, mas não conseguiu entender a expressão dele.

— Então, está dizendo que não se arrepende pelo que fez... pelo que aconteceu a Meena? — perguntou, ouvindo o tom sério de sua própria voz.

Govind sorriu timidamente.

— Eu me arrependo, claro — disse baixinho. — Eu me arrependo pelo fato de minha irmã ter sobrevivido. E, mais que tudo, me arrependo pelo fato de aquela maldita criança que ela carregava ainda estar viva. Ela chegou a levar o bebê ao tribunal quando foi falar com o juiz-*sahib*. Consegue imaginar isso? Foi como se quisesse espalhar seu excremento por todo o tribunal.

A pele do rosto de Smita ficou roxa de raiva quando se lembrou do doce rostinho de Abru. Sentiu vontade de se levantar e xingar aquele homem mau aos berros, socar seu rosto. Mas só fixou o olhar em um ponto na parede atrás dele até ter certeza de que conseguiria falar.

— A criança é inocente — disse.

— Deixei Meena sair de nossa casa para viver no pecado com aquele homem — Govind disse. — Ela me humilhou três vezes, *memsahib*. Uma vez quando me desafiou e aceitou o trabalho na fábrica. Depois quando fugiu para Birwad para viver com aqueles *chamars* muçulmanos. O vilarejo todo me desprezou naquele momento, mas ainda assim não fiz nada para me vingar da ofensa. Erro meu. Mas o terceiro desrespeito foi intolerável. Eles chegaram à minha porta com uma caixa de doces, de mãos dadas, apontando a desgraça que ela carregava na barriga. A puta sem-vergonha e seu lixo muçulmano vieram à minha porta. De cabeça erguida. Como se não fosse um crime contra Deus, aquela coisa crescendo no ventre dela. — Govind controlou as lágrimas de raiva. — O que poderia fazer? Tolerar o mal? Permitir que ele me chamasse de cunhado, como se fôssemos iguais aos olhos de Deus?

— Você não poderia simplesmente ter pedido para irem embora?

— Fiz isso. Eles correram para casa com o rabo entre as pernas, como vira-latas que eram. Mas, *memsahib*, quando as plantações de minha terra vão mal e não me dão o que preciso, sabe o que temos que fazer? Incendiar os campos. Assim, no ano seguinte, as plantações voltam a crescer com mais força. Isso era o que tinha que ser feito — a terra tinha que ser limpa. Só me arrependo de duas das plantações ainda estarem de pé.

Houve um repentino e pesado silêncio no cômodo, como se todos tivessem percebido que Govind quase havia confessado o assassinato de Abdul. Depois de longos minutos, Mohan disse, quebrando o silêncio:

— Você disse que a viu no tribunal. Então percebeu o estrago que o fogo fez? Um dos olhos dela derreteu e não abre mais. Metade de seu rosto se foi. Isso não é o suficiente para você?

Govind abriu a boca para responder, mas Mohan olhava fixamente para ele e, depois de um instante, Govind desviou o olhar e fitou o chão.

— O modo com que vocês vivem é diferente do nosso modo de viver, senhor — disse por fim.

Smita sentiu Mohan tenso e falou antes que ele pudesse dizer algo:

— E você, Arvind? — perguntou depressa. — Você se sente da mesma maneira?

Arvind olhou para ela, depois para o irmão e para ela de novo.

— O que meu irmão mais velho disser é o melhor — respondeu.

— Mas pensei que você fosse próximo de Meena — Smita disse, apesar de, naquele momento, não ter certeza de como sabia disso, se Meena havia mencionado esse detalhe ou se ela tinha lido algo a respeito em uma das reportagens de Shannon.

Por um milésimo de segundo, o rosto de Arvind se suavizou, mas em seguida ele balançou a cabeça.

— Não importa. Esta é a casa do meu irmão. Ele é mais velho do que eu.

— Mas esta casa foi construída com o dinheiro de suas irmãs, não foi? — Mohan disse. Quando viu que Govind recebeu aquilo como uma afronta, Smita sentiu vontade de dar um tapa em Mohan.

— *Arre, wah, seth* — Govind disse, com os olhos brilhando de maldade. — O senhor é meu convidado em minha casa, mas insulta com facilidade. Tem razão, nossas irmãs pagaram por esta casa com o dinheiro amaldiçoado delas.

Ele se voltou para Smita, como se esperasse um pouco mais de empatia.

— Escolhi uma noiva para Arvind. Ela vinha de uma boa família de um vilarejo próximo, e os pais dela estavam dispostos a pagar um belo dote. Mas, quando a notícia que minhas irmãs trabalhavam naquela fábrica se espalhou, cancelaram o casamento.

Arvind olhava fixo para a frente, sem expressar emoção.

— Você ficou chateado com o que aconteceu? — Smita perguntou a ele.

Arvind riu com desprezo.

— Eles cavaram a própria cova — disse. — Pelo dote que minha noiva teria trazido, teríamos pagado os dotes de Meena e de Radha. É por isso que só Govind *bhai* estava tão ansioso para me casar. Depois, ele se livraria de nossas irmãs. Duas bocas a menos para sustentarmos quando elas se tornassem responsabilidade dos maridos. Mas, no fim das contas, não tivemos que pagar dote nenhum para aquele velho inválido que se casou com Radha.

Smita pensara que Arvind era o mais sensível dos dois irmãos. Mas percebeu que não gostava dele da mesma forma com que não gostava do mais velho. Era como se as transgressões de Meena tivessem destruído todo o sentimento de família.

— Então, me diga uma coisa — Mohan disse. — Quem levantou o dinheiro para tirar vocês da cadeia? Tiveram que pegar emprestado do agiota?

— Não, *seth* — Govind disse. — Usamos nosso próprio dinheiro.

— O dinheiro de suas irmãs? As economias delas?

Govind fez uma cara feia.

— Nenhuma mulher tem direito sobre suas economias. O dinheiro delas pertencia a mim, como chefe da família. É nosso costume.

— Entendo — Mohan sorriu. — Também é seu costume tentar matar sua irmã por estar bravo por ela ter fugido com outro homem e pelo fato de que o salário dela deixou de ser seu? É isso o que seus vizinhos estão dizendo.

— Mohan! — Smita disse, sabendo que ele tinha ido longe demais.

Mas ela chegou atrasada. Govind já estava em pé, com as mãos grandes de camponês cerradas em punhos.

— Por favor, vocês dois, saiam da minha casa agora mesmo. Antes que algo inesperado aconteça.

Mohan ficou em pé e se posicionou na frente de Smita.

— Guarde suas ameaças para coitadas como sua irmã — disse sem alterar a voz. — Mas se olhar na direção da minha... minha esposa... vou te pendurar de cabeça para baixo, espancado, na delegacia. Está me ouvindo?

Os olhos de Govind se tornaram inexpressivos, opacos.

— Sim, *sahib* — disse com calma. — Sabemos o poder que vocês têm. Podem acabar com homens simples como eu pisando em nós. Sabemos como vocês são.

— Isso mesmo.

— Mohan, pare — Smita disse. — Isso está fugindo do controle. — E se virou para Govind. — Ouça, sinto muito...

— Não se desculpe — Mohan disse. — Não ouse se desculpar para esse desgraçado.

— *Arre, bas!* — Um grito foi ouvido e todos se sobressaltaram. Era Arvind, com os olhos marejados, respiração ofegante. — Todos vocês, parem. E vocês dois... vão embora.

Smita e Mohan já estavam no carro, prontos para partir, quando Govind caminhou na direção deles.

— Mesmo que eu receba a pena de morte, vai ter valido a pena. — Ele abriu um largo sorriso sem achar graça nenhuma, mostrando os dentes manchados de tabaco. — Só por ter assistido àquele imbecil dançar enquanto ardia em chamas.

— Está dizendo que o matou? — Smita perguntou.

Ele cuspiu no chão.

— Não estou confessando nada. Todas as testemunhas de Birwad mudaram seus relatos. Ninguém acredita no que aquela vaca tem para dizer.

— Vamos sair daqui — Smita pediu a Mohan. — Não consigo ouvir nem mais uma palavra.

ELES SE MANTIVERAM EM silêncio até a casa quase desaparecer no espelho retrovisor. Então, Smita, lívida, virou-se para Mohan.

— Que diabos foi aquilo? Você me atrapalhou enquanto eu fazia meu trabalho. Você não tinha o direito de se enfiar daquela maneira na minha entrevista, entendeu?

Mohan ergueu uma mão, como se tentasse se defender de um golpe.

— Sinto muito. Perdi a paciência. Me perdoe.

Smita o encarou e depois desviou o olhar. Enquanto Mohan continuou falando, ela olhava pela janela.

— Não sei como você consegue fazer esse trabalho, *yaar*. Eu... senti vontade de estrangulá-lo. Depois de ver como acabaram com aquela pobre menina.

Nandini não teria interferido dessa forma, Smita pensou. *Sabia a importância de se manter fria, de permitir que as fontes se revelassem a seu próprio tempo, com suas próprias palavras.* Mas Mohan não era um profissional. Era apenas um conhecido que havia aberto mão das férias para ajudá-la. Havia reagido da maneira como qualquer outro ser humano sensível reagiria. E ela precisava dele por ser homem. Era difícil para Smita admitir, mas, se Govind não tivesse acreditado que Mohan era seu marido, não teria permitido que ela entrasse em sua casa.

— Quero fazer mais uma parada — Smita disse. — Vamos voltar ao vilarejo principal. Preciso conversar com aquele maldito líder.

Capítulo Dezessete

Quando Radha e eu *éramos crianças, fazíamos uma brincadeira. Ela perguntava:*
— *Qual é a verdadeira cor do mundo, Didi?*
E eu respondia:
— *Verde.*
— *Por que verde?*
— *Porque as árvores são verdes. A grama é verde. Os novos brotos das plantas são verdes. Até mesmo os papagaios são verdes. Verde é a cor do mundo.*
— *Mas, Didi* — *Radha dizia* —, *os caules do trigo são marrons. Meu corpo é marrom. Os ratos-do-campo são marrons. Não, o mundo é marrom.*
— *E o azul?* — *eu perguntava.* — *O céu é azul. E ele cobre o mundo todo, como a mãe que ama e protege todos os filhos.*
Radha se calava, e eu me lembrava que ela havia conhecido o amor de nossa mãe por menos tempo do que eu. Por isso, eu a pegava no colo e a abraçava, para que ela soubesse como é ser amada.
Hoje sei a verdade: a verdadeira cor do mundo é preta.
A raiva é preta.
A vergonha e o escândalo são pretos.
A traição é preta.
O ódio é preto.

E o corpo queimado, tostado, é preto, preto, preto.

O mundo, depois de testemunhar tamanha crueldade, fica preto.

O despertar para um mundo mudado é preto.

ELE APARECE PARA MIM à noite, quando estamos apenas eu e Abru, dormindo em nossa tapera. Às vezes, o cheiro dele é como aquele da última vez, um cheiro de fumaça, como de cabelos queimados. Como o gosto que não sai mais da minha boca. Mas na maior parte do tempo, o cheiro é igual àquele de antigamente, um cheiro de rio, de grama, como o cheiro de nossa terra depois da primeira chuva.

Ammi reclamou em voz alta quando comecei a visitar a nossa antiga cabana, mas acho que ela gosta de ter a própria casa à noite. Sempre que vê meu rosto, ela se lembra da noite em que dois dos goondas a seguraram enquanto ela gritava sem parar, vendo o filho mais velho em chamas. De como gritou ao me observar tentando apagar as chamas do corpo de Abdul até o calor derreter minhas mãos e eu desmaiar de dor.

Só quando visito minha cabana antiga à noite me sinto em paz. Sempre finjo que estou dormindo quando Abdul me visita para que ele possa sentir que está me surpreendendo. Fecho os olhos e rolo para o lado, deitada no chão de terra. Ele me abraça por trás, seu quadril movendo-se contra o meu, seus joelhos se encaixando na dobra dos meus joelhos. Permanecemos assim até ele tirar todo o medo e o ódio de meu coração.

Certa vez, há muito tempo, quando Nishta, minha antiga vizinha em Vithalgaon, teve icterícia, Rupal foi à casa dela com uma pedra pequena. Esfregou a pedra lisa pelo corpo dela e então pediu à mãe de Nishta para lavá-la com uma toalha molhada. Quando a mulher estendeu a toalha do lado de fora, a água amarela escorreu dela. Todos nós vimos bem. Rupal disse que era a icterícia saindo do corpo de Nishta.

Medo e ódio deixaram meu coração preto. Mas, com seu amor, Abdul lava meu coração todas as noites.

O amor dele.
O amor de Abdul por mim.

NA FÁBRICA, O CHEFE *nos dava um intervalo de quinze minutos para o almoço. Sob os galhos maternais de um jamelão, Radha e eu nos sentávamos para fazer nossa refeição. Nunca tivemos o suficiente para comer, mas naquele momento, com duas de nós trabalhando, enchíamos a marmita com arroz e* dal *e comíamos como homens. Ainda assim, por hábito, eu guardava um pouco da minha comida para Radha todos os dias. De vez em quando, duas outras mulheres, ambas casadas, comiam conosco. Mas eram de um vilarejo distante e, na maior parte do tempo, ficavam caladas. Certa vez, perguntei se os homens de seu vilarejo também ficavam irados por elas trabalharem fora, mas elas balançaram a cabeça, negando.*

— Viu, Didi? — Radha disse. — Só os moradores de Vithalgaon têm esses costumes ultrapassados.

Um mês depois do início na fábrica, Abdul começou a marcar seu horário de almoço cinco minutos depois de Radha e eu começarmos o nosso. Ele se sentava embaixo de uma árvore próxima e desembalava duas bananas pequenas e um roti *de um grande lenço vermelho.*

Todos os dias, comia a mesma comida. Meus olhos doíam ao vê-lo comer sempre a mesma coisa. Percebia que ele olhava furtivamente para mim, mas eu tomava cuidado de não chamar atenção de Radha para ele. Radha era de lua, a gente nunca sabia o que diria ou faria. Até mesmo em casa, havia começado a se comportar como o homem da casa. Certa vez, até ouvi quando ela mandou Arvind polir suas sandálias se quisesse dinheiro para o daru. Por isso, tomava cuidado ao me sentar para impedir Radha de ver Abdul olhando para mim enquanto comia. Mesmo sem dizermos uma só palavra, algo começou a crescer entre mim e Abdul. Quando Radha e eu caminhávamos de volta para casa depois do turno, ele nos seguia à distância. Se Radha se virava para trás, Abdul logo se abaixava para amarrar os cadarços dos sapatos ou para começar a conversar com alguns dos outros trabalhadores que também voltavam para casa. No meio do caminho para Vithalgaon, ele dobrava à esquerda e descia uma rua lateral até desaparecer. Foi assim que aprendi o caminho para o vilarejo dele.

Quando as monções chegaram, Radha adoeceu com febre tifoide. Eu quis ficar em casa para cuidar dela, mas ela implorou para que eu fosse trabalhar. Temia que o supervisor demitisse nós duas se não aparecêssemos. E precisávamos do meu dinheiro para pagar o remédio dela e a casa nova.

Como estava chovendo muito, o supervisor fechou todas as janelas, e mesmo com os ventiladores de teto ligados, o telhado de lata deixava a sala quente como uma fornalha. Um dia, o calor estava tão insuportável que cometi dois erros em uma só manhã. Fiquei tão chateada que decidi sair para almoçar, com chuva ou sem. Por sorte, fazia sol, apesar de o chão ainda estar molhado. Mas, dois minutos depois de eu começar a comer, Abdul apareceu, parado sob a árvore. E, como não havia mais ninguém comigo naquele dia, ele ergueu a mão e disse:

— Salaam!

Não respondi, chocada por ele ter tomado tal liberdade comigo. Se algum dos operários hindus ouvisse aquele insulto, quebraria as pernas dele. Pensei em não terminar o almoço e voltar para a fábrica, mas, naquele instante, ouvi o canto de um koel — *e o canto do pássaro era tão lindo que decidi dar as costas a Abdul e ficar onde estava.*

Estava quase terminando o almoço quando escutei alguém me chamar.

— Com licença?

Assustada, me virei e ali estava ele, em pé ao meu lado, parecendo tão nervoso quanto eu, os olhos atentos para ter certeza de que ninguém havia nos visto.

— Meu irmão acabou de voltar de Ratnagiri — *disse depressa.* — E trouxe algumas mangas. Pensei em você... e em sua irmã.
— *Sua mão tremia quando me ofereceu duas belas mangas douradas. Claro que não pude aceitá-las. Se a minha mão, por acidente,*

encostasse na mão de um muçulmano, Deus a deceparia até o fim do dia.

— Por favor, ji — ele implorou. — Eu as trouxe até aqui para você.

Desviei o olhar, puxando o dupatta que cobria meus cabelos ainda mais para esconder metade do meu rosto. Ele estava correndo um enorme risco. Eu era uma mulher de respeito. Talvez Abdul tivesse ouvido boatos sobre Radha e eu, de que ninguém em nosso vilarejo dirigia a palavra a nós, que Rupal convencera todos eles de que éramos mulheres sem valor. Meus olhos se encheram de lágrimas. Como o fedor de peixe podre, o cheiro de nossa reputação nos seguira até ali. Essa parecia ser a única razão para que aquele rapaz tomasse tal liberdade comigo.

— Vá embora, por favor — eu disse. — Antes que alguém veja ou conte ao chefe. Os irmãos hindus daqui vão lhe dar uma bela surra se você não for embora.

— Me desculpe — ele disse. — Não pretendia ofendê-la. — Eu ouvi quando ele começou a atravessar o quintal de terra, mas continuei sem olhar.

Esperei até ter certeza de que ele havia entrado na fábrica, fugindo até mesmo da sombra dele. Por fim, eu me virei. Abdul havia deixado as duas mangas sobre seu lenço vermelho no chão. Um presente para mim.

Olhei ao redor. Não havia mais ninguém ali. Meus quinze minutos já haviam acabado. Sabia que deveria deixar as frutas no chão. Mas então me lembrei da mão dele tremendo ao oferecê-las. Com rapidez, peguei as mangas e as enfiei dentro da marmita. Sabia que fechar a tampa amassaria as frutas, mas o que fazer? Em seguida, peguei o lenço dele, enrolei e o enfiei dentro do bolso da minha túnica. Antes de fazer isso, é verdade, eu o levei ao nariz, enquanto rezava para que Deus me perdoasse por tal blasfêmia. Esperava sentir o cheiro de Abdul, mas, em vez disso, senti o cheiro suave das mangas.

Quando voltei para dentro da fábrica, Abdul já estava em seu posto. Ele olhou com ansiedade para mim, e imediatamente olhou para baixo. Um segredo passou entre nós, como uma brisa de verão. Quando passei por ele, tirei o lenço do bolso e o deixei cair. Estava tão nervosa que pensei que desmaiaria. Em toda a minha vida, nunca tinha agido dessa forma com um homem. E se alguém visse? Como recebíamos pelo número de peças que bordávamos todos os dias, os olhos de todo mundo estavam no trabalho à sua frente. Ninguém viu. Depois que me sentei à minha máquina, Abdul se inclinou em direção ao chão e recolheu o lenço, secando o pescoço antes de colocá-lo dentro do bolso.

E foi assim que a nossa história de amor começou.

ANOS ATRÁS, UM PADRE cristão visitou o nosso vilarejo, nos contou histórias incríveis sobre um homem e uma mulher, uma maçã e uma serpente. Radha e eu fomos à reunião porque estavam dando sorvete de graça, mas fomos embora cedo quando percebemos que o padre falava bobagem. Por que a mulher seria punida por comer uma maçã? Ou por levá-la a seu marido? É isto o que as mulheres devem fazer: dividir seus alimentos.

— Didi, em vez de culpá-la, o marido deveria ter ficado feliz por sua esposa dividir a fruta com ele, na? — Radha disse.

Concordei com Radha.

Depois que Abdul morreu por causa dos meus pecados, compreendi o que o padre estava tentando dizer.

EU NUNCA DEVERIA TER mordido aquela manga.

Capítulo Dezoito

Rupal Bhosle morava em uma casa de dois andares em uma das extremidades do vilarejo. Se a casa em si não era sinal suficiente de status como homem mais rico de Vithalgaon, a deferência demonstrada a ele por seus muitos funcionários era. Um empregado havia entrado na grande casa para informar Rupal a respeito da chegada de Smita e Mohan, e ele havia saído para encontrá-los no quintal. Enquanto conversavam, Rupal repentinamente deu um chute no jovem que lavava um de seus dois carros.

— *Saala, chutiya*, preste atenção no que está fazendo — Rupal disse. O garoto balançou a cabeça e sorriu, como se Rupal tivesse feito um elogio.

— Sim, chefe. Me desculpe, chefe — disse.

Rupal levou Smita e Mohan para a varanda dos fundos. Havia um grande balanço pendurado nas vigas, mas ele fez um gesto para que seguissem em direção a cadeiras de ratã. A casa era cercada por plantações de cana, e Smita via homens sem camisa ao longe. No calor intenso do dia, a pele escurecida deles fazia com que parecessem silhuetas contra o céu azul.

Rupal acomodou o corpo magro em uma cadeira à frente de Smita e bloqueou sua visão.

Era um homem alto com um bigode exuberante e um rosto comprido e sofrido. Os olhos castanho-claros eram emoldurados por cílios espessos e escuros. Smita pensou que Rupal poderia ser bonito, não fossem os lábios tortos que davam a ele uma expressão de crueldade. De poucos em poucos segundos, ele olhava para Mohan, que havia decidido se afastar e estava a poucos metros dali.

— Querem beber algo? — Rupal perguntou de modo expansivo. — *Chai*, café, Coca-Cola?

— Não, obrigada — Smita disse. — Acabamos de beber chá na casa de Govind.

— Ah, Govind. É um bom rapaz. — E deu um bocejo grande. — Então, vocês disseram que aquela moça, Shannon, está fora de circulação? Até quando?

— O que disse?

— *Arre, baba*. Por quanto tempo ela vai ficar em recuperação?

— Ah, não sei bem. — Smita pigarreou. — De qualquer modo... como expliquei, espero escrever uma reportagem quando o veredicto sair. E pensei que deveria entrevistar o senhor. Porque Meena disse que o senhor...

— Ah, Meena. Tentei alertar aquela moça tola a não entrar na cova da tentação. Mas ela me ouviu? Não. E assim tudo aconteceu como eu havia previsto.

— O senhor previu que ela seria queimada viva? — Smita tentou, mas não conseguiu controlar o sarcasmo.

Rupal olhou bem dentro dos olhos dela.

— Consigo ver o futuro e o passado, moça — disse. — Do começo do mundo até o fim dos tempos. Tenho esse poder.

— E quando foi isso? — Mohan perguntou, voltando a se aproximar deles. — O começo do mundo?

De novo, não, Smita pensou, sentindo os músculos do estômago ficarem tensos. *Não estrague tudo, Mohan*.

Mas Rupal não pareceu notar o tom desafiador de Mohan.

— Essa é fácil, senhor — disse. — O universo foi criado há cerca de duzentos anos. Mais ou menos na época em que o demônio Ravana e o príncipe-deus Rama habitavam a Terra.

Os lábios de Mohan tremeram.

— *Accha?* E consegue ver duzentos anos para trás? Uau.

— Aaahhh. — Rupal assentiu, estufando o peito. — Mas, para prever o fim que teria a moça Meena, não precisaria voltar tanto no tempo. Eu disse aos irmãos dela a verdade — costurar aquelas roupas ocidentais, trabalhar ao lado de pessoas de castas e credos desconhecidos, acabaria corrompendo sua moral. Foi exatamente isso o que aconteceu. — Rupal abriu um sorriso triunfante. — Foi por isso que eu disse como deveriam acabar com o problema deles.

— Acabar com o problema deles?

— Sim, com ela caindo no feitiço daquele adorador de Muhammad. — Rupal olhou para Smita. — O que fazer, senhora? No passado, podíamos contar com a ajuda da polícia. Alguns tapas na delegacia e, *bas*, o sujeito tomava jeito. Mas hoje em dia... — Suspirou de modo drástico. — Hoje em dia, até a polícia e os políticos sentem muito medo desses terroristas que criam problemas onde quer que estejam. Cometem o mesmo erro em seu país, não é? E aquele *tamasha* do Onze de Setembro? Os cidadãos honestos não têm outra escolha que não seja resolver as coisas com as próprias mãos.

— O senhor aconselhou os irmãos a..?

— Claro. Como líder do vilarejo, é minha obrigação proteger a moral de nosso vilarejo, não é? Aconselhei Govind a ir à noite com uma lata de querosene e ensinar uma lição àquele sujeito, uma lição da qual ninguém na comunidade dele se esqueceria.

Será que esse detalhe constava das reportagens que Shannon escrevera sobre o caso? Smita tentou se lembrar. Se o homem confessava aquilo tão displicentemente a ela, com certeza tinha feito a mesma coisa com Shannon, não?

— O senhor contou isso à polícia? Sobre o seu papel nesse caso?

O homem olhou para ela por um bom tempo, e então soltou uma gargalhada alta.

— *Arre*, o chefe da polícia local é meu primo-irmão, senhora. Filho do irmão da minha mãe. Claro que contei a ele. Até dei a data e o horário em que planejávamos fazer isso. Para que pudessem ignorar os telefonemas.

Smita empalideceu. Lançou um olhar rápido para Mohan, que estava em pé com as mãos enfiadas nos bolsos da calça jeans.

— A polícia sabia? — ela perguntou.

— Claro. Somos cidadãos que obedecem às leis. Não somos como aqueles cachorros.

— Quando? Quando o senhor deu esse conselho a Govind? Depois de Meena contar a ele que estava grávida?

— Sim — Rupal respondeu. — Mas tudo isso poderia ter sido evitado se ele tivesse me ouvido antes. Govind me procurou quando descobriu que ela estava sendo a puta do tal Abdul. Na época, disse a ele para surrar Meena e impedi-la de sair de casa. Aquele imprestável do Arvind fica em casa o dia todo, não é? Pode vigiar a irmã. Aconselhei Govind a chamar alguns rapazes de nosso vilarejo para dar uma bela surra em Abdul quando estivesse voltando do trabalho. Para deixá-lo sangrando, jogado no acostamento como o cachorro que é. *Bas*, isso teria diminuído o apetite dele por carne hindu. Automaticamente, ele teria se tornado *thanda*.

— *Thanda?*

— Calmo — Mohan disse baixinho. — Ele quer dizer que Abdul teria desistido de Meena.

— Exatamente. Mas aquele *chutiya* do Arvind bebeu tanto que a moça conseguiu escapar enquanto ele dormia. A irmã mais nova jura que Meena insistiu para que a ajudasse a chegar a Birwad. O que soubemos depois é que Meena havia se casado. Nunca algo assim aconteceu em nosso vilarejo. Mas Govind decidiu não fazer nada para se vingar desse insulto, o maldito eunuco.

Rupal tirou uma folha de *paan* de uma lata, colocou ali um pouco de tabaco e *supari*, dobrou-a em um triângulo e enfiou na boca. Ao lembrar que deveria ter modos, ofereceu uma folha a Mohan, que recusou.

— O que mais querem saber? — perguntou, mascando a folha de bétel, que deixava a boca vermelha.

— Estou confusa — Smita disse, enquanto ainda se sentia surpresa com a audácia do homem, com a maneira indiferente com que ele se incriminava.

— Disse que o fogo foi sua ideia?

— Quando soube que Meena estava grávida, Govind me procurou de novo. O pobre rapaz estava quase louco de vergonha e preocupação. Graças a Deus ele já havia conseguido casar a irmã mais nova com aquele inválido de outro vilarejo. Radha teve sorte. Nenhum rapaz de nosso vilarejo teria se casado com ela, apesar de ser bela. Mas Govind deve pensar em arranjar um casamento para o irmão mais novo, não? Agora me diga, que família decente permitirá que uma filha se case com um rapaz que tem uma sobrinha ou um sobrinho muçulmano? Por isso, falei que a única maneira de reparar o nome da família era atear fogo em tudo.

— Entendi — Smita disse.

Mas não entendia. Em Mumbai, havia shoppings e restaurantes franceses chiques e especializados em sushi sendo abertos por todos os cantos. A economia indiana crescia a uma velocidade que era o dobro da norte-americana. A situação era de uma cidade e um país em desenvolvimento. Ir a Vithalgaon era como voltar no tempo, para a vida de dois séculos antes, um lugar onde rios de ódio e animosidade religiosa ainda corriam sem controle. O que mais a deixou assustada em relação a Rupal era sua tranquilidade. Ele não estava apenas incriminando Govind, mas também descrevia um mundo de cabeça para baixo, onde o errado era certo e homens como ele não tinham noção da ousadia de suas declarações e de como sua forma de pensar era complicada. Ela já tinha visto esse tipo de atitude em outros lugares, claro, essa retidão que as pessoas sentiam sobre suas crenças. Havia testemunhado tal distorção cognitiva em escala muito mais ampla, assolando lugares como a Síria ou o Sudão. Quase sempre, por trás da retórica religiosa ou ideológica, havia uma estratégia de ganho econômico — apropriação de terra, reclamações sobre água e outros recursos naturais. Em suas reportagens, via a busca pelo dinheiro. Mas a inimizade fabricada com Abdul não parecia ter base financeira.

Um pensamento lhe ocorreu, e ela ajeitou a postura, lembrando-se do que Mohan havia acusado Govind mais cedo naquele dia. O dinheiro. É claro.

— Govind ficou contrariado com a falta de renda depois da partida de Meena?

Rupal franziu o cenho e desviou o olhar. Quando voltou a olhar para Smita, havia uma expressão diferente em seus olhos.

— Ela havia guardado um pouco de dinheiro em casa antes de decidir fugir. Foi a única coisa decente que fez, deixou o dinheiro para os irmãos. Não levou nada com ela. Govind pagou o empréstimo do governo com aquele dinheiro por muitos meses. — Rupal se inclinou para a frente e observou Smita. — Deus é grande. Cuidei para que fossem a Birwad no último dia do mês, quando Meena e Abdul recebiam e sacavam o salário antes de irem para casa. Antes de riscarem o fósforo, os homens entraram na casa e retiraram o dinheiro. Foi o dinheiro que os irmãos usaram para pagar a fiança.

O rio de pesar que havia sido mantido sob controle dentro de Smita desde o encontro com Meena no dia anterior venceu as barragens que o continham.

— Eles usaram o dinheiro de Meena e Abdul? Para que pudessem ficar em liberdade? Govind me disse que eles pagaram a fiança com as *próprias* economias.

Os olhos de Rupal brilharam de ódio.

— Como pode ser o dinheiro *dela*? Cada *paisa* que ela ganhou pertencia a Govind. Se ela não tivesse se casado com aquele porco, seria dele.

— Metade do dinheiro não era de Abdul?

Rupal deu de ombros.

— Isso não importa.

Smita sentiu Mohan se agitar atrás dela.

— Diga-me uma coisa — disse a Rupal. — O senhor ficou surpreso quando soube do processo?

Rupal mascou o *paan* com mais força e então cuspiu catarro vermelho no chão à frente dele. Smita instintivamente afastou os pés dali.

— Foi aquela mulher advogada quem incentivou Meena — disse. — Veio aqui, meteu o bedelho em nossos assuntos. — Fez uma pausa. — Mas cuidaremos da situação no momento certo.

Smita sentiu um arrepio percorrer a coluna.

— O que isso quer dizer?

— Quer dizer que sou um homem de muitos poderes. De dentro da minha casa, posso lançar uma praga sobre Nova Délhi. Posso fazer um avião despencar do céu. Posso mandar cem serpentes ao escritório daquela advogada. Pode escrever o que digo, se algo acontecer com aqueles dois irmãos...

— É mesmo? — Mohan disse de repente. — *Wah, ustad*. O senhor tem mais poder do que o primeiro-ministro Modi. *Wah*. Agora me diga, qual é o nome do vilarejo onde a irmã de Meena vive?

— Como posso saber? Não é da minha conta.

— Ah, sei. Qual é o número do telefone dela?

— Não sei. Como posso saber se ela tem um telefone?

— *Arre*, o senhor é tão poderoso, *bhai*. Não pode olhar dentro da casa dela e ver se ela tem um telefone? Não pode fazer um pouco do seu *jadoo* agora?

Rupal mascou o *paan* e o acumulou do lado esquerdo da boca, o que deixou sua bochecha inchada.

— O senhor está zombando de meus poderes — disse por fim.

— Não é a intenção dele — Smita disse depressa. — Ele está brincando. Desculpe.

Mas Rupal não se acalmou.

— Brincar com esses assuntos não é nada bom. Todo mundo neste vilarejo me respeita. As pessoas vêm de outros vilarejos para pedir meu conselho quando estão doentes ou precisam que o horóscopo de seu casamento seja lido. Pode perguntar a quem for.

— Acredito no senhor — Smita disse. Aguardou uns minutinhos e continuou: — O que o senhor prevê? Em relação à decisão do juiz?

Rupal lançou um olhar que ela não conseguiu decifrar. Em seguida, deu de ombros.

— Quem sabe? Ou eles continuarão soltos ou receberão a sentença de morte e se tornarão mártires. De qualquer forma, eles restauraram o nome da família. — Olhou para o relógio no pulso. — Agora, se me dão licença, está na hora da minha reunião do *panchayat*. O conselho do vilarejo se encontra toda semana a esta hora. Temos muitos casos importantes para decidir.

— Posso participar? Gostaria de ver o que...

— Imagine! Só homens podem participar de nossas reuniões. Mesmo que um assunto envolva uma esposa ou irmã, a mulher tem que ficar do lado de fora da casa e gritar sua questão.

Rupal olhou para Mohan com pena.

— Cuide de sua senhora, *babu* da cidade. Você aprendeu alguns de nossos costumes hoje. Talvez eles possam ajudar vocês.

Rupal se levantou da cadeira e esperou até Smita fazer a mesma coisa.

— Bom dia — disse, tocando a testa com a mão direita. — Vou acompanhar vocês até o carro.

— Acho que vou caminhar pelo vilarejo um pouco. Gostaria de...

Rupal sorriu com educação.

— Senhora — disse —, não é aconselhável que uma mulher caminhe pelo meu vilarejo com a cabeça descoberta. Compreendemos que seus costumes são diferentes. Mas vocês precisam respeitar os nossos.

Smita ia começar a argumentar, mas Rupal a interrompeu.

— Ninguém no vilarejo falará com vocês sem minha permissão. E eu não darei.

— Por que não? — Smita perguntou, mas ele olhou para ela impassível.

Smita fechou o bloco de anotações e os três caminharam em direção à porta da casa. Ali, ela parou, tomada por uma ideia.

— Mais uma coisa. Quando visitamos os irmãos, eles ainda estavam vivendo naquela casa. Como estão conseguindo administrar os pagamentos que precisam fazer ao banco agora? O senhor disse...

— Nós cuidamos dos nossos, senhorinha — disse. — Estou fazendo um empréstimo a eles, claro.

— Está emprestando dinheiro para que paguem o empréstimo do banco? — Mohan perguntou, sem se preocupar em esconder a incredulidade.

— Isso mesmo.

— Com que taxa de juros?

Smita percebeu que Rupal estava desconfortável, mas ele continuou olhando nos olhos de Mohan.

— Nessas circunstâncias, dei um desconto aos rapazes. Eles me pagam apenas trinta por cento

Smita arfou. *Isso é um roubo*, queria dizer. Mas perguntou:

— Eles conseguem pagar a dívida e ainda comer?

— Isso não é da minha conta. Se não puderem pagar, vão perder a casa. É simples assim. E permito que Govind mande o bêbado do irmão trabalhar para mim três dias por semana, para pagar a dívida.

— O que Arvind faz para o senhor?

— O que faz? Qualquer trabalho pequeno ou grande que eu precisar que ele faça. Três dias por semana ele está nas minhas mãos.

Rupal ergueu o dedo indicador para interromper Smita antes que pudesse falar.

— Mais uma coisa, senhora. O que eu disse sobre aconselhar Govind sobre o fogo era só brincadeira. Por favor, não inclua uma bobagem assim em seu jornal.

— Ninguém faz uma brincadeira com um assunto tão sério a uma jornalista — Smita respondeu.

— Somos apenas agricultores ignorantes, senhora — Rupal disse. — O que sabemos sobre as regras de falar com uma jornalista? Além disso, ninguém vai acreditar numa história igual a essa. Vou negar tudo.

Antes que Smita pudesse reagir, Rupal fez um gesto em direção ao carro.

— Tomem cuidado nas estradas. São difíceis de percorrer depois que escurece. Todos os fantasmas e espíritos aparecem à noite.

Capítulo Dezenove

Smita e Mohan se mantiveram em silêncio enquanto voltavam à pousada. Ela se sentia anestesiada, exausta, exaurida. Repassava a conversa mentalmente, tentando determinar o momento exato em que havia descarrilhado. Mas a verdade era que Rupal tinha controlado a conversa desde o início, e decidido quando encerrá-la. Sem contar que ele praticamente os havia expulsado do vilarejo. *Como ousara fazer tal coisa?* E o que estava acontecendo com ela para ter permitido que isso acontecesse? Ela não estava no controle de nada, e para conseguir dar andamento à história de Meena como era merecido, precisava estar.

Mohan resmungou.

— O que foi? — ela perguntou.

Ele se virou com os olhos vermelhos.

— Que país é este? — perguntou com a voz alterada. — Como podemos ser tão retrógrados? Você ouviu o que aquele desgraçado disse? Ele planejou o ataque? E está ali, sentado como um rei, sem sofrer nenhuma consequência? Como isso pode acontecer nos dias de hoje?

Smita assentiu em solidariedade. Mas algo dentro dela estava feliz por ouvir o inconformismo de Mohan, ver que aquela viagem havia feito com que ele percebesse o quanto era privilegiado. Lembrou-se da resposta defensiva e orgulhosa que Mohan dera ao falar sobre a Índia quando se conheceram. Apesar de não querer que ele perdesse a inocência, Smita estava contente por perceber que ambos viam as coisas da mesma forma.

Talvez até mesmo o filho de um comerciante de diamantes possa ser levado a ver a verdade, pensou sombriamente.

SMITA ENCHEU O BALDE no banheiro com água quente, e então usou o copo de plástico para despejar água sobre o corpo. Pensou com saudade sobre seu quarto de hotel no Taj, com um chuveiro potente e banheiro de mármore, mas logo sentiu culpa por desejar algo tão burguês. Mas quem ela queria enganar? Em pouco tempo, voltaria a seu condomínio de luxo no Brooklyn, com bancadas em granito e chuveiro de fluxo intenso. O pai havia forçado Rohit e Smita a pegar parte da herança logo após a morte da mãe. Eles tinham se recusado, mas o pai foi insistente. Rohit havia comprado um carro e colocado o restante do dinheiro na poupança para a faculdade de Alex; Smita havia reformado o banheiro e a cozinha da casa.

Qual seria a herança da pequena Abru? O túmulo de um pai que nunca conheceria, mas cujo fantasma a assombraria pela vida toda. As cinzas dos sonhos de sua mãe, cujo gosto sentiria em sua boca. O pesar da avó, que se manifestaria como ódio, como uma palavra ríspida ou um tapa sempre que Abru fizesse algo que lembrasse Ammi do filho morto. A vida da pequena menina seria marcada pela fome — uma fome emocional nunca saciada, com raízes em uma época anterior ao seu nascimento. E a fome, o vazio em seu estômago seria tão real quanto um sapato ou uma pedra. O pobre Abdul pensou que a filha seria a herdeira de uma nova e moderna Índia. Mas ela havia se tornado um símbolo da antiga e atemporal Índia, um país marcado por ignorância, analfabetismo e superstição, governado por homens que lançavam o veneno do ódio generalizado em um povo que confundia vingança com honra, e sede de sangue com tradição.

Smita emitiu um som, deixando o pesar escapar dos lábios. O banheiro ficou desfocado, e ela soltou a caneca dentro do balde, a água espirrando sobre os pés. Encostou a testa na parede e soluçou. Chorou por tanto tempo que, depois, sua revolta com o destino de Meena passou a ser uma tristeza profunda pela Smita de doze anos, confusa e assustada, que ela já havia sido. Percebeu, ainda, o ressurgimento de uma dor que passara anos controlando.

Sentia-se mais leve ao sair do banho, como se as lágrimas tivessem lavado parte da dor que vinha carregando. Vestiu-se e, olhando rapidamente no espelho, saiu do quarto. Desceu o corredor depressa e bateu à porta de Mohan antes que pudesse mudar de ideia.

— Oi — disse quando ele apareceu. — Posso entrar?

— Sim, claro — respondeu, deixando que ela entrasse. E fechou a porta em seguida.

Capítulo Vinte

Dois dias depois de Abdul *me dar as mangas, embrulhei um* ladoo *para ele. Não o coloquei em nossa marmita. Em vez disso, embrulhei em um jornal e o levei separadamente. Na hora do almoço, coloquei o doce no bolso e caminhei até o meu lugar de sempre embaixo da árvore. Radha ainda estava doente, por isso comi sozinha. Sentei-me de costas para Abdul, mas mesmo assim meu pescoço ficou quente quando notei os olhos dele sobre mim. Quando terminei o almoço, caminhei até onde Abdul estava sentado. Ele ficou em pé imediatamente. Coloquei o* ladoo *embrulhado no chão perto da árvore.*

— Um presente por sua gentileza — falei para o tronco da árvore, de costas para ele. — As mangas estavam bem doces.

Ele respondeu, mas o sangue corria apressadamente na minha cabeça e abafou as palavras. Rapidamente voltei para a fábrica. A senhora sentada à máquina ao meu lado viu o suor em meu rosto.

— Ae, chokri — disse. — Você está doente?

Ela não tinha ideia de como estava certa. Eu estava doente, mas era doença do coração.

Todos os dias depois de eu o ter presenteado com o ladoo*, Abdul e eu encontramos uma maneira de falar sem palavras. Às vezes, ele cantava uma canção de amor enquanto trabalhava que eu sabia ser para os meus ouvidos. Às vezes, eu derrubava um chocolate entre nossas árvores quando voltava do almoço. Quando Abdul voltava* *para sua cadeira, abria a embalagem e enfiava o doce na boca, com seus olhos nos meus por um instante. E todo final de dia, ele voltava para casa atrás de mim, lembrando de permanecer a uma boa distância.*

Até que um dia, enquanto eu terminava de usar o banheiro do lado de fora, vi que ele estava esperando por mim. Fingiu estar amarrando os cadarços quando passei.

— Vou fazer hora extra no próximo domingo — sussurrou. — Talvez você também possa fazer?

Marquei um turno de hora extra no mesmo dia.

Apenas algumas pessoas estavam *trabalhando naquele domingo, por isso o supervisor fechou metade da sala e nos fez permanecer mais próximos uns dos outros. Enquanto procurávamos onde sentar, Abdul ocupou o lugar na máquina ao lado da minha. Ninguém além de mim notou.*

Primeiro, ficamos tão animados sentados ao lado um do outro que nos entreolhávamos a cada poucos minutos. Mas o trabalho ganhou ritmo, e tivemos que nos concentrar em nossas tarefas. O suor escorria por nossos rostos, mas eu não podia parar para secá-lo. Por seis horas trabalhei, com o corpo tenso de calor e medo. O coração fazia ruídos como um rádio transistorizado, e eu temia que todos ali o escutassem dizer o nome de Abdul. Mas, quando ergui o olhar, ninguém estava me observando. Todo mundo estava ocupado fechando sua cota do dia.

Saí do trabalho com um grupo pequeno de mulheres, mas uma a uma foram saindo da estrada principal e caminhando em direção aos seus vilarejos. Quando fiquei sozinha, parei e olhei para trás. Abdul também estava sozinho. Ele se apressou para me alcançar, mas caminhou do outro lado da rua estreita, perto do esgoto. Dali, ele disse:

— Seu nome é Meena! Eu sei.

Meu coração estava acelerado. Puxei o dupatta *mais para perto do rosto.*

— Eu me chamo Abdul. Você se lembra?
Não respondi.
— Sou de Birwad. Meu pai morreu. Moro com minha ammi e meu irmão mais novo.

Um homem se aproximou de nós de bicicleta, e Abdul parou de falar. Quando ele passou, Abdul disse:

— Por favor, não entenda isso da maneira errada. Quero dizer que você é muito linda.

Virei a cabeça para o outro lado.

— Não quero ofendê-la. Tenho muito respeito por você. Vejo como você é gentil, como ajuda as pessoas no trabalho. Por favor. Não sou como os outros homens.

Eu não disse nada.

— Quem são as pessoas de sua família além de sua irmã? O nome dela é Radha, não é?

Eu me mantive calada. E então, como as chuvas em época de monções, as palavras furiosas saíram de minha boca.

— Tenho dois irmãos que vão me dar uma surra se descobrirem que estou conversando com um muçulmano.

Ele se calou por tanto tempo que pensei que talvez tivesse desaparecido nos campos ao lado de onde estávamos. Virei a cabeça devagar para olhar. Ele ainda estava caminhando com a cabeça baixa. Em seguida, ergueu o olhar e nossos olhos se encontraram. Os olhos dele pareciam queimar, como a terra sob nossos pés.

— Que diferença isso faz? — perguntou. — Somos indianos, não somos? A mesma mãe Índia deu à luz nós dois, não foi?

Sua voz não estava alterada pela raiva. Estava triste, como a música de uma flauta tocando sozinha à noite. Mas, naquele minuto, minha vida inteira mudou. As palavras dele escancararam uma crença que contive em mim a vida toda, mas, quando olhei para dentro de mim mesma, não vi nada ali.

— Não é o que eu penso — falei —, é no que meus irmãos acreditam.

Um homem e um menininho se aproximaram de nós vindos da direção oposta, e paramos de falar de novo.

— Salaam, *como vai?* — Abdul disse a eles quando passaram, e o pai assentiu. Eu sabia que estávamos nos aproximando do lado da estrada que levava ao vilarejo dele, e diminuí a passada. Quando o homem e a criança estavam a uma boa distância, Abdul disse:

— Olhe para a sua direita. Tem um caminho ali que leva ao rio. Se quiser, podemos ir até lá por alguns minutos e conversar em paz. Ninguém nos verá.

Meu coração foi tomado pelo medo. O que eu havia feito para aquele homem pensar que eu era o tipo de mulher que iria ao rio com um desconhecido? Rezei para que a terra me engolisse inteira bem ali.

— Meena ji — Abdul disse —, por favor, não se ofenda. Conheço seu bom caráter. Só estou perguntando porque pretendo dividir o que há em meu coração.

Caminhei mais depressa, querendo me afastar.

— Por favor. Mesmo que recuse meu pedido, não fique brava comigo. Não pretendo desrespeitá-la. Seria mais fácil eu desrespeitar minha *ammi* a desrespeitar você. Por favor, acredite em mim.

Mantive o silêncio e continuei andando. Passei direto pelo caminho no qual ele havia me pedido para entrar à direita. Em pouco tempo, pensei, ele desistiria e eu iria para casa sozinha.

Casa. Imaginei nós quatro durante o jantar naquela noite: Radha, brava por ter passado o dia presa em casa. Arvind, embriagado como sempre. Govind, reclamando sem parar por uma coisa e outra. Eu vi minha família naquela casa triste, comendo a comida que Radha e eu comprávamos, tendo que aguentar as ofensas e os abusos de Govind. O mesmo Govind que nunca perdoaria a mim e a Radha por termos desafiado suas ordens. Senti todo o peso da escuridão dele.

Parei, me virei e caminhei de volta até chegar à estradinha lateral que levava ao rio. Abdul emitiu um som baixo de alegria, mas eu o ignorei.

E então, sem olhar para ele, peguei aquela estrada de terra e caminhei em direção à minha ascensão e queda.

Capítulo Vinte e Um

Mohan sugeriu que eles fossem à praia de carro. Caminhando descalça na areia, com o vento soprando no rosto, Smita se sentiu livre, como se tivesse mais em comum com os pássaros naquela praia do que com a mulher que havia chorado de soluçar no banheiro algumas horas antes.

— Obrigada por isso — disse.

— Sem problema — Mohan respondeu.

— Por que aqui é tão silencioso? — Smita perguntou, olhando ao redor na praia. — Pensei que fosse estar cheio de gente, como todos os outros lugares na Índia.

— Ah, as pessoas aparecerão quando escurecer — Mohan disse. — Todos os casais querendo transar.

Ela riu, observando o rosto de Mohan, claro sob a luz laranja. As mangas de sua camisa estavam enroladas até os cotovelos, e seus pés eram tão marrons quanto a areia.

— Podemos nos sentar um pouco? — ela perguntou.

— Claro. — Eles se afastaram da água e se agacharam, observando o sol se pôr no mar, ouvindo o som impressionante das ondas levando embora as lembranças do dia.

Smita ficou surpresa ao sentir pedrinhas baterem em suas costas. Virou-se repentinamente. Três meninos de rua estavam atrás de uma rocha, rindo sem parar enquanto lançavam pedrinhas nela.

— Beija, beija — um deles disse, fazendo uma careta, mexendo o quadril e contraindo os lábios. Ergueu os braços em uma mímica exagerada de um abraço. Sua performance foi tão hiperbólica que, apesar de irritada, Smita riu. Mas isso só deu mais coragem à criança maior, que se abaixou para pegar mais uma pedra. Mohan ficou em pé e ergueu a mão fingindo ameaçá-los.

— *Saala* bobos! — vociferou. — Querem que eu chame a polícia?

Os meninos se espalharam quase imediatamente, mas pela risada ficou claro que não levaram a ameaça de Mohan a sério. Quando estavam a uma distância segura, olharam para trás e fizeram um som de beijo. E, quando Mohan deu um passo na direção deles, correram.

Ele se virou para ela.

— Desculpe. Eles não fazem por maldade.

— Mohan — Smita disse —, você não tem que se desculpar por tudo o que acontece na Índia, sabia?

Ele permaneceu inquieto por um tempo, e então voltou a se sentar. Os dois continuaram observando o sol se pondo lentamente na água, deixando as ondas laranja e douradas. Havia mais pessoas na praia, casais e crianças, mulheres usando saris e dando gritinhos quando a água fazia cócegas em seus pés descalços.

— É uma coisa que nunca cansa — Smita disse. — Não importa quantas vezes a gente vê um pôr do sol, é sempre tão lindo quanto da primeira vez. Por que acha que isso acontece?

Mohan começou a dar uma explicação detalhada e trabalhosa sobre a genética evolucionária humana e outros assuntos que ela mal compreendia. Ela virou a cabeça para esconder um sorriso. Ele era mesmo um nerd em assuntos científicos.

O estômago dela roncou inesperadamente, e ele parou no meio de uma frase.

— Desculpe — ela disse, fazendo uma careta. — Prossiga.

— Não, tudo bem. Esqueci que não almoçamos hoje. Vamos voltar.

— Boa ideia — ela disse. — Quero dormir cedo para estar pronta amanhã quando Anjali telefonar e contar a que horas devemos ir ao tribunal.

Mohan estendeu a mão para ajudar Smita a se levantar. Sua pele estava quente e levemente úmida. Foram até o carro e, um pouco antes de entrar, Smita olhou para trás para ver o mar uma última vez. Ao fazer isso, teve um pensamento estranho — *Nunca mais verei esta praia.*

TRÊS FAMÍLIAS HAVIAM CHEGADO mais cedo naquele dia, e a sala de refeições da pousada estava mais barulhenta do que nas duas noites anteriores. Por isso, Smita só soube que Anjali havia telefonado quando pegou o celular depois do jantar.

— Ai, droga — disse. — Uma ligação perdida de Anjali. — Fez um gesto apontando o copo de Mohan. — Fique aqui e termine a cerveja.

Smita saiu para telefonar para Anjali.

— Recebeu minha mensagem? — Anjali disse ao atender.

— O quê? Não. Não escutei as mensagens ainda.

— O veredicto não sai esta semana. Você pode voltar a Mumbai para passar o final de semana prolongado.

— Você só pode estar brincando — Smita disse, com a irritação aumentando cada vez mais. — Pensei que você tivesse dito...

— Vou te informar quando tiver novidades. — O tom de Anjali foi ríspido. — Não posso ser responsável pelo sistema de justiça criminal deste país.

— Mas o que houve?

— Quem vai saber? Acabaram de anunciar que o juiz vai se ausentar até a próxima semana.

Smita estava muito frustrada. Havia gastado uma pequena fortuna para conseguir a expedição de um visto, havia deixado Shannon no hospital em Mumbai, e agora tinha pela frente mais um contratempo que a manteria presa na Índia por pelo menos mais uma semana. Até quando Cliff achava que ela ficaria? Será que um dos correspondentes em Délhi estava disponível para continuar no caso? Ao mesmo tempo, sentiu tristeza ao pensar em outra pessoa escrevendo a história. Depois de tudo o que ela havia sacrificado para ir à Índia. Depois da ligação que havia estabelecido com Meena.

— Alô? Está me ouvindo?

— Desculpe. — Smita se forçou a se concentrar novamente. — Pode repetir o que disse?

— Eu disse que vou telefonar assim que souber de algo na semana que vem.

Smita desligou e permaneceu olhando para a escuridão, notando a meia-lua e as silhuetas das árvores. Não ventava naquela noite úmida, e o calor fez sua blusa grudar nas costas. Ela a puxou tentando esfriar o corpo. O.k., pensou, tentando reorganizar os pensamentos. Voltariam ao Taj na manhã seguinte, e ela passaria um tempo com Shannon, agora que a cirurgia já tinha ocorrido. Talvez pudesse pegar uma balsa no Portal e ir às Grutas de Elefanta na manhã de sábado, para passar algumas horas por lá. Desde os nove anos não visitava o lugar.

Smita se virou e caminhou de volta à sala de refeições. Mohan estava lendo algo no celular, mas olhou para cima assim que ela se aproximou.

— A que horas devemos estar prontos amanhã? — perguntou enquanto Smita se sentava.

— Ainda não foi dado o veredicto. Parece que o juiz está viajando. Por isso, só teremos uma decisão na próxima semana.

— O quê?

— Anjali nos aconselha a voltar a Mumbai e esperar pelo telefonema dela.

Mohan começou a balançar a cabeça antes mesmo de ela terminar de falar.

— Isso não faz sentido. Como teremos certeza de que vamos chegar ao tribunal a tempo? Demora umas cinco ou seis horas para chegar lá de carro. E se nos avisarem no mesmo dia?

— Não sei — disse, irritada. — Não consigo mais pensar. Eu... não quero ficar aqui por três dias sem necessidade. Este lugar não é exatamente a Riviera Francesa. Prefiro voltar a Mumbai.

Mohan resmungou baixinho.

— O que foi?

— Nada. — Ele fez silêncio por um minuto. — Disse à tia Zarine que ficaria fora por alguns dias.

— E daí? Você mudou de ideia. Qual é o problema?

— Uma velha amiga da faculdade foi visitá-la. E a mulher está hospedada em meu quarto.

Smita suspirou exasperada. Mais uma complicação. Aquela semana tinha sido cheia de complicações.

Mohan pareceu não notar sua irritação.

— Pensei que pudéssemos ir à casa de meus pais em Surat enquanto estivéssemos aqui, *yaar*. Depois que você encerrasse as entrevistas, claro. Estamos perto de lá.

— Pensei que eles estivessem em Hyderabad — respondeu.

— Kerala — ele a corrigiu distraidamente. — E eu disse que queria visitar a *casa*, e não eles.

Ela pareceu incomodada, e ele notou.

— O que foi?

Smita abriu a boca para responder, mas o que dizer? Mohan havia desistido das férias para acompanhá-la àquele bendito lugar. Tinha sido generoso e gentil durante toda a semana. Tinha todo o direito do mundo de ver como estava a casa da família sem que ela se chateasse.

— Nada — ela disse. Ficou parada pensando. A esperança de se jogar na cama macia e luxuosa do Taj depois de um belo banho quente parecia menor a cada momento. Mohan tinha razão. Dirigir de volta partindo de Mumbai a tempo para o veredicto era muito arriscado.

— Então como funcionaria? Você vai a Surat enquanto eu estiver aqui? — *Presa aqui sem carro*, pensou com tristeza.

— Não, não seja tola, *yaar* — Mohan disse. — Você vai ser muito bem-vinda se quiser ir comigo.

— Não, obrigada — disse.

Mohan revirou os olhos.

— Ah, pare com isso, Smita. Você sabe que não vou te deixar sozinha aqui por três dias. Está bem, esqueça. Não preciso ir a Surat. Me conte o que quer fazer.

— Não quero que você mude seus planos por minha causa.

— Smita, sinceramente, não importa. — Ele se levantou, ignorando a cara de surpresa dela. — Vou ao banheiro. Pode fazer duas coisas enquanto eu estiver lá?

— O quê?

— Peça um sorvete de chocolate para mim quando o garçom vier. E decida o que vamos fazer.

Quando voltou, ela disse:

— Qual é a distância de Surat até o tribunal?

— Talvez uma hora ou uma hora e meia, no máximo. Depende do trânsito.

— Então está decidido. Vamos para Surat. Vou com você. É a única coisa sensata a fazer.

Capítulo Vinte e Dois

Havia uma grande árvore *perto do rio aonde Abdul me disse para ir. Dois galhos grandes se estendiam acima da água, Abdul se sentou em um enquanto eu me sentei no outro. Não havia ninguém por perto. No início, eu olhava para trás, com medo de alguém se aproximar, mas o jeito de agir de Abdul era tão respeitoso que comecei a relaxar. Ele me fez muitas perguntas: quem eram as pessoas que viviam na minha casa? O que Arvind e Govind faziam? Quantos anos Radha tinha? O que eu gostava de fazer para me divertir? Então, me contou sobre ele: seu pai havia morrido em um acidente de caminhão quando Abdul tinha cinco anos. Ele havia aprendido o ofício de alfaiataria para sustentar sua* ammi *e seu irmão mais novo. A maneira com que falava sobre eles, a delicadeza em seus olhos, me diziam que era um homem de bom caráter.*

Depois de alguns minutos, deu um tapa na própria testa e disse:
— *Com toda essa agitação, quase me esqueci.*

Desceu do galho da árvore e pegou uma pequena barra de chocolate Cadbury de dentro do bolso.

— *Isto é para você* — *disse.* — *Desculpe, está todo derretido.*

Abdul voltou a se sentar no galho depois de me entregar o chocolate.

Eu me senti tímida de novo quando peguei o chocolate da mão dele. Pensei que talvez devesse levá-lo para Radha, mas Abdul

parecia tão animado para que eu comesse o chocolate que abri a embalagem prateada.
— Quer um pedaço? — perguntei.
— Primeiro as mulheres — ele disse. — Vou pegar um pedaço só depois que você comer.

Nenhum homem havia me pedido para ser a primeira a comer. Minha mãe servia meu pai antes de servir qualquer um de nós. Sempre servíamos nossos irmãos antes de colocar comida no nosso prato. Talvez nas famílias muçulmanas fizessem as coisas ao contrário? Dei uma mordida no chocolate.

— Agora você — eu disse, ele sorriu e me pediu para quebrar um pedaço pequeno. Fiquei agradecida pela gentileza. Abdul era um homem bom, mas eu não estava pronta para correr o risco de sofrer a ira de Deus ao permitir que um muçulmano desse uma mordida no meu chocolate.

Nós nos sentamos nos galhos baixos, balançando as pernas como se fôssemos crianças de novo. Pensei que talvez nunca tivesse me sentido tão feliz como naquele momento. Abdul estava me contando sobre o irmão mais novo quando me escutei dizer:

— Por que você pediu para que eu viesse aqui?
— Porque estou sedento de falar com você. Durante todo o dia no trabalho, eu observo você, e vejo como assume o trabalho da senhora que se senta ao seu lado quando ela se atrasa com a cota do dia. Vejo que dá mais comida para a sua irmã. Vejo sua bondade.

Meu rosto ardeu de vergonha por pensar que ele me observava com tanta atenção. De repente, senti medo. Preciso ir embora agora, *pensei*. Antes que alguém apareça e nos pegue desprevenidos. Antes que ele faça algum outro comentário indecente.

— Meena — Abdul disse —, não tenho más intenções com você. Por favor, não me entenda mal.

— Você acabou de me ofender por falar com tanta familiaridade, mas...

— Ofendi *você*? Se amar você é uma ofensa, então ofendo minha ammi. Então ofendo meu Deus.

— Ae, Bhagwan. *Que blasfêmia é essa?*

— Meena — ele disse —, você não entende? Eu amo tanto você quanto amo minha ammi. Do mesmo modo que amo Alá.
— Então você deve encontrar uma mulher que, como você, também adore Alá.
Ele me olhou com tanta tristeza que abalou meu coração.
— Quem me dera. Quem me dera poder encontrá-la. Mas é tarde demais. Porque, assim que vi você, meu coração ficou em suas mãos.
— Como isso é possível? — Minha voz saiu fina, raivosa. — Como um muçulmano pode amar uma hindu?
Ele cobriu o rosto com as mãos, como se não suportasse olhar para mim. Elas eram da mesma cor das mãos de Govind. Pensei: As mãos de Abdul são muçulmanas? As unhas dele são muçulmanas? E a pele dele? O que fez dele um muçulmano? O que fez de mim uma hindu? Só a família na qual nasci?
Queria compartilhar meus pensamentos com Abdul, mas não consegui encontrar palavras. Amaldiçoei minha falta de educação. Não sabia deixar as palavras bonitas como ele sabia.
Abdul olhou para o rio.
— Antes de tudo, sou indiano — disse baixinho. — Primeiro, adoro meu desh. Depois, adoro minha religião. Não estou procurando uma moça hindu, muçulmana ou cristã. Apenas quero uma compatriota indiana.
— Você nem me conhece — eu disse. — Bas, você passa uns minutos por dia me observando trabalhar e acha que me entende.
— Conheço seu coração, Meena. — Os olhos dele brilhavam como as pedrinhas do rio. — Conheço sua bondade. Minhas intenções são honradas. Quero pedir permissão aos seus irmãos para me casar com você.
Em nossa casta, é comum que a noiva e o noivo se encontrem pela primeira vez no dia do casamento. Um casamenteiro ou um parente proporciona a formação do par. As leituras astrais são feitas, assim como perguntas sobre a família. A quantia do dote é estabelecida. E mais importante de tudo, o noivo e a noiva devem ser da mesma casta. Só então os planos de casamento são feitos. Abdul

estava falando como se não soubesse de nenhuma dessas tradições atemporais. Talvez em sua religião as regras fossem diferentes?

— Meu irmão mais velho nunca permitiria uma união assim — falei. — Além de você não ser de nossa casta, você é muçulmano. Não conhece Govind. Ele se sentirá ofendido. Quando fica bravo, age como um búfalo sem controle.

Então, Abdul disse algo que me mostrou que era um santo ou um louco:

— O que ele tem a ver com quem você se casa? Quero me casar com você, não com ele. Então é você quem tem que me rejeitar ou me aceitar.

— Você está pagal! — gritei, pulando do galho da árvore. — Maluco total. Sou uma moça de uma família decente. Meu irmão é como um pai para mim. Como posso me casar sem a permissão dele?

Abdul olhou com seus olhos tristes e magoados. Sua tristeza me machucou tão fundo que eu quis machucá-lo também.

— Todo mundo sabe que vocês, muçulmanos, não são filhos de Deus. Mas minha religião me ensina a respeitar os mais velhos — disse, me afastando.

Ele deslizou do galho e começou a me seguir, mas eu gritei:

— Não dê mais nem um passo na minha direção! Você compreende o que vai acontecer se eu contar a alguém como você me ofendeu?

Ele parou.

— Não tive a intenção. Por favor, me escute.

Mas não escutei. Desci o caminho correndo e voltei para a estrada principal. Corri quase o caminho todo até chegar à nossa casa.

Só na hora de dormir me permiti lembrar das mãos de Abdul. E, mais uma vez, tentei resolver o enigma — o que exatamente fazia dele um muçulmano? Eu me imaginei examinando uma longa fileira de mãos. Como saberia quais eram muçulmanas?

E ainda que soubesse, eu escolheria as mãos hindus?

Capítulo Vinte e Três

Naquela manhã, Smita chegou à sala de refeições antes de Mohan. Esperou, rejeitando as repetidas tentativas do garçom de anotar seu pedido. Estava em dúvida se deveria ligar para Mohan quando o viu entrar. Ele segurava as chaves do carro.

— O que foi? — ela perguntou. — Você saiu hoje cedo?

— Saí. — O rosto de Mohan estava suado. — Fui ao mercado comprar algumas coisas.

Depois do café da manhã, Smita pegou a mala e encontrou Mohan no estacionamento.

Mohan abriu o porta-malas do carro. Havia ali três grandes sacos de pano, com açúcar, *dal* e arroz.

— Vamos levar comida a Surat? — ela perguntou. — Tudo isso para alguns dias?

— Não — ele disse. — São para Meena e Ammi.

— Mohan, você sabe que não posso fazer isso. Fiz vista grossa naquele dia quando você deu dinheiro a Ammi. Mas, como jornalista, não posso pagar pelas histórias. Por mais que sinta pena delas, é antiético que eu dê presentes aos entrevistados.

— Então, não faça isso, *yaar* — disse baixinho. — Você não está fazendo nada, certo? Mas *eu* não sou jornalista. Sou só... um cidadão preocupado.

Ficaram se encarando, e então Smita desviou o olhar.

— Certo — disse. Caminhou em direção à porta do passageiro.

— Sério? Está desistindo assim tão fácil? — Mohan perguntou.

— Estou — disse ao entrar no carro. — Sei quando perdi uma discussão.

— VOCÊ PODE ME ajudar a levar os sacos para dentro? — Mohan perguntou quando chegaram à casa de Meena.

— Não posso, não é profissional. Não posso deixar que pensem que são presentes que eu trouxe.

Mohan tomou um gole da lata de Coca-Cola, agora quente.

— Tem ideia de como elas se sentirão ofendidas se perceberem seu descontentamento?

— Está vendo como está ficando complicado? Por isso achei que comprar comida não era uma boa ideia.

Enquanto Mohan levava as compras para dentro da casa de Ammi, Smita caminhou em direção à clareira entre as duas taperas, olhando sem parar para o casebre queimado. Estava arruinado, um amontoado escuro que parecia um insulto contra o inocente céu azul. Por causa da ferocidade do fogo, era surpreendente que houvesse restado algo da estrutura.

Meena saiu de dentro do casebre. Permaneceu na entrada, com a mão esquerda no quadril e a mão direita protegendo os olhos do sol enquanto espiava Smita. Atrás da tapera, o mato alto se movimentava devagar na brisa, contrastando com a imobilidade de Meena. No minuto seguinte, o rosto de Meena mostrou que havia reconhecido as pessoas ali, e abriu um sorriso largo. Mesmo àquela distância, Smita conseguiu ver a horrível e irregular geometria do rosto de Meena como passado e presente, normalidade e deformidade, beleza e monstruosidade se misturarem.

— Oi — Smita disse. — Espero não estarmos atrapalhando.

Meena segurou a mão de Smita entre as suas.

— Didi — disse —, estou feliz por ver você. O que te traz de volta tão cedo?

As mãos desfiguradas de Meena eram ásperas em contato com as de Smita.

— Queria falar mais um pouco com você — Smita disse. — E Mohan queria deixar algumas coisas para Ammi. Para você e Abru também. — Olhou ao redor. — Onde está a sua pequena?

Meena apontou o outro casebre.

— Com a avó dela.

— Entendi — Smita disse, sem saber se deveria entrar na tapera de Ammi ou esperar Mohan sair. Enquanto hesitava, Abru saiu. Segurava o dedo indicador de Mohan com a mão direita e chupava o polegar da mão esquerda enquanto cambaleava ao lado dele. Mohan deu passos curtos enquanto tentava acompanhar a menininha.

Meena respirou fundo.

— *Ae, Bhagwan* — murmurou. — Abru acha que você é o pai dela. É o primeiro homem que entrou em nossa casa desde que ela nasceu.

Mohan se agachou para falar com a menina. Sussurrou algo, e Abru olhou de volta com seus olhos grandes e escuros. Depois de um momento, Mohan ficou em pé, como se fosse se afastar, mas Abru estendeu a mão e deu um grito sem palavras.

— Olhe só para ela — Meena disse, em um tom de incredulidade. Depois ficou em silêncio. Mohan tinha pegado Abru no colo e se aproximava das duas mulheres. Fazia barulhos engraçados enquanto esfregava o nariz contra a barriga da menina. Ela ria gostosamente.

Smita sentiu um nó na garganta. Abru parecia transformada, sem indício da menina triste e retraída agarrada à mãe alguns dias antes. Smita estivera tão ocupada com suas perguntas que não havia prestado muita atenção em Abru. E agora se deu conta de como a menina havia ganhado vida. Smita se sentiu tomada pelo arrependimento por ter reclamado da generosidade de Mohan. Que mal haveria se fizesse vista grossa enquanto Mohan deixava ali alguns mantimentos? Os códigos profissionais do jornalismo norte-americano não faziam diferença na vida de pessoas como Meena. Por que não havia pensado em aliviar o sofrimento de Meena da maneira mais básica — com alimentos que as sustentariam por dias após sua visita; ou brincando com uma criança que claramente sentia muita falta de atenção? Admirou Mohan por ter entendido a situação tão depressa e tão corretamente.

Mohan ficou em pé na frente dela, ainda segurando Abru.

— Quer segurá-la?

Smita não teve escolha a não ser pegar a menininha no colo. Era muito leve, com ossos finos como os de um passarinho. Supôs que Abru era leve até mesmo para os padrões indianos. Seria por esse motivo que a menina ainda não falava, por causa da desnutrição? Smita se lembrou de como sua mãe costumava mandar leite e ovos todos os dias para a empregada que limpava o apartamento em Mumbai, para que assim a mulher pudesse oferecer aos filhos uma dieta rica em proteína. E do pai comprando sorvete aos meninos de rua sempre que iam a Chowpatty Beach em vez de lhes dar dinheiro.

— Quanto ela pesa? — perguntou e se arrependeu na mesma hora quando viu a vergonha tomar o rosto da jovem mulher.

— Não sei bem — Meena murmurou. — Anjali levou Abru ao médico há alguns meses. Voltou com uma lista de pós para ajudá-la a ganhar peso. Mas... — sua voz sumiu, e Smita não teve dificuldade de preencher as lacunas. Não havia dinheiro para os suplementos e não havia modo de conseguir algum recurso.

Smita pigarreou.

— Você vai voltar à fábrica algum dia? — perguntou da maneira mais delicada que conseguiu. — Quando Abru estiver maiorzinha?

— Não existe mais fábrica. Os donos a fecharam depois da greve do sindicato. — A voz de Meena saiu amargurada. — Dizem que o prédio está vazio. Ficamos sabendo que levaram os negócios para outro *desh*, onde pagam menos do que pagavam para nós.

Smita assentiu. Era uma velha história — o capital à procura de mão de obra em um país ainda mais pobre. Provavelmente, tinham deixado a Índia e ido para o Camboja ou Vietnã. Ou talvez tivessem ido para uma parte mais pobre da Índia.

— Você se lembra de quem trouxe essa notícia? — perguntou. — Foi Anjali?

Pela primeira vez desde que conhecera Meena, a mulher pareceu cautelosa.

— Foi uma mensagem da minha irmã. Ela escapou da casa do marido para usar um telefone depois que soube de meu processo. Encontrou o número do escritório de Anjali e deixou uma mensagem longa para mim.

— Você tem mantido contato com ela? — Smita perguntou diretamente.

— Não, não, não, Didi. Como poderia? Radha não deixou um número. *Bas*, só deu esse telefonema.

Smita assentiu, e então se abaixou para evitar que Abru puxasse seus cabelos. A menina se inclinou em silêncio em direção a Mohan.

— Acho que ela quer ir com você — Smita disse, e Mohan se aproximou das duas depressa, pegando Abru dos braços de Smita. A menininha logo pegou os óculos de Mohan, e depois ficou brincando com eles.

Smita sorriu para Meena, mas ficou horrorizada ao ver que a jovem estava chorando.

— Me perdoe, Didi. — Meena secou as lágrimas. — O que posso fazer? Essas lágrimas são traidoras. Caem em momentos de tristeza e de felicidade. Hoje, são de felicidade. Seu marido fez minha filha dar risada. Que Deus abençoe vocês dois com muitos filhos.

— O que mais sua irmã disse? — Smita perguntou.

— Telefonou para me dizer que estava arrependida.

— Arrependida?

— Por ter me arrastado ao emprego na fábrica contra meu desejo. Porque só fui para protegê-la.

— Porque foi onde você conheceu Abdul?

— Sim. No início, conseguimos esconder de Radha. Mas, quando ela descobriu, me implorou para interromper o romance. — Meena olhou para o nada. — Depois, foi minha vez de desafiar.

— Ela... foi ela quem contou a seus irmãos?

Meena negou balançando a cabeça.

— Ela nunca me trairia. Minha Radha.

De repente, deu um tapa no próprio rosto.

— Não, fui idiota de contar a eles. Quando o amor desabrochou entre mim e Abdul, não quisemos mais escondê-lo, Didi. Tínhamos muito orgulho do nosso amor. Para você ver como estávamos fora da realidade. Abdul me implorou para contar antes que as notícias chegassem de outra forma aos ouvidos deles.

— Podemos nos sentar? — Smita fez um gesto em direção ao assento de corda do lado de fora do casebre de Ammi. — Para eu poder fazer algumas anotações? — Percebeu que Mohan havia entrado na casa de Ammi.

As duas mulheres se sentaram lado a lado.

— Muitas vezes me pergunto por que cometi o erro de contar a Govind sobre Abdul — Meena disse.

— Por que fez isso, se ele detestava tanto os muçulmanos?

Os olhos de Meena ficaram enevoados enquanto ela olhava para a frente.

— Porque o amor havia amolecido meu coração, Didi. A natureza sensível de Abdul me deixou sensível. Eu estava feliz, por isso queria dividir minha felicidade com os outros. À noite, olhava para o rosto cansado de Govind, e meu coração doía por ver como ele parecia arrasado. Eu me lembrava de como ele havia me amado quando éramos pequenos. Como se meu amor por Abdul me fizesse ver a dor das outras pessoas. Mas também me deixava cega ao mal do mundo. Você entende o que quero dizer?

— Não tenho certeza — Smita disse.

— Radha me implorou para não contar. Mas eu disse: "Irmã, Abdul e eu queremos nos casar. Até quando conseguirei guardar

esse segredo? Melhor que ele fique sabendo da minha boca do que da boca de outra pessoa".
— E o que aconteceu?
— Govind procurou Rupal para se aconselhar. E Rupal marcou uma reunião do conselho do vilarejo. — Meena falou baixo, sem demonstrar nenhuma alteração na expressão. — Ele já tinha punido a mim e Radha ao proibir que todos os vizinhos conversassem conosco. Imagine isso, Didi. Amigos com quem havíamos crescido, avós que nos conheciam desde o nascimento, pessoas com quem tínhamos dividido alegrias e tristezas — nenhuma delas conversava conosco. Num estalar de dedos, Rupal havia nos transformado em fantasmas.
— Todo mundo ouvia o que era decidido no conselho? — Smita perguntou. — Ninguém o desafiava?
Meena pareceu chocada.
— Como poderiam fazer isso? Quem desobedecesse à ordem seria punido. Mesmo quando íamos ao mercado, os vendedores não falavam conosco. *Bas*, tínhamos que deixar o dinheiro em cima do balcão. Pegavam a quantia que queriam. Não havia negociação, nada. Ah, e não podíamos tocar nas frutas e nos legumes. Tínhamos que aceitar o que nos dessem.

Uma lembrança há muito esquecida golpeou Smita, com suas pontas afiadas. Seu aniversário de treze anos. A mãe e ela voltando para casa carregando um bolo do Taj e vendo Pushpa Patel vindo na direção oposta. Pushpa atravessou a rua para evitar falar com elas. Smita se forçou a prestar atenção em Meena.

— O que o conselho decidiu? Sobre você e Abdul?
Meena olhou para o chão por muito tempo.
— Decidiu me testar — disse por fim. — Examinar se... Abdul havia me desonrado. — Engoliu em seco. — Rupal quis fazer... um exame particular. Uma inspeção. Para... descobrir.
— Meena, se isso for muito difícil...
— Não, tudo bem, Didi. Pode colocar isso em seu jornal, para que o mundo saiba como é a Índia. — E se esforçou para olhar nos olhos de Smita. — Eu me recusei. Disse a Govind que,

se ele permitisse tamanha falta de vergonha dentro da própria casa, eu entraria no rio e morreria afogada.

— Rupal desistiu da ideia?

— O conselho teve que pensar em outro exame para checar minha pureza. Mandaram que eu andasse sobre brasas. Se meus pés queimassem, significaria que eu não era mais... virgem.

Smita sentiu a boca seca. Queria a garrafa de água que deixara no carro de Mohan. Mas não tinha como interromper aquela conversa para voltar ao veículo. E a menos que quisesse ficar de cama com diarreia por dias, não poderia pedir a Meena um pouco da água suja e não filtrada de sua casa. Smita queria que Mohan estivesse por perto, mas ele estava dentro da casa de Ammi. Ela conseguia ouvir a risada baixa da idosa em reação a algo que ele estava dizendo.

— Que absurdo — Smita disse. — Como isso seria possível?

— Rupal é mágico, Didi. Havia feito isso muitas vezes, sem problema. Mas eu?

— Então você se recusou?

Meena começou a chorar.

— Eles me amarraram. Me amarraram com uma corda como aqueles muçulmanos amarram um bode antes de o matarem para o Eid. E me arrastaram até a praça do vilarejo, pela mesma estrada por onde você acabou de passar. Pessoas do meu sangue fizeram isso, Didi. E me forçaram a caminhar sobre as brasas. Dei só quatro passos, e meus pés arderam e se abriram, como aqueles carvões.

Smita sentiu náusea.

— Desmaiei, e eles me puxaram para fora dali — Meena disse com a voz baixa. — Rupal havia provado o que queria. Fez com que acreditassem que eu era uma mulher desonrada.

— E... seus pés?

Em resposta, Meena levantou uma perna e apoiou o tornozelo sobre o joelho. Mostrou a sola do pé de modo que Smita pudesse ver. Apesar de o pé estar sujo de terra, foi possível ver as cicatrizes das queimaduras.

— Meena — Smita disse —, não consigo nem... Meu Deus, sinto muitíssimo.

— Isto não é nada — Meena disse. — Estas cicatrizes não são nada. Foram essas cicatrizes que me deram quatro meses de felicidade com Abdul.

— Como assim?

— Foram elas que me deram coragem para fugir.

Antes que Smita pudesse responder, Mohan e Ammi saíram do casebre. Abru segurava a mão de Mohan.

— O que foi? — Smita disse, incomodada por ser interrompida.

— Talvez seja hora de irmos — Mohan disse num tom que mostrava a Smita que a interrupção não tinha sido ideia sua. — Ainda temos que dirigir por um longo tempo.

Smita lançou a Meena um olhar como se pedisse desculpas.

— Sinto muito — disse.

— Sim, sim, vocês dois precisam ir, *beta* — Ammi disse, dirigindo-se a Mohan. — Esta aqui não tem nada melhor para fazer a não ser ficar o dia todo na preguiça, diferente da gente que trabalha. *Ya Allah*, se alguém tivesse me dito que teria que trabalhar na minha idade, enquanto essa vaca preguiçosa fica dentro de casa, eu teria pedido a Ele para me matar e enterrar meus ossos. O que aconteceu com o mundo?

Smita olhou nos olhos de Mohan, implorando para que interviesse. Mas ele só olhou para ela, que se virou na direção da senhora.

— Tenho certeza de que é difícil para Meena trabalhar por causa de sua... — teve dificuldade para encontrar a palavra em hindi para *deficiência* — condição. Mas, Ammi, cuidar de uma criança também é trabalho em tempo integral, não?

Viu Mohan balançar a cabeça, como se a alertasse para o que estava por vir.

A voz da idosa se tornou mais estridente e irritada.

— Por respeito a você, vou manter minha boca fechada, senhora — disse. — Por estarmos em dívida com vocês, não vou contar a serpente que deixei entrar em minha casa. — Ammi bateu a palma da mão na testa. — Devo ter grandes dívidas para pagar. É por isso que sou a única azarada, nesta comunidade, a estar presa com uma nora hindu. Uma nora com irmãos desgraçados que são o motivo pelo qual meu filho está morto. Implorei tanto para que meu Abdul não trouxesse essa vergonha para nossa casa cheia de paz. Mas não...

Enquanto Ammi se ajoelhava e batia no próprio peito, Smita suspeitou de que a teatralidade da cena os beneficiava e relutou em consolá-la. Mohan também estava parado, como se tentasse decidir o que dizer ou fazer, enquanto Meena permanecia no assento de cordas, olhando para os próprios pés.

Ouviu-se um som, baixo no começo, que depois foi crescendo. Smita olhou para Mohan, confusa, e então olhou para baixo. Abru, que ainda segurava a mão de Mohan, fazia um som engraçado, movimentando a língua com rapidez contra o lábio superior, e Smita demorou um pouco para perceber que imitava o choro de Ammi. Esforçou-se para controlar a risada, mas riu mesmo assim. Ammi interrompeu o choro abruptamente. Naquele silêncio repentino, todos ouviram a criança e os sons que fazia. Quando Ammi se deu conta de que estava sendo imitada, correu na direção da menina, que se virou e se escondeu atrás das pernas de Mohan.

— *Oi*, Ammi — Mohan disse com o tom mais apaziguador possível. — Deixe para lá, *yaar*. A pobre criança só está se divertindo um pouco.

Apesar de o tom de Mohan ser leve, Ammi imediatamente abaixou a mão. *Índia*, Smita pensou, embora estivesse feliz por Mohan ter intervindo. Um país onde um homem da estatura de Mohan podia causar deferência imediata por parte de uma mulher com o dobro de sua idade. Smita detestava pensar no que Ammi poderia dizer ou fazer a Abru quando eles partissem.

Não havia como retomar a conversa com Meena.

— Até semana que vem, está bem? — disse baixinho. — Depois que o veredicto sair. Vamos precisar conversar.

A expressão de Meena era impossível de ser decifrada.

— Como quiser.

— Olha — Smita disse suavemente —, tudo isso vai ficar para trás em breve. Assim que seus irmãos receberem a sentença, você poderá... recomeçar do zero.

Meena olhou para ela com um sorriso estranho.

— De que vai adiantar, Didi? Vai trazer meu Abdul de volta? Vou conseguir usar a minha mão esquerda? Ou vou recuperar a minha aparência?

— Mas você processou...

Meena balançou a cabeça.

— Eu disse a você, fui em frente com esse caso por ela — e apontou para Abru.

Smita sentiu a presença de Mohan ao seu lado.

— *Chalo, ji* — disse a Meena. — Vamos embora agora, mas estaremos rezando por vocês.

Meena se levantou imediatamente. Cobriu a cabeça com o sari, e então abaixou a cabeça e uniu as mãos.

— As bênçãos de Deus a você, *seth* — disse. — Que Ele te abençoe com dez filhos.

Mohan riu.

— *Arre*, Meena *ji*, cuidado com suas orações. Vou precisar de dez empregos para alimentar dez filhos.

Meena continuou olhando para o chão, mas Smita pôde ver seu sorriso.

— *As-salamu alaikum*, Ammi — Smita disse, enquanto passavam pela senhora.

Ammi pareceu assustada.

— *Wa alaikum assalaam, beti* — a senhora respondeu. — Fiquem bem.

— Tiro meu chapéu para você, *yaar* — Mohan disse quando entraram no carro. — Onde aprendeu aquela saudação muçulmana? Adorei o modo casual com que você a disse. Com a maior naturalidade.

Smita deu de ombros.

— Não esqueça que vivi neste país por catorze anos.

— Eu sei, mas faz muito tempo, *dost*.

— Verdade — ela disse.

— Ei, por que sua família deixou a Índia quando você era adolescente?

— Já disse, meu pai conseguiu um emprego nos Estados Unidos.

— É uma idade complicada para se mudar, não é?

Ela deu de ombros.

— Fiquei feliz por ir embora.

— Por quê?

— Como assim *por quê*? Quem não quer se mudar para os Estados Unidos?

— Eu não. Não tenho a menor vontade.

Smita olhou para ele com atenção.

— O.k., então.

Mohan estava prestes a dizer algo mais, mas deixou o assunto de lado.

— O que Meena disse hoje? — perguntou.

Smita contou sobre as brasas. Descreveu as cicatrizes altas nos pés de Meena.

E ficou contente por ver a mão de Mohan tremer no volante quando terminou o relato.

Capítulo Vinte e Quatro

AMMI ESTÁ DE BOM HUMOR. Me deixa triste ver o que um saco de açúcar e uma saca de arroz podem fazer com ela. E lembrar que, se Abdul estivesse vivo, Ammi não estaria trabalhando nessa idade. O plano tinha sido para que Abdul e eu mandássemos dinheiro para casa, de Mumbai a Birwad, todos os meses, de modo que Kabir pudesse deixar seu emprego de mecânico e se tornar agricultor. Então, depois de alguns anos, eles também iriam para Mumbai.

Olho para os campos atrás da minha casa, com mato mais alto do que um homem. Kabir teria se divertido cortando aquele mato e domando aquela terra. Agora, não passa de um campo de sonhos enterrados. Às vezes, brinco de esconde-esconde com Abru na grama e converso com os fantasmas dos dois irmãos. Tirando isso, a curta distância entre a casa de Ammi e a minha tem se tornado meu país, minha jaula.

Hoje, falar com Smita causou um vendaval dentro de mim. Quero que ele me carregue como uma semente e me plante em solo novo. O que Smita disse? Que depois do julgamento posso recomeçar. Mas ainda que eu fosse o tipo de mulher que pudesse abandonar Ammi, para onde iria? Haverá um lugar onde meu rosto não faça com que bebês caiam no choro? Que empregador tolo contrataria uma mulher como eu? Não, não há nenhum outro lugar para eu viver que não seja onde minha vida terminou.

— Tanta comida — Ammi diz. — Que Deus abençoe aquele moço. Talvez eu convide Fouzia para jantar hoje.

Meu coração se retorce ao ouvir isso. Fouzia é amiga de infância de Ammi. Durante os primeiros quatro meses de meu casamento, antes de a calamidade acontecer, quando nossa casa era tomada pelo riso e os olhos de Ammi pousavam como borboletas no rosto de seus filhos, Fouzia costumava vir todas as tardes para tomar chá com Ammi. Fouzia era como uma segunda mãe para Abdul e Kabir, mas seu filho verdadeiro a proibiu de nos visitar, com medo de que o azar se estendesse à casa deles. O presente de Mohan babu fez com que Ammi se esquecesse por um instante de que toda Birwad nos isolou. Fouzia não vai se misturar com a nossa desgraça.

Então, o rosto dela fica tomado pela raiva quando se lembra de como é solitária, presa com uma nora que odeia e uma neta cuja semelhança com o filho é um espinho em seus olhos. Mas ela se recupera.

— Sobra mais comida para nós — diz. — Aquela Fouzia come como um elefante. Sempre comeu.

Ammi começa a planejar o jantar, esfrega a barriga como se a refeição já estivesse ali dentro. Abru olha para ela com atenção, pronta para correr se for repreendida, pronta para correr aos braços dela se for chamada. Agora, Ammi está prometendo um pouco de kheer a Abru, e com isso percebo que Mohan babu também deve ter dado um pouco de dinheiro a ela. Caso contrário, como poderia comprar o leite para preparar tal delícia?

Talvez Ammi leve Abru ao mercado, e eu terei paz para fazer a única coisa que me traz paz: sonhar com Abdul. Só em meus sonhos ainda consigo ver o rosto dele direito. Ele está começando a desaparecer de minha mente, como a lua que sobe mais e mais no céu. Eu me envergonho por tal infidelidade. Que tipo de esposa se esquece do próprio marido?

EU QUERIA TER CONTADO a Smita como meus pés queimados me levaram a Abdul.

Se Rupal não tivesse me forçado a caminhar sobre aquelas brasas, se meu próprio sangue não tivesse me amarrado e arrastado para a praça do vilarejo, talvez eu tivesse escutado os alertas de Govind sobre me casar com alguém de uma fé diferente da nossa. Talvez meu temor a Deus tivesse sido maior do que meu amor por Abdul. Porque uma mulher pode viver em uma de duas casas, medo ou amor. É impossível viver nas duas ao mesmo tempo.

Mas, apesar de meus irmãos terem me amarrado e arrastado como um bicho xucro, eu sabia que não era um bicho. Enquanto a fumaça saía de meus pés feridos, e um pouco antes de desmaiar, disse a mim mesma: Sou uma mulher que caminhou sobre brasas e sobreviveu.

Nas duas semanas seguintes, fiquei em casa com Radha e Arvind. Govind deu instruções restritas a Arvind para ter certeza de que eu não sairia de casa. Todos os dias, Radha passava unguento e colocava panos frios em meus pés. Meu corpo todo ardia em febre. Rupal apareceu uma tarde para me ver, mas Radha o expulsou de casa com uma vassoura. Sorri quando ela me contou. Meu pequeno tufão, como eu a chamava quando ela era pequena.

Radha me ajudou a fugir.

Quando a febre finalmente deixou meu corpo e eu voltei a falar de novo, contei a verdade a ela: se Govind me forçasse a casar com outra pessoa, tomaria veneno de rato para me matar. Radha chorou na primeira vez em que falei sobre isso.

— Por que, Didi? — e chorou. — Por que você quer se casar com aquele muçulmano? Ele vai ter quatro esposas e doze filhos. Por que você está escolhendo uma vida assim?

— Abdul? Quatro esposas? — ri. — Ele não é assim, Radha. Quer que sejamos um casal moderno. Como... Shah Rukh Khan e Gauri.

Radha hesitou. Shah Rukh Khan era o ator preferido dela. Era louca por ele.

— Mas, Didi — disse por fim —, isso é diferente. Eles vivem em Mumbai. Estamos presas aqui neste vilarejo minúsculo. Govind *dada* nunca vai permitir esse casamento.

O amor contra o medo.

No fim, o amor de Radha por mim provou ser mais forte do que o medo. Ela fez o que pedi: pegamos parte do dinheiro que Govind nos dava para as despesas da casa e compramos uma garrafa de daru para Arvind. Para o aniversário dele, Radha disse.

— Guarde isto para o jantar. — Claro que ele bebeu a garrafa toda antes do meio-dia. Quando apagou, deitado com a boca aberta, Radha me ajudou a calçar os chinelos que havia feito, com camadas de folhas e algodão no fundo. O algodão grudou no unguento de meus pés rachados, mas não reclamei. Como se fôssemos ladras, saímos com cuidado. Dei uma última olhada na casa que havia ajudado a construir com meu suor. Mas não havia tempo a perder.

Mesmo com meus chinelos especiais, andar no chão era como andar sobre brasas. Eu suava tanto enquanto caminhávamos que tinha certeza de que a febre estava voltando. Em vez do atalho pelo vilarejo, pegamos a estrada principal. Algumas pessoas pelas quais passamos pararam e observaram; outras cuspiam no chão e nos davam as costas. Mas, por causa do comando de Rupal, ninguém falava conosco nem perguntava aonde estávamos indo. Talvez estivessem torcendo para estarmos deixando o vilarejo para sempre.

Um caminhão diminuiu a velocidade, e um homem desconhecido perguntou se queríamos uma carona, mas olhamos para a frente e continuamos andando, assustadas demais para responder. Andamos. Andamos. Eu sentia todos os passos que dava, chorava a cada pedra que meu pé pisava. Senti o fogo da terra sob meus pés. Não me importei. Em pouco tempo, não conseguia sentir mais nada além do coração. Ele batia tum-tum, tum-tum *como uma tabla*; depois de um tempo, era tudo o que escutava. As aves nas ruas estavam em silêncio. Os carros desapareceram. Até mesmo a voz de Radha desapareceu. Só escutava a canção do coração. Ele entoava o nome de Abdul. E me lembrava que, a cada passo dado, eu estava mais perto de entregar meu coração aos cuidados dele.

Caminhei por muito tempo *com os pés queimados e sujos. Quando estavam tão anestesiados a ponto de me perguntar se deveria engatinhar, chegamos a Birwad.*
    Quando chegamos lá, Radha se recusou a entrar.
    — Aqui nós nos despedimos, Didi — *disse em meio a lágrimas.*
    Nem mesmo por mim Radha quis entrar em um vilarejo muçulmano. Foi quando meu coração parou de cantar. O que eu havia pensado? Que, depois do casamento, Radha visitaria a mim e meu marido. Que Abdul e eu voltaríamos para pedir perdão a Govind e que aos poucos ele veria o caráter honorável de Abdul e nos daria sua bênção. Eu imaginava todos nós sentados, reunidos, minha antiga família e minha nova família, na casa que eu havia construído. Imaginei Abdul brincando com minha irmã, que passaria a ser a irmã dele. Mas não. Nunca. Não que minha Radha, a irmã que eu havia criado como se fosse minha filha, se tornaria pedra, uma desconhecida educada. Amor e medo. Naquele momento, estavam de mãos dadas e se tornando um.
    — Irmã — eu disse —, você não vai entrar comigo?
    Radha balançou a cabeça.
    — Não, Didi. — Os olhos se encheram de lágrimas. — Já é bem difícil viver em nosso vilarejo — disse. — Mas se descobrirem que entrei neste lugar... — Estremeceu. — Govind vai cortar minha garganta.
    Agora, só agora, eu entendia o que ela havia colocado em risco. O perigo no qual eu a tinha colocado. Olhei para ela em silêncio. Em seguida, uni as mãos como se estivesse no templo e ela fosse uma divindade.
    — Nem em um milhão de vidas poderei pagar essa dívida — disse.
    Ela abaixou minhas mãos unidas e se jogou em meus braços.
    — Didi — disse, soluçando. — Tome conta de você mesma. Fique com Deus. — E então, quando eu estava pensando que aquilo era bom, que poderíamos ficar daquela forma para sempre, ela se afastou de meus braços e desceu correndo o caminho pelo qual tínhamos vindo.

Eu a observei durante todo o tempo que pude.

— Radha! — gritei, querendo ver seu rosto delicado mais uma vez, mas ela não se virou. Observei até ela se tornar um ponto, menor do que as pedras aos meus pés. Observei até que desaparecesse para dentro do meu passado e se tornasse uma lembrança sagrada.

Eu me virei para encarar o que estivesse me esperando, ainda que pensasse que havia cometido um erro terrível, que se meus pés não estivessem feridos, talvez eu pudesse caminhar de volta ao meu vilarejo.

Vi uma comoção à distância. Olhei para a frente e vi Abdul correndo em minha direção, dizendo meu nome, correndo em zigue-zague, os braços escancarados, como as asas protetoras de uma ave gigante. Um sorriso enorme no rosto que me chamava para casa.

Capítulo Vinte e Cinco

SMITA OLHOU PARA OS portões altos de ferro da casa da família de Mohan. Não esperava que a casa por trás dos portões fosse tão impressionante, não poderia ter imaginado as lindas paredes de estuque, o telhado de telhas vermelhas, nem o exuberante pátio da frente com arbustos floridos. Mais parecia uma casa em Beverly Hills, não uma casa em uma pequena cidade da Índia.

— *Namastê, seth* — o velho caseiro disse quando correu em direção ao carro. — A que devo essa honra? — Espreitou com os olhos acinzentados avaliando Smita.

— *Ho*, Ramdas — Mohan disse. — O que me conta de novo? Como tem estado?

O idoso sorriu quando se endireitou.

— *Theek hu, seth* — disse. — Graças a Deus.

Mohan assentiu.

— E a esposa e as crianças?

— Todos estão bem, com a graça de Deus. — Ramdas se inclinou e olhou dentro do carro de novo. — Quem é essa jovem *memsahib*?

— Ah, é... — Mesmo sem olhar para ele, Smita sabia que Mohan estava ficando ruborizado. — É minha amiga, o nome dela é Smita. Ela está trabalhando aqui perto, por isso ofereci nossa casa por alguns dias. Até segunda-feira, quem sabe.

Ramdas uniu as mãos.

— *Namastê, memsahib* — disse demonstrando o máximo respeito. — Bem-vinda.

NA ENORME SALA DE estar, Smita observou a arte indiana nas paredes, a mobília cara, o chão de mármore. Então era assim a casa de um comerciante de diamantes. Enquanto permanecia examinando um dos quadros, escutou Ramdas e Mohan conversando na cozinha. O *chowkidar* apareceu diante dela.

— Aceita alguma coisa, *memsahib*? Coca-Cola? Chá? Água com limão?

Smita não queria ofendê-lo perguntando se ferviam a água que bebiam. Como se tivesse lido seus pensamentos, Ramdas sorriu. — Ou *pani*? Água filtrada, temos também — disse.

Ela assentiu.

— Obrigada. Mas posso pegar.

— Descanse, *memsahib*. Eu trago. — Ramdas olhou ao redor. — O jovem *sahib* já mostrou o quarto de hóspedes?

— Ainda não.

Ramdas pegou a mala dela.

— Vou mostrá-lo — disse em um tom tranquilo, que indicava a Smita que ele trabalhava para a família de Mohan havia muito tempo. — Por aqui.

O quarto dava acesso a um pequeno jardim. Havia uma peça tecida em tear manual na parede atrás da cama.

Ramdas puxou um pequeno banquinho e ficou em pé para ligar o ar-condicionado.

— O quarto está um pouco quente — disse. — Quando eles não estão aqui, mantenho tudo fechado. Não há motivo para desperdiçar dinheiro.

— O senhor fica sozinho quando não tem ninguém?

— Sim, *memsahib*. A cozinheira viaja com eles. Mas fico aqui para cuidar da casa. Há muitos ladrões hoje em dia. Não é bom deixar a casa desocupada por muito tempo.

Smita notou o senso de proteção na voz dele.
— E sua família? — perguntou. — Eles...?
— Eles moram no vilarejo. Esposa e dois filhos. O *seth* mais velho construiu uma casa há muitos anos. Estão confortáveis lá.
— Com que frequência o senhor os vê?
— Quando o *seth* mais velho e sua esposa não estão, eu vou e volto como quero. — De repente, Ramdas pareceu tímido. — Eu estava falando a Mohan *seth*, agora mesmo, que gostaria de ir ao meu vilarejo hoje ou amanhã. O filho do meu irmão mais novo vai se casar. Naturalmente, por ser o irmão mais velho, preciso estar presente. Mas, se precisarem que eu fique para servi-los, posso cancelar a minha ida.

Smita demorou um pouco para perceber que Ramdas estava pedindo sua permissão.
— Ah — disse —, isso é entre você e Mohan. Mas ficaremos bem, não se preocupe.

Ramdas pareceu aliviado. Mas em seguida demonstrou desânimo.
— Mas e as refeições? — perguntou, como se um novo obstáculo houvesse surgido.
— Tenho certeza de que ficaremos bem. Mohan deve conhecer alguns restaurantes próximos.

Ele abaixou a cabeça.
— Se tem certeza... vou buscar um copo de água, *memsahib*.

SMITA HAVIA TENTADO TIRAR um cochilo rápido, mas, quando acordou, o relógio mostrava que eram cinco da tarde. Levantou-se e, descalça, saiu para procurar Mohan. Ela o encontrou no sofá da sala de estar, roncando baixo, com a revista no peito subindo e descendo a cada respiração. Permaneceu ali observando-o por um instante, e então se virou. Mas bateu o joelho na fruteira de cristal sobre a mesa, e o barulho o despertou. Ele se endireitou quase imediatamente, passando a mão pelos cabelos.
— Acho que nós dois apagamos — ela disse.

— *Nós?* — E ergueu a sobrancelha direita. — Já deixei Ramdas na estação de trem e passei para comprar algumas coisas. Devo ter apagado por menos de dez minutos.

— Desculpe, *yaar* — ela disse, adotando a gíria preferida dele.

— Cuidado — Mohan disse. — Caso contrário, você pode se tornar uma *pucca* indiana.

Ele conteve um bocejo.

— Olha, pensei em comermos em casa hoje à noite — disse. — Podemos fazer uma macarronada, se você quiser.

Macarronada? Depois dos jantares indianos apimentados que vinham comendo durante todo esse tempo, Smita faria qualquer coisa por um prato de macarronada.

Capítulo Vinte e Seis

No domingo em que descobri que estava grávida, Abdul tinha ido à fábrica para fazer hora extra. Assim que partiu naquela manhã, eu vomitei, como tinha vomitado na noite anterior. Culpei a comida que havia jantado. Fui me deitar e só acordei quando Ammi entrou.

— Kya huya? — disse. — São onze da manhã, e você ainda está dormindo?

Eu me forcei a levantar.

— Desculpe, Ammi — falei. — Farei seu café da manhã.

— Shoo... — ela me afastou. — Esqueça o café da manhã. Comi um chapati com ghee na minha casa.

Apesar de estar enjoada, senti orgulho do que Ammi disse. Com os salários que Abdul e eu ganhávamos, estávamos dando uma boa vida a ela. Agora, ela podia passar ghee no chapati.

— Desculpe, Ammi — disse de novo.

Mas minha sogra olhava para mim com os olhos semicerrados.

— O que houve com você? Parece indisposta.

— Só Deus sabe. Vomitei depois do jantar ontem. E hoje cedo vomitei de novo.

— Está de barriga?

Assim que Ammi disse essas palavras, eu sabia que estava, sim. Me lembrei naquele momento de que minha menstruação não tinha vindo no mês anterior.

— Não é isso, Ammi — menti. — Acho que comi algo estragado ontem à noite.

Ela assentiu antes de me dizer o motivo de sua visita. Precisava de um pouco de açúcar e arroz para fazer *kheer* para sua amiga Fouzia.

— Pegue o que precisar, Ammi — falei. — Nossa casa é sua casa.

— Claro que é — respondeu. — Afinal, esta é a casa do meu filho, não?

Eu desejava que a mãe de Abdul fosse como uma mãe para mim, que passasse a me amar da maneira com que Abdul amava nós duas. Minha mãe havia morrido quando eu tinha seis anos, e deixou em mim uma fome tão grande quanto o céu. Mas enquanto observava Ammi mexer em meus jarros de açúcar e arroz, sem sequer encaixar as tampas de volta de maneira correta, sabia que minha sogra nunca me amaria.

Assim que Ammi saiu, fui preenchida por uma alegria mais forte que qualquer outra que já tivesse sentido. Um bebê. Nosso bebê. Olhei ao redor maravilhada com nossa casa pequena e modesta. Olhei para meu corpo moreno e magro. Pensei nas mãos de Abdul em meu corpo, seus lábios nos meus lábios. Do nosso amor, tínhamos feito juntos um bebê. Era a história mais antiga do mundo, era a mais nova. Por tudo que eu havia perdido, por todo momento sem mãe, eu compensaria com meu filho. Eu chorava e ria por causa desse milagre, com essa segunda chance de tomar o mundo torto em minhas mãos e corrigi-lo.

— Ae, Bhagwan, Bhagwan, Bhagwan, *agradeço pelo Teu presente* — rezei. E então, sentindo-me culpada, entoei: — Ya Allah, *o Benevolente, obrigada.*

Outra onda de náusea me tomou, mas eu ri. Aquele era o primeiro sacrifício por meu filho que faria, em uma longa fila de sacrifícios. O que era um pouco de vômito? O que era a dor do parto, comparada ao milagre de uma nova vida? Diante da vontade de Deus, o que era a ira de meus irmãos ou o julgamento de meus antigos vizinhos? Porque aquela era a vontade de Deus. Se Ele não quisesse, aquilo nunca teria acontecido — e tão pouco tempo depois de nosso casamento. Como Deus vivia em seu castelo no céu, e não na Terra, procurava maneiras diferentes de falar conosco: por meio de nossos sonhos, pelas imagens formadas pelas nuvens, pelo anúncio de uma nova vida. O bebê era o mensageiro de Deus enviado a nós, prova de que Abdul tinha razão: éramos a nova Índia. Nosso pequeno ligaria Abdul e a mim para sempre: hindus e muçulmanos, homem e mulher, marido e esposa. Para sempre.

Eu me levantei, andei e me sentei. A casinha me sufocava, minha felicidade passava por cima das paredes de palha. Meu Abdul havia construído aquela casa para nós, e por esse motivo eu a amava. Mas, hoje, ela parecia pequena, pequena demais, para conter toda a minha alegria, minhas esperanças, meu amor que transbordava. O que eu deveria fazer? Abdul era a primeira pessoa a quem eu tinha que contar, por isso não confirmei a suspeita de Ammi. Desejei que Radha estivesse ali comigo. Mas Radha havia desaparecido, como se Govind a tivesse enfiado dentro de um saco e a jogado no rio. Um mês depois de eu ter fugido, ele a casou com um velho inválido. Abdul ficou sabendo da notícia por alguém na fábrica, mas a pessoa não sabia o nome do marido dela nem o nome do vilarejo onde Radha estava morando. Minha irmã, meu primeiro amor, havia desaparecido totalmente da minha vida.

Como não conseguia pensar em Radha, me forcei a pensar nessa nova alegria. Mas como passar as horas até Abdul voltar para casa, quando cada minuto era difícil, quando tinha consciência de cada batimento cardíaco? Como batia, meu coração. Meu coração, e agora, o coração do meu bebê. Pensar nisso me acalmou. Não estava desperdiçando meu tempo enquanto esperava pela volta de Abdul. Enquanto acendia o fogão para fazer chá, meu corpo estava fazendo seu trabalho — alimentando meu bebê, formando seus ossos. Mesmo enquanto esperava, não estava esperando coisa nenhuma. A cada minuto, estava criando meu bebê. Nosso bebê.

Quando Abdul voltou para casa naquela noite, percebi que estava faminto e cansado. Olhei no rosto dele, tão sério e lindo, e pensei: Por favor, Deus, permita que meu filho seja parecido com o pai. Naquele momento, tinha certeza de que esperava um menino.

Abdul me pegou olhando para ele e sorriu.

— Sentiu minha falta?

— Eu? Não, nem um pouco — disse, sorrindo.

Ele me segurou pelo punho.

— Então por que está olhando como se eu fosse uma caixa de chocolate?

Eu me soltei dele.

— Jante — eu disse. — Sr. Chocolate.

Como sempre, Abdul esperou eu comer a primeira colherada. Mesmo naquele momento, esse ritual parecia novo para mim. Antes de nosso casamento, Abdul me fez prometer: tudo o que fizéssemos, faríamos igualmente. Ele dizia que queria uma esposa, não uma empregada. Só fez um pedido — que eu cuidasse de Ammi, assim como ele cuidava.

— Ammi comeu? — perguntou.

— Deixei o jantar dela. O mesmo de sempre — respondi. Todos os domingos, Abdul e eu comíamos sozinhos em nossa casa. No restante da semana, cozinhávamos na casa de Ammi e comíamos com ela e Kabir.

— Vou passar lá para vê-la assim que acabarmos aqui.

Segurei a mão dele.

— Hoje, não. Tenho algo para te contar.

— O quê?

— Coma enquanto a comida está quente. Conto depois.

Ele franziu o cenho.

— É coisa sobre seus irmãos? Estão importunando você?

— Não, não. — Vi a preocupação nos olhos dele e senti pena. — Não é isso, são boas notícias.

— Boas notícias? Arre, Meena, ninguém te ensinou? Notícias ruins podem esperar. Notícias boas devem ser contadas imediatamente. Conte.

Pousei um dedo sobre meus lábios.

— Calma, vou contar quando você terminar de comer.

Abdul fez uma cara esquisita. Ficou me encarando enquanto mastigava a comida. Engoliu.

— Meena — disse, com a voz embargada como se a comida estivesse presa na garganta —, me conte agora. Você está carregando nosso bebê?

Gritei e ergui o punho cerrado para dar um soco nele.

— Você estragou minha surpresa! — disse. — Como sabia?

Abdul não conseguiu falar. Ficou olhando para mim, e então começou a chorar. De repente, fiquei aterrorizada.

— Você não está feliz? — perguntei.

Ele se levantou e lavou as mãos. Em seguida, aproximou-se de mim, segurou meu rosto, beijou meus lábios, meus olhos, meu nariz, minha testa.

— Minha esposa — sussurrou —, que pergunta mais tola. Hoje é o dia mais feliz da minha vida.

Ele se sentou ao meu lado, me aninhando como faria a um bebê, e pensei: *O que quer que Abdul faça comigo, está fazendo com nosso bebê. Se me beijar, estará beijando nosso filho. Se me aninhar, estará aninhando nosso bebê. Pensar nisso me fez estremecer.*

— Vamos contar a novidade a Ammi? — perguntei.

Abdul olhou bem dentro dos meus olhos.

— Mais tarde — disse. — Amanhã. Hoje, quero ficar sozinho com minha esposa. E com minha filha.

— Filha? — disse. — Rezo para que seja um menino.

— Pode ser um menino ou uma menina, não faz diferença para mim. Já amo o bebê porque minha esposa o fez para mim.

— Você ajudou — eu disse.

Os olhos de Abdul brilharam.

— Vou ajudar mais um pouco — disse, e soltou meu sari.

Capítulo Vinte e Sete

SMITA TIROU OS OLHOS do jornal e se perguntou como haviam transcorrido os últimos dois dias. Era uma manhã calma de domingo, e ela e Mohan estavam sentados no quintal, bebericando chá e lendo seções diferentes do *Times* da Índia.

O que será que Meena estaria fazendo naquele momento?, Smita pensou. Será que Ammi a estava perturbando por um motivo ou outro, será que os mantimentos levados por Mohan conseguiram diminuir parte da tensão entre elas? Como Meena passava os dias? Será que havia pelo menos um rádio naquele casebre? Smita olhou para o jardim bonito ao seu redor — as árvores frutíferas, os arbustos com flores — e pensou no pedaço de terra não cultivado de Meena.

Mohan parou de ler o jornal e se espreguiçou lentamente. Olhou nos olhos de Smita e sorriu. Ela sorriu de volta. *Isso é bom*, pensou. *Seria fácil me acostumar com isso.*

Smita se endireitou, surpresa com aquele sentimento complacente. Imaginava que a amizade que haviam construído no fervilhar de uma semana intensa e cheia de emoções fizera aquele pensamento passar por sua cabeça. Já haviam prometido manter contato, mas Smita sabia que seria impossível. Trocariam e-mails por algumas semanas; ele escreveria sobre lembranças que a deixariam um pouco nostálgica. Depois, ela fecharia o laptop e retomaria o que quer que estivesse fazendo em Nova York.

Se o veredicto saísse no dia seguinte, como esperava que acontecesse, eles retornariam a Mumbai até o meio da semana, depois de ela fazer mais algumas entrevistas. De volta ao Taj, terminaria de escrever o texto enquanto Mohan passaria tempo com Shannon na clínica de fisioterapia. Smita já havia decidido que não voltaria para casa sem tentar falar com Chiku Patel. Eles tinham sido amigos próximos, não a receberia com a mesma hostilidade que sua mãe demonstrara. Talvez pudesse até acrescentar uma perspectiva nova ao que havia acontecido. Claro que Chiku defenderia a mãe. Mas ainda assim... Smita só queria uma explicação plausível para aquele dia em 1996. Chiku tinha treze anos na época — idade suficiente para se lembrar.

Smita então se deu conta de que fazia dias que não telefonava para o pai. Desde a morte da mãe, sempre se esforçava para telefonar para ele com frequência, independentemente de onde estivesse. Olhou para o relógio — era noite nos Estados Unidos, horário perfeito para fazer a chamada.

— Mais chá? — Mohan disse, pegando a chaleira.

Smita hesitou. Queria entrar na casa e usar o celular enquanto Mohan ainda estivesse no jardim. Mas estava tão gostoso ali.

— Claro — disse. — Só mais um pouco. Mas preciso telefonar para meu pai antes que ele vá dormir.

— Vá lá — Mohan disse. — Pode usar o telefone da sala de estar.

— Posso ligar do meu celular, sem problema.

— Como preferir. — E se espreguiçou languidamente. — O que quer fazer hoje?

A verdade é que ela estava contente por poder descansar preguiçosamente sem precisar deixar a tranquilidade da casa.

— Há algo que você precise fazer? Algum compromisso? Amigos para visitar? — ela perguntou.

— *Nahi, yaar*. — Ele sorriu timidamente. — Só queria garantir que você...

— Fico feliz por estar aqui.
Ele riu.
— Que casal de velhos nós somos.
Smita notou que Mohan havia se referido a eles como um casal, mas sabia que a palavra não significava nada.
— O que foi? — Mohan perguntou depois de um instante. — Parece chateada.
— Você me chamou de *velha* — respondeu. — Que mulher não ficaria chateada?
Ele riu.
— Você é a última pessoa que se importaria com algo assim.
Ela ficou em pé, feliz por Mohan conhecê-la bem o suficiente para entender que não se importava mesmo.
— Bom — disse —, vou telefonar para o meu pai. Até já.

— Oi, papai — Smita disse. — Sou eu.
— *Arre, beta*, como você está? Por que passou tantos dias sem me ligar? Ando doido de preocupação.
Smita sentiu o coração pesado. Apesar de o pai afirmar que estava lidando melhor com o luto, estava claro que não era bem assim. Pensou que ele tivesse avançado mais no processo.
— Me desculpe — ela disse.
— Ah, esqueça isso. Mas me conte. Tem se divertido? Como estão as férias?
— Ah, estão fantásticas.
— E o clima nas Maldivas?
Em breve, teria que contar a verdade ao pai. Quanto menos mentisse, melhor seria. Mas, percebendo a animação na voz dele, ela se ouviu dizer:
— Olha, papai, está maravilhoso. Céu azul, água cristalina, areia branca. É o paraíso na terra. O dia está perfeito hoje. Estou me divertindo demais.
— *Accha?* — Pôde notar a leveza na voz do pai e se sentiu gratificada.

Mas no momento seguinte a preocupação do pai ressurgiu.

— Ouça, *beta*. Fique longe daqueles cafés frequentados por turistas ocidentais, está bem? São lugares que os terroristas miram, entende?

Smita se lembrou da ida ao Leopold Café. Aquilo tinha acontecido havia apenas dez dias?

— Ah, papai — disse, rindo. — As Maldivas são bem seguras. Não se preocupe. Estou bem. De qualquer forma, quase não temos saído do resort.

O pai contou sobre as últimas aventuras de Alex e, depois, sobre a festa com jantar à qual tinha ido no início da noite. Apesar de ele manter uma conversa animada, Smita sentiu um aperto no peito por causa da solidão que notava na voz dele. *Ele sente saudade da mamãe*, pensou. Sabia da dificuldade que ele tinha em ir a festas sozinho. Smita o visitaria tão logo voltasse para casa.

— *Chalo* — o pai disse depois de um tempo. — Este telefonema deve estar te custando os olhos da cara.

— Não está, não se preocupe.

— Bom, *beta*, para ser sincero, estou bem cansado. Aquela festa foi difícil para mim, sabe?

— Sei o quanto o senhor sente falta dela, pai — Smita disse. — Eu também sinto.

O pai suspirou.

— Fazer o quê, Smita? Ela teve tudo, menos a sorte de uma vida longa. Não há nada que podemos fazer. O que não tem remédio, remediado está.

Fizeram silêncio por um instante.

— Boa noite, minha querida — disse por fim. — *Khuda hafiz.*

— *Khuda hafiz,* papai. Cuide-se — respondeu e desligou.

SMITA PERMANECEU NO QUARTO por um instante. Deveria telefonar para Rohit e pedir que ficasse de olho no pai? *Hoje não*, pensou, virando-se para sair do quarto. Mohan estava em pé no corredor, segurando o jornal. Pela cara dele, Smita percebeu que havia escutado pelo menos parte da conversa.

— O que está fazendo aqui? — perguntou por fim.

— Entrei para fazer mais chá para nós.

— Ah. — Fez-se um silêncio, dolorosamente desconfortável, e Smita sentiu-se corar.

— Como está seu pai? — Mohan perguntou.

— Bem — disse com cuidado. — Parece que você ouviu uma parte da conversa.

— Ouvi. Algo sobre você ainda estar nas Maldivas? E não na Índia?

— Não quero preocupá-lo.

— Por que ele se preocuparia com o fato de você estar na Índia? — E, antes que ela pudesse pensar em uma resposta, Mohan acrescentou lentamente: — Além disso, você disse *Khuda hafiz* antes de desligar.

— E daí?

— É um cumprimento muçulmano, certo?

A desconfiança na voz dele despertou a ira dela.

— Não gostei de você ficar bisbilhotando a conversa com meu pai.

— Bisbilhotando? Só estava atravessando o corredor para ir até a cozinha quando...

— Você deveria ter seguido em frente, sem parar.

O rosto de Mohan ficou vermelho.

— Desculpe, mas você vai me dizer como devo me comportar dentro da minha própria casa? O que devo e não devo fazer?

— Vou embora — Smita disse imediatamente. — Chame um táxi para mim, vou embora. Não preciso aguentar nada disso.

Mohan a encarou como se a estivesse vendo pela primeira vez.

— Smita, o que está acontecendo? — perguntou, surpreso.

— O que foi que acabou de acontecer? Por que seu pai acha que você ainda está nas Maldivas? Por que está mentindo para ele? E para mim?

Ela balançou a cabeça, tensa, incapaz de responder. Poderia confiar em Mohan? Poderia contar e esperar que ele compreendesse? Então, pensou: *Quando foi que ele se mostrou menos que gentil e digno de confiança?*

Ainda assim, hesitou, com o coração aos pulos. Secou as mãos suadas nas calças, tentando acalmar os pensamentos.

— Smita? — Mohan disse.

E então, o alívio tomou o lugar da apreensão. Alívio por pensar em revelar aquele segredo que havia permanecido preso por mais de vinte anos. Havia carregado o peso de uma vida dupla pelo máximo de tempo possível. Ali, finalmente, estava o que esperava e temia — o fim da estrada.

— O.k. — disse. — Vou contar para você. — E caminhou até o sofá da sala de estar.

Mohan a acompanhou lentamente e se sentou de frente para ela. Smita sentiu o coração doer ao ver a cautela no rosto dele.

— Quem é você? — ele perguntou. — Por que mentiu...?

Ela ergueu a mão para detê-lo.

— Estou tentando contar para você. Vou contar.

Smita respirou fundo.

— Meu nome verdadeiro é Zeenat Rizvi. Nasci muçulmana.

Livro Três

Capítulo Vinte e Oito

Smita Agarwal nasceu aos doze anos.
Antes disso, ela era Zeenat Rizvi.

A família de Zeenat vivia em um apartamento amplo e bem ventilado em Colaba. Seus pais tinham se conhecido em 1977, quando Asif foi visitar um amigo da faculdade em Hyderabad. Zenobia era prima em primeiro grau desse amigo, uma garota gregária que ganhou o coração levemente melancólico de Asif. Quando retornou a Mumbai, chamada Bombaim até então, ele escreveu cartas apaixonadas a Zenobia. Após um ano de troca de cartas, Zenobia, sabendo que seus pais estavam determinados a casá-la com um parente distante, partiu em direção a Mumbai e fugiu com Asif. Um pequeno escândalo se deu até ficar determinado que o casal viveria com os pais de Asif enquanto ele terminava o doutorado.

Ainda que o pai de Asif achasse estranho que o filho quisesse ser estudioso da história e da religião hindu, nunca expressou esse estranhamento. Talvez alimentasse a esperança de que seu único filho acabaria caindo em si e se uniria a ele no negócio de construção da família. Talvez, na Bombaim dos anos 1970, ainda fosse possível que um pai não se preocupasse demais com tal hibridismo cultural. De qualquer modo, a sorte continuou ao lado de Asif. Zenobia se mostrava amorosa e gentil, e depois de um ano de casamento, havia se tornado parte integrante do clã Rizvi. Os pais dele a adoravam. Um dos momentos mais alegres para Asif guardar na lembrança era escutar sua esposa e sua mãe conversando sem parar enquanto cozinhavam e ele escrevia sua tese.

O apartamento em Colaba, talvez o bairro mais cosmopolita da cidade, tinha sido um presente de formatura dado pelo pai. Asif e Zenobia, que estavam muito satisfeitos em continuar vivendo com os pais de Asif, protestaram contra tal extravagância, mas o homem insistira.

— É seu dinheiro, no fim das contas, *na*, filho? — dissera. — Para quem mais vou deixá-lo? Para o filho do varredor? Pelo menos terei a satisfação de ver você aproveitar parte de sua herança enquanto eu ainda estiver vivo, não é mesmo?

O primogênito dos Rizvi, Sameer, nasceu depois de eles se mudarem para o apartamento de Colaba. Após o nascimento do bebê, Zenobia continuou passando parte do dia na casa dos sogros. Dava banho e vestia o filho e partia para a casa dos sogros no meio da manhã.

— Uma criança precisa dos avós — dizia, com certa tristeza na voz que só Asif percebia. Os pais de Zenobia haviam ido ao casamento, tinham até visitado o casal uma vez no apartamento novo, mas, ainda assim, a humilhação pela fuga da filha com Asif ainda se arrastava.

Asif foi contratado como professor da Universidade de Bombaim logo depois de se formar. Alguns de seus antigos professores tinham expressado certa intranquilidade com a ideia de haver um professor muçulmano de hinduísmo, mas Asif tinha se destacado tanto no doutorado que não houve uma oposição séria à contratação. Até porque Asif não era o tipo de mulá que usava barba comprida e rezava cinco vezes por dia. Era um homem moderno, secular, e sabia se comportar diante da bebida. Falava de modo depreciativo sobre o Paquistão como um Estado falido e acreditava que a Caxemira pertencia à Índia. Foi fácil esquecer sua origem.

Quando Zeenat nasceu, dois anos depois de Sameer, seu pai já era um estudioso renomado. Ela cresceu em uma família unida e feliz, destacando-se na escola por causa de suas boas habilidades na escrita (um fato do qual Asif se orgulhava demais), era popular com os filhos dos vizinhos, protegida dos valentões da escola por Sameer, e certa do amor dos pais. Nos dias de semana, voltava da escola e encontrava um lanchinho que a mãe havia preparado, terminava a lição de casa e então saía para brincar com as outras crianças do bairro até a hora do jantar. No verão, visitava Goa, Ooty e Dharamsala.

Quando Zeenat tinha oito anos, sua avó morreu quando um galho de árvore caiu sobre ela durante as monções. O avô ficou tão abalado que vendeu seu negócio, passou a ler o Alcorão diariamente e ir à mesquita todo fim de tarde. Asif e Zenobia tentaram trazer o velho para morar com eles, acreditando que os filhos poderiam curar o coração ferido do avô, mas ele se recusou, primeiro com polidez, depois com veemência.

— Meu lugar é aqui — insistia em dizer —, nesta casa onde vivi com a minha amada.

Um ano depois, morreu. O médico escreveu *Causas naturais* no atestado de óbito, mas Asif sabia a verdade: seu pai havia morrido em decorrência da tristeza.

Asif sentiu muita saudade dos pais, quando, seis meses depois, seu segundo livro foi publicado. Nos últimos anos, sua pesquisa havia se concentrado em Shivaji, o guerreiro-rei do século XVII do Império Marata, que lutara bravamente contra os mongóis. O livro de Asif, *O mito de Shivaji*, afirmava que o status do culto contemporâneo do rei entre os hindus podia ser comparado à ascensão do sentimento anti-islâmico na Índia. O livro foi publicado em 1994, um ano depois dos atentados em Bombaim, época em que hindus e muçulmanos assassinaram uns aos outros depois da demolição da histórica mesquita Babri, construída pelos hindus. A publicação se provou oportuna. A trajetória de

Asif foi ascendente; uma revista de esquerda na Índia publicou um trecho do livro. Alguns meses depois, uma pequena faculdade em Ohio o convidou para uma conferência sobre a ascensão mundial do fundamentalismo religioso.

Ainda assim, com exceção de alguns colegas, ninguém no círculo dos acadêmicos prestava muita atenção ao que o professor-*sahib* escrevia. Os vizinhos hindus de classe média-alta se mantiveram simpáticos com os Rizvi, a única família muçulmana no prédio. Os homens observavam com aprovação quando Asif tomava doses de uísque com os melhores deles. Zenobia jogava bridge com as mulheres no condomínio todos os sábados e era a responsável pela organização das festas entre o grupo feminino. Sua melhor amiga, Pushpa Patel, que vivia dois andares abaixo, era uma espécie de vice-presidente de tais encontros.

Bombaim foi afetada por mais conflitos em 1996, e dessa vez as chamas se espalharam até o próspero bairro. Asif e Zenobia observaram, sem acreditar, enquanto carros e lojas de propriedade de muçulmanos eram vandalizados e incendiados por grupos que carregavam latas de querosene. Ainda assim, eles permaneciam em silêncio e discretos, acreditando em seus amigos hindus e na impermeabilidade garantida por sua condição social.

— *Arre* — Asif dizia —, conheço cada bendita pessoa desta rua. Ninguém vai nos machucar.

Mas, certa noite, a família voltou para casa depois de ir ao teatro e encontrou uma cópia de uma coluna que Asif havia escrito para o *Indian Express* presa à porta da frente, com um grande X vermelho em toda a sua extensão. A coluna, de um ano atrás, zombava das improváveis reivindicações feitas por seguidores mais devotos e fundamentalistas de Shivaji. *Seu islâmico maldito*, dizia uma mensagem. *Da próxima vez, você não terá tanta sorte. Vamos te pegar.*

O rosto de Asif empalideceu.

— Pegue as crianças e entre — sussurrou à sua esposa. — E faça uma mala. Volto logo.

— Aonde vamos? — Zenobia perguntou, mas ele já estava descendo pelo elevador.

Voltou para casa meia hora depois, abalado, arrastando os pés. Verificou se os filhos estavam em seus quartos antes de chamar a esposa para se sentar na cama ao lado dele.

— Fui falar com Dilip — disse. — Por ele ser o diretor da associação do condomínio. Contei sobre a ameaça e sugeri que contratássemos mais seguranças para o prédio imediatamente.

— E o que ele disse?

Asif fez uma pausa.

— Telefonou para os outros membros da associação para que se reunissem. Eles vieram. E disseram que não queriam ter aborrecimentos com os arruaceiros. Todos me culparam por trazer problema à porta da casa deles. E disseram que... a melhor coisa a fazer seria que nos mudássemos.

— Mudar? Mudar para onde?

Asif assentiu distraidamente e olhou para o chão. Quando olhou para cima de novo, seus olhos estavam enevoados.

— Foi o que perguntei. Eles disseram que devemos nos mudar até as coisas esfriarem. — E então, por fim, seus olhos se encheram de lágrimas. — Nenhum deles disse que nos ajudaria, Zenobia. Nenhum.

— Asif, todos eles têm famílias com que se preocupar. Estamos vivendo tempos difíceis.

A raiva dele havia finalmente encontrado o alvo.

— Não. Não fique do lado deles. Essa gente, essa gente maldita. Quantas vezes eles vieram às nossas festas? Comeram nossa comida, beberam nossa bebida. E agem assim agora? Justamente quando mais precisamos?

Conversaram até tarde. Pensaram em se mudar para a casa de uma prima distante, mas, quando telefonaram para ela, a mulher, aterrorizada, disse que os muçulmanos estavam sendo atacados nas ruas de seu bairro. Em outras casas, o telefone não era atendido, fazendo supor que os moradores haviam fugido.

Finalmente, às onze da noite, Zenobia disse:

— Tia Beatrice.

Beatrice Gonzales era uma idosa anglo-indiana que morava no prédio do outro lado da rua. Havia sido bibliotecária na escola das crianças, já era uma funcionária antiga quando Sameer começou a estudar lá, e se aposentou no ano em que Zeenat iniciou a terceira série. Todas as semanas, Zenobia levava refeições para a senhora, que nunca havia se casado e que estava cada vez mais enferma.

Apesar de ser tarde, Zenobia telefonou para a tia. A voz de Beatrice estava sonolenta quando ela atendeu, mas, assim que entendeu o motivo da ligação, despertou por completo.

— Venham para cá — disse imediatamente. — Tragam as crianças e venham agora. Asif também, claro.

— Coloque algumas roupas na mala para ficar por uns dias — Asif disse à esposa. — Até as coisas se acalmarem. — Ele passou os dedos pelo cavanhaque. — Não quero que nenhum dos vizinhos saiba para onde vamos. Vou telefonar para Jafar *bhai* e pedir para ele vir de táxi daqui a meia hora. Vamos dizer aos nossos vizinhos que deixaremos a cidade.

— Você vai pedir um táxi para irmos até o outro lado da rua?

— Esse é o objetivo. Vamos pedir a Jafar para pegar a via principal. Assim podemos dar a volta no prédio dela e entrar por trás. Entendeu? — Ele parou, tomado por outro pensamento. — Telefone para sua amiga Pushpa e diga que vamos levar todas as suas joias para guardar no cofre dela.

— É uma boa ideia? Posso ir ao banco amanhã e colocar tudo dentro da caixa de segurança.

— Zenobia, é melhor que não deixemos a casa da sra. Gonzales durante alguns dias. Pushpa tem um cofre grande, lembra? Você me contou quando Gaurav comprou para ela. Pushpa pode manter nossos pertences dentro dele.

Pushpa assentiu com seriedade enquanto aceitava o saco pesado de pano com colares de ouro e pulseiras de diamante.

— Tenha cuidado! — ela disse ao abraçar Zenobia. — Telefone para mim e eu direi quando for seguro voltar para casa.

— Para onde, Asif *sahib*? — Jafar perguntou quando eles estavam dentro do táxi. — Churchgate ou Victoria Terminus?

— Dirija — Asif disse. Ele pegou uma nota de cem rupias. — Isso é pelo transtorno, *bhai*. Dê a volta até a próxima rua e pare na entrada de trás do condomínio Royal Apartments. Tivemos que fazer uma espécie de encenação para sair de casa, entende?

Jafar, um colega muçulmano, compreendeu no mesmo instante.

— Ideia excelente, *seth*.

Jafar ajudou a família a entrar no prédio e levou as malas dois andares acima, até o apartamento de Beatrice.

A idosa abriu a porta assim que eles bateram. Quando sua esposa e os filhos entraram, Asif virou-se para Jafar.

— Você sabe que não pode...

— *Sahib*, o senhor me deu dinheiro para que eu comprasse meu primeiro táxi. Minha família se alimenta graças à sua bondade. Estarei sempre em dívida. O senhor não tem que...

Asif sorriu, um sorriso frio que não se estendeu aos seus olhos.

— Incomum encontrar um homem que se lembre de suas dívidas nesta cidade — ele disse.

A tristeza tomou o rosto de Jafar.

— São épocas difíceis para nós, *sahib* — disse. — Mas vão passar.

— *Inshallah*.

— *Inshallah*. Tome cuidado, *sahib*. E lembre-se, se precisar de alguma coisa, estou às ordens.

— Cuide-se, Jafar *bhai*. Você e sua família também.

Os primeiros quatro dias no apartamento de Beatrice passaram tranquilamente. Zenobia preparou todas as refeições, e Beatrice declarou que já estava ganhando peso. Asif lia o jornal e ouvia os noticiários incessantemente na televisão. Sameer se distraía ouvindo música no walkman e lendo as revistinhas do *Tintim*, enquanto Zeenat estava imersa nos romances de Nancy Drew e nas revistas *Mad*. Apesar da pressa, Zenobia havia se lembrado de pôr na mala tudo de que as crianças precisavam. À noite, Asif e Sameer brincavam de Scrabble no velho tabuleiro de Beatrice.

O problema aconteceu no quinto dia.

— OLHA — MOHAN DISSE —, você não precisa continuar. Não precisa me contar. Posso ver como é difícil falar sobre o que aconteceu.

Quando Smita começou a recordar os velhos tempos, não quis mais parar. Parte do motivo era o alívio de não ter mais que esconder a verdade. Outra parte tinha a ver com um pouco de vingança. Mohan havia olhado para ela com desconfiança. Smita queria que ele ficasse cara a cara com o próprio privilégio.

— Tudo bem — ela disse. — Quero continuar. — Fez uma pausa. — Mas quero que você saiba... só contei essa história a uma pessoa além de você. Minha melhor amiga nos Estados Unidos. Para mais ninguém. Você é a segunda pessoa. De verdade.

Ele abaixou a cabeça.

— Obrigado. Mas você não tem...

— Eu quero — repetiu.

O PROBLEMA ACONTECEU no quinto dia.

Era um domingo.

Apesar das claras objeções de Zenobia, Asif insistiu para que fossem ao evento no qual ele receberia um prêmio literário.

— Você enlouqueceu, Asif? — Zenobia perguntou. — Tem ideia de como isso é perigoso?

— Bobagem. As ruas já estão calmas. Vamos e voltaremos logo, bem rápido. Três horas, no máximo.

— E os vizinhos que acham que não estamos na cidade? Você me fez mentir para eles por qual motivo?

— Já pensei nisso. — Asif lançou à mulher um olhar suplicante. — Mas, querida, quero que você vá comigo. Não vou sem você.

Jafar foi incumbido mais uma vez de tirá-los do esconderijo e levá-los à Flora Fountain. Zenobia reclamou porque achava que não tinha nada para vestir, mas havia se precavido ao embalar um bom sari de seda, e Beatrice emprestou uma corrente de ouro com um pingente.

— Mamãe — Zeenat disse —, você está linda.

Zenobia puxou a filha para perto dela.

— Fique boazinha. O papai e eu voltaremos logo, *accha*. Não dê trabalho para a tia Beatrice.

Zeenat revirou os olhos.

— Pode trazer um rolinho de frango da Paradise quando voltar?

Zenobia pareceu incomodada.

— Gostaria de poder fazer isso, querida. Mas só vamos ficar tempo suficiente para o papai fazer o discurso e receber o prêmio.

— Está bem, então.

— Assim que esse pesadelo terminar, vamos almoçar lá, está bem, minha pequena?

— Mamãe, tudo bem. Pode ir.

As crianças almoçaram com Beatrice para depois a senhora se retirar e fazer a sesta. Diferentemente do apartamento deles, o de Beatrice não tinha ar-condicionado e, apesar de estarem vestindo camisetas e shorts, Sameer e Zeenat estavam com muito calor sentados na sala de estar.

— Estou entediado — Sameer disse, esticando os braços acima da cabeça.

Zeenat desviou os olhos do livro que lia.

— Tenho uma ideia. Vamos chamar Chiku — disse. — Talvez ele possa vir aqui.

Sameer hesitou.

— O papai disse que ninguém deve saber onde estamos.

— E daí? Chiku não vai contar a ninguém.

Ela notou que Sameer estava se animando.

— Você sabe que podemos confiar nele — disse. E, antes que Sameer pudesse reagir, ela pegou o telefone de Beatrice e discou o número de Chiku.

— Oi, tia Pushpa — disse quando a sra. Patel atendeu. — Aqui é Zeenat. Chiku está?

— Oi, *beta* — a sra. Patel respondeu. — O que vocês contam de novo? Como está sua mãe? Quero falar com ela.

— Ela e o papai saíram. — Zeenat enrolou o fio do telefone ao redor do dedo. — Chiku pode vir brincar?

— Brincar? Mas, querida, vocês não estão fora da cidade?

— Estamos do outro lado da rua, tia — Zeenat contou, rindo. — Na casa da srta. Beatrice. Chiku pode chegar aqui em dois minutos. O papai não queria que todos os vizinhos soubessem.

Fez-se um longo silêncio. Quando Pushpa Patel voltou a falar, sua voz estava fria como gelo.

— Entendi. Chiku não pode ir. Ele está ocupado. Com os *amigos* dele.

— Ele vem? — Sameer perguntou depois de Zeenat desligar. Notou a cara assustada da irmã. — O que foi?

Zeenat inclinou a cabeça para o lado.

— Não sei. A tia Pushpa parecia brava. Mas não sei por quê.

— Eu avisei. Você não deveria ter ligado.

— Sinto muito. Não diga ao papai, está bem?

— Não se preocupe com a tia Pushpa. Ela provavelmente estava brigando com a empregada de novo. — Sameer sorriu para a irmã. — Esqueça Chiku. Quer jogar Scrabble?

Eles estavam no meio de uma partida, com Sameer ganhando de Zeenat, como sempre, quando a campainha tocou.

— Eba! Eles chegaram! — Zeenat exclamou.

— Mas já? — Sameer disse. Ele foi até a porta e a abriu.

Mas, em vez de Asif e Zenobia, havia cinco homens, cada um deles carregando uma vara comprida de ferro. Sameer ficou paralisado por um instante, e então tentou fechar a porta, mas eles o empurraram para o lado e entraram na sala de estar. Os homens olharam ao redor, semicerrando os olhos quando viram Zeenat. Um deles se aproximou, apesar de ela tentar puxar a camiseta para baixo o máximo possível, em um gesto vão de timidez. Ele riu porque o esforço era inútil.

— Vaca muçulmana — o homem disse e passou o dedo indicador nos seios em formação de Zeenat.

— Ei! — Sameer gritou. Seus olhos se arregalaram de raiva. — Não ouse. Eu proíbo vocês de...

Um dos homens o empurrou com tanta força que Sameer saiu tropeçando até conseguir se erguer.

— Você nos proíbe? Lixo muçulmano.

Sameer olhou nos olhos de Zeenat.

— Houve um engano — ele disse. — Vocês entraram na casa errada. Não somos muçulmanos. Somos... católicos. Nossa tia mora aqui.

O primeiro homem riu.

— É mesmo? E quem é sua tia, *chutiya*?

— Nossa tia Beatrice. Viemos visitar...

O homem deu um tapa no rosto de Sameer com tanta força que ele caiu para trás no sofá, choramingando. Zeenat gritou. Antes que Sameer pudesse se recuperar, outro homem o derrubou do sofá.

— Vá — ele disse. — Vá buscar a velha. — Empurrou Sameer, que, depois de olhar para Zeenat sem saber o que fazer, foi para o quarto de Beatrice.

— *Ae, chokri*. Me diga. Você também é cristã?

Zeenat abriu a boca para falar, mas não emitiu som algum. O homem bateu a mão no tabuleiro de Scrabble, derrubando as peças.

— Fiz uma pergunta.

— Sim — ela disse. — Todos nós.

— Sua mãe e seu pai também?

— Sim.

— E onde eles estão?

— Saíram.

— Saíram? Foram comer carne em algum lugar, não é? — O homem cuspiu no chão. — Vermes muçulmanos.

— Meus pais não são vermes — Zeenat disse com raiva. — Eles são...

O homem a puxou pela nuca e a colocou de pé. Seu rosto estava a centímetros do dela, seu hálito era quente e fétido.

— Prostitutas e cafetões. Todos vocês. Poluindo nosso país com sua presença.

— Isso mesmo, Chefe — um dos outros homens disse.

Ouviu-se uma agitação no cômodo ao lado, e todos ficaram parados.

O coração de Zeenat bateu cheio de esperança quando ela viu tia Beatrice entrar na sala.

— O que está acontecendo aqui? — Beatrice vociferou. Mas quando Zeenat viu a senhora com vestido floral e chinelos de dedo, ficou desanimada. A tia Beatrice era velha e frágil. Não ajudaria em nada.

— Quem são vocês? — Beatrice perguntou. — Como ousam? Vou chamar a polícia se não...

Os homens se entreolharam e caíram na risada. Quando conseguiram falar, o homem chamado de Chefe disse:

— Volte para o seu quarto, tia. Nossa discussão não é com a senhora. É com estes açougueiros aqui.

— Eles são crianças! — Beatrice gritou. — Qual religião manda machucarem crianças?

Chefe se virou para Sameer.

— *Chal, chutiya* — disse. — Venha conosco.

Zeenat e Beatrice falaram ao mesmo tempo:

— Aonde você pensa que está indo com ele?

— Não encoste um dedo no meu irmão!

Chefe chamou um deles.

— Você fica aqui com essa velha idiota.

Ele empurrou Sameer na frente dele.

— Mandei você se mexer, filho da puta. Anda!

Levaram Sameer para fora do apartamento. Olhando para Beatrice uma última vez, Zeenat correu para fora do apartamento atrás deles, escapando do homem que observava Beatrice enquanto ele tentava detê-la.

Na rua, uma multidão havia se juntado. As crianças teriam reconhecido muitos dos homens como moradores do bairro, mas estavam aterrorizadas demais para prestar atenção. A multidão bradava pedindo sangue.

Chefe lançou Sameer no meio da multidão.

— Matem os porcos, matem os porcos! — alguém gritou. Zeenat conseguiu sentir os homens ao redor dela ficando tensos, e ela correu para o centro, onde Sameer estava. Os olhos do irmão se arregalaram de medo quando a viu.

— Saia daqui, sua idiota! — gritou. — Fuja!

Mas não havia para onde correr. Chefe estava em pé ao lado deles. Ergueu a mão e a multidão se acalmou.

— Este sem-vergonha disse que é cristão — disse rindo, e a multidão o acompanhou. Em seguida, ficou sério. E a multidão o imitou. — Estão vendo como nos ridicularizam? — disse. — Até mesmo os filhos deles aprendem a nos ridicularizar e mentir para nós. Sabem por quê? Porque acham que os hindus são tolos ignorantes. — A multidão se agitou. Zeenat viu a rigidez tomar os olhos dos homens, a tensão marcar seus rostos. Ela olhou para a rua, esperando que um dos vizinhos os visse e telefonasse para a polícia.

— Vejam estes dois filhotes do demônio! — Chefe gritou. — Vejam as roupas de ocidentais deles, os tênis caros, enquanto nossos filhos passam fome. É assim que eles têm nos humilhado, desde a época dos mongóis, que nos controlaram e nos rebaixaram. Mas sabem quem lutou contra os mongóis? — Chefe observou a multidão. — Sabem? — Os homens fizeram silêncio. — Foi Shivaji. — Os homens gritaram ao ouvir o nome familiar, mas Chefe ergueu a mão e eles ficaram calados. — Shivaji, nosso rei hindu. E o pai desses dois malditos escreve falsos livros e artigos para o jornal nos quais critica nosso líder.

A multidão estava revoltada. Sameer deu dois passos em direção à irmã, posicionando o corpo de forma a protegê-la.

— Hoje, vamos ensinar àquele professor uma lição que ele nunca vai esquecer — Chefe continuou. — Que ele escreva seus próximos livros no sangue de seus filhos.

Zeenat ficou paralisada. E Sameer, ao notar o terror dela, gritou:

— Deixem minha irmã ir embora! Podem fazer o que quiserem...

— *Chup*. — Chefe deu um tapa na cara dele.

Com a mão no rosto, choramingando, Sameer disse:

— Por favor. Já falei. Somos cristãos.

— *Arre, chutiya*, se você é cristão, prove. Tire as calças.

Os homens, encorajados, riram; alguém bateu palmas, e começaram a entoar:

— Tire as calças, tire as calças, abaixe as calças, abaixe as calças!

Zeenat olhou para eles, confusa. Não tinha ideia do que queriam dizer com aquilo. Sameer fingia que eles não eram muçulmanos, mas por que queriam tirar as roupas dele?

Chefe gritou. E se aproximou de Sameer por trás e aplicou uma gravata nele.

— Socorro! — Zeenat gritou, olhando para o céu, rezando para que um *farishta*, ou anjo, viesse ajudá-los. Por um momento, parece que suas preces estavam sendo atendidas, porque vários de seus vizinhos apareceram nas varandas, esticando o pescoço para ver o que estava acontecendo lá embaixo. Seus olhos passaram pela varanda familiar do terceiro andar. Quantas vezes ela, da rua, havia gritado chamando Chiku para descer para brincar? E ali estava ele, Chiku, em pé ao lado da mãe. Será que não entendiam o que estava acontecendo? Ou será que já tinham chamado a polícia?

— Chiku! — Zeenat gritou o mais alto que pôde. — Ajude a gente.

Duas mãos se estenderam na direção dela naquele momento, mas não antes de ela ver a sra. Patel puxando o filho para dentro do apartamento.

Não havia tempo para pensar porque... uma mão a pegou por trás e se enfiou na parte da frente de seu short e.... Zeenat teve a sensação de que desmaiaria de vergonha e humilhação. Em seguida, sentiu uma dor aguda quando a mão encontrou o alvo. Com o rosto empapado de suor, tentou se desvencilhar, mas foi mantida presa enquanto a mão do homem explorava ainda mais dentro do short.

Zeenat gritou de dor e terror, e viu Sameer no chão com o short e a roupa de baixo na altura dos tornozelos. Uma pequena multidão havia se reunido ao redor do garoto, rindo.

— Cristãos, né? — Chefe disse. — Então por que você é circuncidado, *chutiya*?

De repente, houve um empurra-empurra na beira da multidão; as pessoas se viraram para ver o que acontecia e ali estava o pai de Zeenat, ofegante, suando, pálido. Seus olhos estavam desesperados enquanto observava os filhos. A mão que tocava Zeenat congelou e se afastou. Asif correu até a filha e a puxou em direção a ele.

— O que está acontecendo? — gritou. — Sua raiva é contra mim, não contra meus filhos. — E falou diretamente com Sameer.

— Levante-se. Levante-se, filho. Você tem que se endireitar — como se Sameer tivesse tido a ideia de deitar-se no meio da rua com a calça abaixada. Milagrosamente, a multidão deu um passo para trás e permitiu que o menino se levantasse. Ainda assim, Zeenat sabia que o perigo não havia passado. Temeu que machucassem o pai. Olhou com desespero para o prédio onde moravam, mas os vizinhos que estavam na varanda permaneceram imóveis.

Asif se virou para Chefe.

— Você não é o mecânico da oficina Pervez? Seu empregador é um grande amigo meu.

Pela primeira vez, Chefe pareceu apreensivo. Mas se manteve firme.

— E daí? Minha religião é mais valiosa que qualquer trabalho.

Zeenat viu o pai lutando para controlar o medo.

— E sua religião incentiva a maltratar crianças? — perguntou.

Chefe ficou furioso e ergueu a mão de modo ameaçador.

— *Saala*, vou arrancar sua língua se você insultar minha religião.

— Fiz da minha missão de vida estudar hinduísmo — Asif disse, erguendo a voz de modo que as pessoas pudessem ouvir. — Sei mais de sua religião do que você vai conseguir saber em cinco vidas. Diga, sabe as palavras imortais do Ramayana? Ou do Mahabharata? Eu sei.

Um murmúrio percorreu a multidão, e Zeenat sentiu uma mudança no humor de quem estava em volta deles. Sentiu o coração cheio de amor e admiração pelo pai.

Asif deve ter sentido uma pequena vitória porque puxou os dois filhos em direção a ele, com as mãos protegendo cada um.

— Agora, vamos, vamos parar com essa maluquice, todo mundo vai para casa — disse com desdém.

Foi um erro. A multidão se dispersaria por si só, não de acordo com a vontade do professor muçulmano, por mais que ele tivesse conhecimento. Na verdade, sua erudição era algo que os incomodava, ainda que momentaneamente eles tivessem se acovardado debaixo dela. Chefe deu um soco na boca de Asif.

— Ninguém sai enquanto eu não mandar — disse. — Entendeu, filho da puta?

Asif assentiu.

— Seu filho disse que é cristão — Chefe disse.

Asif ficou em silêncio.

— Talvez vocês devessem se converter. Em vez de os missionários católicos tentarem converter a nós, hindus, eles podem se concentrar em vocês, pagãos.

— Acredito em todas as religiões — Asif disse. — Todos os caminhos levam a um só Deus.

— *Chup re* — Chefe disse, batendo nas costas de Asif. — Você fala demais, professor. — Ele ficou em silêncio por um momento, e todos eles prestaram atenção para ver o que ele faria em seguida. — Shivaji foi um grande guerreiro — disse, do nada. — Diga, *diga*.

— Shivaji foi um grande guerreiro — Asif repetiu com obediência. E então, como se não conseguisse se conter, acrescentou: — Mas eu nunca disse o contrário. Você não entendeu bem o que...

— Pai! — Sameer gritou. — Cale-se! Cale a boca!

Chefe jogou a cabeça para trás e riu.

— *Wah!* — disse. — Então o filho é mais esperto do que o pai. — E estendeu o dedo indicador na cara de Asif. — Cale-se.

Asif ficou quieto.

Chefe caminhou por um minuto, perdido em pensamentos.

— Onde está sua esposa? — perguntou de repente.

Asif prendeu a respiração.

— Perguntei... onde está sua esposa?

Ele engoliu em seco.

— Está lá em cima. Com a senhora. Eu imploro...

Chefe mordeu a língua, pensando.

— Temos querosene aqui — disse num tom tranquilo, quase simpático. — Poderíamos incendiar vocês quatro. Mas... está vendo essas varas? Primeiro, espancaríamos seus filhos. Na sua frente. Depois, iríamos atrás de sua esposa. Enquanto você ainda estiver vivo. E depois...

Asif soltou um grito e caiu de joelhos. O som foi tão repentino que até mesmo Chefe deu um passo para trás. Zeenat olhou para o pai, petrificada. Pelo canto dos olhos, viu o rosto de Sameer endurecer com desprezo antes de desviar o olhar.

— *Bhai* — Asif disse. — Imploro a você. Levem o que quiserem de nós, mas por favor deixem minha esposa e meus filhos em paz. Vivemos em paz com vocês durante todos esses anos. Podem perguntar a qualquer um dos vizinhos. Todos eles podem confirmar.

— Perguntar para os vizinhos? — Chefe riu. — *Saala*, quem você acha que nos contou onde vocês estavam se escondendo?

Vocês mentiram para eles também, não é? Mas sua filha não conseguiu manter a boca fechada.

Asif pareceu incrédulo.

— Eu imploro — disse. — Poupe minha família.

Chefe olhou para a multidão.

— Estão vendo? Esses desgraçados são durões quando ninguém os ameaça. Mas, quando revidamos, vemos os covardes que são de verdade. — E se virou para um de seus capangas. — O que devemos fazer com esse monte de lixo?

O homem deu de ombros.

— Matá-los?

Chefe pareceu insatisfeito com a resposta. Puxou a barba do queixo e então olhou para cima, como se tivesse sido tomado por uma onda de inspiração.

— Converta-se! — decidiu. — Converta-se ao hinduísmo e poderá viver! Renuncie a Alá publicamente. Na frente de seus filhos.

Asif nunca havia sido um homem fervorosamente religioso. Mas fez uma careta ao ouvir o que Chefe estava pedindo. Olhou para o homem muito alto que estava à sua frente.

— Por favor — disse, mas naquele instante um flash chamou sua atenção e ele viu uma lâmina brilhando ao sol. Estava pressionada contra o pescoço de Sameer. Ele sabia que um movimento do menino, que estava em pânico, resultaria numa tragédia. — Faremos o que você quiser! — gritou. — Seja feita a sua vontade — gritou e então caiu em prantos quando viu a lâmina ser afastada do pescoço de Sameer.

— Jure! — Chefe disse. — Jure pela vida de seu pai que você e sua família vão se converter! Só assim sairão vivos.

— Juro. Juro em nome de Alá. Juro pela vida do meu pai.

Um sorriso enorme tomou o rosto de Chefe.

— Muito bem — disse. — Você escolheu com sabedoria. — E se virou para a multidão. — *Arre*, que um de vocês, imprestáveis, ajude esse pobre homem a se levantar, *na* — disse com bom humor.

Quando Asif ficou em pé sem firmeza, Chefe o envolveu em um abraço caloroso.

— *Hindu-hindu bhai-bhai* — disse. — Agora, vamos. Hoje é dia de celebração. Amanhã, volto com o sacerdote. — Estalou os dedos. — *Ae*, Prakash. Vá depressa e traga a mulher. Diga a ela que seu noivo hindu a aguarda.

— Ela não virá — Asif disse com tristeza. — Deixe que eu vá buscá-la.

— Certo — Chefe disse de modo magnânimo. — Manteremos as crianças aqui. E mais uma coisa: nem pense em ligar para a polícia, *accha*? Ninguém virá.

E ASSIM FOI FEITO.

Zenobia acompanhou Asif de volta à rua e foi informada sobre a promessa do marido. Nem um único vizinho saiu para ver os Rizvi serem levados de volta ao apartamento deles. Naquela noite, Chefe fez com que dois de seus homens ficassem no apartamento à espreita. Cuidou para que o telefone da casa fosse "confiscado por apenas um dia, está bem?" (Eles nunca receberam o telefone de volta.) Chefe, cujo nome verdadeiro era Sushil, voltou no dia seguinte com um sacerdote hindu. Diversos vizinhos foram convidados para testemunhar os ritos de conversão.

— Ouça — Sushil disse, um pouco antes do começo da cerimônia. — Eu mesmo darei a vocês seus novos nomes hindus.

Assim, ele decidiu que Asif Rizvi seria Rakesh Agarwal. Zenobia se chamaria Madhu, como a irmã de Sushil. Eles poderiam escolher os nomes dos filhos, disse de modo benevolente. Daria alguns minutos a eles para que decidissem.

O sacerdote acendeu uma pira na pequena urna que foi colocada no meio da sala de estar com paredes cheias de livros. Entoou os hinos em sânscrito. Zenobia chorou durante toda a cerimônia, mas Asif permaneceu olhando para a frente, resoluto.

Sushil deu um tapa nas costas de Asif quando tudo estava terminado e balançou a mão com vigor.

— O senhor me garantiu um lugar no céu — disse, como se a conversão tivesse sido ideia de Asif.

Depois de os vizinhos inexpressivos partirem, Sushil apareceu com uma caixa de doces.

— Vamos — disse, piscando para Asif. — Vamos dar uma volta e distribuir os doces pelo prédio. Agora o prédio é puro, cem por cento hindu.

Ao ver Zenobia levantar a cabeça, revoltada, Asif lançou um olhar a ela de modo a alertá-la.

— Vamos — disse à esposa.

Os três saíram juntos, deixando os filhos com o velho sacerdote, que estava sentado de pernas cruzadas no chão, mascando o tabaco como uma vaca masca capim. Zeenat olhou para Sameer, que não havia dito nada a respeito dos acontecimentos do dia anterior.

— Como você está? — ela perguntou.

— Bem — ele disse.

— Mas você...

— Já falei. Estou bem. Me deixe em paz.

Zeenat assentiu, com o rosto de doze anos tomado pela compreensão. Veria esse momento para sempre como sua entrada na idade adulta — perceber que apenas a raiva poderia esconder a humilhação e a vergonha do irmão. Ali, com o terror e a culpa correndo seu corpo, não tinha condições de pensar em seu próprio trauma.

Mais tarde, quando os pais voltaram ao apartamento — a caixa de doces vazia, os olhos inexpressivos —, pareciam ter dez anos a mais do que tinham. Quando Sushil se foi, a mãe disse:

— Todos eles olharam para nós como se fôssemos desconhecidos. Pushpa disse... — e então começou a chorar — ... que foi nossa culpa por colocá-los em perigo.

— Nunca mais diga o nome dessa mulher para mim — Asif disse com amargura. — Aquela mulher que você considerava sua melhor amiga. Foi ela quem contou a eles onde estávamos escondidos.

— Pushpa? — Zenobia perguntou. — Não é possível. Como poderia saber? Será que alguém nos viu?

Asif olhou para Zeenat em silêncio. Ela olhou para o pai, o nariz ficando vermelho.

— Estávamos entediados — Sameer disse. O tom de sua voz era hostil. — Não é culpa da Zeenat. Vocês não deveriam ter saído.

Zenobia se jogou no sofá, dando um tapa na própria testa.

— *Ya* Alá. Nunca pensei que meus filhos fossem tão tolos.

— Querida — Asif disse —, não os culpe. Sameer está certo. Deixei minha vaidade me dominar, para ir atrás daquele prêmio estúpido. Não deveríamos tê-los deixado sozinhos em casa.

Zenobia ficou em pé.

— Concordo. É sua culpa. — Estava quase fora da sala quando se virou para os três. Por um momento, o rosto de Zenobia se suavizou. Em seguida, a amargura voltou. — Não volte a me chamar de *Zenobia* — disse ao marido. — Pode começar a me chamar pelo nome que aquele animal me deu. *Madhu*.

Asif era, por natureza, um homem feliz e otimista. Por diversas semanas, assegurou à família que o dia a dia acabaria voltando ao normal. Zenobia ria das afirmações dele. As crianças também haviam aprendido os limites da habilidade do pai para protegê-los. Sameer, principalmente, estava furioso com o pai: pela escolha da profissão, pela área de estudo imprudente que o deixava exposto, por tê-los deixado sozinhos em casa – e, acima de tudo, pelo modo abjeto com que havia caído de joelhos e implorado por misericórdia. Durante semanas, o garoto ficou mortificado ao pensar nos amigos e vizinhos olhando de suas varandas e vendo-o com a calça abaixada, o pênis pequeno e patético exposto aos olhos de todos — e a percepção de que tinham visto seu pai se prostrar diante de um estúpido comum, o tipo de homem que normalmente não teria ousado olhar no rosto de alguém como Asif. Entre todos da família, Sameer assumiu sua nova identidade de maneira mais intensa. Livrar-se de seu nome muçulmano, de seu passado muçulmano, pareceu vir como um alívio, como se seu corpo pequeno e humilhado fosse uma pedra que ele quisesse perder nas águas caudalosas de suas novas identidades.

Mesmo depois que os conflitos chegaram ao fim, as intenções não mudaram. Sushil passou a se interessar muito pela família, agindo como um cientista que havia descoberto e dado nome a um novo planeta. Insistiu em acompanhá-los quando foram registrar os novos nomes oficialmente. Levou-os a um templo pela primeira vez, cuidando para que tivessem assentos na primeira fileira durante a cerimônia *pooja*. Passou a ir ao apartamento deles sempre que queria, referindo-se a Zenobia como *bhabhi*, ou cunhada. Os cabelos dela começaram a cair. E ela rangia os dentes à noite.

Todos os convites para torneios de bridge e festas das mulheres pararam de chegar. Certa tarde, Zenobia bateu na porta de Pushpa e descontou todo o ódio que sentia pela traição.

— Você colocou meus filhos em risco, Pushpa. Para quê? Éramos como irmãs.

— Você mentiu para mim. Disse que estava indo para longe.

— Não menti. Só disse que íamos partir temporariamente. E mesmo que você estivesse brava comigo, por que descontaria em meus filhos?

— Não me culpe. Culpe aquele imbecil do seu marido por não saber se colocar no devido lugar.

Zenobia estava prestes a se afastar quando se lembrou de algo.

— De qualquer modo, vim pegar minhas joias de volta.

Pushpa olhou para ela com frieza.

— Você vai ter que esperar meu marido voltar para casa. Ele está com a chave do cofre. Mandarei sua bolsa pela minha empregada. Agora, se me dá licença...

Zenobia ficou do lado de fora do apartamento, sem acreditar que Pushpa tinha fechado a porta na cara dela. Ouviu as portas do elevador se abrirem. Três de suas antigas parceiras de bridge saíram, com uma nova mulher que ela não reconheceu.

— Oi, Zenobia — uma delas disse de maneira rígida.

Ela observou os cabelos impecáveis e as roupas de linho asseadas que vestiam e de repente teve consciência de suas axilas úmidas e do vestido manchado.

— Não sou mais Zenobia, lembra? — disse sem pestanejar. — Agora sou Madhu. Fomos forçados a nos converter contra a nossa vontade. Enquanto todos vocês assistiam ao espetáculo.

— Ah, deixe de ser tão dramática — uma delas disse antes de ser calada por outra.

Os olhos de Zenobia estavam desesperados.

— *Dramática?* Minha filha foi molestada no meio da rua. Meu filho foi...

— Sim, aquilo foi um azar — Priya disse, uma mulher magra e de pele morena que tinha dois filhos. — Mas não sei o que você estava pensando. Pushpa disse que pediu para que vocês saíssem da cidade por algumas semanas. Mas vocês não a ouviram. E, sinceramente, se seu marido quer colocar a própria família em risco com aqueles artigos ridículos, é outra história. Mas ele colocou todos nós em risco. Aqueles *goondas* teriam vindo pegar nossos filhos em pouco tempo por sermos amigos de vocês. E ainda assim você nos culpa.

Asif voltou para casa naquela noite e encontrou Zenobia na cama. Ela não tinha feito o jantar, os filhos não haviam comido. Quando ele a acordou, ela disse apenas:

— Me leve embora daqui. Me tire deste maldito prédio o mais rápido possível.

A empregada de Pushpa tocou a campainha da casa da família às nove horas. Asif voltou ao quarto, parecendo confuso enquanto segurava um saco de pano.

— Posso estar enganado — disse —, mas não parece que devolveram todas as suas joias. O saco está leve.

Zenobia olhou para ele com olhos sem brilho.

— E o que importa? — disse. — Como poderíamos provar o que quer que fosse? Temos mais sorte que a maioria das pessoas. Pelo menos ela mandou algumas peças de volta.

Asif assentiu. Naquele momento, resolveu se mudar com a família assim que encontrasse alguém que comprasse o apartamento.

Passou os seis meses seguintes à procura de um comprador. O primeiro, um comerciante muçulmano abastado que queria se mudar para uma localidade "cosmopolita", foi sumariamente recusado pelo comitê de moradores do prédio.

— Esqueça, *yaar* — disse Dilip, o diretor da associação de moradores, a Asif. — Agora estamos em um prédio de hindus apenas. Deixe esse homem ir morar com aqueles que são como ele.

Três outros compradores foram rejeitados pelo comitê até Dilip deixar suas intenções bastante claras. Seu irmão pretendia voltar a Mumbai. E queria viver perto de sua família. Será que Asif reduziria o preço que estava pedindo e venderia ao seu irmão? Seria uma situação na qual todos sairiam ganhando.

— Como seria vantajoso para mim? — Asif perguntou.

Dilip sorriu.

— *Arre, yaar*, você quer vender, não quer? Como vai conseguir isso se eu não aprovar a venda? Está vendo? Todo mundo ganha.

Asif foi para casa, telefonou para o corretor de imóveis e disse que havia mudado de ideia. Não venderia ainda. Porque ele tinha chegado a uma decisão. Não fazia sentido mudar-se para outra vizinhança. Não queria mais viver naquele maldito país.

Sushil havia dado a eles uma nova identidade. Asif tinha sido forçado a abrir mão do nome atribuído por seu pai e a adotar o nome escolhido por um valentão analfabeto. Tudo sobre eles era novo. Qual era mesmo o termo que os cristãos usavam na América? *Renascido*. Eles haviam renascido.

Eles começariam do zero em um novo país, entre novas pessoas. Ele moveria céu e terra para conseguir uma entrevista de emprego em uma universidade dos Estados Unidos.

Capítulo Vinte e Nove

Eles se sentaram no silêncio da sala de estar de Mohan. Smita chorava baixinho, Mohan não se mexia. Por fim, depois de um longo tempo, Smita voltou a falar.

— Sinto muito, não consegui...

— Não diga isso — Mohan disse com a voz rouca. Atravessou a sala, sentou-se ao lado dela e segurou suas mãos. Tudo que o gesto queria dizer — solidariedade, compaixão, carinho — fez Smita desabar, e chorar ainda mais.

— Um telefonema dado por impulso — Smita disse. — Com um telefonema para Chiku, causei esse estrago em nossa vida. Foi tudo minha culpa, entende? Tudo o que veio depois foi minha culpa.

— Smita, não, não, não — Mohan disse. — Como pode acreditar nisso? Você era uma criança.

Smita mal o ouviu.

— Nunca havíamos pensado em nós mesmos como outra coisa senão indianos — disse. — Não éramos uma família religiosa, e Mumbai era a única casa que conhecíamos...

— Claro.

— Mohan, esse incidente mudou mais que nossas vidas. Mudou como enxergávamos a nós mesmos. De repente, passamos a nos sentir como estranhos na única casa que havíamos conhecido. Nós nos sentíamos mais bem-vindos em Ohio que em meu antigo bairro, depois de Sushil entrar em nossas vidas.

Mohan colocou seu braço ao redor do ombro de Smita como um gesto de conforto.

— Sinto muito. Sinto muito mesmo.

Smita abriu a boca para dizer algo mais, mas o celular tocou. Era Anjali. Numa manhã de domingo.

Relutantemente, ela se afastou de Mohan e pegou o telefone. Demorou um instante para se recompor antes de atender, ciente de que Mohan a observava.

— Oi, Anjali — Smita disse, secando as lágrimas que escorriam pelo rosto. — Como vai?

— Bem. Tenho novidades. Temos uma data certa. Vai ser na quarta-feira, o.k.?

Alguns dias antes, Smita teria ficado irritada com a demora. Agora, não se importava muito.

— Só saberemos o horário certo na manhã de quarta — Anjali disse. — É um trajeto de pelo menos cinco horas de carro saindo de Mumbai. Por isso, talvez seja melhor você ficar na pousada já no dia anterior.

— Estou em Surat, então não vou demorar muito para chegar...

— *Surat*? O que há em Surat?

— Estou visitando um amigo.

— Entendo. Vai ser um trajeto curto, então. Não sei com quantas horas de antecedência vão nos avisar.

— Estava preocupada com isso.

— Mande meus *salaams* para Shannon quando conversar com ela.

— Pode deixar. — Smita hesitou. — Anjali?

— Sim?

— O que acontece depois do veredicto?

— Como assim? Espero que eles fiquem presos por anos.

— Sei disso. Quero saber o que acontece com Meena.

Fez-se um longo silêncio, e Smita sentiu um aperto no coração.

— Não sei — Anjali disse por fim. — Acho que continuará morando com a sogra.

Smita ficou em silêncio.

Anjali suspirou.

— Olha, sei que você gostaria de uma resposta diferente. Mas sou direta. Não estamos nos Estados Unidos, infelizmente. Isto é a Índia.

— Mas você... vai manter contato com ela?

Mais um silêncio tenso. Quando Anjali voltou a falar, parecia distraída.

— Podemos conversar pessoalmente na quarta-feira? Tenho que cuidar de uma papelada hoje.

Smita se sentiu imediatamente criticada.

— Claro.

— Desculpe, não quero ser grosseira, mas...

— Não, eu entendo. De verdade.

Smita desligou e olhou para as unhas roídas. Quando havia começado a roê-las? A Índia era uma tensão enorme que afetava seu sistema nervoso, sua psique.

— Consegui ouvir o que ela disse. Me pareceu extremamente fria.

Smita sorriu com a tentativa de Mohan de se mostrar solidário.

— Não acho que Anjali seja. Mas já imaginou como deve ser difícil para ela fazer o trabalho que faz todo santo dia?

— Não consigo imaginar. Mas, sinceramente, não sei como é para você fazer o trabalho que faz.

— Amo meu trabalho — ela disse. — É um privilégio contar a história dos outros.

Mohan se virou no sofá para poder ficar de frente para ela.

— Mas e *você*? Para quem você pode contar sua história? Quem cuida de você?

A mãe de Smita costumava expressar um sentimento parecido. Visitava a filha em seu apartamento austero em Nova York, observava as fotos em preto e branco, a sala de estar com poucos móveis, e a preocupação tomava conta de seu rosto.

— Vamos comprar uns móveis de verdade, *beta* — dizia. — Um belo e colorido sofá, talvez? Você só tem esses móveis frios e simples.

Smita levou bons anos para entender que a mãe não estava criticando seu gosto para decoração. Preocupava-se com a vida solitária e nômade da filha. O apartamento minimalista era só uma metáfora para uma vida minimalista, sem nenhuma obrigação ou relacionamento longo.

— Cuido de mim mesma — disse. Pretendia parecer despreocupada, mas não convenceu Mohan.

— Não precisa passar a imagem de uma mulher corajosa, Smita — ele disse. — O que você passou é chocante. Aquele homem destruiu a sua vida, *yaar*.

Smita negou balançando a cabeça.

— Não, Mohan, ele não destruiu a minha vida. Não deixei que ele fizesse isso comigo. Porque, se tivesse deixado, ele teria vencido.

— Tem razão — ele disse imediatamente. — Tem toda razão.

— Olha — Mohan disse depois de um tempo —, até conhecer você, até conhecer Meena, eu acreditava que a Índia era o melhor país do mundo. Sempre soube que havia problemas, claro. Mas depois de ouvir *sua* história... sinto que passei a vida dormindo. O fato de ninguém ter vindo te salvar? Não acredito nisso.

— Lembro-me de uma mulher que vivia no bairro — Smita disse. — Frequentei a escola com a filha dela, mas não éramos amigas. Quase um ano depois do incidente, tivemos, minha mãe e eu, um encontro casual com ela. E ela se desculpou conosco pelo que havia acontecido. Era só uma conhecida distante, mas estava chorando. "Não é certo o que aconteceu com vocês", disse. "Estou muito envergonhada. Deveríamos ter defendido vocês." Aquilo significou muito para nós, Mohan, o fato de ela reconhecer que errou. Minha mãe passou anos se lembrando da gentileza dela.

— Também me sinto envergonhado. Envergonhado do meu país.

Smita sabia que Mohan queria expressar solidariedade, que as palavras dele serviam de consolo. Mas fizeram com que ela se sentisse péssima.

— Você não tem que odiar a Índia por minha causa, Mohan — disse. — De verdade. *Eu mesma* não odeio. Não mais.

— Como pode dizer isso? Depois do que me contou?

Smita foi tomada por lembranças. Os chifres do touro arando um campo, decorados com flores. A estranha democracia de crianças, cachorros, galinhas e cabras no vilarejo pelo qual haviam passado. A fila de mulheres à margem da estrada com jarros de barro na cabeça, levando água de volta a seus vilarejos. As mulheres mais velhas no parque em Breach Candy correndo com seus saris e tênis. O garçom no Taj que havia dado a ela uma única flor branca. O amor intenso e protetor de Nandini por Shannon. A mão de Meena, parecendo uma raiz, acariciando as costas de Abru. O orgulho de Ramdas em um lar que não era dele. Cada uma dessas coisas delicadas era a Índia também.

E aquele homem sentado ao lado dela, com os olhos úmidos, dividido entre a necessidade de consolar e o desejo de ser perdoado. Como fazer com que entendesse que a informalidade dele, seus atos não pensados de gentileza e generosidade — deixar que o porteiro do Taj levasse sua mala até o carro, levantar grandes sacos de arroz e *dal* no casebre de Ammi, ter um jeito brincalhão com Abru e Meena, fazer imitações dos colegas que divertiam a todos —, tudo isso, tudo *nele* havia se tornado a Índia também? Ter revelado o segredo que a marcara por duas décadas — e ver a raiva que Mohan demonstrou — havia liberado uma parte dela que permanecera calcificada por tanto tempo?

— Não sei por que não odeio a Índia — ela disse. — Não sei ao certo. Mas é verdade.

— E está feliz por ter me contado? Apesar de eu ter insistido que me contasse?

— Estou.

Depois de um tempo, Smita se levantou do sofá, caminhou em direção à cozinha e olhou para trás.

— Posso pedir um favor?
— Eu vou fazer.
— Você vai fazer o quê?
— Vou continuar a ajudar Meena e Abru. Enviarei dinheiro para ela todos os meses. E vou à casa delas sempre que vier a Surat. Prometo. Mas não consigo me imaginar indo lá sem você, *yaar*.

Ela parecia triste.

— Eu sei. Mas continuaremos sendo amigos.

Mohan assentiu, mas Smita sabia que ele era muito educado para dizer: havia mais chance de ele cumprir a promessa feita do que ela levar adiante a sua.

Capítulo Trinta

Anjali mandou sua assistente *me levar ao tribunal. Queria levar Abru comigo, mas Anjali disse que não, de jeito nenhum — talvez tenhamos que ficar por muitas horas antes de o caso ser chamado. A assistente disse para eu deixar Abru com Ammi, que resmungou porque teria que levar a neta para o trabalho. Sua patroa não gosta de crianças pequenas.*

Não vejo meus irmãos *desde a última vez no tribunal.*
Estou com muito medo.
Estou rezando para que Smita e Mohan estejam lá.
Espero que Deus esteja lá.
Não tenho certeza se devo rezar ao Deus muçulmano ou ao hindu.
Se Abdul estivesse vivo, diria que há apenas um Deus — e que devo rezar ao Deus chamado Justiça.
Mas vou ao tribunal porque Abdul está morto.
Quando as pessoas morrem, talvez se tornem um cisco no olho de Deus?
Talvez eu deva rezar por Abdul.
Talvez ele possa fazer na morte o que não pôde fazer em vida: salvar-me dos demônios que terei que enfrentar no tribunal.

Capítulo Trinta e Um

— Mohan. devagar, por favor. Você vai nos matar.

Ele olhou para ela irritado.

— Você disse que não podemos nos atrasar.

— Eu sei. Mas... Jesus. — Ela se encolheu quando outro carro passou raspando por eles, buzinando sem parar.

Ele levantou uma sobrancelha.

— Jesus?

— É uma expressão.

— Eu sei. — Ele tirou um fiapo de sua bochecha. — Falando em Jesus, você encontrou Beatrice novamente?

— Claro. A pobre mulher estava arrasada pela culpa, mal conseguiu olhar em nossos olhos por vários meses.

— É sempre assim. Os inocentes sentem culpa. Enquanto os desgraçados, como esses dois irmãos que estamos prestes a ver, andam por aí como se fossem donos do mundo.

Smita lançou um olhar de soslaio a ele, pensando se deveria fazer a pergunta que a estava incomodando.

— E você, você...

— O quê?

— Nada, não.

— *Smita*. Fala sério. O que foi?

— Estava aqui pensando... isso muda alguma coisa para você? Sabendo, como sabe agora, que nasci muçulmana?

Vários segundos se passaram até Mohan começar a falar.

— Acho que sim. Para dizer a verdade, me dá vergonha ser hindu. E isso me faz pensar que gostaria de ter te conhecido naquela época para que pudesse ter protegido você.

Outras pessoas haviam expressado solidariedade com a família Rizvi. A pobre Beatrice Gonzales se desculpou muito por não poder proteger Sameer e Zeenat. O chefe do departamento de Asif demonstrou desaprovação quando soube da decisão de Asif de se converter. O empregado de um vizinho murmurou um pedido de desculpas quando deparou com Zenobia. Mas ninguém quis renunciar à religião por causa do que havia acontecido. Ninguém desejou ter podido escalar o continuum tempo-espaço por eles. E não havia nenhum sinal de piedade no que Mohan havia dito. Havia apenas simpatia, uma simpatia clara que ardia forte como o álcool.

— Obrigada, Mohan.

Depois de alguns minutos, ele perguntou:

— Seu pai não pensou em se mudar imediatamente? Vocês moraram naquele bairro por mais dois anos?

Sim.

Asif, filho único de um filho único, tinha alguns parentes distantes em Bombaim. Quando a notícia da conversão chegou até eles, a reação foi cortar todos os laços de amizade. E, claro, não havia maneira de mudarem para um bairro totalmente muçulmano, ainda que quisessem. De qualquer forma, Asif, cosmopolita e agnóstico, não desejava viver em um lugar homogêneo, não depois de morar na parte mais boêmia da cidade. Para onde iria? Forçado a deixar uma religião e adotar outra, a quem sua família recorreria? Quem era seu povo? Pela primeira vez na vida, Asif Rizvi, também conhecido como Rakesh Agarwal, humanista secular, enfrentou uma crise de identidade.

Ele já estivera nos Estados Unidos antes, havia lecionado em algumas universidades no Centro-Oeste. Como acadêmicos de todos os lugares, os colegas americanos reclamavam da falta de respeito pelas humanidades, pelas pesadas cargas de aula. Asif assentia com simpatia, mas pensava: *Você não sabe a sorte que tem.* Porque ele dera aula a alunos atenciosos e educados, passeara por belos campi, visitara casas arejadas e cheias de livros dos colegas americanos. Acima de tudo, se emocionara com a noção de liberdade acadêmica, de que um professor poderia ser responsável por sua sala de aula, sem interferência da administração da universidade, muito menos de ignorantes burocratas do governo.

Agora, diante de uma esposa hostil, um filho mal-humorado e uma filha traumatizada que se recusava a sair de casa a não ser para ir à escola, Asif escrevia cartas para todos os contatos americanos que tinha, explicando sua situação. Alguns escreviam de volta imediatamente, solidários, informando-o de vagas em outras universidades, prometendo ir atrás se soubessem de qualquer possível oportunidade para ele. Essa fraternidade de acadêmicos tornou-se a boia salva-vidas de Asif durante aquele período sombrio, ajudando-o a lembrar quem ele era e a importância de seu trabalho. Em poucos anos, um novo milênio nasceria; apesar de sua tristeza pessoal, Asif estava esperançoso de que o novo século inauguraria uma era em que o mundo finalmente transcenderia a desgastada classificação de castas, credos e fronteiras nacionais. Era só ver o que havia acontecido na Europa, com a formação da União Europeia e o derretimento das fronteiras nacionais. Esse era o caminho do futuro. Quanto mais opressivas as realidades de sua vida doméstica se tornavam, mais Asif ansiava pela vida da mente. Seus verdadeiros compatriotas não eram rufiões ignorantes como Sushil, incapacitados por não saber o que não sabiam. Eram pessoas como Sam Pearl, professor de religião na pequena universidade de artes liberais em Ohio que Asif tinha visitado alguns anos antes e com quem desde então havia escrito um artigo. Após ouvir sobre a situação de Asif, Sam foi falar com o reitor — e, um ano depois, Asif recebeu uma oferta para ser professor visitante. O contrato de Asif começaria no outono de 1998.

Asif viu a oferta como uma tábua de salvação que poderia tirar sua família da Índia. Ele aceitou imediatamente, e então se comunicou com o corretor de imóveis. Encontre um novo comprador, disse. Vou reduzir o preço. Em seguida, convidou Sushil para jantar. Não em um lugar muito chique, como Taj ou Oberoi, que teria deixado o jovem invejoso e ressentido. Ele o levou ao Khyber, um bom restaurante e melhor que qualquer coisa que Sushil pudesse pagar com seu salário de mecânico. Asif pediu uma cerveja para cada um deles e depois uma generosa refeição. Assim que o garçom saiu com o pedido, ele pegou um grande envelope e o colocou sobre a mesa.

— O que é isso? — perguntou Sushil.

— São vinte e cinco mil rupias. — E ouviu Sushil arfar. — É apenas um pagamento parcial.

— Por quê?

— Por sua ajuda. Para convencer um dos meus vizinhos.

Sushil hesitou.

— Vou confiar em você. — Asif se obrigou a olhar diretamente no rosto de Sushil. — Porque eu acredito que você é um homem de honra.

Os olhos de Sushil semicerraram. Ainda assim, aguardou.

— Estou saindo da Índia. Levando minha família embora. — Levantou a mão para impedir Sushil de interrompê-lo. — Espere. Minha esposa tem um irmão na América — mentiu. — Estamos nos mudando para lá.

— Mas...

— Mas eu preciso de sua ajuda. Dilip Pandit, você o conhece? Ele é o diretor da nossa associação de moradores. Está me impedindo de vender o apartamento por um preço justo. — Asif inclinou-se para a frente. — Quero que fale com ele. Convença-o. Sei que você sabe ser persuasivo. — E abriu um sorriso sem ressentimentos. — Após a venda, haverá mais vinte e cinco mil esperando por você. Um presente de agradecimento.

Sushil o encarou por tanto tempo que Asif de repente temeu ter cometido um grande erro. Podia imaginar a ira de Zenobia quando descobrisse o que ele havia feito.

— Duzentos mil — Sushil disse finalmente. — Esse é o preço.

— *Arre*, Sushil, seja razoável...

— Razoável? O.k., duzentos e cinquenta mil.

Asif sabia que havia perdido. Engolindo o desgosto pelo homem sentado diante dele, forçou um sorriso.

— *Baba*, difícil negociar com você. — E ofereceu a mão. — Você venceu.

Mas Sushil não aceitou a mão oferecida.

— Tem mais uma coisa que quero falar.

Asif fechou os olhos brevemente.

— Pode dizer.

— Você deve prometer que não se converterá de volta quando sair da Índia. Que viverá a vida como um hindu.

Com a curiosidade intelectual aguçada, Asif examinou o homem sentado diante dele.

— Por que isso importa tanto para você? — perguntou.

Sushil pareceu ofendido.

— Porque é o meu darma. Minha fé.

— Entendo — disse Asif, assentindo. Mesmo que não entendesse. Ainda assim, não teve escolha a não ser dizer: — *Accha*. É o nosso acordo.

— Não quero um acordo. Quero sua palavra.

Que criatura estranha e complicada aquele homem era. Ali estava um indivíduo que havia acabado de extorquir um suborno enorme. E, no entanto, estava ali sentado, completamente sincero em seus esforços para conseguir quatro convertidos à sua religião.

A desconfiança se formou no rosto de Sushil.

— E então? Promete ou não?

— Prometo.

Mas Sushil balançou a cabeça.

— Jure pelos seus filhos. Jure.

Sob a mesa, a mão de Asif se fechou em punho. Mas manteve o rosto inexpressivo.

— Juro.

MAIS TARDE, DEPOIS DE venderem o apartamento e a maior parte de seus pertences, depois que deixaram Mumbai à noite e chegaram à América durante o dia, depois que estabeleceu sua família e começou seu trabalho, Asif pensou em se converter novamente ao islamismo. E descobriu que não poderia. Em primeiro lugar, o passaporte trazia seu novo nome, assim como o visto e os documentos de imigração. Em segundo lugar, entre aprender novos modos de ensino, matricular os filhos em novas escolas, acostumar-se a fazer trabalhos domésticos que antes eram feitos por empregados, ele se manteve ocupado. E, dada sua área de estudo, era melhor publicar com um nome hindu.

Mas a razão mais importante para não mudar de nome uma segunda vez era a promessa que fizera naquele restaurante. A melhor maneira de honrar a religião de seus antepassados era manter a palavra, mesmo a um homem que a havia conseguido sob coação.

— WAH — MOHAN EXALOU. — Seu pai é um homem notável. Imagine honrar uma promessa feita a um bandido.

Smita lembrou-se de como ela e seu irmão ficaram zangados com o pai por retirar a família de onde estava e transferi-la para a América. E de como, à medida que se ajustavam à nova vida, essa raiva havia se abrandado em gratidão.

— Ele é — disse. — O homem mais notável que conheço. Sem contar você.

Mohan olhou para ela na hora.

— Uau, *yaar* — disse. — Que baita elogio.

— É sincero. — Ela se sentiu triste ao dizer aquelas palavras. Mohan e seu pai nunca se conheceriam.

— Você vai à América algum dia? — perguntou. — Para me ver?

— Claro — ele disse imediatamente. — *Inshallah*.

— Se Deus quiser — ela traduziu. — Meu pai diz *inshallah* o tempo todo.

Eles ficaram em silêncio. Depois de dirigir por mais alguns quilômetros, Mohan pegou um CD de Kishore Kumar e colocou para tocar. Ele cantou baixinho.

— *Zindagi ek safar hai suhana / Yahan kal kya ho kisne jaana?*

— É uma música bonita — disse Smita.

— Você não conhece?

— Acho que não.

— Era uma música muito popular de um filme hindu. A letra diz: "A vida é uma bela viagem / Quem sabe o que acontecerá amanhã?".

Eles ouviram a música várias vezes enquanto Mohan dirigia em direção ao tribunal, sabendo que estavam chegando ao fim de sua jornada juntos.

Capítulo Trinta e Dois

O exterior gótico do tribunal induziu Smita a esperar que a parte interna fosse igualmente bonita. Mas as multidões que lotavam o longo corredor que levava às salas individuais impossibilitavam que eles observassem os detalhes enquanto caminhavam para o tribunal 6B.

— Isto mais parece uma estação de trem na hora do rush — ela disse. — Não sei como vamos encontrar Anjali.

Quando passaram por uma sala de armazenamento, Smita arfou. Pilhas de documentos amarelos amarrados por barbantes formavam fileiras do chão ao teto. Pequenos fragmentos de papel estavam espalhados pelo chão.

— Não informatizam os registros? — ela perguntou. Mas, em vez de responder, Mohan agarrou sua mão e a puxou, posicionando seu corpo de tal forma que a mão de nenhum homem pudesse roçar na dela.

Entraram no grande e cavernoso tribunal. Parecia que cada cadeira estava ocupada, e as pessoas entravam e saíam com constância. Haviam chegado tarde demais? Anjali tinha dito que era possível que o veredicto de Meena fosse anunciado em primeiro lugar, dada a gravidade das acusações. Smita olhou para a frente da sala e ficou aliviada ao ver que o juiz ainda não havia chegado. Mas como iria encontrar Anjali nesse tumulto?

Ela estava prestes a digitar o número de Anjali quando ouviu seu nome sendo chamado. Virou-se para ver Meena correndo em sua direção. Ela se jogou nos braços de Smita.

— Oh, Didi — disse. — Estou muito feliz por você estar aqui. Estou tão nervosa!

Smita retribuiu o abraço de Meena, e então se afastou um pouquinho. Seu coração ficou apertado. Meena parecia que mal conseguia ficar em pé sozinha. A transpiração cobria seu rosto, seus olhos estavam arregalados de terror.

— Está tudo bem — sussurrou Smita, procurando por Mohan, porque precisava de ajuda, e se irritou por ver que ele havia desaparecido.

— Aonde você foi? — sibilou enquanto Mohan se apressava para chegar até ela.

Mohan fez um gesto em direção à mulher em pé ao lado dele.

— Esta é Anjali — disse.

Anjali Banerjee tinha quarenta e poucos anos, cabelos curtos e encaracolados. Ela tinha uma expressão de desagrado e preocupação que Smita imaginou estar igualmente gravada em seu rosto.

Anjali deu um sorriso rápido para Smita; seu aperto de mão era tão firme e rápido quanto suas conversas telefônicas haviam sido.

— Desculpe, desculpe, desculpe — disse. — Estava olhando a papelada. Adiaram o comparecimento do juiz por meia hora, mais ou menos. — E viu Meena encolhida. — Oi, Meena. Como você está?

Sem esperar por uma resposta, Anjali começou a se afastar, deixando os outros trocarem olhares intrigados antes de segui-la. Mohan a alcançou, os dois andando na frente enquanto Meena dava a mão para Smita para correr atrás deles. Smita não se importou. Não conseguiria parecer serena sobre o destino de Meena.

Eles estavam quase na porta quando ela sentiu a mão de Meena ficar mole. Smita sentiu seu corpo enrijecer quando Govind se aproximou delas. Arvind não estava ali.

— Prostituta — Govind disse à irmã sem rodeios. — Vagabunda. Nós vamos pegar você.

Meena deu um gemido sofrido.

— O juiz está no nosso bolso — alguém disse atrás deles, assustando Smita. Era Rupal. — Nós ganharemos. Escreva o que estou dizendo.

— Anjali! Mohan! — Smita chamou, mas o barulho no corredor abafou a voz dela. — Mohan! — chamou novamente, e ele se virou, o olhar perplexo. Ela o viu observar a cena enquanto se apressava em voltar, Anjali logo atrás dele.

— Não se atreva a falar com a minha cliente — Anjali disse assim que alcançou o grupo. — Contarei ao juiz e você será...

Para a surpresa de Smita, Rupal riu:

— Vamos — disse a Govind. — Vamos deixar esse pessoal da cidade grande em paz. Deus já governou a seu favor.

Anjali levou todos a uma sala semiprivada no corredor, onde os quatro ficaram amontoados. Ela pareceu notar o terror de Meena pela primeira vez. — O que aquele imbecil disse para você?

Meena já não queria mais falar. Olhou para Anjali em silêncio, lágrimas escorrendo pelo rosto.

— O irmão a insultou — disse Smita. — E o outro disse algo como "O juiz está do nosso bolso".

Ela sorriu, esperando que Anjali risse do absurdo da afirmação de Rupal.

Anjali franziu a testa.

— Isso não é bom.

— O quê?

— Significa que eles subornaram o juiz. Obviamente.

Seu tom era tão objetivo, tão distante, que Smita sentiu seu humor mudar.

— *Obviamente?*

— Com licença — Mohan disse. — Não sou advogado, mas... uma pergunta. Se é tão óbvio que eles subornaram o juiz, o que falta para você fazer a mesma coisa?

Houve um longo e doloroso silêncio. Então, o nariz de Anjali ficou vermelho.

— Não vou fazer isso — disse, em voz baixa. — Não é o que fazemos. — E lançou um rápido olhar para Meena. — Explicamos isso a ela, antes de pegarmos o caso. Em nossa organização, estamos tentando mudar o sistema. Se jogarmos sujo como o outro lado, não haverá nenhuma mudança social, correto? Estaremos perpetuando o mesmo sistema.

Smita teve uma sensação de vazio no peito. Desejou que Meena não estivesse presente para que ela pudesse falar abertamente com Anjali.

— Então, ela é o quê? — perguntou. — Um bode expiatório?

Anjali corou.

— Nós nunca escondemos os riscos que ela corria — respondeu. — Tudo foi explicado. — E balançou a cabeça sem paciência. — Olha, este nunca foi um caso limpo, de qualquer maneira. Toda testemunha ocular se tornou hostil. Por que você acha que aqueles capangas estão andando livres? Você sabe como é difícil obter fiança em um julgamento de assassinato?

— Então por que continuar?

— Porque precisamos informar o público sobre a corrupção da nossa polícia e dos sistemas judiciários.

Smita sentiu uma veia pulsar em sua têmpora.

— Você não é uma advogada — disse. — Você é uma ativista política.

Os olhos de Anjali brilharam de raiva.

— Você deveria vir trabalhar conosco por alguns meses antes de julgar.

— Didi, Anjali, o que está acontecendo? — Meena indagou. — Não estou entendendo.

Todos eles se viraram para olhar para Meena, os rostos estavam sérios.

— Venha, Meena *bhen* — Mohan disse. — Vou sentar com você até que o juiz chame seu caso. E não se preocupe com seus irmãos. Estou aqui, *na*?

— Olha — disse Anjali, quando ficaram apenas as duas. — Será que ajuda se eu disser que só soube agora que eles haviam subornado o juiz? Sinceramente, não achei que tivessem dinheiro.

Smita balançou a cabeça.

— Não deveria ter dito o que disse a você. Não consigo nem imaginar o que você faz para viver.

Os olhos de Anjali se encheram de lágrimas.

— Você não imagina mesmo — disse. — Às vezes, odeio tanto meu trabalho que penso em largar. Mudar para a América e talvez praticar direito societário. Mas, então, deparo com um caso como o de Meena. E aceito, na esperança de que alguém como ela possa ganhar.

Anjali olhou para o relógio.

— Precisamos voltar. Apenas para o caso de esse pássaro chamada justiça sair da lista de espécies ameaçadas e mostrar seu rosto no tribunal.

Tudo parecia tão distante, abafado, como se Smita estivesse dentro de um túnel e as vozes viajassem em sua direção a partir de uma grande distância. Ela ouviu o rugido em seus ouvidos, que abafou as outras vozes humanas.

O rugido começou no instante em que ouviu uma palavra: "Inocentes".

O juiz estava murmurando outras palavras, desinteressado, o rosto impassível enquanto falava, usando óculos, mas suas frases eram desconexas, fora de ordem.

De longe, Smita ouviu gritos, depois gritos de júbilo, mas ela não tinha energia para virar para trás. Ainda estava tentando compreender o sentido da palavra "Inocentes", lutando para reorganizá-la de modo que formasse a palavra "Justiça".

Justiça.
Que bela palavra.
Rara.

E então, finalmente, o juiz parou de falar, e Smita emergiu da escuridão do túnel para o brilho da realidade. Ali estava Meena, encolhida. Ali estava Anjali, o rosto uma colcha de retalhos de raiva, desgosto e decepção. Ali estava Mohan, a boca aberta, como se ele também estivesse tentando endireitar o mundo em seu eixo.

A gritaria veio de trás deles. Vinha dos irmãos de Meena, e de vários outros homens que os acompanharam. Estavam cantando. Reconhecendo o canto antes de Smita, Anjali xingou baixinho. Então Smita ouviu:

— *Jai Hind, Jai Hind.* — *Vida longa à Índia.* Na boca desses animais, uma alegre canção patriótica de repente tornou-se uma provocação em grupo.

— Excelência! — Anjali gritou. — Isso é imperdoável. Os réus devem...

— Que réus? — Rupal gritou. — Estes são homens livres, falsamente acusados por essas prostitutas.

— Ordem! Ordem! — o juiz exclamou. E se virou para o policial em pé à sua direita. — Retire essas pessoas daqui. O.k., próximo. Processo número 21630.

E assim foi feito. Eles saíram do tribunal, Meena se apoiando com tanta força em Smita que ela pensou que poderia perder o equilíbrio.

Uma caverna se abriu no coração de Smita quando eles viram a luz do dia. Ela se virou impotente para Anjali. Um olhar para a advogada desanimada fez com que se arrependesse de sua explosão mais cedo. Percebeu o que tinha levado a produzir as acusações contra os irmãos.

— O que acontece agora? — sussurrou.

— O que acontece? Nada. Perdemos — disse sem ânimo. — Este juiz é um dos melhores. Não é tão desonesto como os outros. Achei que tínhamos uma pequena chance.

— Ele é honesto?

— Não disse isso. — Anjali roeu a unha. — Talvez você tenha razão. Talvez eu não devesse ter aceitado este caso. Pensei que o brilho da publicidade em um jornal estrangeiro faria diferença. Estava errada. — E abriu a boca para dizer mais, mas foi abafada pelos batuques.

Todos se viraram para ver um pequeno grupo de homens dançando e comemorando, parecendo participantes de uma procissão de casamento. Eles assistiram incrédulos enquanto Govind e Arvind eram erguidos pelos homens, como se fossem heróis, ou atletas que tivessem vencido um campeonato. Rupal estava distribuindo doces para as pessoas que passavam por eles. Smita percebeu que eles não esperavam outro resultado além da vitória. Caso contrário, por que viriam preparados com tambores e doces?

— Desgraçados sem vergonha — Anjali murmurou, lançando um olhar preocupado para Meena, que parecia estar se encolhendo, tentando ficar pequena e invisível. Mas Govind a notou de onde estava.

— *Ae*, cadela! — chamou. — Você realmente pensou que venceria seus irmãos?

Anjali caminhou em direção ao grupo, mas sua assistente bloqueou o caminho.

— Senhora, não — disse. — A senhora sabe que eles estão apenas tentando nos provocar.

— Venha, Meena — Anjali disse, pegando a mulher mais jovem pelo cotovelo. — Você não precisa mais ouvir esse lixo.

— Está tudo bem — disse Meena com o tom de voz tão apático que fez o cabelo de Smita arrepiar. — Não há nada que alguém possa fazer agora.

— Isso é bobagem — disse Anjali, mas a incerteza em sua voz não tranquilizou nenhum deles.

— Como ela vai voltar para casa? — Mohan perguntou, sempre prático.

— Nós vamos deixá-la lá — Anjali disse. — Mas primeiro precisamos levá-la ao nosso escritório. Há muitas pontas soltas para amarrar.

— E você? — Mohan disse a Smita. — O que gostaria de fazer?

Ela pensou rápido. Não havia como entrevistar Meena enquanto estivesse naquele estado catatônico. Além disso, precisava escrever um breve texto sobre o veredicto. A reportagem mais longa poderia ser publicada mais tarde, depois que entrevistasse Meena novamente. Virando-se para Meena, perguntou:

— Podemos ir à sua casa esta noite? Gostaria de conversar um pouco mais com você. E ver Abru e Ammi, é claro.

— Ammi — Meena repetiu, e Smita ouviu o pavor em sua voz. Havia algo que ela ou Mohan pudessem fazer para persuadir Ammi a ser gentil com a nora pelos próximos dias?

— Didi — disse Meena —, você não pode ir à minha casa agora?

— Mas você não vai direto para casa, Meena — Smita disse. Ela se virou para Anjali. — Quanto tempo ela vai ficar no escritório?

— Vamos ver. Até chegarmos ao escritório, cuidarmos de toda a papelada e depois deixá-la em casa, diria cinco ou seis horas. Você é bem-vinda se quiser ir até lá conosco.

Smita sentiu uma dor de cabeça surgindo. Seria mais fácil preparar o texto da casa de Mohan. Ela queria um pouco de ibuprofeno, algumas horas ininterruptas de trabalho e um banho antes de se encontrar com Meena de novo.

— Que tal passarmos lá mais tarde hoje à noite? — disse. — Perto das seis?

— *Theek hai* — Meena disse. E se virou, indiferente. — Como quiser.

Capítulo Trinta e Três

Smita desmoronou assim que o carro de Mohan se afastou do tribunal.

— Não entendo, não entendo, não entendo — dizia.

— Não tem nada para entender. — A voz de Mohan estava tomada pela raiva. — É simples. Eles ofereceram um suborno ao juiz e ele aceitou.

— Mas por que Anjali não previu isso? Por que ela não...?

— Não a condene. Ela provavelmente faz malabarismos por ter cinquenta casos de uma vez. De vez em quando, ganha. Na maior parte do tempo, perde. É como apostar. A casa sempre vence.

Era exatamente isso. O sistema judicial não deveria ser manipulado como um cassino, com as cartas sendo dadas pelos manipuladores.

Smita parou de falar. *O que está acontecendo com você?*, pensou, profundamente irritada com ela mesma. *Você age como se nunca tivesse coberto um veredicto injusto antes. Quantas vezes policiais saíram impunes depois de atirar em um negro desarmado na América?*

— Estou pensando — Mohan disse. — Talvez eu possa pedir ao meu pai para empregar Meena. Permitir que ela faça trabalhos simples e, em troca, tenha um lugar para morar. Matricularíamos Abru na escola.

— Você acha que ele concordaria? — Smita perguntou cheia de esperança.

— Meus pais já têm uma cozinheira em tempo integral que mora com eles. E Ramdas faz a limpeza. Vai ser um pouco estranho. A cozinheira é muito territorial. Mas deve ter algo que Meena possa fazer.

— Ah, Mohan. Isso seria o ideal.

— Não vai ser fácil — ele disse. — Tudo isso supondo que Meena concorde em se mudar.

— Como assim? Por que não concordaria? Você viu por si mesmo como ela está isolada.

— *Ammi*. Você se esquece de Ammi. Você acha que Meena a abandonaria assim tão facilmente?

— Abandoná-la? Mohan, Ammi a odeia. Você sabe que ela culpa Meena pelo que aconteceu.

— Exatamente. E Meena se culpa. Concorda com Ammi que ela é a razão pela qual Abdul está morto. Então, pode se sentir obrigada a ficar. E, de qualquer forma, meus pais só voltam daqui a alguns meses.

A esperança que havia surgido em Smita se extinguiu. Teria sido maravilhoso levar tamanha salvação para Meena naquela noite. Smita sabia que os pais de Mohan tratariam Meena bem. Mas se entristeceu ao sentir que a avaliação de Mohan do caráter de Meena, de sua fidelidade para com a sogra, era precisa.

Smita lembrou-se de como a mãe ficou furiosa quando soube que Asif havia subornado Sushil para ajudar a vender seu apartamento. Zenobia o acusou de colaborar com seu perseguidor, o homem que aterrorizara seus filhos.

— Onde está seu *izzat*, Asif? Ou devo dizer *Rakesh*? — Ela havia insultado o marido. — Primeiro, você vendeu sua religião. Agora, até mesmo sua honra?

Smita e Rohit ficaram do lado da mãe na época. Mas, depois de todos aqueles anos, ela percebeu um profundo sentimento de gratidão. Seu pai havia feito tudo o que tinha de fazer para deixar a família em segurança. Nas profundezas de seu desespero, ele se recusou a se fingir de morto. E as recompensas por esse compromisso tinham sido muitas: a universidade havia criado um plano de estabilidade para ele no final de seu período como visitante. A mãe acabou se tornando voluntária na biblioteca local e construiu uma nova vida; Rohit estava feliz em seu casamento e em seus negócios. Smita sentiu uma súbita vontade de ligar para o pai e agradecer pelo sacrifício. Faria isso pessoalmente quando o visitasse, quando o levasse ao seu restaurante favorito em Columbus e lhe contasse a história de sua visita inesperada à Índia. O pai iria perdoá-la por mentir, pois seu amor por ela era inabalável, incondicional.

— Vou falar com ela — Smita disse.

— Falar com quem? — Mohan perguntou.

— Com Meena. À noite. Vou compartilhar um pouco da minha história com ela. Se for preciso. Vou tentar enfatizar a importância de ficar longe desse lugar miserável. Se não por causa dela, por causa da filha.

Mohan ficou em silêncio.

— O que foi? Acha que não devo?

— Não sei bem. — E fez uma pausa. — Só... acho que já provocamos danos suficientes a essa jovem. Quero dizer, Anjali ajudou a salvar a vida de Meena enquanto estava no hospital. Isso foi muito bom. Muito louvável. Mas então decidiu usá-la para sua causa. Para enfrentar uma batalha que sabia que Meena não poderia vencer.

— Eu sei. Mas o que estou...

— Como você sabe? — Mohan perguntou, incisivo.. — Como você sabe que pedir a ela para sair de Birwad é a coisa certa a fazer?

— Como você pode perguntar isso? — Smita não disfarçou a incredulidade na voz. — Quero dizer, depois de tudo que compartilhei com você sobre a experiência da minha família?

— Como você sabe que haverá um final feliz também? — Mohan perguntou. — E mesmo no seu caso, Smita, como você sabe que não teria sido feliz aqui? Em algum momento? Olha, não estou tentando insultar você ou sua família. É que vejo sua expressão quando olha ao redor enquanto estou dirigindo.

— E o que meu rosto mostra?

— Você parece ávida. Como se algo que era seu tivesse sido roubado de você. E que você deseja recuperar.

— Ah, pare com isso, Mohan — disse. — Isso é uma ilusão de sua parte.

Ele franziu a testa.

— Como pode ser ilusão?

Ela não podia dizer o que achava, que, apesar de tudo, Mohan queria que ela amasse a Índia como ele amava. Ainda assim, não estava errado. Ela ficou agitada porque as observações dele a tocaram profundamente.

Seus sentimentos sobre a Índia haviam se tornado mais complicados e, de alguma forma, Mohan se envolveu nesse debate interno. A avaliação contundente a fez sentir-se vulnerável, aquelas palavras retiraram a armadura de que ela precisava para passar o restante do tempo na Índia.

E então ela pensou: *Por que eu preciso de uma armadura? A que exatamente estou me segurando?* Durante anos se agarrou a um sonho, imaginou um quadro de recriminações e remorsos de seus antigos vizinhos: tia Pushpa percebendo como errara; a viúva de Dilip confessando que o marido sempre se arrependeu de como tratou seu pai; Chiku dizendo como estava envergonhado das atitudes da mãe. Mas, em um lampejo de discernimento, Smita se deu conta de que essas imagens eram desenhos animados, fantasias de vingança de uma menina de doze anos que estavam congeladas no tempo. Não admirava que a realidade houvesse sido diferente.

Smita olhou para Mohan, percebeu a tensão ao redor de sua boca. A última coisa que queria fazer, naquele dia devastador, era entrar em uma discussão sem sentido com ele.

— Você pode estar certo — disse. — Sinto que não sei mais nada.

— Nem eu.

Ambos suspiraram e a tensão no carro diminuiu.

Livro Quatro

Capítulo Trinta e Quatro

AINDA SINTO O FRIO *que tomou meu corpo depois que o juiz-sahib leu sua decisão. As palavras repulsivas de Ammi, ardentes de desprezo, não o afugentaram. As mãos quentes de Abru, que deslizaram nas minhas assim que cheguei em casa, não o derreteram. Estou deitada com minha filha em nossa casinha, esperando Abdul, mas ele não aparece. Eu me pergunto se, como Ammi, ele está zangado comigo. Pensar nisso corta meu coração. Abdul acredita que eu o decepcionei no tribunal há muitos meses quando contei minha história ao juiz?*

Na última vez que me entrevistou, Smita perguntou que futuro eu presumia que teria depois que meus irmãos fossem para a cadeia. Naquela época, tudo o que podia ver era uma longa estrada vazia à frente. Eu me imaginei fazendo a mesma coisa dia após dia — cozinhando, limpando, me preocupando com o momento em que minha Abru começaria a falar e como eu pagaria por seus estudos. Eu me vi me esforçando sem parar, pelo bem da minha filha.

Mas agora sei que os chacais que mataram Abdul podem voltar a qualquer momento. Sem medo do tribunal, poderiam vir atrás de mim, de Ammi e até da minha pequena. E eu seria incapaz de fazer o único trabalho que fui posta na Terra para fazer — proteger minha filha.

Quando saí do escritório de Anjali hoje, peguei sua mão e agradeci por tudo o que havia feito. Seu nariz ficou vermelho quando ouviu isso.
— Beije Abru por mim — disse.
— Vá beijá-la você mesma.
— Vou. Da próxima vez em que estiver na região, passarei lá.
Pela maneira como ela disse isso, seus olhos sem encontrar os meus, eu sabia que nunca mais a veria.
— Você tem sido uma farishta em minha vida — eu disse. — Nunca me esquecerei de você.
Anjali começou a chorar.
— Só queria que tivéssemos vencido. Fiz o meu melhor. Mas falhei com você, Meena. Sinto muitíssimo.
Ammi está me chamando. Sei que ela quer que eu comece o jantar, como se hoje fosse um dia comum, e não o dia em que o último pássaro da esperança morreu. Sei que, por mais saborosa que esteja a comida hoje, ela vai reclamar que tem muito ou pouco sal, que o arroz está muito mole ou muito duro. Será a maneira de ela me punir por ter perdido no tribunal. Porque, embora Ammi tenha se recusado a falar com a polícia, queria que vencêssemos. Para vingar a morte sem sentido do filho.
Pego Abru e vou até a casa da minha sogra.

ABRU OUVE PRIMEIRO, ERGUENDO os olhos do prato. Eu vejo seu rosto curioso e então também ouço. Parece um trovão, vindo de longe. À medida que ouvimos o som que se aproxima, agora sei o que é — é o rufar de tambores.
— Kya hai? — Ammi diz, colocando a mão atrás da orelha. — O casamento de alguém tão tarde da noite?
Mas sei o que é.
Não é uma festa de casamento.
É um cortejo fúnebre.

Seguro a mão suja *de Abru*.

— Levante-se — *digo, puxando-a para que fique em pé.* — Vamos, levante-se. — *E escuto novamente. Os tambores estão mais próximos. Eles estão marchando e atravessando o vilarejo. Viro a cabeça de Abru para mim.* — Escute. O bicho-papão está vindo. Corra para o campo atrás de nossa casa e esconda-se na mata. Não saia até que Ammi ou eu chamemos você.

Ela olha para mim, muda como uma vaca, chupando o polegar, e eu bato em sua mão.

— Vamos! Corra!

— Hai Allah, hai Allah — *Ammi diz, finalmente entendendo o que está acontecendo. Eu me viro para ela.*

— Ammi! — grito. — Vá com Abru. Esconda-se no campo com ela, eu imploro.

Ammi pega Abru e corre. No meio do caminho para o campo, ela se vira.

— Você vem também.

Nego balançando a cabeça.

— Vá! Agora! — digo. Se ninguém estiver em casa quando eles chegarem, vão queimar o campo, procurando por nós. Eu me viro para olhar para a estrada. Vejo as pontas das tochas, carregadas pelos homens que vêm em minha direção.

Eu me viro rapidamente para olhar para Ammi. Carregar Abru está fazendo com que se demore. Ela vai precisar de alguns minutos a mais para encontrar um bom esconderijo no mato. Ajude-me a salvar nossa filha, Abdul, eu rezo. Então, me curvo e pego o máximo de pedras que consigo segurar.

Eu me endireito. O medo se foi. Mesmo quando as tochas se aproximam, um pensamento continua martelando na minha cabeça: Devo manter minha filha viva.

Com pedras na mão, recebo os homens que vieram me matar.

Capítulo Trinta e Cinco

Por mais que tentasse, Smita não conseguia conter o desconforto. Ficou se perguntando se deveria pedir a Mohan para desacelerar enquanto ele fazia as curvas na estrada, mas já estavam atrasados indo para Birwad. Ela havia adormecido depois de escrever o texto e acordou duas horas depois com o coração batendo forte, certa de que Meena estava com problemas.

Mohan não conseguiu convencê-la do contrário.

— Smita. Acalme-se, *yaar* — disse Mohan, embora ela não tivesse dito nem uma palavra. — Você está se preocupando sem motivo.

— Prometi a Meena que estaríamos lá às seis. E estou com uma sensação horrorosa.

— Ouça, se você está tão preocupada com o bem-estar dela, podemos tentar convencer Ammi e Meena a deixarem o vilarejo. Farei o que puder para ajudar a acomodá-las em Surat.

Ela se remexeu no banco do carro.

— Espero em Deus que Anjali tenha feito planos para garantir a segurança de Meena.

— Exatamente — Mohan disse. — Viu? Você não acha que Anjali conhece a situação melhor do que você? Você acha que ela colocaria Meena em perigo? Depois de salvar sua vida?

Smita assentiu, querendo acreditar nele. Mas sentia uma vibração no estômago. Os faróis do carro iluminavam a estrada à frente deles, campos escuros dos dois lados.

Eles entraram em Birwad quinze minutos depois. A primeira coisa que notaram foi o silêncio sinistro e a falta de atividade. Era como se toda a aldeia tivesse decidido ir para a cama às sete horas. O único som era o uivo distante de alguns cães. Smita sentiu seu cabelo arrepiar.

— Tem algo errado — disse, descendo o vidro da janela. — Este lugar está morto.

Assim que disse a palavra "morto", ela soube. Nesse exato momento, ouviu o som da estrada, vindo na direção deles como um trovão.

— Mohan! — gritou. — Está vindo da direção da casa de Meena. Tem algo acontecendo lá.

O carro parou bruscamente.

— Precisamos chamar a polícia — Mohan disse. — Não há como entrarmos lá se você estiver certa.

Ele pegou o celular, mas Smita gritou:

— Você está brincando? Preciso chegar até ela. Dirija, Mohan. *Dirija.*

— Você não está pensando com clareza. Se for uma multidão, o que podemos...

— Mohan, pelo amor de Deus. Eles não ousarão nos ferir. Eles sabem que sou americana. *Dirija.*

Ele xingou baixinho, mas acelerou o carro pela vila e em direção à casa de Meena. À medida que se aproximavam, o rugido ficou mais alto, como se estivessem entrando em uma tempestade. Então, viram a origem do som — uma multidão de homens furiosos e revoltados, o fogo de suas tochas iluminando a noite. Eles formavam um círculo na clareira entre os dois casebres. Enquanto Smita olhava horrorizada, viu que muitos dos homens atiravam pedras no centro do círculo. Mohan parou abruptamente perto da multidão. Smita saltou do carro e abriu caminho, sentindo o calor das tochas enquanto caminhava até o ponto escuro, o centro da roda. Mohan estava logo atrás. Ela sentiu o cheiro distinto de suor masculino, o cheiro de perigo, mas se sentiu destemida, sem recear por sua segurança.

Smita chegou diante do centro da roda e parou. Por um momento, na luz das tochas que os homens carregavam, pensou ter visto uma grande criatura ensanguentada que eles mataram por diversão. No entanto, soube imediatamente que era Meena. *Meena*. Imagens passaram diante dos olhos de Smita — Govind aproximando-se deles pouco antes do veredicto e insultando a irmã; tambores agressivos em comemoração do lado de fora do tribunal, cada batida, uma ameaça; Meena pedindo a Smita que fosse até sua casa imediatamente em vez de esperar até a noite. É quase certo que a moça tivera algum tipo de premonição. E Smita se recusara, por quê? Por que ela queria escrever a reportagem? A maldita reportagem?

Smita ergueu a cabeça para o céu escuro e gritou, um longo e interminável grito que se desenrolou como um lenço preto. Vagamente, viu um homem parar no meio de um ataque e reconheceu Govind, que a encarava sem entender muita coisa. Na fraca luz da noite, Govind parecia monstruoso, mas, em vez de deixá-la com medo, a imagem enfureceu Smita. Partiu para cima dele, agredindo-o descontroladamente com as duas mãos, batendo em seu rosto e em seu peito. Smita sentiu algo áspero sob suas unhas e percebeu que estava arranhando o rosto dele. E Govind, atordoado e paralisado com aquele ataque repentino, agarrou seu pulso e torceu-o para longe do rosto. Naquele momento, ouviu um grito, e Mohan se jogou entre eles.

— *Khabardaar* — avisou. — Se encostar a mão nela, juro que trarei a ira de Deus sobre você, seu filho da puta.

Atrás deles, a multidão se agitou; alguns homens avançaram. Smita ficou mais perto de Mohan.

— Lembrem-se de uma coisa, *chutiyas*! — Mohan gritou, girando para que todos pudessem ouvi-lo. — Essa mulher é americana. Se tocarem em um fio de cabelo dela, nem mesmo sua polícia corrupta e os tribunais poderão protegê-los. Enviarão o exército americano para caçar cada um de vocês.

— Não vamos brigar com ela, *seth*! — alguém gritou. — Viemos aqui para cuidar da puta! — E apontou para o chão, onde Meena estava deitada.

— Afastem-se dela. Vocês a mataram. Deixem o cadáver dela em paz! — Smita gritou. E quando percebeu que eles não pretendiam se afastar, moveu-se em direção ao corpo mutilado de Meena e caiu no chão. Ela se agachou com um braço sobre o corpo sem vida de Meena, para protegê-lo de ser ainda mais atacado por chutes e espancamentos. O nauseante cheiro de sangue fresco e carne rasgada tomou suas narinas.

— Didi. — A voz era tão fininha que Smita não sabia se estava imaginando coisas. Mas então ouviu a respiração fraca de Meena.

— Você está viva — Smita sussurrou, ciente de que Govind e Mohan estavam a menos de um metro delas.

A boca de Meena se moveu, mas nenhum som saiu. Smita se inclinou.

— Abru — Meena disse, engasgando. — Com Ammi. Escondida.

— Por favor, vá embora, *sahib*! — Govind gritou. — Não estamos querendo problema com você. Mas, por favor, não interfira em nossos assuntos particulares.

Smita estava ciente do terrível risco que Mohan corria. A única coisa que o protegia era seu status de alguém que não vivia ali e era rico. Mas essa proteção não duraria muito mais; a multidão tinha sede de sangue e se voltaria contra ela e Mohan em seguida. No entanto, ela não conseguia pensar nisso.

Smita se inclinou para mais perto de Meena. O olho bom se fechou, depois abriu novamente, mas havia pouca vida nele.

— Didi — sussurrou. Smita aproximou a orelha da boca da garota para ouvir o melhor que podia sob os gritos da multidão. A língua de Meena estava mole enquanto falava, o que dificultava entender suas palavras. — No campo... se escondendo. — Sua mão direita se estendeu no chão de terra, e Smita percebeu que Meena queria que ela a segurasse. Foi o que fez. — Você leva. Para a América. Prometa. Minha Abru.

— Prometo — Smita sussurrou, assim que duas mãos a seguraram pelas axilas e a puxaram para trás. Naquele momento, um pé atingiu Meena na mandíbula. Smita viu a cabeça da garota balançar com tanta força que um jato de sangue voou de suas narinas. Ela gritou e tentou se livrar das mãos do homem enquanto era arrastada, mas o rosto sem vida de Meena, o olho revirado, sinalizaram para Smita que o chute foi o golpe fatal. Eles a haviam matado. *Eles a haviam matado.*

— Seus desgraçados malditos! — Mohan gritou, e ela viu que eles o haviam agarrado e por fim, quando não havia nada que pudesse fazer para proteger Meena, sentiu medo.

— Mohan! — gritou e ele virou a cabeça para olhar para ela, a expressão impossível de decifrar.

Smita começou a lutar com mais força quando percebeu que estava sendo puxada em direção à cabana de Ammi. Eles iriam incendiar a casa com ela e Mohan dentro. Mas um homem saiu da cabana e disse:

— Senhorita, é melhor você não lutar. Não lhe desejamos nenhum mal. — Ela reconheceu a voz. Era Rupal.

As mãos que a seguravam ficaram menos fortes, e Smita se afastou para encarar Rupal.

— Você se considera um homem de Deus? — gritou. — Permitiu que uma mulher inocente fosse assassinada? A sangue frio?

Rupal levou o dedo à frente dos lábios, sinalizando para ela ficar quieta. Fez um gesto para o captor de Smita levá-la para a cabana. Uma única tocha iluminava o quarto. Quando Smita olhou ao redor, surpreendeu-se. Ou Ammi havia resistido muito ou eles haviam saqueado o casebre. Então, viu que os mantimentos que Mohan tinha comprado para Ammi não estavam mais ali, e sabia que os homens haviam levado tudo de valor.

Rupal a seguiu com os olhos.

— Pegamos alguns itens — disse de modo amistoso. — Quando vimos que a velha fugiu com a neta bastarda.

Smita se retraiu com o insulto.

— A criança é inocente — disse. — E, claro, a mãe dela também.

Os olhos de Rupal estavam duros. Piscaram um pouco quando Mohan foi empurrado para dentro dali.

—Aquela criança é a prova viva de nossa desgraça, senhorita — disse Rupal. — Para ser honesto, é mais importante encontrá-la do que era matar a prostituta. E vamos encontrá-la. Afinal, até onde uma velha pode ir com uma criança?

O coração de Smita se encheu de medo. Machucariam Abru, a silente, a criança ferida com o rosto doce e a maneira de ser de um passarinho. Aqueles monstros machucariam uma criança. As palavras finais de Meena voltaram a martelar em sua cabeça. Abru estava escondida em algum lugar, não muito longe da cabana. Quanto tempo demoraria até os desgraçados a encontrarem?

Ela se forçou a rir, esperando que Rupal não percebesse que ela mentia.

— Boa sorte — disse, mantendo os olhos em Rupal, mas falando alto o suficiente para Mohan ouvir. — Anjali sabia que vocês, seus capangas, não fariam nada de bom. Insistiu para que Ammi e a criança ficassem na cidade com ela. Vocês nunca mais verão as duas.

Smita ouviu Rupal arfar, viu a decepção no rosto dele. Mas o homem não era nada bobo.

— Então por que a puta voltou? — perguntou.

Smita teve os pensamentos congelados.

— Nós a avisamos — Mohan disse após um momento de silêncio. — Imploramos para ela ficar com a advogada. Até a convidamos para ir conosco a Mumbai. Mas Meena era louca. Insistiu em voltar para a terra onde o marido morreu.

Rupal olhou para um e depois para outro.

— Esperem aqui — disse. Andou a passos largos para fora da cabana.

Smita virou-se imediatamente para Mohan.

— Chame a polícia — sussurrou. — Agora.

— É um risco. Estão todos do lado de fora — murmurou. — Vão me ouvir.

Ela mordeu o lábio inferior. Tudo o que conseguia pensar era nos homens procurando Abru no mato alto. Há quanto tempo ela e Ammi estavam se escondendo? Por quanto tempo poderiam fugir?

— Ligue — ela disse.

Ele assentiu e tirou o celular do bolso. Ligou para a delegacia, abafando o som da melhor forma que podia. O telefone tocou e tocou.

— Onde eles estão? — Mohan perguntou desesperadamente. — Por que não atendem?

De repente, Smita se deu conta.

— Desligue — disse. — Desligue.

— Como assim? — Ele encerrou a ligação.

— Eles foram pagos para fazer vista grossa. Não vão atender. Caso contrário, não acha que alguém do vilarejo já os teria chamado? E eles já não estariam aqui?

Mohan praguejou baixinho.

Smita aproximou-se dele.

— A criança está viva. Está escondida com Ammi no campo atrás da casa de Meena.

— Como você...

— Ela me disse. Pouco antes de morrer. Temos que mantê-los ocupados para não irem procurar por elas. Não sei como, mas é isso o que temos que fazer.

Mohan a encarou por bastante tempo. À luz da lanterna, ela podia ver seu rosto, tomado de fadiga e estresse. Ele foi até a entrada da cabana.

— Rupal! — ele gritou. — Govind, venham depressa.

— O que foi? — Um homem que eles nunca tinham visto caminhou até o casebre. — Eles estão ocupados.

— *Ocupados?* — Mohan gritou. — *Arre, saala,* vão estar ocupados na cadeia pelos próximos cinquenta anos se não aparecerem aqui em um minuto. Diga a eles que a polícia está a caminho.

O homem riu e cuspiu no chão.

— A polícia sabe que não...

— Não a polícia do seu pequeno lago de girinos. É o grande tubarão que está vindo aqui. Estarão aqui em menos de meia hora, *chutiya.*

O homem se virou e saiu.

— O que você está fazendo? — Smita sussurrou. — Você vai conseguir que nós dois sejamos mortos.

— Confie em mim — Mohan disse.

Smita estava prestes a repreendê-lo quando Govind entrou na cabana. A parte da frente de sua túnica estava salpicada de sangue. Smita olhou para ele, com o estômago revirado.

— Vocês têm sorte de estar vivos — Govind disse de modo insolente. — Meus homens poderiam...

— Seus homens não podem fazer nada — Mohan disse com altivez. — Vocês não têm tempo. Acabei de ligar para o grande inspetor-*sahib* na casa dele. É um amigo do meu pai, mas ainda assim não ficou feliz por ser perturbado em casa a esta hora. E sabe o que ele disse, desgraçado? Disse que viria aqui ver pessoalmente o maldito que matou a própria irmã. Estarão aqui em breve. E eu vou sentar aqui e assistir ao *tamasha.*

— Você não deveria ter feito isso, *seth* — Govind disse. — Grande erro.

Mohan abriu a boca para responder quando a sala se iluminou com a luz brilhante do lado de fora. Por um segundo insano, Smita pensou que alguém havia detonado uma bomba. Então, quando percebeu o que estava acontecendo, tentou sair correndo do casebre de Ammi. Mas Govind bloqueou seu caminho.

— Deixe acontecer, *memsahib* — disse. — A voz dele estava séria. — É o funeral que ela merece.

Eles assistiram às chamas lançarem para o céu a cabana de Meena. Depois de um momento, Smita curvou-se, jogou-se para a direita na tapera e vomitou. O vento carregava um odor fétido em direção a eles, fazendo-a vomitar ainda mais.

Quando ela se ergueu novamente, virou-se para Govind.

— Que vermes saiam de seus olhos sempre que você dormir — disse. — Que você nunca tenha um momento de paz por ter matado sua irmã.

— Que irmã? — Govind apontou para as chamas. — Você viu aquilo? Aquela garota estúpida ficou tão chateada com o veredicto do juiz que tacou fogo em si mesma.

Ele se virou para Mohan.

— Venha aqui, *seth* — disse. Apontou para onde estava um pequeno grupo de homens, todos eles inclinados para a frente. — Você vê o que eles estão fazendo? Estão lavando e varrendo a área. Quando terminarem, não haverá uma gota de sangue no chão. *Bas*, viemos como o vento e vamos desaparecer silenciosos como fantasmas.

— Você veio atravessando o vilarejo com seus tambores e tochas, não? — Mohan disse. — Você não acha que as pessoas viram vocês?

Govind cuspiu.

— Você acha que aqueles eunucos muçulmanos vão abrir a boca? Por que desejariam interferir? Se aquela velha e a criança se foram, não precisaremos entrar novamente em Birwad. Como você pode ver, a saga com Meena está terminada. Restauramos a honra de nossos ancestrais.

Smita olhou ao redor.

— Onde está seu irmão? — perguntou.

— Aquele bêbado inútil? Não quis vir. — E olhou para Mohan. — *Chalo, seth*. Hora de vocês saírem daqui.

— Vamos esperar — Mohan disse calmamente — até que o grande inspetor chegue. Você é quem deve desaparecer.

— Por que você criou problemas para nós, *seth*? Nossos costumes e nossas tradições existem por uma razão. Por que você desejaria desonrá-los?

O rosto de Mohan ficou endurecido.

— Olha — disse. — Vou fazer um acordo com você. Vou esperar aqui pelo inspetor. E quando ele chegar, vou contar a ele que estava enganado. Que a menina incendiou a si mesma. Mas você precisa ir embora com todos os seus amigos.

— Por que ele vai acreditar em você?

Mohan inclinou a cabeça ligeiramente para trás, um gesto imperioso que Smita nunca o vira fazer antes.

— Não é uma questão de acreditar em mim. Ele é amigo do meu pai. Nós frequentamos os mesmos círculos. O que quer que eu desejar que ele faça, ele fará.

A boca de Govind se retorceu com amargura.

— Coisas de ricos e poderosos.

— Exatamente. Subornar a polícia ou subornar o juiz. Qual é a diferença?

Govind olhou indeciso para os dois.

— Por que devo confiar em vocês? — disse por fim.

— Por quê? Porque você não tem escolha. Um homem como eu pode esmagar uma centena de homens como você. Você mesmo disse isso. E agora que aquela pobre garota está morta, já perdi o interesse em sua vida miserável.

Govind hesitou. Ainda assim, manteve a postura firme. Smita o observou, o coração na boca. Os minutos transcorriam. Smita podia ver Mohan lidando com sua fúria. Ela não sabia até que ponto ele estava apenas interpretando.

— Vou embora — Govind disse —, mas com uma condição. — Olhou para Smita. — Sua mulher me insultou na frente da minha comunidade. Ela deve se desculpar.

— *Saala*, saia daqui antes que a polícia chegue — Mohan disse. — Sua honra não valerá nada na prisão.

— Você não entende, *seth*. Nunca serei capaz de levantar minha cabeça e olhar para os vizinhos se sua esposa não se desculpar publicamente. Preferiria apodrecer na cadeia a tolerar tal insulto.

— *Desculpar-se?* Para um bandido como você? Ela só faria isso sobre o meu cadáver.

Smita olhou com horror de um homem para outro, o tempo todo pensando em Abru: *E se a criança saísse do campo? E se Ammi não estivesse com ela? Quanto tempo teriam?*

Ela deu um passo à frente e olhou Govind nos olhos.

— Sinto muito — ela disse. — Peço desculpas.

— Smita, não — Mohan disse, mas ela o rejeitou balançando a mão.

Govind lançou a Mohan um olhar de regozijo. Então, seu rosto endureceu.

— Aqui não. Na frente de todos os homens. Lá fora.

Ao lado dela, Mohan emitiu um som gutural. Smita o ignorou. Ela saiu da cabana e foi até onde um grupo de homens estava, Govind atrás dela.

— *Arre*, escutem, todos! — Govind chamou. — *Memsahib*, que veio da América, tem algo a nos dizer.

Os homens se aproximaram de onde Smita estava, olhando com curiosidade.

Smita podia sentir o calor do corpo de Mohan atrás dela. Fechou os olhos por um instante, pensando naquilo que o pai deve ter enfrentado quando concordou em se converter, sua responsabilidade para com a família cegando-o em relação a todo o resto. Aquilo era o que significava se importar tanto com outro ser humano a ponto de estar disposto a sacrificar tudo, até o orgulho e o autorrespeito. Que Govind e sua laia se apegassem às suas noções equivocadas de honra. Ela era filha de seu pai. Ele a havia ensinado bem.

— Sinto muito — ela disse alto o suficiente para todos ouvirem. — Peço desculpas por atacar você, Govind. Eu estava errada. Peço perdão.

Ela teve a sensação de que Govind não ficou convencido de suas palavras.

Mas não importava. Ela havia livrado a cara dele. Ele sorriu de modo magnânimo.

— Você está perdoada — disse.

A multidão começou a vaiar e gritar, zombando das palavras dela. Mas Govind fez com que se calassem.

— *Chalo*, depressa. A polícia estará aqui em breve. Peguem suas coisas e vão.

Smita podia sentir a raiva de Mohan enquanto os dois observavam os homens destruírem os últimos resquícios de evidência de que ali houve uma morte.

— Perdoe-me — sussurrou para ele. — Não tive escolha.

Mohan não respondeu, e ela sabia que ele não estava feliz. Ela compreendeu. Mas, ao contrário dele, sabia o que era ter opções limitadas.

Os minutos transcorriam. Vários dos homens começaram a apagar as tochas.

Rupal caminhou até eles.

— Saia daqui, filho da puta — Mohan disse. — Caso contrário, você será o primeiro a ser enforcado quando a polícia chegar.

— Só estava vindo para dizer...

— *Chup*. Nem uma palavra mais. E ouça. — Mohan respirou profundamente. — Meus homens vão ficar de olho em você. Se assediar mais uma mulher em sua aldeia, se fizer mais uma mulher andar sobre brasas ou fizer qualquer uma de suas idiotices, todos os funcionários do governo do estado vão arrancar seu couro. Você me entendeu?

Rupal olhou para ele de modo sombrio.

— Você não entende...

— Já falei. Mais uma palavra e vou cuidar pessoalmente para que você seja enforcado. — Smita podia ver o suor no rosto de Mohan. — Agora suma. Todos vocês!

Os homens apagaram a última das tochas e tomaram um rumo diferente para voltar a Vithalgaon a fim de evitar passar por Birwad. Depois que eles se foram, um silêncio repentino caiu sobre o casebre de Ammi. Mohan pegou a lanterna, e eles caminharam até o casebre de Meena, vendo-o queimar.

— Meena me pediu para voltar aqui com ela — disse Smita. — Mas fui estúpida demais para concordar. Enquanto viver, nunca me perdoarei. Eu poderia tê-la salvado.

— Não há como afirmar isso. — A voz de Mohan saiu grave. — Digamos que você a tivesse salvado hoje. Mas e amanhã? Uma semana a partir de agora? Não, nem mesmo Deus poderia ter salvado aquela pobre garota.

— Ela está ali dentro. Meu Deus, Meena está lá. Não acredito que eles a mataram.

— Smita. Não tenho ideia de quanto tempo nosso plano vai funcionar. Aqueles homens podem voltar. Também não sei como vamos encontrar aquela criança no escuro. Vamos nos mexer.

— Meena disse que elas estavam escondidas no campo atrás de sua cabana.

— Tem certeza de que ela reconheceu você, ou que falou com você? Porque ela era...

— Tenho certeza.

Eles entraram no carro e o ligaram acendendo os faróis para o campo escuro e coberto de vegetação. Saíram do veículo e ficaram cautelosamente à beira do mato alto. Smita olhou para Mohan, relutante ao confessar seu medo de roedores e cobras. Enfrentando o medo, deu um passo à frente, como se mergulhasse os dedos dos pés em águas geladas.

— Ammi — sussurrou. — Abru. Vocês estão aqui?

Não houve resposta.

— Ammi! — chamou, um pouco mais alto. — Sou Smita. Do jornal. Vocês estão bem?

Mohan deu um passo à frente no mato.

— Abru! — chamou, sua voz urgente.

Smita sentiu um soluço subindo pela garganta. Onde estava a criança? Era possível que tivesse ouvido mal a fala distorcida de Meena? Ela se virou para dizer algo a Mohan e congelou. Ele estava cantando. *Cantando.*

— *Ae dil hai mushakil jeena yahan / Zara hat ke, zara bach ke / Ye hai Bombay meri jaan* — Mohan cantava em voz baixa.

— Que diabos você está fazendo?

— Shhh. Cantei essa música para Abru outro dia. Ela adorou. Desse jeito, vai saber que sou eu. E começou de novo a cantar.

Eles ouviram um farfalhar, e então algo pequeno correu em direção a Mohan.

Smita gritou, depois cobriu a boca com a mão. Uma risada assustada escapou de seus lábios. Claro. Era a pequena Abru, abraçando as pernas de Mohan. Eles a haviam encontrado.

— *Oi*, pequena — Mohan disse, abaixando-se para pegar a garota. — Onde está Ammi?

A criança apontou vagamente atrás dela.

— Ammi! — Mohan chamou novamente, um pouco mais alto. — Onde você está? Precisamos sair daqui.

Eles ouviram um gemido, e então Ammi se levantou do chão e cambaleou em direção a eles.

— *Ya Allah* — disse quando chegou perto deles. — É você mesmo? Aqueles cães loucos se foram?

Ammi olhou para a cabana fumegante.

— Eles a incendiaram — disse a ninguém em particular. — De novo. — Ela segurou as mãos de Smita. — Eu a ouvi. Ouvi seus gritos. Eles a torturaram como um animal no matadouro. — Olhou para a neta. — Cobri a boca da criança até me lembrar que ela não fala. Então cobri minha própria boca. Mas o que eu deveria ter feito é tapar meus ouvidos. Para não ouvir o que ouvi.

Smita lutou contra a náusea que tomava conta dela de novo.

— Entre no carro — disse a Ammi. — Temos que sair daqui.

No carro, Smita pegou Abru dos braços de Mohan e a segurou no colo. Não importava o que acontecesse a partir daquele ponto, mesmo que aqueles malditos estivessem esperando por eles na estrada, ela nunca permitiria que pegassem Abru.

Ela falhou com Meena, não falharia com sua filha.

Mohan trancou as portas do carro enquanto se afastavam dali. Dirigiu pela estrada rural com os faróis baixos, um quilômetro excruciante depois do outro. Quando passaram pela encruzilhada onde Govind e sua gangue poderiam ter esperado por eles, Smita suspirou. Eles haviam partido. Ela mal podia acreditar que haviam conseguido sair de lá vivos com Ammi e Abru. Assim que notou que estavam seguros, Smita começou a tremer incontrolavelmente, o horror da noite incrustado em sua pele. Tentou se controlar, mas, pela expressão de Abru, sabia que a criança sentia sua ansiedade. Forçou-se a sorrir para a garota de um jeito que esperava ser tranquilizador.

— Você acha que devemos registrar uma queixa na polícia? — Smita perguntou. — Enquanto ainda pode haver alguma evidência?

— De jeito nenhum vou correr esse risco — Mohan disse. — A polícia vai entregar a criança aos irmãos.

Ammi falou do banco de trás:

— Aonde você está me levando, *seth*? — perguntou, com a voz anasalada.

— Para onde você gostaria que eu a levasse? Imagino que ninguém na aldeia lhe dará abrigo.

Ammi bufou.

— Aqueles covardes? Não. A esta altura, quem vai arriscar o pescoço para ajudar uma velha?

De repente, deu um tapa forte na própria testa.

— Por que meu Abdul foi se casar com aquela égua? Arruinou minha vida. Olhe para mim agora, expulsa da minha própria casa e comunidade.

— Por favor — Smita disse bruscamente. — Sua nora acaba de ser morta. — Olhou rapidamente para a criança, imaginando o quanto ela compreendia. — Tenha um pouco de decência.

Ammi caiu em um silêncio atônito. Então, começou o lamento.

— Melhor se aqueles animais também tivessem me matado! — gritou. — O que vou fazer agora com esta criança? Com este fardo nas minhas costas, vou ter que passar meus dias implorando para viver. Meena acabou comigo.

Involuntariamente, Smita beijou o topo da cabeça de Abru. A menina continuou olhando para ela em silêncio.

— Não precisa se preocupar com a criança — ela se ouviu dizer. — Vamos cuidar dela.

O lamento cessou. *Até parece que a criança é ela*, pensou Smita, admitindo sua antipatia pela mulher. Mas Ammi tinha razão. Para onde ela iria?

— Você virá conosco para a casa da minha família em Surat esta noite, Ammi — Mohan disse. — Amanhã, podemos decidir o que você fará.

— Alá trouxe você para minha vida, *beta* — Ammi disse. — Que Ele abençoe você e os filhos de seus filhos. — E chorou de gratidão.

— Talvez você possa me levar amanhã de manhã para a casa da minha patroa? Se eu não tiver que me preocupar com a criança, eles podem me dar um lugar para morar.

— Vamos ver — Mohan disse, e Smita agradeceu por ele não encorajar Ammi. O corpo de Meena ainda estava fumegando na cabana de palha. Parecia indecente fazer planos para o futuro de qualquer uma delas. Mesmo na hora da morte, Meena salvou a vida de sua filha e da sogra. Mas não adiantava dizer isso para Ammi. Smita abriu um pouco a janela do carro enquanto lutava para manter a náusea sob controle. À noite, o ar soprou, quente e inócuo, e o perfume doce e enjoativo de *harsingar*, jasmim-da-noite, encheu o carro. Isso deixou Smita furiosa, aquela fragrância mascarava as inimizades sinistras que contaminavam aquela terra.

Ammi estava dizendo algo sobre Abru, e Smita se forçou a ouvir. Ficou claro que a idosa não tinha interesse em ficar com a criança. Smita se sentiu aliviada. Se pudessem deixar Ammi em algum lugar, ela seria capaz de cumprir sua promessa a Meena. *Meena*. Smita pensou novamente no corpo contorcido e torturado da jovem. Será que nunca seria capaz de esquecer aquela imagem? Balançou a cabeça, tentando se concentrar na criança em seus braços, puxando-a ainda mais para perto do corpo. Não existia possibilidade de levar Abru para a América, como Meena havia pedido. Mas, assim que voltassem a Mumbai, ela faria o possível para dar um lar a Abru. Mohan ajudaria. Anjali também ajudaria. Talvez Shannon tivesse alguns contatos. Juntos, pensariam na melhor solução.

Abru havia adormecido. Ela cheirava a grama e a terra, um cheiro forte de barro.

Mas o leve gesto de puxar a criança para mais perto despertou a menina, e ela olhou profundamente para Smita. Seus olhos se arregalaram com confusão. Por alguns segundos, elas se encararam solenemente.

E então a criança que nunca havia dito uma palavra — de acordo com sua mãe, chorava até em silêncio — estava em prantos com toda a força de seus pulmões. E ainda balbuciava algo.

Depois de um momento, Smita conseguiu distinguir a palavra repetida: *Mamaaaaaaamamaaaaaaaamamaaaaaammamama*.

Abru estava chorando porque queria a mãe. Mas olhava para Smita.

Capítulo Trinta e Seis

Embora fosse tarde quando chegaram à casa de Mohan em Surat, Smita telefonou para Anjali tão logo entraram na sala para contar sobre o assassinato de Meena. Anjali ficou perturbada e inconsolável, com a habitual calma rachando como uma fina camada de gelo.

— Por que não previ isso? — disse. — *Por que não previ?* — continuou repetindo. — Deveria ter providenciado proteção a ela. Ah, meu Deus, meu Deus, não acredito. Como deixei isso acontecer?

Há culpa suficiente para todos, pensou Smita quando desligou. Em seguida, ligou para Cliff em Nova York.

— Ela morreu? — Cliff perguntou. — E você testemunhou? Ah, meu Deus. Esta é uma baita história, Smita.

Antes, ela teria reagido como Cliff. Agora, a reação dele parecia voyeurística, macabra. Uma mulher estava morta. A criança estava órfã.

— Quando pode enviar a reportagem? — ele perguntou.

— Não sei — disse. — Não hoje. Essa notícia não é bombástica. Não vamos agir como se fosse.

— *Não é?* — Cliff parecia chocado. — Smita? Está brincando?

Smita rangeu os dentes de frustração.

— Gostaria de manter a história em segredo até descobrirmos o que vamos fazer com a criança — ela disse.

— Em segredo? De jeito nenhum. Quero publicá-la assim que você puder enviar o texto.

— E se os irmãos descobrirem que ela está conosco? E se eles alegarem direitos da família?

— Como eles vão fazer isso? — Smita podia ouvir a perplexidade na voz de Cliff. — Você não disse que eles são quase analfabetos? Provavelmente não sabem nem apontar os Estados Unidos no mapa. E quem diabos vai dar a custódia a eles?

Smita ficou quieta, imaginando se o horror do que ela havia testemunhado estava atrapalhando seu bom senso profissional. Cliff parecia muito seguro.

— Imagino que renda uma reportagem aprofundada — ela disse finalmente. — Preciso de alguns dias para trabalhar no texto, para entrevistar formalmente e pegar depoimentos de algumas pessoas. Meena não é famosa. A morte dela não é nenhum acontecimento extraordinário. Ninguém mais está cobrindo o caso. Preferiria situar a história dentro de um contexto mais amplo.

Ela imaginou Cliff mordendo a caneta enquanto pensava no formato da matéria.

— Você vai escrever contando em primeira pessoa? — ele perguntou.

— Cliff, foi um dia bastante longo. Há muita coisa acontecendo aqui. Só vou saber quando começar a escrever. Você vai ter que confiar na minha avaliação.

Cliff sussurrou.

— Tudo bem, garota. Vamos conversar novamente amanhã.

Smita fez uma careta. *Garota?* Cliff era apenas dois anos mais velho do que ela.

— E olha, Smita, bom trabalho.

Sim, pensou Smita, enquanto desligava. *Bom trabalho em que sua fonte morre. Assim faz a história ainda melhor.* Ela balançou a cabeça, sabendo que estava sendo injusta com Cliff e cínica em relação à profissão que amava. Meena estava morta. Nada poderia mudar esse fato. Saber que havia fracassado e não chegado a tempo de salvar Meena a assombraria pelo resto da vida.

Ela foi para a sala de estar, caminhando calmamente para não perturbar Ammi e Abru, que dormiam juntas em uma esteira no chão da cozinha. (Smita olhou de soslaio quando Mohan sugeriu esse arranjo na volta para casa, até que ele a fez lembrar que Ammi — que dormira em chão de terra a vida inteira — acharia a suavidade de uma cama intolerável.) A casa estava escura e silenciosa, e Smita parecia um fantasma enquanto procurava por Mohan. Ela não havia trocado de roupa desde que chegara, e as peças cheiravam a fumaça e gasolina. Ela estremeceu ao pensar na morte de Meena. Ainda assim, não queria ir ao quarto para se trocar. O entorpecimento e aquele ponto oco em seu peito pareciam crescer.

Mohan não estava na sala. Seria possível que tivesse ido para a cama, deixando-a sozinha para lidar com o horror do que haviam presenciado? Smita sentiu a garganta doer. *Vodca*, pensou. *Preciso de uma dose de vodca.* Quando viajava, era sua bebida preferida — depois de um longo dia, os correspondentes estrangeiros se reuniam em um bar de hotel e pediam bebidas. Ou, se estivesse em missão sozinha, ela abria o minibar assim que voltava para o quarto. Precisava de uma bebida forte para esquecer o que seus olhos tinham visto: o corpo brutalizado e ensanguentado de Meena. A mão dela procurando Smita. O pé estraçalhando a mandíbula de Meena. A cabana explodindo em chamas. O rosto de Abru enquanto gritava por sua mãe — a primeira palavra saída da boca da criança era um rio comprido de saudade, um interminável choro de dor e perda.

De que serviu o envolvimento de Anjali para Meena?, Smita se perguntou. O julgamento no tribunal havia acelerado a morte de Meena? A justificativa de Anjali para assumir o caso era semelhante à que Smita costumava dizer — que ela se tornara jornalista para ser uma voz para mulheres como Meena, que não tinham voz. Mas, como Cliff a havia lembrado, era uma linha tênue a que existia entre o jornalismo e o voyeurismo. *Pornogra-*

fia da pobreza. Era isso o que ela fazia, em última análise, em suas viagens para os lugares mais distantes do mundo? Vendia a pornografia da pobreza para os leitores brancos de classe média que liam seus textos no conforto de casa? De modo a fazer com que pudessem se sentir melhor em relação a suas próprias vidas e países "civilizados", enquanto reagiam contrariados ao ler sobre mulheres oprimidas como Meena? A própria Smita havia repetido platitudes sobre os efeitos humanizantes da literatura e do jornalismo narrativo, como cada meio cultivava empatia nos leitores. Mas para quê? O mundo continuava sendo o lugar triste e brutal de sempre. Teria sido apenas a vaidade que a fizera acreditar que seu trabalho fazia a diferença?

Um soluço escapou de seus lábios, depois outro. De canto de olho, viu um movimento na escuridão e percebeu que Mohan estava em seu quarto e que a tinha ouvido.

Ele estava sentado na beirada da cama, segurando a cabeça entre as mãos. Smita o observou, sabendo que ele estava arrasado, e que *ela* era a responsável por esse estado de espírito. Agora que estavam de volta em casa, a salvo do perigo, ele também estava repassando as imagens da noite. Mohan olhou para cima e, pela claridade trazida pelas luzes do pátio externo, Smita pôde ver seu rosto, sujo, cheio de lágrimas, abalado. Não havia vestígios do homem irreverente e brincalhão que decidira desistir das férias para levá-la ao inferno. *Nunca seremos os mesmos de antes*, Smita pensou. Mohan estendeu o braço direito em direção a ela. Smita atravessou o quarto, sentou-se ao lado dele na cama e o abraçou. Era a imagem espelhada de como ele a consolara dias antes, e Smita estava contente por ser útil. Permaneceram assim por longo tempo, no silêncio, no escuro. Em algum momento, Smita sentiu o sal em seu rosto, mas não sabia se as lágrimas eram dela ou de Mohan. Um dos dois deve ter girado o corpo e iniciado o beijo que o outro recebeu de bom grado — mas Smita não sabia quem abrira o caminho. A dor era o grande nivelador daquele instante. A escuridão os despojou de linguagem, inibições e dúvidas. Os dois estavam agarrados, um puxando o outro para ainda mais perto do corpo.

E, então, eles pararam; Mohan parou. Era arrependimento o que Smita via em seu rosto? Ele passou os dedos pelos cabelos. Ela podia senti-lo recuando.

— Mohan — disse, palavra que continha todo o seu terror, sua solidão, sua culpa, sua confusão.

Mohan segurou o rosto dela perto do seu. Seus olhos procuraram os dela, observando-a, e então ele traçou sua boca com o dedo indicador.

— *Jaan* — ele sussurrou, e abaixou a cabeça. Então, o mundo se tornou um borrão, até ela não saber onde ele começava e ela terminava, onde qualquer um tinha começo e fim: Meena e Abdul, Mohan e ela, Índia e América, passado e futuro, vida e morte. Smita não tinha mais certeza se consolava ou era consolada, se curava ou era curada. E o último pensamento consciente que teve foi de que não tinha a menor importância — a única coisa que importava era que nenhum deles ficaria sozinho naquela noite.

O DIA SEGUINTE CHEGOU quente e sem vento, com um céu azul sem nuvens.

Dentro de casa, Smita sentiu a irregularidade de padrões climáticos... ela se sentia aquecida cada vez que os olhos de Mohan pousavam sobre ela enquanto os dois preparavam o café da manhã para Abru e Ammi, e sentia frio cada vez que ele saía do quarto e se distanciava de seus olhos. Luz e sombra. Calor e frio.

O que ela queria de verdade era ficar na cama com Mohan o dia todo e não ter de enfrentar as pressões que o novo dia traria. Queria esquecer que Meena estava morta, queria os beijos de Mohan em seus olhos para impedi-los de ver os horrores que estavam atrás de suas pálpebras, queria a boca de Mohan para impedi-la de gritar.

Mas Mohan acordara às seis da manhã dizendo outro nome: Abru.

Anjali telefonou às oito. Smita ouviu a exaustão em sua voz e sabia que ela não havia dormido. Queria oferecer sua solidariedade, mas não conseguiu consolar Anjali. Em alguns dias talvez conseguisse, mas naquele momento não parava de pensar que Anjali havia destruído tudo. Se ela e Mohan não tivessem chegado naquela hora que chegaram, Ammi e Abru também teriam sido mortas. Pensar na criança sendo ferida doeu em Smita como se tivessem açoitado seu corpo.

A pedido de Anjali, Smita e Mohan foram à delegacia mais próxima de Birwad naquela manhã, deixando Abru em casa com Ammi. O delegado que recebeu a denúncia parecia tão desinteressado enquanto palitava os dentes e mantinha os olhos colados no peito de Smita, que ela precisou de todo autocontrole para não perguntar quanto ele havia recebido de Rupal. A única vez em que o homem mostrou um leve interesse foi quando Smita mencionou que estava escrevendo uma reportagem para um jornal americano. Então, ele olhou nos olhos dela e a acusou de difamar a reputação da Índia fora do país.

Com a raiva alimentada pelo desinteresse do delegado, Smita ansiava para começar a escrever logo o texto. Talvez pudesse convencer um jornal indiano a pegar a história? Havia falado com Shannon a caminho da delegacia, embora tivesse detestado ter que dar a notícia sobre Meena enquanto Shannon se recuperava da cirurgia. Shannon havia prometido acompanhar a história quando voltasse ao trabalho.

— Você quer voltar para Birwad? — Mohan perguntou quando saíram da delegacia. — Para ver como dar a Meena um enterro digno?

Smita pensou na ideia.

— Quero voltar para ficar com Abru — disse. — Preciso começar a escrever o texto. — E hesitou. — Sei que isso parece horrível. Não quero ser insensível. Mas sinceramente, nessas circunstâncias, acho que Meena gostaria que nos concentrássemos em sua filha, não em seus restos mortais.

Mohan assentiu enquanto colocava o carro em marcha a ré.

— Não tem nada de insensível. Você não contou que Meena havia dito que os quatro meses que viveu com o marido foram os dias mais felizes de sua vida?

— Contei.

— Então vamos deixá-la onde ela foi mais feliz.

Ainda não tinham discutido o que havia acontecido entre eles na noite anterior. Smita não se arrependera do que fizera, mas das circunstâncias que levaram a tal intimidade — e o fato de não ter havido oportunidade para distinguir o amor da necessidade, o prazer da dor, o desejo do consolo. *Qualquer corpo quente teria servido ontem à noite?*, perguntou a si mesma, mas soube a resposta imediatamente. Apenas Mohan poderia tê-la consolado; apenas a Mohan poderia ter dado conforto. O ato de amor deles havia sido solene, marcado pelo desespero, mas também foi bem sensual. Ela tinha dormido profundamente por algumas horas — e quando acordou assustada, ouvindo a voz de Meena em seu ouvido, Mohan estava bem ali, abraçando-a, segurando-a, impedindo-a de partir. Durante toda a manhã, ela não quis ficar longe dele nem por um momento — e precisou de todo autocontrole para não tocar o rosto dele enquanto ele dirigia ou colocar a mão dele em seu colo. Mohan estava permitindo que ela assumisse a liderança, para decidir se a noite havia sido uma aberração, algo que nunca mencionariam — ou algo importante. Claro que era essa decência, o jeito de ser de Mohan frente a tudo, que fazia com que ela o quisesse ainda mais. Mas foi também uma medida da afeição que sentia por ele que fez Smita decidir que não podia arriscar magoá-lo. Iria ajudá-lo a instalar Ammi e Abru; escreveria seu texto; e então partiria. Precisava sair da Índia antes que um deles se deixasse envolver demais. O ato de amor podia ter nascido das circunstâncias, mas de uma coisa ela tinha certeza — um deles se machucaria se continuassem, e essa pessoa seria Mohan. Smita estava disposta a arriscar se ferir. A intimidade deles na noite anterior abrira uma fome nela que parecia tão grande e complicada quanto a própria Índia. Essa fome a fez querer puxar Mohan para a parte mais profunda dela e mantê-lo lá; também a fazia querer afastá-lo. Foi isso que a tornou tão boa no trabalho, essa capacidade de ir embora sem olhar para trás, de não ficar presa a lugares ou pessoas. Mas, com Mohan, ir embora não seria tão fácil. Seria melhor se ela o deixasse em paz.

— Está tudo bem? — Mohan disse calmamente, olhando para a frente, e Smita sabia que ele estava ciente de sua agitação.

— Não — ela disse, fazendo-se de desentendida. — Meena ainda está morta.

Eles saíram naquela noite para comprar uma garrafa grande de vodca e beberam no quarto de Mohan depois que Ammi e Abru adormeceram.

— Parece que passei o dia como uma sonâmbula — Smita disse, sentindo-se um pouco tonta.

Mohan assentiu.

— Sim.

— E não conseguimos nada na delegacia.

— Eu sei.

— Tudo bem se eu dormir com você esta noite? — Smita perguntou. Ela ficou tensa, esperando se arrepender de suas palavras, pensando que ficaria com raiva de si mesma por ter, alegremente, rejeitado a resolução anterior.

Enquanto ela falava, Mohan já a estava puxando para mais perto.

— Foi a única coisa que me fez conseguir passar pelo dia de hoje.

Durante todo o dia seguinte, Smita trabalhou em seu artigo enquanto Mohan deu telefonemas. Primeiro, ligou para uma amiga advogada em Surat para descobrir de quais documentos eles precisariam para Ammi abrir mão de seus direitos sobre Abru. A mulher prometeu enviar os documentos apropriados imediatamente.

Em seguida, ligou para a patroa de Ammi para avaliar seu interesse em contratá-la como empregada doméstica que dorme no emprego. A mulher disse que precisava verificar com o marido. Enquanto Mohan aguardava a resposta, ligou para vários de seus parentes para perguntar se estavam à procura de uma empregada.

Por fim, determinou que Ammi ficaria melhor com sua *bai* atual. A verdade é que a empregadora morava tão longe de Vithalgaon que a pobre Ammi pegava dois ônibus para ir e dois para voltar do trabalho todos os dias — e morando lá não haveria ameaça à sua segurança. A própria Ammi ficou satisfeita com a solução. Quando o assunto foi decidido, ela pareceu ansiosa para começar sua nova vida. Smita e Mohan foram às compras naquela noite e compraram uma mala pequena para Ammi, seis saris e alguns artigos de higiene pessoal. E Ammi assinou os documentos de custódia e deu à neta um abraço sem emoção, como se a separação fosse durar algumas horas e não uma vida.

Abru cambaleava pelo jardim dos fundos, arrancando folhas e flores com alegria. Smita a observava do pátio enquanto bebia o chá da manhã e esperava que Mohan voltasse. Ele havia acordado cedo para levar Ammi à nova casa, colocando Abru ao lado de Smita na cama antes de sair. Smita não os viu partir, e havia se despedido de Ammi na noite anterior.

Abru olhou bruscamente para o céu, e os cabelos de Smita se eriçaram. A criança sentia a presença da mãe morta? Era muito difícil saber o que Abru entendia e do que se lembrava. Mas, então, Abru voltou a arrancar as pétalas de uma flor branca, e Smita relaxou. Depois de alguns minutos, a garotinha veio até onde Smita estava sentada tomando chá, e foi perceptível que estava cansada. Desde que havia chorado por sua mãe durante a viagem de volta para Surat, duas noites antes, Abru tinha caído no silêncio novamente. Mas Smita estava maravilhada por ver o quanto a criança era capaz de se comunicar sem palavras.

Ela pegou a menina no colo.

— Quer comer alguma coisa? — perguntou. Abru balançou a cabeça negando.

— Tudo bem — disse, levando-a de volta para a cama. Deitaram lado a lado, olhando nos olhos uma da outra, um fio de afeto crescendo no peito de Smita. Acariciou o cabelo da criança. Em poucos minutos, as pálpebras de Abru tremeram e ela adormeceu.

Smita dormiu também. Acordou quando ouviu o carro de Mohan, e então correu para a porta. Mohan entrou, parecendo exausto.

— Como foi? — quis saber.

Ele levantou um dedo indicador, sinalizando para ela segurar as perguntas por um minuto, e foi até a cozinha pegar um copo grande de água gelada. Levando o copo para a sala de estar, ele se sentou ao lado dela.

— Está absurdamente quente lá fora — disse. Olhou ao redor. — Onde está Abru?

— Cochilando — Smita disse, então franziu a testa. — Isso é normal? Ela dorme muito.

— Acho que sim. Ela é tão pequena! Apenas um bebê.

— E tão desnutrida.

— Isso vai mudar agora que estamos com ela. Não se preocupe. Ela vai ficar bem.

— Você não acha estranho — Smita perguntou — que Ammi deu um rápido abraço de despedida nela ontem à noite? Como se não tivesse sentimentos pela própria neta.

Mohan ficou em silêncio por bons minutos.

— Conversamos no caminho para a casa da *bai* — disse. — Ela pediu que eu adotasse Abru.

— Ah — Smita disse. — Que coisa.

— Estou pensando nisso.

— O quê? — Smita perguntou, assustada.

Ele deu de ombros.

— Por que não? Não vou colocá-la em um orfanato. Você tem ideia de como são os orfanatos aqui? O que acontece com as crianças?

— Mas como? Você tem um emprego e...

— A maioria das pessoas com filhos trabalha para viver, Smita.

Ela ouviu a repreensão em sua voz, que a deixou agitada.

— Meena pediu que eu cuidasse dela. *Eu.*

— Meena supôs que éramos casados. Mas tudo bem. Se quiser Abru, pode levá-la. Ela estará segura com você.

O tom de Mohan era sensato, plácido, mas Smita detectou um toque de impaciência em sua voz. Ela olhou para as mãos, o nariz ficando vermelho.

— Você está bravo comigo? — perguntou por fim.

— Não, claro que não. Por que estaria? — Mohan esfregou a bochecha. Não tinha se barbeado naquela manhã, Smita notou. — Estou exausto, *yaar* — disse. — As coisas estão acontecendo muito rápido. E agora há uma criança em que pensar.

— Então por que disse o que disse? Sobre eu levá-la embora?

Os olhos de Mohan faiscaram.

— Porque, Smita, estou tentando fazer o que é melhor para a criança. E você fez parecer que era uma disputa pela guarda.

— Me desculpe. Estou surpresa, só isso. Afinal, você nem tem um apartamento. Como pode cuidar de uma criança?

— O que uma coisa tem a ver com a outra? A tia Zarine pode cuidar dela enquanto estou no trabalho. Quando queremos algo, conseguimos.

Com que facilidade, pensou Smita, *Mohan me tirou de sua vida com Abru.*

— Smita — Mohan disse, parecendo exasperado. — O que foi? Por que está chorando?

— Sei lá. Só me sinto triste. E confusa. Meena a colocou sob minha responsabilidade. Com seu último suspiro. Sinto como se estivesse falhando com ela.

Eles olharam impotentes um para o outro.

— Os documentos — Smita disse depois de alguns minutos. — Aqueles que Ammi assinou. Quem ela nomeou como guardião?

— Ela não fez isso. Deixou em branco — Mohan exalou.
— Mas, Smita, vai ser um processo complicado. Em primeiro lugar, temos que ter certeza de que não exigirão nada em relação a Abru. Teremos que procurar a irmã de Meena e ver se...
— Ela provavelmente não tem condições de acolher uma criança — Smita interrompeu.
— Claro. Mas a justiça pode insistir que a encontremos. Quanto aos irmãos... — Mohan parou brevemente. — Se você quer levá-la para a América, posso ajudar. Ficaria muito satisfeito. Só não vou colocá-la em um orfanato.
— Mas a questão é essa, Mohan. Não tenho como levá-la comigo. Passo a maioria das semanas viajando. Meu estilo de vida não me permitiria ser mãe solteira.

Ele sorriu sem alegria.
— Qual é a graça?
— Nada. Só não sei quando isso se tornou um *estilo de vida* em vez de simplesmente a *vida*. Parece um desfile de moda ou algo assim.
— Assim é o Brooklyn para você — Smita disse vagamente.
— Mas não posso ficar na Índia tempo suficiente para cumprir a burocracia.
— Você poderia deixá-la comigo — disse Mohan. — Posso cuidar de toda a papelada para você. Isso é o que todos os americanos ricos fazem, certo?
— E você faria isso? Não ficaria muito apegado a ela?
— Já estou apegado a ela. — O tom de Mohan era pesaroso. — Mas faria isso por você. Se você precisa tanto assim de um filho.

Smita parecia subitamente irritada. Aquilo soou muito semelhante aos argumentos sobre a Índia ser sua pátria. A maternidade era outra caixa em que Mohan a estava colocando. — Não preciso de *um* filho. Não tem nada a ver comigo. Apenas tenho um senso de responsabilidade por *essa* criança em particular.
— Esse é um motivo ruim para querer ser mãe, Smita. Por se sentir responsável.

— Minha nossa, Mohan. Quem falou em ser mãe? Acabei de dizer...

— Então como vai adotar Abru? Como sua irmã?

— *Touché*. Mas se *você* ficar com ela, o que seria dela? Pai?

Mohan inclinou a cabeça, intrigado.

— Sim, claro.

— Entendi — disse. — E isso... não te assusta?

Os olhos de Mohan se arregalaram um pouco, como se ele finalmente entendesse o que ela estava perguntando, como se tivesse descoberto por que ela estava agindo daquele modo.

— Sim, me assusta. Todas as coisas importantes da vida assustam. No meu primeiro dia na faculdade, estava com medo. No dia em que comecei no meu trabalho na Tata. Na primeira vez que vi você.

— Você sentiu medo de mim? — Ela deu risada. — Por quê?

— Porque soube em poucos minutos que queria passar mais tempo com você. E não sabia como nem por quê...

Mohan olhava para ela com tanta vulnerabilidade que Smita prendeu a respiração. Incapaz de suportar as batidas de seu próprio coração, ela desviou o olhar.

— Bom — ela disse —, tenho certeza de que você correria para as colinas se pudesse prever o futuro.

— Não mesmo — ele disse. — Não estou dizendo que tudo foi fácil. E teria dado meu braço direito para poder salvar a pobre Meena. Mas não me arrependo nem por um momento.

— Obrigada — disse, enterrando o rosto no peito de Mohan.

Eles ficaram assim, Mohan murmurando algo no ouvido de Smita.

— O que você disse? — ela perguntou, levantando a cabeça.

— Disse: seria tão ruim ficar? — repetiu Mohan.

— Ficar *onde*?

Os olhos dele mostraram impaciência.

— Você sabe onde. Em Mumbai. Comigo.

— Ah, Mohan — Smita disse com pesar. — Você sabe que é impossível.

Ele a abraçou com mais força.

— É impossível? — perguntou. — Mais impossível do que foi para o seu pai mudar toda a família para a América?

— Ah, mas não é justo. Não é a mesma coisa.

— Qual é a diferença?

— A diferença é que fizemos isso por desespero. Não tivemos escolha.

— Entendi. Então o desespero é uma razão melhor para mudar para outro país do que o amor?

Smita o encarou boquiaberta. *Amor?* Ele havia acabado de usar a palavra "amor"?

— Mohan, nós mal nos conhecemos — começou. E parou. Aquilo era algum teste bizarro? Uma pegadinha? — Você... está apenas levantando hipóteses?

— Não. Estou sugerindo de verdade.

— Que eu desista de tudo nos Estados Unidos, desista de toda a minha vida lá, para estar aqui com você?

Ele sorriu.

— Você não tem que fazer isso parecer tão terrível, *yaar*.

Tinha sido um erro, ela percebeu, ter dormido com ele. Aquele era o tipo de enredamento e mágoa que ela desejava evitar.

— Mohan, querido, falando sério agora, você deve saber que é um absurdo.

— Será? — Ele brincou com o cabelo dela distraidamente. — O.k., vou te dizer uma coisa. Tire uma licença. E então, se não estiver feliz aqui, se você sentir muita falta da América, vou com você para lá.

Mudar para os Estados Unidos? Mohan estava sugerindo essa saída como se estivesse propondo comprar uma gravata nova. Esse era um lado dele que ela não conhecia. Será que ele imaginava como seria complicado tal movimento? Smita pensou em seus amigos. O que eles diriam? Ficariam horrorizados com a presunção dele?

— Pensei que você amasse seu trabalho.

— Amo.

— Então por que desistiria dele?

— Porque te amo mais.

— Por favor, Mohan. Você não tem ideia de como sou chata. — Ela forçou um sorriso, tentando desesperadamente aliviar o clima. Mas, apesar disso, Smita estava tocada. "Porque te amo mais"... algum de seus ex-namorados estaria disposto a desistir de sua carreira por ela? É claro que não. Um mês antes, ela teria desprezado qualquer homem que dissesse tal coisa, teria considerado o sujeito carente e patético. Agora, sentia-se tocada. De alguma forma, a Índia havia jogado seu feitiço sobre ela, a deixara vulnerável a tal sentimentalismo. Quando voltasse a Nova York, não seria a mesma pessoa que era ao partir.

Ela observou o rosto de Mohan, repentinamente tão querido.

— De qualquer modo, onde eu ficaria? — ela perguntou. — Não posso me dar ao luxo de ficar no Taj por tempo indefinido.

— Você poderia ficar no meu quarto.

— Na casa da tia Zarine? Ela não se importaria?

— Acho que não — Mohan disse. — E, se ela se importar, posso comprar um pequeno apartamento.

— Por seis meses? — Smita disse incrédula. — Até decidirmos o que vai acontecer com Abru?

— Isso são apenas detalhes, *yaar*.

Ali estava ela, sentada em um bangalô chique, ao lado de um homem que abria um leque de opções para ela. Smita pensou de repente na vida de Meena, sua parcimônia, sua falta de escolha. O que havia feito para merecer tanta sorte?

— Não faça isso — disse Mohan. — Só vai te deixar triste.

— Você por acaso lê mentes?

— Leio. Mas é só porque você tem um rosto extremamente transparente.

Smita balançou a cabeça, confusa. — Nós dois perdemos a cabeça. Você percebe como essa conversa toda parece doida, não é? Mal nos conhecemos.

— Há quanto tempo seu pai e sua mãe se conheciam quando fugiram?

— Aquilo foi diferente. Eles trocaram cartas por muito tempo.
— Então, vou escrever uma carta para você. Todos os dias.
— Muito engraçado. Eles também não tinham vistos e passaportes e todas essas coisas com as quais lidar.
— E daí? Eles tiveram outras dificuldades, *na*?
Smita fechou os olhos, começando a ficar irritada com a persistência dele.
— Mohan, por favor, vamos esquecer o assunto. Gosto de você, mas isso está me deixando desconfortável.
Ele se mostrou imediatamente arrependido.
— Sinto muito. Você tem que se lembrar que é o que faço para viver — resolver problemas. E, de alguma forma, posso descobrir sempre a solução. Então é fácil para mim pensar que a vida é apenas mais um quebra-cabeça para resolver.
Ela beijou seu rosto.
— Tudo bem — disse. — Vamos aproveitar o tempo que temos juntos.
Ele sorriu, então inclinou a cabeça, escutando.
— Abru — Mohan disse, e Smita ouviu o choro vindo do outro lado da casa.
Juntos, correram para o quarto. Abru estava caída no chão ao lado da cama. Mantinha a mão na cabeça. — Ah, merda! — Smita gritou enquanto se abaixava ao lado da criança. — Querida, o que aconteceu? Como você caiu?
Abru estava inconsolável quando Smita gentilmente afastou a mão da cabeça da criança, sentindo a pequena saliência se formando na lateral.
— Pode me trazer um pouco de gelo? — pediu a Mohan, que já estava correndo em direção à cozinha.
Smita embalou Abru enquanto segurava os cubos de gelo embrulhados contra a cabeça dela. Depois de um tempo, enquanto a água gelada escorria por seu rosto, a criança mostrou a língua e começou a lamber os lábios. Mohan riu.
— Ela parece estar gostando disso — ele disse.

— Você pode pegá-la? — Smita sussurrou. — Meu braço está começando a doer.

Ele levantou Abru e a colocou na cama. O choro começou de novo.

— *Uau* — Mohan disse. — Não tem nada de errado com as cordas vocais dela. Está tudo bem, pequena. Estamos bem aqui.

Abru enfiou o polegar na boca e olhou para Mohan com seus grandes olhos escuros. Então, puxou sua manga para fazê-lo se deitar com ela.

— Certo, certo. Estou aqui com você — disse a ela.

Smita ficou olhando enquanto Mohan se deitava ao lado da garota. *Eles adorariam Mohan*, pensou melancolicamente. Papai gostaria de discutir problemas tecnológicos com ele. Rohit apreciaria seu senso de humor. Mamãe o levaria para suas caminhadas matutinas para apresentá-lo a todas as amigas.

Smita esperou até que Abru adormecesse, então se deitou no lado esquerdo da cama, de modo que a menina ficasse entre eles. Depois de alguns minutos, estendeu a mão para Mohan sobre o corpo da criança, e os três dormiram assim, Smita e Mohan de mãos dadas.

Capítulo Trinta e Sete

Fazia quase uma semana desde que eles haviam retornado a Mumbai, e seus dias eram principalmente dedicados a Abru.
Mas as noites pertenciam a Mohan e Smita.
Agora que sua reportagem havia sido publicada, ela estava livre para passar tempo com Mohan e Abru. Todas as noites, Mohan — que havia falado com o chefe sobre as novas circunstâncias de vida e estendido sua licença — levava Abru de volta ao apartamento de sua senhoria e então voltava ao Taj.
Smita o observava enquanto ele dormia ao lado dela, roncando baixinho. *Se ao menos tivéssemos nos conhecido enquanto morávamos na mesma cidade*, pensou, *e namorado como um casal normal.* De repente, ouviu os gemidos de Meena em seu ouvido.
Ela devia ter contraído o corpo, porque os olhos de Mohan se abriram. Percorreram o quarto enquanto ele tentava se orientar, e, um segundo antes de se concentrarem nela, Smita teve uma revelação: *Ali estava um homem com sua vida interior sagrada, sua alma inviolável.* Ela estava tomada por um desejo intenso de estudar Mohan, como se fosse aprender uma língua estrangeira que poderia lhe dar novas perspectivas.
— O que foi? — ele perguntou. — Por que está olhando para mim desse jeito?
Ela acariciou sua bochecha.

— Por nada. Volte a dormir.

Mas ambos estavam bem acordados. Depois de alguns minutos, Smita se recostou na cabeceira e pegou o laptop. Fazia três dias desde que sua reportagem havia sido publicada, mas os comentários dos leitores ainda vinham aos borbotões. Ela encostou o computador contra o corpo, embora estivesse em conflito sobre compartilhar os comentários com Mohan. A maioria deles tinha notas de indignação e compaixão, mas havia os posts de ódio de sempre, com várias pessoas se referindo à Índia como um país misógino e horrível, como se histórias como a de Meena nunca acontecessem no Ocidente. Um mês antes, tais comentários teriam feito a irritação de Mohan aumentar. Mas ele também havia mudado. Cliff contou que seu telefone não parava de tocar com ligações de leitores querendo saber se havia uma conta GoFundMe para Abru, e apesar de Mohan ter recusado imediatamente a ajuda, ele se comoveu com a solicitude dos leitores americanos de Smita.

— Alguma novidade? — Mohan perguntou depois que ela fechou o laptop.

— Anjali ligou mais cedo. Esqueci de te contar. O grupo dela está exigindo que a polícia investigue o assassinato de Meena. Minha reportagem em primeira pessoa ajudou, ela disse.

Mohan assentiu.

— Provavelmente terei que voltar em algum momento para dar um depoimento.

— Preciso ir também?

— *Jaan*, as coisas andam devagar na Índia. — Ele sorriu de modo sombrio. — Você estará muito longe quando algo acontecer.

— Odeio sentir que estou deixando você com todo o peso. Já é responsabilidade suficiente você cuidar de Abru. Mas agora ter que testemunhar contra Govind...

Mohan deu de ombros.

— Eu consigo administrar isso.

— Você quer que eu vá almoçar amanhã? — Smita perguntou depois de alguns minutos. — Na casa da tia Zarine?

— Smita, por que temos que repetir todas as nossas conversas? Ela quer te conhecer. Você aceitou. Achei que o assunto estava encerrado.

— Por favor, não fique com raiva de mim, Mohan. Não suporto pensar que você possa estar bravo comigo.

— Não estou bravo. Me desculpe... É que tudo aconteceu bem depressa. E continuo pensando naquela pobre garota.

— Eu também — sussurrou. — Não consigo esquecê-la. Acordo pensando nela. Em como ela pegou minha mão pouco antes de...

— Não. Force-se a pensar em outra coisa. É o que estou tentando fazer.

Ficaram em silêncio, pensando, relembrando. Smita se mexeu enquanto estava nos braços de Mohan e olhou para ele, memorizando seu rosto.

— *Ae* — ele disse. — Pare de me olhar assim. Estou aqui. Ainda temos alguns dias juntos. E mesmo depois disso... você não está indo para a lua, *yaar*. Vou te ver na América.

Capítulo Trinta e Oito

Na manhã seguinte, eles foram ver Shannon na unidade de reabilitação. Nandini ainda não havia chegado.

— Ela chega mais tarde hoje — Shannon disse. — É o aniversário do irmão mais novo dela, então haverá uma cerimônia em casa ou algo assim.

— Quer que eu fique? — Smita perguntou. — Devo ir à casa de Mohan para almoçar hoje, para conhecer a senhoria. Mas posso cancelar.

— Ah, sim — Shannon sorriu. — A infame tia Zarine.

— Você a conheceu?

Shannon balançou a cabeça, negando.

— Não. Só ouvi ele falar sobre ela. Ele tem muita consideração por tia Zarine.

Ela parou de falar quando Mohan entrou no quarto.

— Mohan, amor — Shannon disse. — Você pode me fazer um favor?

— Claro.

— Acha que poderia me comprar um coco fresco do vendedor na frente do hospital? Nandini me traz um diariamente. Ela diz que a água de coco ajuda a promover a cura após a cirurgia.

— Ela tem razão — Mohan disse. — Volto logo mais.

Shannon usou o andador para se aproximar de Smita assim que Mohan saiu do quarto. Ela se sentou na beirada da cama.

— Como você está? — perguntou. — Você passou por um monte de merda.

Smita suspirou.

— Ainda estou em choque. Não consigo acreditar que Meena está morta. Continuo vendo o corpo dela, ouvindo sua respiração ofegante.

— Posso imaginar — Shannon disse. — É uma profissão terrível essa que escolhemos, em alguns aspectos.

— É, sim, em alguns aspectos — Smita repetiu. — Mas não consigo pensar em fazer outra coisa na vida.

— Nem eu. Olha, espero que não se importe de eu perguntar. O que está acontecendo entre você e Mohan?

— Nada, na verdade. Quero dizer, eu... me importo com Mohan. Mas você sabe, não é nada sério.

— Mas Mohan é muito sério em relação a você, Smita — Shannon disse. — Ele vai ficar arrasado.

— Ele te disse isso?

— Não, de jeito nenhum. Vocês dois têm sido absurdamente misteriosos desde que voltaram de Surat. Mas vejo como ele olha para você. E você vai deixar Abru com ele?

Smita notou a desaprovação na voz de Shannon. E franziu a testa.

— Quando você me ligou nas Maldivas, pensei que estivesse pedindo para eu vir aqui para te ajudar. Por causa da queda que levou.

— Smita, sinto muito. Não me dei conta disso. Mas o que...

— Espere. Me deixe terminar. — Respirou fundo. — Jurei que nunca mais ia pisar na Índia. Por causa de algo que aconteceu na minha infância. Mas vim assim mesmo, Shannon. Vim porque era você. E, então, parece que tudo desmoronou. Eu não tinha a menor intenção de ficar com Mohan, o.k.?

— Smita, por favor. Eu não estava tentando...

Ela ignorou o pedido de desculpas de Shannon.

— O que devo fazer? — perguntou. — Arruinar minha vida por causa de um cara que acabei de conhecer? Mohan me pediu para ficar por meio ano. Como se fosse tão fácil. Mas e meu trabalho? Você sabe como é duro chegar aonde chegamos.

— Relaxe. — Shannon deu um tapinha na beirada da cama. — Venha sentar-se ao meu lado.

— Estou bem aqui.

— Smita, não seja pentelha. Venha aqui. Sinto muito — Shannon disse, puxando Smita em direção a ela. — Olha, eu não deveria ter dito nada. É que... conheço você há muito tempo. Muito mais tempo do que conheço Mohan, obviamente. E vocês dois parecem tão adequados um para o outro. Nunca te vi do jeito que você é perto dele.

— Como assim?

— Não sei explicar. Você parece... sei lá. Feliz. Mas é mais do que isso. Você parece... satisfeita.

— Ah, bobagem — Smita disse sem dar muita importância ao que a amiga falava. — Você só não está acostumada a me ver com um indiano, só isso.

Shannon deu um sorriso superficial. — Você me conhece bem, Smita. — E hesitou. — Droga. Vou sentir sua falta...

— Vou sentir sua falta também. Mas vejo você em Nova York em breve?

— Não por um tempo. Cliff se ofereceu para me levar para casa e mandar alguém tomar o meu lugar por alguns meses. Mas recusei. Gosto daqui. Além do mais, Nan ficaria perturbada se eu fosse embora.

— Acho que ela está apaixonada por você ou algo assim.

— Vocês duas estão gozando da cara de Nandini? — Mohan perguntou. Ele estava sorrindo enquanto caminhava em direção à mesa de cabeceira, carregando um grande coco com a tampa pendurada como se tivesse uma dobradiça. Ele virou o coco para que a água escorresse para dentro de um copo.

— Aqui está, minha querida — disse a Shannon.

— Obrigada, Mohan. Você é o máximo.

— E então, o que vocês estão aprontando? — Mohan perguntou.

O tom brincalhão de Mohan lembrou Smita de como ele agia quando se conheceram, antes de Meena morrer — antes de assumirem a responsabilidade de cuidar de Abru. E antes que cometessem o erro de dormir juntos.

— Nada — ela respondeu. — Estamos apenas jogando conversa fora.

— Apenas conversando — repetiu Mohan. — Ninguém bate os americanos quando se trata de usar expressões esquisitas.

Shannon deu um bocejo.

— O.k., vocês precisam ir, não é? Estou cansada. E pronta para a minha soneca.

Mohan olhou para o relógio.

— Fala sério, *yaar* — disse. — Não é nem meio-dia. Como você pode estar com sono de novo?

Smita deu um abraço em Shannon.

— Nos vemos amanhã?

— Claro, vai ser legal.

— Pronto? — Smita perguntou, virando-se para Mohan.

— Um minuto. — Ele se inclinou para afofar o travesseiro de Shannon.

Ela lançou um olhar perplexo a Smita.

— Sorte da mulher que se casar com ele um dia — disse.

— Engraçadinha. Tchau. Tenho que levar esta moça aqui para o almoço na tia Zarine.

— Entre, entre, entre — Zarine Sethna disse. — Seja bem-vinda.

— Obrigada — Smita disse, sentindo-se tímida, de repente. Entrou em uma sala bem decorada, cheia de vasos chineses e móveis antigos, e sorriu para a senhoria de Mohan. — Obrigada por me convidar para o almoço.

— Claro, claro. — Zarine era uma mulher alta, de pele clara, com cabelos grisalhos cacheados. Empurrou os óculos sem aro para cima no nariz.

— Mohan fala muito de você.

— Obrigada. — Smita olhou em volta. — Onde está Abru?

— Tirando a soneca da tarde — respondeu Zarine. E sorriu. — Você está preocupada com ela? Quer vê-la?

Smita assentiu.

— Vá levá-la para ver a criança — Zarine disse a Mohan. — Então poderemos comer.

— É muito gentil da sua parte ter todo esse trabalho...

— *Arre, wah* — Zarine a interrompeu. — Sem problema. Mohan é como se fosse meu filho.

Eles entraram no quarto de Zarine.

— Ela já está mais gordinha — Smita sussurrou. — Ou é minha imaginação?

— Comeu três casquinhas de sorvete ontem, lembra? Você a está mimando. — Ele fingiu franzir a testa. — Quando você for embora, vou colocá-la para fazer dieta.

Smita riu, mas seu coração doeu ao pensar em Mohan tendo Abru só para ele.

— E a tia Zarine concordou? Vai cuidar de Abru enquanto você estiver no trabalho? — Hesitou. — Se você vai pagar para que ela cuide de Abru, posso enviar uma contribuição mensal?

— Ah, claro. Para que tia Zarine e Jamshed possam matar a nós dois. Por insultá-los dessa maneira.

— Jamshed?

— O marido da tia Zarine. Já falei sobre ele, lembra? Os dois estão apaixonados por essa menina.

— Mas você será o guardião principal, não? Não vai permitir que eles...

Ele tocou o braço dela.

— Smita. Pare de se preocupar. Já disse... — Parou de falar quando Zarine entrou no quarto.

— Por favor. Venha para a mesa — Zarine disse. — O que você vai beber? Algo quente ou frio?

— Um refrigerante, por favor — Smita disse.

Mohan colocou as mãos nos ombros da mulher mais velha.

— Vamos lá, tia Zarine — disse. — A senhora está cozinhando desde cedo. Smita e eu podemos fazer todo o resto. Quero dizer, na sua idade, você não deve se cansar tanto.

Zarine sorriu.

— Vê como ele me provoca? — disse a Smita, que tinha notado o sotaque de Mohan mais forte, mais indiano, quando se dirigia a Zarine. Também não havia dúvida de sua afeição por ela.

Ele seria assim com sua mãe? Pensar que nunca descobriria isso a deixou triste.

SMITA PERMANECEU SENTADA TOMANDO refrigerante de framboesa enquanto Zarine e Mohan traziam os pratos para a mesa de jantar.

—Tia — Smita disse. — Não é muita comida?

— Coma, coma, *deekra* — Zarine disse, colocando um pouco de *sali boti* no prato de Smita.

— Nossa, tia — Smita lamentou. — Pare.

— Smita — Mohan disse com a boca cheia —, coma, *yaar*. Você nunca vai comer algo assim na América.

Ela assentiu e fez o que lhe foi pedido. Um silêncio pacífico tomou a mesa, interrompido por ocasionais murmúrios de apreciação de Smita.

— Lembro-me desta bebida da minha infância — Smita disse enquanto tomava outro gole do refrigerante de framboesa. — Meu pai tinha muitos amigos pársis. Sempre que nós os visitávamos, eles nos serviam esse refrigerante de framboesa.

Zarine estalou os dedos.

— Vá até a geladeira e pegue outra garrafa para sua amiga — disse a Mohan, que se levantou imediatamente com um largo sorriso.

A mulher mais velha o seguiu com os olhos até ele sair da sala de jantar.

— Então, há quanto tempo você conhece meu Mohan?

— Ah, não faz tanto tempo — Smita gaguejou. — Bom... Zarine balançou a cabeça com desdém.

— Não importa, não importa... — disse. — Quando duas pessoas se amam, o tempo não importa.

Smita manteve o olhar fixo no prato. E se sobressaltou quando sentiu o toque da mão de Zarine em seu rosto.

— Tão linda — a mulher murmurou. — Não admira que meu Mohan seja *lattoo-fattoo* por você.

— *Laddoo-faddoo?*

Zarine riu.

— Não *laddoo*... é *lattoo*. Significa... como se diz? Caído de amor.

Smita sorriu de volta. Então, soltou um gemido. Zarine havia beliscado seu braço.

— Não se atreva a machucar esse pobre menino — Zarine disse. Seus olhos brilhavam. — Eu o conheço há tantos anos, e esta é a primeira vez que ele traz uma moça para casa.

— Tia — Smita disse. — Você... sabe que moro nos Estados Unidos, não sabe? — Esperou até que Zarine assentisse. — Então, sabe que voltarei para casa em três dias?

Zarine pareceu magoada.

— *Três dias?* E Mohan? E a criança?

— Queria colocar Abru em um orfanato. Mas Mohan não deixou. Disse que ele...

— *Chokri* — Zarine ficou em pé —, tenha um pouco de juízo. Você sabe o que aconteceria com uma menina em um orfanato? Claro que Mohan disse não. Achei que você fosse mais inteligente.

Ela vai me culpar por fazer Mohan sofrer, Smita pensou com desânimo.

Olhou para a cozinha. Pôde ouvir Mohan despejando cubos de gelo em um copo. A comida pesava no estômago. O almoço tinha sido uma emboscada? E se fosse verdade, Mohan fazia parte da cilada?

Mas a expressão confusa no rosto de Mohan quando ele voltou à mesa aplacou sua suspeita.

— *Su che?* — perguntou a Zarine em gujaráti. — O que aconteceu?

— Nada, nada — Zarine disse enquanto se recostava na cadeira. E acrescentou com esforço: — Coma um pouco mais, *deekra*.

Smita negou com a cabeça.

— Não, obrigada — disse.

Houve um silêncio tenso.

— Vou fazer um chá ao estilo pársi — Zarine disse. — Você quer? Temos creme *lagan nu* para a sobremesa.

— *Arre*, Zarine, dê um tempo a essa pobre garota, *yaar* — Mohan disse. — Vamos esperar dez, quinze minutos antes de começarmos a comer de novo, o.k.?

O rosto de Zarine suavizou.

— Você sabe o que dizem sobre nós, pársis... — disse. — Enquanto tomamos o café da manhã, já estamos planejando o cardápio do almoço.

Eles riram, e a frieza na sala se dissipou.

— Vou aquecer o creme no forno — Zarine disse. — Quer mostrar seu quarto a Smita? Chamo quando estiver pronto.

Ambos estavam tímidos quando entraram no quarto de Mohan. Smita observou as paredes vazias, a cama de casal bem arrumada, a cadeira com uma calça jeans sobre ela. O quarto de Mohan parecia tão vazio e impessoal como a casa de Smita. De alguma forma, apesar de sua natureza amigável e do fato de viver com outras pessoas, sua existência era tão monástica como a dela. Pensar nisso a emocionou, algo que Mohan notou imediatamente. — O que foi? — perguntou.

— Nada. Estou feliz por ver seu quarto. Saber onde você mora.

O olhar amargurado, que ela tanto temia, o olhar que surgia cada vez que ele era lembrado da iminente partida, fez Smita se preparar para um comentário ácido. Mas Mohan não disse nada, e ela caminhou rumo à cômoda e pegou um porta-retrato.

— Seus pais? — perguntou.

— Sim.

— Você se parece muito com seu pai.

— É o que todos dizem.

Smita colocou a foto de volta à cômoda, tirando distraidamente um fiapo de um quadro. Ele notou.

— Aqui tem muita poeira — disse. — Você limpa, e meia hora depois, *bas*, está sujo de novo.

— No entanto, é sua amada cidade — ela brincou.

Mas Mohan permaneceu sem sorrir.

— É. Claro que é. — Olhou para ela por mais um momento. — Vamos. Precisamos fazer companhia para tia Zarine.

— Quer ajuda? — Smita perguntou na cozinha.

— Você quer fazer o chá? — Zarine perguntou.

Smita hesitou.

— Só faço chá de saquinho...

— Saquinho de chá? Absurdo. Usamos folhas de chá de verdade. Folhas de hortelã. E capim-limão. — Ela se virou para Mohan. — Pegue essa garota americana e vá se sentar na sala de estar. Vou levar uma boa xícara de chá quente para vocês.

Assim que Smita e Mohan entraram na sala, passaram pelo antigo armário de madeira de teca. Metade do armário estava diante de um espelho, e Smita se viu nele. Mas, em vez de ver seu reflexo, viu um casal mais velho. Corriam por uma cozinha, montando uma lancheira escolar. Smita reconheceu o casal imediatamente — eram Mohan e ela, dez anos mais velhos. A distorção temporal a deixou tonta, e ela cambaleou.

— Smita? O que houve? — Mohan perguntou, segurando-a.

Ela se virou para ele, desorientada, confusa.

— O banheiro? — disse. — Sinto como se fosse desmaiar.

Smita agarrou-se à pia enquanto olhava no espelho do banheiro. *Relaxe*, disse a si mesma. *Você anda sob muita pressão. Então teve um estranho...* O que foi aquilo exatamente? Uma alucinação? Uma premonição? Uma sensação de *déjà-vu*?

Então, ela soube: havia sido uma reflexão cheia de esperança, um momento de indulgência, uma fotografia do que poderia ser. Uma imagem-fantasma criada por um desejo intenso. Tudo o que ela tinha de fazer era esperar, e aquele instante passaria. Pensando bem, já havia passado. Ela sabia, por experiências anteriores, que, por mais que amasse um lugar ou uma pessoa, só precisava esperar a febre passar. Sempre foi assim. Durante o primeiro ano nos Estados Unidos, recusou-se a comer qualquer um dos pratos indianos da mãe, havia sido inflexível em aprender a amar macarrão com queijo, hambúrgueres e pizza. Foi a maneira que encontrou de esquecer a Índia. Sim, ela estava determinada, esperaria o amor por Mohan passar, permitiria que ele se transformasse em carinho.

Smita jogou água fria no rosto, secou e saiu do banheiro. Mohan estava empoleirado na beirada da cama, mas se levantou imediatamente.

— Você está se sentindo mal? — perguntou. — Precisa se deitar?

— Estou bem. — E forçou um sorriso. — Estou muito melhor.

Eles voltaram para a sala de jantar.

— Venha, *beta* — Zarine disse, tocando a cadeira ao lado dela. — Nada como uma boa xícara de chá para afastar todos os males.

— Está na hora de acordar Abru? — Smita perguntou enquanto se sentava. Pensar em sair do apartamento de Zarine sem ver a criança acordada era muito deprimente.

— Claro — Mohan disse. — Vou buscá-la.

— Sinto muito — Zarine disse assim que Mohan saiu da sala. — Esqueci das boas maneiras. O que posso fazer? Amo muito esse menino. Não posso suportar vê-lo ferido.

— Está tudo bem, tia — Smita disse. — Significa muito para mim que ele tenha alguém como a senhora, que se importa com ele.

Zarine balançou a cabeça, surpresa.

— *Accha?* — murmurou. — Você o ama tanto assim?

Smita corou.

— Amo.

— Entendo. — Zarine olhou para Smita por cima dos óculos. — Então leve-o com você. Quem o pobre menino tem em Mumbai, exceto meu marido e eu? Dois velhos? Tudo o que ele faz é trabalhar, trabalhar, trabalhar. Ele pode muito bem viver na América.

— Tia, você não entende. Não é fácil assim.

— Entendo. Não é fácil. — Zarine piscou, furiosa. — Me conte uma coisa: é mais fácil partir o coração desse pobre garoto? Deixá-lo preso com a criança sozinho?

Zarine estava fazendo a cabeça de Smita girar, aumentando a desorientação do dia. Como um assunto tão íntimo podia ser da conta dela? Ouviu-se um barulho no corredor, e então Abru entrou correndo na sala, com as mãos para cima. Antes que Smita pudesse se levantar, a criança atirou-se sobre ela e tentou subir em seu colo. Uma risada assustada escapou dos lábios de Smita enquanto segurava Abru e a abraçava. Havia algo mais lisonjeiro do que ser o objeto de afeição de uma criança?

— Você quer um pouco de creme? — perguntou para a menininha, que olhou para ela.

— Ah — Zarine disse. — Olha essa menina. Ela acha que você é a mãe dela.

Houve um silêncio doloroso na sala.

— O.k., tia Zarine — Mohan disse. — Chega de drama. Por favor.

— Sinto muito — Zarine disse.

Smita se ocupou em dar a sobremesa a Abru.

— Este creme está excelente — disse. A sobremesa lembrou Smita do *kulfi* de cardamomo que sua mãe fazia. O que mamãe diria se pudesse vê-la agora? Ficaria orgulhosa por ela estar lutando contra seus medos e por ter ido à Índia? Smita tinha o pressentimento de que sim.

— Obrigada — Zarine disse. — É a receita da minha mãe. O irmão dela tinha um bufê de casamentos.

— Hum. Lembro-me de ter ido a um casamento pársi quando era criança — Smita disse. — A comida era maravilhosa.

— Qual era o nome do casal? — Zarine perguntou.

Smita riu.

— Tia, não faço ideia. Eu era criança.

— Sim, sim, claro. — Zarine teve a dignidade de parecer envergonhada. — Quando você deixou a Índia?

— Em 1998. Eu tinha catorze anos.

— Entendo. Tivemos a chance de partir, quando éramos recém-casados. — E olhou para Mohan. — Seu tio Jamshed recebeu uma oferta de emprego. Mas não fomos.

— Não sabia disso — Mohan disse.

— Aconteceu anos atrás. História antiga. — Zarine inclinou-se para limpar a boca de Abru com o guardanapo.

— Você se arrepende de não ter ido? — Smita perguntou.

— *Arrepender?* Não. Estava tão ocupada cuidando dos meus velhos pais e do meu filho... quem tem tempo para arrependimento? — Zarine sorriu. — Além disso, a casa está onde está o coração. Enquanto eu estiver com meu Jamshed, até o inferno vai parecer o paraíso.

— Jaasd — Abru disse de repente.

— Ai, meu Deus! — Zarine gritou. — Ela está falando. Acabou de dizer o nome do meu Jamshed, juro.

Mohan tirou Abru do colo de Smita depois que terminaram de almoçar.

— Você quer dar um passeio? — perguntou. — Posso te mostrar a Colônia Dadar Pársi e os Cinco Jardins antes de voltarmos?

— Adoraria. — Smita virou-se para Zarine. — Foi ótimo conhecer a senhora — disse. — Obrigada pela hospitalidade.

Zarine sorriu.

— Tão formal — disse a Mohan, como se Smita não estivesse presente. E puxou a mulher mais jovem para um abraço.

— Voltem com segurança. Que Deus abençoe vocês.

— Deus abençoe — repetiu Smita.

Capítulo Trinta e Nove

A caminho do aeroporto, Mohan colocou um CD de Hemant Kumar para tocar. Smita escutou enquanto Mohan cantava uma música particularmente assombrosa do cantor de voz de veludo:
— *Tum pukar lo / Tumhara intezaar hai.*
— Que linda — disse.
— Amo essa música.
— Consigo entender o porquê. O que a letra significa? O que é *pukar lo*?
— Está dizendo: "Pode me chamar, estou esperando por você".
Smita pegou a mão dele e a segurou no colo, tentando não chorar. Queria tranquilizá-lo e repetir o que dissera no dia anterior — ela tentaria visitá-lo sempre que uma missão a levasse à Ásia. Mas o tempo das promessas havia ficado para trás.
Depois de alguns segundos, abriu um pouco a janela, e a Índia tomou o ar da noite e entrou no carro, um terceiro passageiro que, de repente percebeu, estava presente desde o momento em que ela conheceu Mohan.

O policial estava sob as grandes placas que diziam: *Apenas passageiros com passagens*. Mas Mohan entrou no terminal do aeroporto com Smita, levando sua bolsa.

— Ainda não consigo acreditar que você não despacha nenhuma mala — disse. — Você não sabe que viajar para o exterior com malas grandes como mesas de jantar faz parte do nosso patrimônio nacional?

— Anos de prática viajando com pouca coisa — Smita disse. E olhou em volta com nervosismo. — A segurança vai pegar você. Se não agora, na saída.

Mohan reagiu com desdém.

— Não se preocupe comigo — disse.

Eles se afastaram das portas principais. Ela observou o cabelo desgrenhado dele, a camisa que grudava no corpo por causa da umidade.

— Obrigada por tudo, Mohan — disse. — Não sei o que teria feito sem você.

Ele a encarou sem palavras, o pomo de adão em movimento.

— Acho que chegou a hora — Mohan disse finalmente.

Os outros passageiros passavam apressados pelos dois enquanto permaneciam olhando um para o outro. A última vez em que ela deixara Mumbai, vinte anos atrás — com Sushil acompanhando sua família ao aeroporto —, Smita mal podia esperar para fugir. Agora, mantinha-se imóvel, como se o corpo fosse um pote de barro cheio de tristeza até a borda. Um movimento em falso, e todas as emoções transbordariam.

Mohan olhou para o relógio.

— Você precisa ir — disse. — Geralmente há uma longa fila na segurança e na imigração.

Smita pegou a mão dele.

— Você vai me escrever? Vai me manter informada sobre como as coisas estão se desenrolando com a papelada de Abru?

— Claro.

— E... você promete não ficar muito triste? Por mim?

— Vou ficar bem. — Mohan disse, e sorriu aquele novo sorriso cínico. — Quando voltar ao trabalho, nem vou ter tempo de sentir sua falta.

— Bom — Smita disse, fingindo acreditar nele. — Melhor assim, então.

Ela beijou o rosto dele.

— Tchau, meu Mohan. Vou sentir sua falta.

Ele tocou o local onde ela o beijou.

— Tchau. Cuide-se. Telefone para mim quando estiver no portão. Estarei esperando aqui ou lá fora. Apenas para o caso de seu voo atrasar.

— Mohan, está ficando tarde. Vai levar uma eternidade para você voltar para casa. Você deve sair agora. Por favor.

Ele franziu a testa.

— Não seja boba, *yaar*. Esperarei até que seu voo decole.

— Mas isso não faz sentido...

— Smita. — Ele pousou o dedo nos lábios dela. — É uma tradição indiana. Agora vá.

— Tchau. Te amo.

— Tchau.

SMITA TELEFONOU PARA MOHAN assim que se acomodou na sala de embarque. O telefone tocou e tocou, mas Mohan não atendeu. Será que tinha mudado de ideia e partido? Ela desligou, resolvendo tentar novamente depois de ir ao banheiro. Ainda tinha muito tempo antes do voo. Quando estava prestes a colocar o celular na bolsa, ele tocou.

— Desculpe, *yaar* — Mohan disse. — Eles me expulsaram. Estou do lado de fora com o que parece ser metade de Mumbai. E é tão barulhento aqui que não consegui ouvir o telefone tocar.

Ela odiava imaginar Mohan parado no meio da multidão atrás das barricadas.

— O voo só decola daqui a duas horas. De que adianta você esperar? Tudo correu bem.

— Smita, na minha família, sempre esperamos até que o avião decole. E se houver um atraso ou algo assim?

Ela revirou os olhos.

— Tudo bem. Já vi que não vou ganhar essa.

Conversaram por mais dez minutos, e então Smita disse:

— Ei, quero ir ao banheiro. Ligo do avião antes da decolagem, tudo bem?

— Tudo bem — disse. — Te amo.

— Também te amo.

SMITA ENCONTROU UM ASSENTO em frente a uma família de quatro pessoas quando voltou ao lounge. Sorriu para a mãe de aparência atormentada, que era a responsável pelos dois filhos pequenos, um menino e uma menina, enquanto o marido caminhava pela sala, espreguiçando-se e bocejando languidamente. A mulher sorriu de volta para ela.

— Minha primeira vez na América — disse em um inglês com forte sotaque.

— Crianças lindas — Smita disse. — Quantos anos eles têm?

— Ele tem cinco anos. Ela tem dois.

Smita assentiu, então fechou os olhos, os eventos do dia finalmente voltando à mente. Mais cedo, ela e Mohan haviam levado Abru aos Jardins Suspensos, onde a menina havia se encantado com um urso dançante. Então, voltaram ao apartamento de Zarine para deixar a criança. A tia deixou clara sua decepção e desaprovação, mal falando com Smita.

— Boa viagem — disse rigidamente quando Smita e Mohan saíam para o aeroporto.

Smita decidiu tomar uma xícara de café. Ela se virou para a mulher que estava sentada diante dela e apontou para a mala.

— Pode dar uma olhada na mala por mim? Só vou pegar algo para beber. — Enquanto perguntava, estava ciente de que nunca faria esse pedido a um estranho na América pós-Onze de Setembro. Tinha a sensação de que os indianos ainda não haviam adotado a cultura de desconfiança e medo que permeava cada aspecto da vida civil na América.

A mulher assentiu.

— Claro.

Quando Smita voltou, a filha da mulher havia tombado a mala e estava sentada em cima dela.

— Desculpe-me, desculpe-me — a mulher disse. — Essas crianças...

Smita sorriu.

— Está tudo bem. — *Se você soubesse todos os lugares por onde essa mala passou*, pensou, *saberia que este é o menor dos maus-tratos que sofreu*.

Smita sentou-se, bebericando o Nescafé. Havia tomado uma xícara no almoço, Mohan sentado de frente para ela, os dois quase sem dizer nada. Tinha sentido que ele se afastava, transferindo a afeição para Abru. Apesar de estar machucada, invejava Mohan por sua habilidade de amar tão sem esforço. Mohan, Abdul, Meena. Eles pertenciam a uma outra tribo, homens e mulheres dispostos a arriscar tudo por amor. Talvez ela pudesse se juntar a eles, se Sushil não a tivesse marcado aos doze anos. O rosto ameaçador de Sushil, possessivo e irado, surgiu em sua mente, e ela fechou os olhos para apagar a imagem.

Algo quente e molhado tocou a sua coxa, e ela gritou de dor. Smita viu a mancha de café espalhada na calça, olhou para a frente e viu a menina rindo e fugindo. Puxou o linho para longe da pele enquanto a mãe se levantava e segurava a filha. Pessoas se viraram para olhar enquanto a criança gritava desesperada, um som que imediatamente transportou Smita de volta àquela noite terrível quando fugiram de Birwad e Abru gritou. Smita se forçou a se concentrar no presente. A criança diante dela estava em colapso total, e o pai, que estava no outro extremo do salão, corria de volta com raiva.

Assustada com o olhar dele, Smita se levantou e bloqueou seu caminho.

— Por favor — disse a ele. — Não é nada. Apenas um pouco de café. Um pequeno acidente, nada mais.

O homem lançou um olhar perplexo antes de se voltar para a esposa e querer uma explicação. A mulher, ainda segurando a criança, que gritava, falou com urgência em uma língua que Smita não entendia.

— Desculpe-me, *ji* — o homem disse a Smita.

— Tudo bem. Está tudo perfeitamente bem — disse, e então abriu um sorriso largo para enfatizar suas palavras. Decidiu não ir ao banheiro para lavar a mancha de café, não querendo fazer nada para aumentar o constrangimento dos pais.

O homem assentiu e sentou-se de frente para Smita. Ele se virou para a filha, que ainda se debatia no colo da mãe.

— Meena — disse —, pare com esse absurdo imediatamente.

Smita prendeu a respiração.

— O nome dela é Meena? — perguntou.

— Sim, *ji*.

É um nome comum, Smita disse a si mesma. *É como conhecer alguém chamada Mary em Ohio, pelo amor de Deus. Provavelmente metade das mulheres neste aeroporto tem esse nome.* Mas então olhou para a mancha na calça. A pele tinha sido queimada. Uma garota chamada Meena havia derrubado café quente em sua calça e queimado sua pele.

Smita levantou-se abruptamente. Em seguida, sentou-se. *Isto é ridículo*, pensou. *Você está agindo como um daqueles supersticiosos idiotas dos quais o papai adora zombar. Os que veem uma imagem de Cristo em um sanduíche de queijo quente. Você chama esse pequeno derramamento de café de queimadura? Depois do que viu? Que vergonha por desonrar o sofrimento de Meena. Recomponha-se. Pegue o livro na mala e distraia-se. Você só precisa ficar quieta até entrar naquele avião. Porque — e você sabe disso porque já fez a mesma coisa uma centena de vezes — a atmosfera fresca e desinfetada de um avião foi projetada para fazer você esquecer qualquer cidade quente, úmida e malcheirosa da qual está fugindo. Ela é projetada para anestesiá-la contra a lembrança de casa.*

Casa? Ela havia acabado de pensar em Mumbai como sua casa? A cidade da qual se ressentia e que temera durante a maior parte da vida? Uma cidade cheia de homens maus como Sushil. *Mas então*, discutiu consigo própria, *a mesma cidade não lhe mos-*

trara Mohan? Inferno, não tinha gerado e formado um homem bom e honrado como seu pai? Como pôde deixar um homem como Sushil cegá-la para essa verdade essencial?

Do nada, Smita ouviu um riso: Rohit e ela mesma. Chiku e Anand, o menino que morava no prédio da frente. E a irmãzinha de Anand. Qual era mesmo o nome dela? *Tinka*, era esse o nome. Outras crianças da vizinhança, cristãos, pársis e hindus, todos reunidos no complexo de apartamentos Harbour Breeze, olhando para cima enquanto observavam foguetes e cometas explodirem no céu da noite. Como sempre, o pai de Smita gastara centenas de rupias para agradar às crianças com a queima de fogos durante o festival hindu de Diwali. Aquela era a Índia também — essa despreocupação, esse secularismo, todos atentos, sem piscar, naquela fusão simples de diferentes tradições e crenças.

As memórias vieram rápido, como moedas caindo em uma máquina caça-níquel: Mumbai inundando durante as monções e estranhos ajudando uns aos outros — homens entregando guarda-chuvas para mulheres, passageiros resgatando pessoas presas em ônibus e trens, donas de casa servindo chá quente e *chapatis* para famílias desabrigadas amontoadas nas ruas, adolescentes vadeando pelas águas até a cintura para dar suporte a vizinhos idosos. Mesmo quando criança, Smita se emocionava com a camaradagem que tomava conta de toda a metrópole.

Mohan era uma dessas pessoas, pensou, e sentiu um súbito desejo de ver esse lado dele, de descobrir um Mohan não no tempo breve, sofrido e explosivo que compartilharam, mas de maneira comum: quais eram seus filmes favoritos? Ele era habilidoso consertando coisas? Quais eram seus pratos prediletos? Que número de sapato usava? Mohan, como o herói comum de sua vida cotidiana. Mohan, que estava esperando do lado de fora e esperaria até que os rastros de seu avião desaparecessem. Smita sabia — não havia como amar Mohan e não amar a Índia; não havia como amar a Índia e não amar Mohan. Porque ele era o melhor que a Índia tinha a oferecer. Era quase como se, ao apresentar Mohan a ela, o país estivesse tentando compensar o que havia roubado antes.

Smita se conteve. *Chega de bobagem sentimental,* pensou. *Você não é uma daquelas mulheres que desistem de empregos e identidades para estar com um homem. Esta é a parte perigosa da Índia — feudal, tradicional e patriarcal. E isso está mexendo com a sua cabeça. Você teve que trabalhar muito para chegar aonde está, para arriscar perder tudo por alguém que mal conhece.*

Mas, argumentou com ela mesma, a vida era mais que uma corrida implacável para estar sempre no topo. Havia mais coisas a fazer do que a autorrealização, a ambição e o sucesso? O que havia de errado em vincular a própria felicidade à de outro ser humano? Por que cinquenta anos de ápice do capitalismo erradicariam algo que os filósofos orientais haviam ensinado por milhares de anos — que a vida tem a ver com interconexão, interdependência e, sim, até com sacrifício? Smita lembrou-se de como costumava tentar animar a mãe durante as sessões de radioterapia, contando histórias sobre suas viagens e aventuras. A mãe, é claro, sempre se orgulhava de suas conquistas. Mas, de vez em quando, flagrava nela um olhar triste e constrangido, como se a mãe visse além e encontrasse a solidão na essência de Smita.

Talvez houvesse outras opções. Sua reportagem em primeira pessoa sobre a morte de Meena gerou muito burburinho e lhe rendeu boa receptividade na redação do jornal. Shannon ainda estava incapacitada de trabalhar. Smita poderia pedir a Cliff para deixá-la usar a Índia como base por alguns meses enquanto Shannon se recuperava. Isso lhe daria a chance de conhecer Mohan melhor, e ela poderia passar mais tempo com a pequena Abru. Porque a verdade era que Meena havia deixado Abru sob sua responsabilidade. Até Mohan sabia disso. Ela se permitiu acreditar na bela mentira de Mohan sobre Meena com a intenção de que ele fosse um parceiro igual.

Isso poderia dar àquela menina de doze anos que se encolhera por três meses no apartamento em Colaba após a agressão uma segunda chance de andar pelas ruas de Mumbai com a cabeça erguida? Uma chance de perceber que a vergonha que havia abraçado não pertencia a ela? Uma chance de se lembrar de tudo o que amava na Índia, imaculada até aquele acontecimento do passado?

Mohan e ela poderiam cuidar de Abru, uma criança nascida do amor improvável entre Meena e Abdul, poderiam manter todas as coisas boas e cheias de coragem que haviam nascido entre eles.

Os quatro — Mohan e ela, tia Zarine e seu marido, Jamshed — poderiam criar aquela criança juntos.

Smita poderia deixar de lado suas inseguranças, sua cautela com a antiga Índia — e passar a acreditar no sonho corajoso e idealista que Abdul mantinha sobre a nova Índia.

Seria uma forma de honrar a memória do bom homem Abdul. Seria uma boa maneira de vingar o rosto derretido de Meena, o olho bom, a massa ensanguentada de seu corpo.

O coração de Smita bateu mais rápido quando se deu conta de que, se Abdul e Meena pudessem ter previsto as oportunidades que ela e Mohan poderiam oferecer a Abru, teriam sacrificado a própria vida pela filha. Teriam abraçado cada momento de miséria e sofrimento em prol desse final feliz.

Smita se imaginou refazendo os passos e saindo do aeroporto até onde Mohan estava. Permitiu-se imaginar o prazer no rosto dele enquanto caminhasse em direção ao amado. Mas então pensou em todas as complicações que resultariam dessa sua atitude, e seu coração endureceu em meio à burocracia e à papelada e aos demais entraves: Cliff poderia recusar seu pedido para ficar na Índia; Mohan poderia acabar sendo decepcionante; o pai podia não apoiar sua mudança temporária para a Índia. Os seres humanos não eram aves migratórias, capazes de voar de um país para outro, lembrou a si mesma. O *Homo sapiens* tinha pés, não asas. Acima de tudo, havia o fato irrefutável de que mal conhecia Mohan, além do caldeirão de dificuldades em que se encontraram no mês anterior.

Ah, mamãe, pensou com um gemido. *Me ajude. Me diga o que devo fazer.*

Ela olhou para o teto, como se esperasse ver a mãe flutuar em sua direção, como se fosse um anjo descendo do céu. Seus olhos, então, viram uma placa de madeira pendurada na parede acima das portas do lounge. VOCÊ ESTÁ AQUI, dizia a placa.

Smita piscou. *Você está aqui*. Aqui, em Mumbai, com apenas o espaço do aeroporto separando-a do homem que amava. E meia cidade longe de Abru, uma criança a quem poderia amar como se fosse sua filha.

Abru. Se abandonasse Abru, não estaria provando que Sushil estava certo? O homem havia considerado sua família sub-humana por causa da fé, e ali estava ela, agindo como se não fosse humana. Que ser humano sensível poderia abandonar uma criança órfã com tanta facilidade quanto ela? Lembrou-se do desprezo que vira nos olhos da tia Zarine e percebeu que não era só por ela estar partindo o coração de Mohan. Era porque uma pessoa que podia abandonar uma criança sem pensar duas vezes de fato era digna de desprezo.

Pensou em Mohan, parado em seu posto solitário do lado de fora do aeroporto até que o avião decolasse. Esperando, junto com milhares de outros, todos optando por fazer uma tarefa difícil e inconveniente. Por quê? Porque é o que fazemos pelos entes queridos. Smita costumava achar estranho que os pais fossem até o aeroporto de Columbus para buscar os visitantes, ainda que pudessem ter pegado um táxi. Mas Mohan havia sido criado com os mesmos valores que seus pais. Ela se lembrou dele levantando os sacos de arroz, açúcar e *dal* para levar à casa de Ammi. A cada passo, Mohan havia feito a tarefa difícil, e tinha feito com naturalidade, como se não houvesse outra escolha. Talvez, no final, o amor fosse isto, fazer a coisa difícil. Não rosas, romance e passeios na praia, mas simplesmente estar presente, dia após dia. O extraordinário romantismo da vida comum.

Mas e se, no final, Mohan e ela não dessem certo? E se o seu maior medo se tornasse realidade — que Mohan terminasse por decepcioná-la? Os homens que namorou eram inteligentes, talentosos, sérios, bem-sucedidos. Mas, depois de um tempo, se tornavam comuns. Os pés cheiravam mal quando tiravam as botas ou sapatos no fim do dia; tinham mau hálito pela manhã. Contavam as mesmas malditas piadas e histórias várias vezes. Espinafre ficava preso entre seus dentes. Tinham problemas com os pais. E ela tinha a infeliz tendência de se concentrar nas coisas pequenas e irritantes em vez de manter os olhos no quadro geral, e assim acabava por perder o interesse.

Smita nunca havia esquecido de algo que Bryan lhe disse uma vez, quando as coisas ainda corriam bem entre eles. Ela esteve em seu apartamento no Brooklyn, reclamando que o sofá estava coberto de pelos de gato.

Bryan segurou o rosto dela entre as mãos e disse:

— Você sabe qual é seu problema, Smita? Você se concentra nos pelos do gato. Tente focar no gato.

Talvez o amor fosse isso — aceitar o lugar-comum? Talvez aí residisse a sabedoria, em reconhecer a grandeza da vida doméstica cotidiana? Se fosse isso, tinha muito a aprender.

Smita teclou novamente o número de Mohan. *Diga alguma coisa*, pensou, *diga alguma coisa, Mohan, que me ajude a decidir por um ou outro caminho.*

Ele atendeu no quinto toque, parecendo sem fôlego, como se tivesse corrido.

— Você está embarcando? — perguntou.

— O quê? Não. Não, só... queria ouvir sua voz novamente.

— Ah, o.k. — E ficou em silêncio por um momento. Então, disse: — Espere um pouco. Está tão cheio e barulhento aqui que mal consigo me ouvir.

Ela esperou até que Mohan voltasse à linha, mas era óbvio que ele estava distraído com a multidão ao seu redor. Tiveram uma conversa inconstante, e então Mohan disse:

— Sinto muito. Não consigo ouvir nem uma palavra. Você pode ligar de volta em alguns minutos?

Ela desligou. A conversa toda havia sido desconexa, e ela estava longe de tomar uma decisão. E então pensou: *Primeiro mamãe e agora Mohan.* Desde quando havia começado a depender dos outros para ajudá-la a decidir o que fazer? Nesse ritmo, imaginou que poderia tirar no palitinho ou jogar uma moeda. *Certamente*, pensou, *Mohan merece mais do que uma mulher tão instável em seu amor por ele.*

Smita lembrou-se de algo que Rohit dissera quando largou o emprego para abrir o próprio negócio:

— Olha, sei que é um risco. Mas, em algum momento, é preciso dar um salto. Vou pousar de pé ou cair de cara no chão. De qualquer forma, vou bancar a queda. Entende o que estou dizendo?

As palavras de Rohit a inspiraram a saltar de paraquedas no verão seguinte, apesar do medo de altura. Ela havia caído de pé.

Smita andava de um lado para outro no lounge, tentando controlar a agitação.

Ela voltou ao seu lugar e se sentou. Os outros passageiros olharam para ela com curiosidade. Um momento depois, levantou-se novamente. A mulher em frente sorriu.

— Vai ao banheiro? — perguntou. — Vou cuidar da sua bagagem.

— Tudo bem — Smita disse. — Eu... estou indo embora.

A mulher olhou para ela, confusa.

— Partir, senhora? — disse. — O avião vai decolar em breve.

— Eu sei. Mas não vou embarcar. — Smita virou-se e olhou para ela. — Dê um beijo meu em Meena.

Uma longa fila se formou no balcão onde se encontrava o agente do portão. Como Smita não havia despachado a mala, poderia simplesmente ir embora. Mas, em um país no limite após vários ataques terroristas, Smita sabia a consternação e os atrasos que sua ausência inexplicável causaria. Abriu caminho até a frente da fila, ignorando os protestos atrás dela.

A funcionária do portão olhou para ela.

— Senhora, por favor, volte e espere sua vez — disse.

— Estou indo embora — Smita respondeu, e sentiu uma leveza de espírito imediata. — Meu nome é Smita Agarwal. Não despachei nenhuma mala, então não devo causar nenhum problema a você.

— A senhora está indo embora por quê? O voo está no horário.

— Não vou embarcar. Vou... voltar.

A agente olhou para ela com incompreensão.

— Voltar para onde?
— Para casa. Vou para casa.

SMITA TENTOU TECLAR o número de Mohan novamente enquanto andava a passos largos pelo terminal, mas por algum motivo inexplicável a linha dele estava ocupada. Smita mordeu o lábio frustrada. Prometeu telefonar para ele do avião — por que diabos ele estava em outra ligação? Então, percebeu que ainda levaria meia hora para o avião levantar voo. Se conhecia bem Mohan, ele estava conversando com Zarine, perguntando sobre Abru. A criança sabia que algo estava errado quando Smita lhe deu um beijo de despedida mais cedo, e começou a chorar inconsolavelmente. Zarine olhou para Smita, pegou Abru e a levou para a varanda para acalmá-la. Smita, dominada pela culpa, mal tinha conseguido olhar para Mohan enquanto caminhavam até o carro dele.

Ela tentou novamente. Desta vez tocou, mas, quando Mohan atendeu, havia tanta estática que ela desligou. Quando voltou a tentar, a chamada caiu direto no correio de voz.

Smita estava quase na porta de saída. Mais um minuto e estaria do lado de fora. Pensou se deveria continuar tentando ligar para o telefone de Mohan ainda de dentro do terminal climatizado ou, de uma vez por todas, encarar a noite abafada e úmida de Mumbai. Mesmo quando fez a pergunta mentalmente, soube que a excitação era grande demais para ficar parada. Caminhou ao ar livre e foi imediatamente tomada pelo barulho familiar das buzinas, o cheiro acre de fumaça e a conversa de pessoas esperando por entes queridos. Entrou em pânico, imaginando que não conseguiria encontrar Mohan. Um homem apareceu abrindo caminho por entre a multidão e se aproximou dela.

— Táxi, senhora? Quer que eu vá buscar um táxi? Aonde a senhora vai? — perguntou. — Estou cobrando um bom preço.

Smita tentou se livrar dele, sabendo que qualquer contato visual o encorajaria a continuar insistindo. Mas o homem era persistente, seguindo-a enquanto caminhava pela calçada espiando a multidão. Em desespero, tentou o número de Mohan outra vez, e então ele atendeu.

— Mohan! — gritou. — Onde você está?

— Ainda aqui, como disse...

— Eu sei. Mas *onde* você está? Estou aqui fora procurando por você.

Houve um silêncio repentino.

— Você está aqui? Você... não embarcou?

Ela sorriu por causa da alegria que notou em sua voz.

— *Jaan* — ela disse. — Estou aqui. Onde você está?

— Eu... eu... diga-me onde você está e te encontrarei — Mohan disse. — Por qual caminho você saiu?

Depois que contou a ele, Mohan disse:

— O.k. Fique onde está. Estarei aí em dois minutos. Estou andando agora. Não se mexa.

— Está bem, mas...

— Smita, fique parada. Vou te encontrar em um minuto. Espere aí.

Ela esquadrinhou a multidão à procura de Mohan, mas viu apenas rostos desconhecidos, todos eles lutando contra as grades de proteção, procurando por suas famílias. Seus olhos varreram da esquerda para a direita, depois de volta para a esquerda... e lá estava Mohan, quase bem na frente dela, parado. Eles provavelmente estavam a seis metros de distância um do outro, separados pelas barreiras de metal. Mas o olhar de Mohan era como se a recebesse de volta ao lar.

— Smita! — Mohan chamou, levantando a mão direita e mantendo-a no alto. Nunca antes Smita tinha visto aquela expressão no rosto do amado.

Smita correu.

Segurou a mala e correu.

Só parou de correr quando chegou ao ponto onde seu futuro estava, esperando que ela o alcançasse.

Capítulo Quarenta

Abru.
 Significa honra.

Dei esse nome a ela em homenagem a seu pai, um homem que fazia essa palavra florescer com cada palavra que dizia e cada atitude que tomava.
 Dei esse nome a ela para apagar o modo como meus irmãos distorceram essa bela palavra e a tornaram feia com sua sede de sangue.
 Dei esse nome a ela para dizer ao mundo que é possível queimar um homem vivo, mas ainda assim não tirar a nobreza de seu coração.
 Dei esse nome a ela para ter certeza de que minha filha manteria a chama de Abdul viva dentro de si. Mesmo quando eu não podia oferecer a ela nada mais que meu leite, eu poderia oferecer-lhe este nome. Para lembrá-la de quem ela era e de onde veio. Para fortalecê-la e ligá-la à sua história.

Por essas razões, dei esse nome à minha filha.
 Minha filha, cujo rosto guardei sob minhas pálpebras enquanto os chutes e as varas destruíam o restante do meu corpo.

Minha filha, cuja vida salvei com meu último suspiro.
Minha filha, cujo rosto foi o último que vi em minha mente antes do meu fim.
Minha filha, que ficará como prova de que Abdul e eu nos conhecemos, vivemos e nos amamos.
Minha filha, que ainda pode viver para ver a nova Índia na qual Abdul acreditava e com a qual sonhava.
Minha filha, cujo nome foi meu último suspiro.
Minha filha.
Minha respiração.

ABRU.

Agradecimentos

Este romance foi inspirado nas notícias sobre a Índia escritas por Ellen Barry para o *New York Times*. Os personagens e os eventos do livro são fictícios, mas peguei emprestadas algumas ideias sobre o tratamento dado a mulheres na Índia rural depois de ler as reportagens de Ellen.

Sou imensamente grata a Peter S. Goodman, correspondente do *New York Times* e especialista em economia global, por sua oportuna e generosa ajuda ao responder minhas perguntas sobre a vida dos correspondentes estrangeiros.

Obrigada ao advogado Ramesh Vaidyanathan, em Mumbai, por explicar o funcionamento do sistema judicial indiano. Não poderia ter escrito este livro sem a ajuda deles.

Sou grata à minha irmandade de colegas escritoras por seu apoio, amizade e inspiração: obrigada, Caroline Leavitt, Hillary Jordan, Lisa Ko, Tayari Jones, Katherine Boo, Laura Moriarty, Mary Grimm, Tricia Springstubb, Regina Brett, Barbara Shapiro, Deanna Fei, Meg Waite Clayton e Celeste Ng, por serem as brilhantes forças irrefreáveis da natureza que vocês são.

Aos meus irmãos literários Jim Sheeler, Ben Fountain, Wiley Cash, Dave Lucas, David Giffels, Philip Metres, Michael Salinger, Salman Rushdie e Luis Alberto Urrea, obrigada por sua amizade e inspiração.

Um brinde às minhas colegas da Pen Gals — Sarah Willis, Loung Ung, Sara Holbrook, Karen Sandstrom e Paula McLain — pelas margaritas, risadas e amor intenso. Kris Ohlson, ainda sentimos sua falta.

Meus colegas da Case Western Reserve University me inspiram diariamente a fazer melhor. Agradecimentos especiais a Athena Vrettos, Chris Flint, Kim Emmons, Georgia Cowart e Cyrus Taylor.

Kathy Pories, este romance está muito melhor graças à sua habilidosa edição e às suas sugestões perspicazes. Obrigada, Dan Greenberg, por ajudar este romance a encontrar o caminho até Kathy.

Obrigada aos meus amigos Judy Griffin, Anne Reid, Barb Hipsman, Bob Springer, Bob Howard, Hutokshi e Perveen Rustomfram, Feroza Freeland, Sharon e Rumy Talati, Dav e Sayuri Pilkey, Kershasp Pundole, Rhonda Kautz, Diana Bilimoria, Kim Conidi, Paula Woods, Regina Webb, Ilona Urban, Marcia Myers, Jenny Wilson, Merilee Nelson, Diane Moran, Kathy Feltey, Marsha Keith, Suzanne Holt, Mary Hagan, Denise Reynolds, Cathy Mockus, Sandra West, Tatyana Rehn, Claudio Milstein, Amy Keating, Wendy Langenderfer, Terri Notte, Brenda Buchanan, Subodh e Meena Chandra, Kathe Goshe, Kate Mathews, Jackie Cerruti Cassara, Gina DiGiovine Goodwin e tantos outros. Minha vida seria muito menos rica se vocês não estivessem passando por este planeta no mesmo período que eu.

Jim Sheeler, você pode ter ido embora, mas viverá para sempre nos corações daqueles de nós que te amamos. Obrigada, Annick Sauvageot e James Sheeler, por compartilharem Jimmy conosco.

Agradecimentos eternos à minha família, Homai e Noshir Umrigar e Gulshan e Rointon Andhyarujina.

Eust Kavouras, H/S para sempre.